饮福记·上

寂月皎皎 著

重庆出版社

图书在版编目（CIP）数据

饮福记 / 寂月皎皎著. -- 重庆：重庆出版社，2025.7. -- ISBN 978-7-229-19235-8
I. I247.5
中国国家版本馆CIP数据核字第2024XF4225号

饮福记
YINFU JI

寂月皎皎 著

策划编辑：李　子
责任编辑：何　晶
责任校对：黄琳梅
封面绘图：清　茗
封面设计：冰糖珠子

▲ 重庆出版社　出版
重庆市南岸区南滨路162号1幢　邮政编码：400061　http://www.cqph.com
重庆市国丰印务有限责任公司印刷
重庆出版社有限责任公司发行
邮购电话：023-61520656
全国新华书店经销

开本：710mm×1000mm　1/16　印张：31.5　字数：660千
2025年7月第1版　2025年7月第1次印刷
ISBN 978-7-19235-8
定价：72.00元

如有印装质量问题，请向重庆出版社有限责任公司调换：023-61520678

版权所有　侵权必究

目录

楔子 四十年前的婚约 …… 2

第一章 一碗榆钱羹，一纸任命书 …… 4

第二章 罗网为君而织，何不束手就擒 …… 19

第三章 菊苗煎与牡丹熘鱼 …… 34

第四章 烈火蒸白骨，细雨当年事 …… 47

第五章 有心逢有意，绑匪遇劫匪 …… 61

第六章 无他，唯手熟尔 …… 76

第七章 拦我者，皆我仇人 …… 90

第八章 …… 104

第九章	蝮蛇之毒，毒不过人心……	119
第十章	竹林幽胜地，宜埋尸	132
第十一章	玉带羹的高蹈出尘与俗世烟火……	147
第十二章	木香葳蕤，念念青丝故人	160
第十三章	称量公平的秤，是活着	173
第十四章	一饮一啄，终当不昧因果	188
第十五章	管你颠倒是非，还他青红皂白	202
第十六章	州桥下，岁月长青，瑾瑜无恙……	217
第十七章	怜卿半世坎坷，愿许白首相护……	231

题记：

"我不服这天地不仁，豺狼遍野，偏要活得神憎鬼厌。可世间偏有你，有你们，总叫人记起，这世间，原来叫人世间。有你们，有人味。"

楔子

真定府石邑镇，距北境不足百里的一座小城镇。

熊熊大火燎亮了半边天空，凶悍的叱喝声和绝望的惨叫声交汇一片，令探出头的百姓又惊吓地缩了回去。

那处遭难的院落边，一名少女呛咳着，狼狈踉跄冲出角门，逃向黑暗中。火光映照出少女满面的惊怒悲痛，但她眉眼依然清隽，有种说不出的温柔婉约气度。

两名山匪紧随其后，一人叫道："小娘子莫跑！我们郎君不会亏待于你！"

另一人则道："秦藜，你若真离了这里，才是自寻死路！"

这个叫秦藜的少女忽察觉什么，急急叫道："阿榆，阿榆！"

山匪一惊，忙四处看了看，怒道："你少拿榆娘子吓我们！便是她在，今日也救不了你！"

秦藜不说话，定定地看着山匪身后。

山匪惊悚，正要回头看时，脖子忽然一凉。

他们倒下时，才看到身后多了一名十七八岁的少女，容貌清灵美丽，弯弯笑眼天真讨喜，手中却闲闲地把玩着一把滴血的剔骨刀。

她的目光扫过被火焰吞噬的秦宅，依然在笑着，只轻声道："连他们都敢害，呵！大约我的刀，还是太钝了……"

　　她的笑容纯净，神色清淡，但周围的空气却在她言语之时莫名冷凝下去，烈火燎起的热浪扑来，竟无法让她周身的冷意有半丝波动。

　　秦藜已支撑不住，唤了声"阿榆"，人已软倒下去。

　　"藜姐姐！"

　　阿榆动容，抬手将秦藜抱住，盯住她鬓发间缓缓渗到额际的一缕血迹。

　　秦藜捏紧阿榆的袖子，却似已看不清眼前情形，只努力睁大了眼睛，悲怆说道："阿榆、阿榆，带我去京城，找、找沈家……"

　　秦藜晕了过去。

　　阿榆抬手探了探秦藜的脉门，神情略松，只皱眉沉吟：

　　"京城？沈家？藜姐姐是记挂着和沈家的婚约？还是想让沈家帮着报仇？京城……"

　　阿榆看向遥远的南方，那双小鹿般美好纯净的眸子，转瞬变得又黑又冷。

　　南方，京城的方向，正沉没在暗夜中，不见山，不见水，漆黑一片。

　　"终究，要回京城了么……"少女低低哑哑的嗓音，冷风般飘散在黑夜和火焰中。

　　火焰正盛处，有叱喝声伴着匆促的脚步声由远而近。

　　"那边，她逃往那边了！"

　　阿榆冷淡地扭头看了眼，咕哝一声："麻烦！"

　　她扶抱起秦藜，一个纵跃，消失在黑暗中。

　　片刻后，一个身着墨色锦衣的少年领着一群蒙面人奔近，发现倒在地上的两名山匪，怔了下。

　　其中一名山匪忙上前检查，吸了口气，吃吃道："郎、郎君，他们应是死于剔骨刀下，怕是、怕是榆娘子下的手。"

　　少年大怒，骂道："这个吃里扒外的小贱人！学了几日厨艺，就忘了自己根本，以为自己也姓秦了？有本事一辈子别回来，不然看我怎么收拾她！"

　　他身后的山匪垂首，悄然看了眼自己少了三根指头的手，打了个寒噤：真和榆娘子动手，还不知会是谁收拾谁。好在郎君上面，还有当家的……

　　一行人不敢久待，匆匆离去。

　　附近的居民终于敢将院门推开一条缝，悄悄向外张了一眼。

　　只一眼，便忍不住喟然长叹，秦家，完了。

第一章 四十年前的婚约

三个月后，京城。

汴河悠悠，自开远门入城，流经外城、内城，越过浚仪街、御街，顺通津门而出，鲜活了整座城池。沿河大街也随之繁华，一路店铺杂陈，商幡飘展，笙箫喧闹之声不绝于耳。

内城东南角的丽景门内，一处不起眼的街角，两个月前开起了一间小小的食店，悄无声息地红火起来。

据说，店主人是个姓秦的小娘子，十分擅长将低廉寻常的食材，做成色香味俱佳的菜品，且秦小娘子容貌不俗，家世也不俗，于是追捧的食客便更多了，关于秦小娘子的一些消息也渐渐传了出去。

因着那些消息，沈惟清也来到了这种不入流的脚店。

他一身素淡青衣，安静地坐在窗边，打量着这些来自市井人家的食客，品尝着眼前的几样菜肴。

一道白切肉，并非讲究人家素日用的羊肉，而是猪肉。乍眼看去，除了肉质紧致，并无奇处。但一旁的酱料调配得极美味，取薄薄的肉片蘸食，几乎入口即化，酱香肉香融作满溢的鲜香，瞬间包裹味蕾；再一道酒煮玉蕈，清澈水酒中漂了数种应季的鲜菇，清清淡淡，入口鲜美柔爽，似舒展着春意韶光；还有一道鱼鲊咸鲜可口，一道血肚羹香而不腻，也是别有风味。

沈惟清不得不承认，店主人的厨艺确实不凡。

他的对面，安家七娘子安拂风下箸如风，正飞快扫荡着菜肴。

沈惟清温和一笑："拂风，若不够，我可以再点。"

安拂风狠狠瞪他："倒也不劳沈郎君如此假惺惺。"

沈惟清不以为忤，盛起了酒煮玉蕈。

本来喧闹的食店忽有一瞬静了静。

安拂风扭头看过去，不厚道地笑出声来，低声道："沈郎君，你娘子来了！"

沈惟清闻言，抬头认真地看了一眼，继续慢悠悠地喝汤。不论是安拂风的话，还是秦小娘子的到来，都不曾扰乱到他行事的节奏。

食客们那片刻的失神，正是因为刚从后面走来的秦家小娘子。

这位自称阿榆的秦小娘子生得明媚秀雅，鬓间簪着两朵白色木香花，小鹿般的眼眸清清亮亮，一身素衣袅娜而行时，竟让这粗陋小店堂瞬间幽雅起来。

她走到一桌食客跟前，端上几样蜜饯，温言细语地说道："这杏片是半熟的杏子去核切片所制蜜饯，昨日才启的封；这碟是越梅，采撷后加了盐、糖、紫苏叶、梅卤，三蒸三晒方才制成，可惜还是有些酸了。"

食客们瞧着她低眉浅笑，说不出的纯良乖巧，哪忍苛责，纷纷道："酸些又何妨？既开胃，又消食，再好不过。"

老食客们都知晓秦小娘子的身世。

她的父亲秦池，八年前是光禄寺的太官令，因主持饮福大宴时出错，被远远贬出了京城。三个月前，秦家惨遭山匪洗劫，几乎给灭了满门，只剩秦小娘子流落京师，开了这间小小的食店糊口。

秦小娘子既美且惨，食客们自然格外怜悯几分，便是打赏也丰厚许多。

自然，无依无靠的小娘子，也格外地好欺负些。

另一桌上，四名壮汉盯着阿榆，眼神都有些怪异。其中一名壮汉忽站起身，笑道："小娘子，我家有些甜杏，能否请小娘子跟我们回去一趟，为我们做些蜜饯？"

众人愕然。

阿榆有些怯意，一边往后院退着，一边轻声道："这位郎君，我这边琐事颇多，不打算外出帮厨。抱歉！"

壮汉恼道："你说什么？"

有食客大着胆子帮腔道："这位，小娘子既不愿，何必勉强？别忘了，这里可是京城！"

壮汉们面露怒色，上前几步堵了阿榆去路。

先前那壮汉抽出一柄短刀晃了晃，冷笑道："小娘子，你是瞧不起我柴大郎吗？"

食客们眼见这人动了兵器，顿时面面相觑，再不敢造次吱声了。

阿榆惊吓后退，不觉间已退到沈、安二人附近。沈惟清依稀闻到夹在饭菜香中的丝丝清洌冷香，一时不知从何而来。定睛看时，才留意到阿榆鬓间的木香花。两朵小雪团似的花朵，明晃晃地昭告着她新近丧亲之事。

柴大郎却不知怜香惜玉，拿着短刀，犹自步步逼近："小娘子想明白了，不过请你去做些蜜饯而已！你是去，还是不去？"

安拂风眼看阿榆给逼得退到了她身边，再也忍不住，一把将阿榆拉到身后，抬手一掌击出，闪电般打在柴大郎腕间。柴大郎吃痛，短刀已跌落在地，顿时大惊。还没回过神来，那厢安拂风袍裾一翻，竟然一脚便将他踹倒，连他身后的桌椅都被撞翻，饭菜羹汤狼藉一地。

安拂风一脚踩在柴大郎先前拿刀的手上，喝问："还要请人家小娘子跟你回家吗？"

柴大郎黑了脸，惨叫道："啊，痛！痛痛痛！"

其余三人见状也是胆寒，叫道："娘子在京城下这样的黑手，不怕官府问罪吗？我们、我们可什么都没做！"

差点明着劫人了，还叫什么都没做？安拂风差点气笑了，秀巧的下颌向沈惟清示意了下："找官府？那位是审刑院的详议官沈郎君，有什么冤情赶紧告状去，看他是打我板子，还是打你们板子！"

审刑院？负责复核大理寺所审案件，直接受命于官家的审刑院？众食客松了口气。

小二阿涂听得前堂动静，正要赶来查看，听得安拂风的话，缩缩脑袋，又躲在了门后。

打斗之际，沈惟清面前的菜肴遭了池鱼之殃，早已翻洒得四处都是。他无奈地放下汤匙，看向那群气势全无的壮汉，笑得清清俊俊，温文尔雅。他道："你们是自己滚，还是跟我去衙门？"

就这样？安拂风不觉松开踩在柴大郎身上的脚，惊愕地看向沈惟清。

柴大郎松了口气，忙爬起身叫道："我们自己滚，自己滚！多谢郎君，多谢郎君！"

他生恐沈惟清反悔，竟连短刀都顾不得捡，带着其他人连滚带爬逃出了食店。

安拂风再忍不住，叫道："沈惟清，你就这么把他们放了？"

"不然呢？他们并未真的对这位小娘子怎样。何况……"沈惟清脚尖一钩，挑起地上那柄短刀，伸手握住，"这刀没开过锋，伤不了人。便是送到官府也定不了罪。"

安拂风接过这玩具似的短刀，一时目瞪口呆。这群人看着气势汹汹，敢情就是花架子，摆出谱儿唬人玩儿的？

沈惟清转头看向阿榆。阿榆一双澄亮的眸子正盯着他，明珠般闪亮。与沈惟清审视的眼光相触，她浅浅一笑，端端正正向沈惟清行了一礼："沈郎君，还有这位娘子，多谢解围！"

她又转头向周围食客福了一福："多谢诸位解围，小女子在此谢过了！扰了大家兴致，抱歉！"

阿涂这时赶过来收拾桌椅地面，不时偷偷觑一眼沈惟清。

沈惟清清隽的眉眼冷淡了些："小娘子既选择了这条路，对于这些事，大概也不意外。"

阿榆却听得意外，诧异道："沈郎君何意？我家破人亡，凭家传厨艺勉强立足，还得面对这些事吗？天子脚下，我不信这些人真敢无法无天！"

沈惟清微微一笑："家破人亡？家传厨艺？"

阿榆红了眼圈："是，我父亲秦池，曾凭厨艺名扬京城。秦家的事，旁人不知，沈郎君不会不知吧？"

她直视着沈惟清，并不掩饰探究之意。

"我自然知道秦先生。"沈惟清含笑盯向她，声音低沉了些，"我还知道秦先生离京这八年，好多人自称秦先生的子侄或弟子，借着秦家的名头在京中开食店。不过，敢编出秦家灭门这种弥天大谎的人，我真是……第一次见。"

阿榆真的怔住了："沈郎君这是……不相信秦家出事了？"

沈惟清淡淡道："小娘子似乎忘了，我在审刑院当差。如果真有这种灭门大案，还是秦家的灭门大案，审刑院怎会不知？"

阿榆垂了眸，半晌，她似嘲弄又似自嘲地一笑，低低哑哑地说道："看来，是我高看审刑院，也高看了……这满朝文武。"

安拂风虽救了阿榆，此时听说阿榆竟是个满嘴谎言之人，不由失望。听阿榆这般说，皱眉斥道："你说什么呢？审刑院和满朝文武，是你可以评判的吗？"

阿榆不答，向他们福了一下身，转身退回后堂。

"哎，你这小娘子……"

安拂风不满。

但沈惟清一拂袖，只淡然道："算了，走吧！"

这位小娘子不仅借了秦家名头开店，还编派了秦家灭门之事博取同情，的确无德；但毕竟是年轻女子，生存不易，还会遇到柴大郎之流的恶棍刁难，他没必要跟她计较太多。

何况，他和秦家本就没什么关系，除了四十年前沈秦两家定下的那桩莫名其妙的婚约。

夜幕渐沉，小食店也打了烊，原本喧嚣的店堂顿时空空落落。周围寂静得出奇，一枚枚铜钱相磕的声响便格外清脆。

油灯摇曳，投下淡黄的冷光，照亮柜台一隅。阿榆正坐在那里，纤白的手指跳动，竟在一枚枚地数着铜钱。

"吱呀"声里，笨重的木头被推开，带得灯苗一倾，周围暗了下。

阿榆便蓦地抬起了头。

她的身形似成了暗夜里浮沉的阴影，指尖无声出现的剔骨刀寒芒森森，一双黑眸冰冷锋锐，如潜于暗处即将猎杀对手的阴狠狐妖。

进来的人是阿涂。

他抹着汗，反手关上门，正要说话时，一眼瞥到了阿榆，刚抹去的汗水顿时又渗出，连背心都汗湿起来。

他紧张地捏住袖子，刚要说话时，阿榆展颜一笑，如有阳光瞬间洒落，满身阴冷顿时散逸无踪。

她抬手，用剔骨刀笨拙地挑了挑灯芯，让周围更亮堂些后，方问道："都办好了？"

声音甜甜腻腻，笑靥明媚如花，明眸璀璨如珠。

阿涂却不敢直视，眼观鼻，鼻观心，认认真真地答道："办好了！柴大郎和他几个兄弟已经连夜出城，短期内不会再回来。"

他从怀中掏出一只鼓鼓的钱袋，忍住心中的怪异感，递了过去："他们心疼小娘子开铺子辛苦，凑了点钱，说是孝敬您老人家的。"

"这怎么好意思呢？请他们帮我演一出戏，没付他们报酬，还劳烦他们贴补。"阿榆虽这么说着，却笑眯眯地接过，一边清点，一边感慨道，"他们该是看我这般温婉纯良，才会心疼我。"

阿涂默了下，小心问："温婉纯良？小、小娘子，谁说你温婉纯良来着？"

"那些食客不是时常赞我温婉纯良？"

阿榆说着，甚至冲阿涂笑了笑。

那笑容，纯良娇美，温软干净，谁看了不赞几句她的好相貌、好性情？

阿涂却跟见了鬼似的眼前一黑，也不敢多说，只含糊地咕哝："他们……大概瞎了眼。"

哪怕阿榆在人前表现得再温和再乖巧，阿涂也不会觉得她能跟什么"温婉纯良"沾边。

当日，他拎着一包金银细软离家出走，可惜刚出京城就遇了柴大郎他们这帮子劫匪，更不幸还遇到这位"温婉纯良"的秦小娘子。

其实阿榆也没怎么着，只是手持平平无奇一把剔骨尖刀，把劫匪首领的手指，削成了白骨。

阿涂当即给跪了。柴大郎等人当场石化了。

片刻后，众劫匪丢下大砍刀，奉上买路钱，忠心耿耿地表示愿为小娘子重振秦家的大业添砖加瓦。

他们跪地之际，对阿榆的称呼是"祖宗"。

阿涂便是在这位劫匪"祖宗"温柔纯良的笑容下，浑浑噩噩交付了身家财产。为报救命之恩，他还顺便签了三年卖身契。

等他跟着阿榆回到京城，盘下这铺子，这才醒过神来。他堂堂的高家公子，已成不名一文的食店小伙计，怎一个惨字了得？他觉得自己挺糊涂的，恰好阿榆也觉得这捡来的小二挺糊涂，所以就叫他阿涂。听着跟阿榆的名字像姐弟似的，多亲切！至于那什么高公子矮公子的身份，三年后再说。

柴大郎等人也是倒霉，在京郊遇到阿榆，溜回京城又遇到阿榆。小祖宗开口了，让他们配合着演一出戏，他们敢不配合？不但配合，还乖乖奉上这些日子不知从哪里搜刮来的钱财，生恐小祖宗一个不高兴，再送他们几根指骨——十指连心，那滋味，当真比死还痛啊！

阿涂想到这些事就咬牙。什么温婉，什么纯良！这世间温婉纯良的美人，都有毒！剧毒！阿涂最不解的是，这位劫匪祖宗，为什么一心一意往沈府凑？如果他没看错的话，从阿榆开店铺，到散出秦家灭门的流言，到引来沈家嫡孙沈惟清，都在她的计划之中。而沈家……阿涂打了个寒噤。

沈家的老家主沈纶，曾是两朝名相，如今虽致仕在家，但还有许多亲故学生官居高位。家主沈世卿，沈惟清的父亲，则是掌管一方的转运使。年轻一辈中，沈惟清多谋善断，才识出众，以荫恩入仕，现领审刑院详议官，颇得官家信重，可谓前程无限。

当然，近年沈惟清的八卦也不少，比如忽然和安家七娘子要好，几乎形影不离；再如江九娘与其青梅竹马，声称非其不嫁……

阿榆无缘无故往这样的贵公子身边凑，难道有什么大阴谋？阿涂看着阿榆纯良明净的笑容，张了几回嘴，还是没敢问出口。毕竟，他才是真真正正弱小可怜无助的那个人。

沈惟清离开食店，又去了审刑院，方返身回府。但他并未直接回去，而是绕道穿过两处小巷，最后更是抓起安拂风，拐入一处僻静的巷道。

安拂风纳闷，怒道："沈惟清，你疯了？"

沈惟清没理会她，抬眸，静静看向巷尾不知何时出现的一道身影。

夜色已沉，那身影飘在暗影里，完全看不出面容，只能隐约辨出，那是一名身披黑色斗篷的高挑男子。

安拂风吸了口凉气，不觉看了沈惟清一眼。这位相门骄子看着温温吞吞，说话做事比常人还要慢半拍，但她都未发现有人跟踪，他竟已将对方找出，并堵了下来。

沈惟清淡淡问："阁下何人？跟踪我半日，意欲何为？"

斗篷下传出男子一声低沉的笑："倒是警惕，算不得蠢货。"

"先遇到评判审刑院和朝廷命官的小娘子，再遇到评判我的高手，倒也真是……巧了！"

沈惟清含笑说着，手一抖，掌中已多出一柄软剑，直刺黑衣人。安拂风也拔剑跟了过去，相助沈惟清。

沈惟清招式使得极稳，但细微变化处迅捷轻灵；另一边的安拂风大开大阖，只攻不守，剑势凌厉，和沈惟清配合得极好。细论起来，京城能挡住二人联手的，即便将大内高手加上，也屈指可数了。

可黑衣人身形极快，连连闪避之际，看似不敌，二人却连他的衣角都没沾上。

兔起鹘落间，三人已交手数招。

沈惟清皱眉，正要变招时，黑衣人忽出手，宽大的袖摆迅疾拂向二人的长剑，只闻"叮、叮"两声，竟是袖中暗藏短刃，瞬间挡住二人的剑。顺着兵器弹开的力量，他轻轻一荡，已飞落在屋檐上，再一展臂，如鹰隼般飘入了黑夜中。

夜风中，只闻那人微哑的叹息声高低起伏着："身手不错，可惜人品不咋样。哎……"

沈惟清皱眉。

安拂风额上有汗意："这是哪来的高手？轻功高得离谱，我们怕是追不上。"

沈惟清垂头看着手中的软剑，沉默半响，说道："他似乎在试探着什么，未尽全力。"

"未尽全力，还能轻易挡住你我二人联手？"安拂风一时不敢相信，追问，"他应该是冲着你来的，你居然不清楚他在试探什么？"

"不清楚。"

安拂风便大为不屑，冷笑道："千方百计阻止我进审刑院，好像多大能耐似的。可今天遇到这一个个的，似乎都没把你沈大公子放在眼里呢。"

沈惟清也不生气，笑着摇了摇头："或许是我办案时得罪了人，才会被这人盯上。拂风，你这性子更易得罪人，又是女子，若也遇到这等高手为难，何以自处？"

安拂风听出他话中有关切之意，也不愿再吵下去，只低声咕哝道："因噎废食，说的就是你这种人！"

二人转回州桥方向时，沈惟清的小厮卢笋飞奔而来。

"郎、郎君，总算找到你了！老主人让你立刻回府！"

"出了什么事？"

"说是秦家出事了！"

"秦家？哪个秦家？"

"就是那位秦池秦先生家。说是秦家隐姓埋名住在真定府，被人灭了满门！大理寺去了两个月，才查出这户被灭门的秦家，就是秦池先生家！"

沈惟清呼吸一滞，忽然想起小食店里，秦小娘子低低哑哑的话语。

"看来，是我高看审刑院，也高看了……这满朝文武。"

他抬头看了看天空。满天星辰，都像极了秦小娘子澄澈晶亮却满含讥讽的眼睛。

收到沈家相邀的请帖时，阿榆正打量着后院的木香花。

她扫了眼阿涂手中的请帖，抬手用小剪子拨着木香花藤，慢悠悠地问："是沈家下人送来的？"

阿涂道："来的倒是名管事，但放下请帖就走了。"

话未了，只听一声低而细的冷笑，然后就是"咔嚓"的一声，阿榆手中的剪子闪着寒光开阖了下，一枝木香花落到她手中。

玉白瘦巧的手，托着簇簇小雪团般的白木香，冷冷清清，无来由地让人打了个寒噤。

阿涂忐忑了半响，才壮着胆子低声问："小娘子，沈家……为什么找你？"其实他想问，小娘子为什么找上沈家。

他以为阿榆多半不会回答，但阿榆顿了片刻，居然答了他。

"秦家和沈家有婚约。但秦家出事了……"阿榆歪着头，笑容明媚中带着一抹天真，"阿涂，你觉得，沈家会认这门亲事吗？"

阿涂惊骇："真、真有婚约？"

"若没有婚约，我折腾这一出出的，闲得慌？"

阿涂看着手中的请帖，逼自己静下心认真想了想，才答道："沈府派管事来送请帖，说明沈家是知道这门亲事的；管事放下帖子就走，说明沈家，包括沈家这些下人，并没把这门亲事放在心上。"

"是没把秦家放在心上，更没把流落京城的秦家孤女放在心上。"阿榆并未因阿涂的直言不讳生气，笑问，"我看着你也有些世家高门的矫情，那你就帮着猜猜看，沈家现在是什么打算？"

他都当小二了，哪还有什么矫情？阿涂腹诽，却不得不思索着答道："即便秦家没有没落，也不过小小的太官令……跟沈家怎么比？沈家大约会想着怎么解除婚约吧！"

阿榆道："如果婚约只是老一辈的口头约定，没有婚书呢？"

"没……没有婚书？那沈家会认这门亲事吗？"

阿榆轻飘飘道："不知道啊！秦家只剩了一名孤女，看着是不是……任人宰割？"

剪子再度"咔嚓"一声，又一枝木香花落下。

暮春节气，天气并不热。但阿涂听着这"咔嚓咔嚓"声，额上已沁出了一滴汗。

他小心地问："秦家……真的被灭门了？"

他原以为这些话是小娘子编着玩儿的，可以多招揽些悲悯大方的客人，如今看着却不像。可阿榆这么咔嚓咔嚓剪着花枝的姿态，凶悍利落得像在折断谁的小胳膊小腿……这么厉害的小娘子，会被人灭了满门？

阿榆听他提到此事，不由得惆怅叹气："我也不想啊！一个眼错不见，秦家就没了。看来，你也觉得秦家孤女成了砧上鱼肉呢……"

"没、没有！小娘子你怎么可能任人宰割！"

想宰小娘子的，不怕被小娘子宰了吗？

阿榆轻嗅花香，却道："其实，我也是任人宰割的。我很可怜的。"

阿涂不敢反驳，对着手指不敢说话。

阿榆将刚剪下的木香花绕在细白的腕间，自语般道："我都这么可怜了，总不能……每个人都这般可怜吧？"

她的声音更低,有些苦恼地叹息,踱着悠然的步伐,不紧不慢地走向她的卧房。

阿涂已感觉出他的小二生涯似乎不会太安稳,抱着肩,缩着脖子,一溜烟地躲后厨去了。

阿榆的卧房不大,一床一桌一椅一衣柜,都是原木材质,又窄又小,甚至比阿涂的房间还要简朴。阿涂曾因此觉得小娘子对他还算另眼相待,颇为感动。但他并不知,只有这种小得能一伸手就碰到墙壁或床榻的屋子,才能让阿榆安心入睡,不必担忧暗处伸来的魔手或刀剑。

她走向床榻时,忽挑眉看向窗外,低声喝问:"谁?"

袖中的剔骨刀已悄然滑出,另一只手的指间,几根亮汪汪的钢针在闪动。

窗外,传来男子喑哑的声音:"小娘子。"

阿榆眼中的冷意消失,剔骨刀和钢针也悄然不见。她走到窗前,又是眉眼温良的少女模样。

带着三分依赖,她轻声唤道:"凌叔,你来了!藜姐姐怎样了?"

男子道:"还没醒。但真人说,应该不会有性命之忧。观中似乎有人帮忙,藜娘子所用的药,极好。"

"哦?不是真人的珍藏?"

"不是。有几样补药,怕是宫中才有,真人也未必能拿到。观中俱是女流,我不方便仔细打探。"

"罢了,隔些日子我去瞧瞧。这都三个月了,藜姐姐也该醒了吧?"

阿榆有些犯愁。若她千方百计敲定了沈秦两家的亲事,却交不出新娘,那才叫尴尬。

外边,凌叔又道:"小娘子,我去见过沈惟清。"

阿榆一笑:"凌叔怕他不成器,配不上藜姐姐?"

凌叔顿了声,道:"我怕他不成器,不值得小娘子费这些心思。"

"凌叔试得怎样?"

"武艺不错,也有些脑子,但我不喜他那性子。在小娘子面前,他有什么资格矫情摆谱?"

阿榆嘴角一弯,难得露出小女孩的娇憨:"凌叔疼我,才觉得我好。"

凌叔叹道:"小娘子,你不该回京城。"

阿榆沉默了好一会儿,才轻声道:"凌叔,我知道你的意思。放心,我只想为秦家讨个公道，为藜姐姐求个未来。至于沈惟清，在看清他的人品前，他想娶，我还未必舍得藜姐姐嫁呢！"

"那就好。"

凌叔应了她一声，便没了声息。

阿榆推开窗，正见凌叔裹着黑斗篷，轻轻纵上屋顶，再将脚尖一点，如叶子般轻轻荡了出去，瞬间不见了踪影。

阿榆笑了笑，将手中的木香花放到小桌上，吹灭了油灯。

油烟袅袅散开，灿红的灯芯挣扎了片刻，暗了下去。木香花的香气便在伸手不见五指的黑暗中徐徐散出，浓郁得几乎化不开，却极清极冷，浸得人五脏六腑都沁入了这股子孤冷的香。

沈府，坐落在州桥之南，于京师最繁华处闹中取静，是真正的名相宅邸，清贵门第。正值春光好，这一日满园花开妍媚，牡丹芍药竞艳争芳，华美招摇，入目旖旎，无处不昭示着这座宅邸的富贵风流。

老丞相沈纶挂着拐，仰头看着眼前的老榆树出神。阳光透过枝叶筛下，照出他苍老的面容，连眼角的褶皱都透着虚浮的苍白，但他双目炯炯，总蕴着微微的笑意，看着甚是可亲。

沈惟清一身青衫，如一竿挺而直的青竹，从姹紫嫣红中走出。

沈纶便眯起眼，仔细看着自己的嫡孙。

萧萧肃肃，高澹秀逸。这年轻人的身姿气度，竟似能压下满园的春日韶光，但他眸光微沉，比平时多了几分冷意。

沈纶笑眯眯问："惟清，你不满意那位秦小娘子？"

沈惟清淡淡道："祖父，我只是不满意这桩儿戏似的婚事。"

沈纶一捋花白胡子，叱道："什么话？什么叫儿戏似的婚事？四十年前，若不是她祖父相救，我早就成了路边骸骨，哪来的你父亲，又哪来的你？我因此承诺的婚约，能作得假？"

沈惟清只觉祖父斥责他时，眯起的双眼里似闪动着千年老狐的狡黠光芒，顿时头痛，接口道："祖父也说了，那是四十年前的事。那时阿爹都还没出世，您就为我这个孙子定下婚事？祖父真想报恩，何不当时卖身给秦家？或将阿爹许给秦家也行。"

沈纶"呸"了一声，说道："亏你还是个世家子弟，孝经没读过吗？有这样卖你祖父、卖你父亲的吗？书都读到狗肚子里去了！"

沈惟清道："祖父，你拿孙儿去报四十年前的恩，不慈在先，便不能怪孙儿不孝。"

沈纶道："我不过跟秦家订下儿女婚约，哪里错了？你要怪，就怪你阿爹没个姐妹，怪你自己投胎到我沈家。怎么着，得了沈家儿郎的身份，不想认沈家的誓诺？"

合着是他投胎投错了？沈惟清一时居然无法辩驳。他固然出类拔萃，但若不是出身沈家，哪来的机会延请最好的老师，学文习武？哪来的机会承荫恩领官衔，受人尊敬，甚至能直面天颜？

沈纶拍了拍沈惟清的肩，语重心长地说道："惟清，人无信则不立。咱们沈家，丢不起这个脸。"

沈惟清道："娶无知无识的厨娘为正妻，就不丢脸？"

沈纶拿拐"笃笃笃"地敲着地面，叫道："什么叫丢脸？四十年前，我是一无所有的落魄书生，秦家不计回报救我性命；如今咱家有了点能耐，却嫌弃起人家，这才叫丢脸！"

沈惟清道："可我并不认为秦家想继续这门亲事。先前在京中这么久，秦家并未提过结亲之事；后来秦家悄然离京，一去八年，再未与京中亲故联系。他家不怕耽误我，难道就不怕耽误了秦娘子？"

沈府和秦家结亲之事，知情的亲故并不少。秦家离京前，即便他不曾刻意打听，也不时听人提起秦家那位最可能嫁他的长女。秦家似乎从未教过女儿怎样去做世家高门的儿媳，甚至没考虑过教女儿读书识字。

据说，秦家长女唯一的爱好便是美食，并完美继承了父亲的厨艺，故而深得秦池宠爱。

但沈惟清想要的是志趣相投的妻子，而不是洗手做羹汤的厨娘。若秦家有意拒亲，倒也正合他心意。

只是，八年后重新回归的秦家娘子，看起来是改了主意？

沈纶清楚孙儿的想法，苦笑道："若真是秦家提出不想结亲，倒也罢了；但如今秦家这种境况，秦家小娘子找上门来，你却将人家推出去，这叫人家怎样看沈家，怎样看你？"

沈惟清道："秦家无意结亲，她却主动找上门。祖父就不担心，她是灭了秦家的凶手派来的？"

这小娘子竟比审刑院还早两三个月知晓秦家灭门之事，很可能是此事的亲历者或知情者。

要么是亲人，要么是仇人。

沈纶哈哈一笑，一揽孙儿的肩："你当祖父老糊涂了，会给你娶个西贝货？放心，是不是秦家女儿，一试便知。"

沈惟清听得一个"娶"字，眉峰便皱了起来，悄无声息地退了两步，躲开祖父过于热情的"爪子"。

沈纶意犹未尽，睨着沈惟清，忽压低了声音，说道："听闻这秦小娘子生得甚美，若她真是秦家女儿，能从灭门之祸中逃出，还能诱了你主动去见，也算得是才貌双全的机灵人了。"

沈惟清闻言，本就泛着寒意的面庞更冷了："我不喜这样的机灵人，算计太甚。"

祖孙说着时，小厮卢笋快步走来，气喘吁吁道："来了，来了！"

沈惟清淡淡瞥他一眼。家世和教养果然不是朝夕学得会的，他教了多少遍，卢笋还是这般咋咋呼呼。

卢笋一瞅沈惟清神情，忙脸色一肃，端正地补了一礼，说道："老主人，郎君，少主母到了！"

沈惟清顿觉这货还不如就那样咋咋呼呼的，至少不会扎心。

沈纶却露出了笑容，挺了挺半驼的脊背，说道："快请她过来吧！"

阿榆第一次来沈府，并不掩饰自己的好奇。她跟在安拂风身后，虽身姿笔直，仪态端稳，眼睛余光却四下打量着。

安拂风怕她不自在，安慰道："沈府不算大，除了距宫城近些，也无甚特别的。"

阿榆点头同意："的确无甚特别的。"

安拂风便觉得没法接话了。

阿榆摸摸腕间的那串雪色木香花，慢慢道："秦家大仇未报，实在无意留心别的。我只想知道，以沈家声势，能帮到我吗？"

安拂风曾听沈惟清评论这小娘子心机深沉等语，听小娘子口吻，的确也是别有用心。但她看看阿榆腕间的白木香，再看看她乌鬓间雪团似的两朵白木香，心下顿时一软，低声提醒道："小娘子放心，沈郎君虽不是易与之辈，但沈老一直感念着当年秦家的相救之恩，断不会袖手旁观。"

阿榆便嫣然一笑："多谢妹妹提醒。"

安拂风面色便古怪起来："妹妹？你叫我妹妹？"

阿榆笑道："嗯，我看着面嫩，其实已经二十了，是不是比你大些？"

安拂风一怔："竟然二十了？"

这小娘子果然面嫩，笑起来稚气犹存，宛然不过十七八的模样。二十尚未定亲，想来是被沈家的婚约耽误了。可惜沈惟清这坑货，心冷意冷，还挑剔得不行，秦小娘子的婚事，只怕会继续被耽误了。安拂风心更软，借着闲聊之机，又将沈家的一些事说给她听。

说话间，二人已行至老榆树下。

安拂风先瞪了沈惟清一眼，方向沈纶恭敬道："沈老，秦小娘子到了！"

沈纶笑道："辛苦七娘了！"

阿榆端端正正行了一礼："小女子阿榆，见过沈老，见过沈郎君。"

她的声音既柔且脆，恰到好处地带着些彷徨无助，连沈惟清听着，都忍不住多看了她两眼。

或许因为还在孝中，阿榆并未特地打扮，和在食店一样，穿得极清素。素白细布窄袖短衫，玉白色两片式旋裙，发髻用一根银簪绾着，簪了两朵白木香。若换成寻常女郎，这装束必显粗陋。但她亭亭立于祖孙二人跟前，明媚秀雅，似初春时节将绽未绽的一枝温柔玉簪——可玉簪花并不会有白木香这种既浓烈又清冷的馥郁香气。

沈惟清鼻尖满萦那奇异的冰冷香气，有退一步的冲动。他缓缓转过目光，若无其事地负手而立。

沈纶不再是先前不着调的嬉笑模样，一脸温慈地笑道："小娘子便是秦池的女儿？原是通家之好，无须多礼。秦池有三个儿子，却只你一个女儿，倒也养得好，眉眼跟你母亲很是相似。"

阿榆诧异地看了沈纶一眼，微笑道："沈老怕是记错了。阿爹有两个女儿。我是长女，名唤秦藜。出世那日母亲梦到在做榆钱羹，故而又给我取了小名阿榆。我还有一个妹妹，名唤秦萱，眉眼轮廓比寻常人深些，倒是很像母亲。我的模样更像父亲些。"

沈纶倾听着，神情更加和煦，说道："果是我年迈，竟记错了。不过我倒还记得你父亲做的榆皮索饼，真真好味道。小娘子家学渊源，必定得心应手。今日特请你来，便是为的此事。"

阿榆看了一眼旁边的老榆，笑道："府上植有榆树，此事不难。"

沈纶道："那就有劳小娘子了！"

沈惟清瞥了阿榆一眼，淡淡道："拂风，辛苦你陪秦小娘子去一趟厨房吧！"

安拂风也是含着金匙长大的，并不曾吃过榆皮索饼或榆钱羹，正听得好奇，闻声忙引阿榆去厨房："小娘子请！"

阿榆眸光悠悠，在那祖孙二人身上一掠而过，不惊不恼地随着安拂风走向厨房。

安拂风却有些恼火沈惟清的冷淡，走得略远，便和声安慰道："小娘子不用担心，沈郎君虽然又骄傲又奸猾，但道貌岸然惯了，不会真的对你怎样。"

阿榆瞥向安拂风，目光有些怪异："骄傲？奸猾？"

她越来越觉得，这位传说中跟沈惟清不清不白的娘子，似乎对沈惟清评价并不高。

安拂风摸摸鼻子，说道："你别听坊间那些风言风语，也不知哪个混账王八羔子传出的鬼话。我不过上了沈惟清的恶当，以为他武艺低微，一时冲动跟他赌斗。当时说好了，若我赢了，帮我入审刑院，和他一样查疑案，辨正伪，明善恶；如果我输了，一年内都得听命于他……"

阿榆弯弯的眉不禁挑了下："你打不过他？他武艺很高？"

她见过安拂风出手，迅捷利落，即便不算一等一的高手，也绝对差不到哪里去。

安拂风提起此事便怒火中烧，愤愤道："你也看不出吧？这人就是故意的！明明身手高明得很，故意藏着掖着扮猪吃老虎，时时准备阴人，才让我吃了大亏！"

阿榆便忍不住叹道："沈郎君是多不待见我，才让七娘子一路陪我啊！"

安拂风脑筋拐了个弯，忽然明白过来："他、他是算到我会说他的坏话，故意让我陪着你？"

阿榆悠悠地笑。黎姐姐的眼光倒是不差，沈家郎君不仅风姿如玉，更兼文武双全。只可惜，他不喜这门亲事。可秦家的满门冤仇，秦藜坚守多年的婚约，岂是这狐狸想甩就甩得了的？她有太多的事无能为力，甚至没能护住秦家。可她总不至于连秦藜的婚约都护不住吧？

阿榆轻轻抚着袖中暗藏的剔骨刀。刀身冰冷，寒意沁骨，却让人如此安心。她的笑容便更加明亮起来。

第二章 一碗榆钱羹，一纸任命书

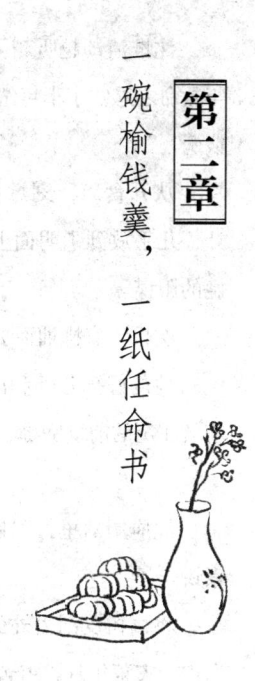

沈纶目送阿榆的背影远去，拈须而笑，却又摇头一叹，颇有感慨之意。

他道："惟清，你看到了吧？她的确是秦家女儿，又经了灭门惨痛，见微知著，颇懂人心，看着既聪慧，又机敏，绝不可能是什么无知无识的愚妇。"

沈惟清也承认，这小娘子看着绝不是什么愚妇，却绝不认可祖父的看法。

他道："祖父认为她是秦家女儿，是因为她了解秦家人口，并清楚秦家人长相？但行凶之人同样可以事先了解秦家人的人口和各自喜好。"

沈纶却摇头："但行凶之人，不会知道榆钱羹。"

沈惟清意外："榆钱羹？"

"你觉得，她出世时，母亲真的梦到做榆钱羹了？"

沈惟清回过神："她是……在试探！祖父试探她，她也在试探祖父？"

沈纶已面露追忆之色："当年我伤病交加倒在路边，又值战乱时节，大饥之年，人人自顾不暇，谁还顾得上救人？偏她爷爷前一天刚得了些榆皮和榆钱，便将榆钱和仅剩的一把米煮了两碗榆钱羹，喂我吃了两天，生生从阎王爷那里夺回了你爷爷这条小命。再后来，我好些了，才跟沈家人一样吃榆皮索饼……"

沈惟清却越听越不适："于是，所谓梦境，所谓小名阿榆，其实都是在提醒祖父当年救命之恩？小小年纪，倒是……好心机！祖父，您信不信，这个阿榆，一定会给您做榆钱羹。"

从开食店，刻意传出秦家灭门消息，引出沈惟清，这小娘子把挟恩图报、步步算计，几乎放到了明面上。但不论是沈纶，还是沈惟清，若不想做违诺小人，就必须直面她的阳谋。

沈惟清有拂袖而去的冲动。沈纶却笑得满脸皱纹挤成了朵朵小菊花。

他的好孙儿外和内冷，心高气傲，谁都看不上，婚事才耽误至今。莫非真是四十年前就注定的前世姻缘，要把他留给秦家这个灵慧机智的小娘子去降服？

沈府厨房里，阿榆已将腕间的白木香花串取下，用缚膊束起袖子，利落地做着榆皮索饼。

将榆树皮刮去外面干硬的老皮，剔除内里的苦皮，剩下的那层嫩皮，便是可食的榆白皮。灾荒年月，穷苦人家将这些嫩皮撕成长条，大锅煮上半日，便能用来充饥了。

煮熟后的榆白皮有些像粉条，但又黏又韧，是嚼不烂的，只能硬生生地大口咽下去，半截入了腹，剩的半截可能还塞在喉咙里。

给沈老备的榆皮，自然不可能如此粗陋。取新鲜榆皮切作细丁，加水熬汁，待水熬得只剩一半时，移去柴火，滤去榆皮，便可舀汤汁和面，揉作索饼。

安拂风看着阿榆熟练的动作，忍不住问道："小娘子，秦家虽离京，但总该有些积蓄吧？难道你在家也要做这些粗活？"

阿榆顿了下，笑道："虽有仆役，但阿娘总说，女孩儿若能学得一技之长，早晚会有用武之地。你瞧，我这不是用上了吗？"

她说着那些逝去的人和事，却笑容明亮，让安拂风更是怜悯。若秦家还在，断然舍不得她受这种苦。

安拂风踌躇了下，低声安慰道："小娘子，既然沈家找到了你，生计之事就不用担心了。不论婚事成不成，他们断不会再让你孤零零漂泊在外。"

阿榆不接话头，只笑问道："七娘，你想吃榆钱糕、榆钱饭还是榆钱羹？我另外多做些，必定都比榆皮索饼强。"

安拂风怔了下："你还要做别的？"

阿榆道："榆白皮涩味甚重，即便只取其汤汁揉面，也称不上好吃。但它清毒助眠，于老人家甚有好处。若是其他人，尝个鲜便罢了，犯不着多吃这个。"

安拂风道："都……都行。少做两样，别太辛苦了。"

秦小娘子可怜可爱又可敬，安拂风深感自己有责任多多照拂，不能让她委屈着。

阿榆却笑道："不辛苦。以前阿爹阿娘还在时，就赞过我榆钱糕和榆钱饭做得好。早知会遇到那样的事，我该多做几回孝敬他们了。"

安拂风便再也说不出话，有种将阿榆的小脑袋搂到怀里，好好护住她的冲动。

阿榆的笑容便愈加明亮。乖巧示弱，惹人怜爱什么的，谁不会呢？早在六岁那年，她就已学尽此间真谛。只是，当她不想再装乖巧时，就轮到别人在她跟前乖巧懂事，温顺听话了。沈惟清，不会是例外。

阿榆接过厨役递来的榆钱，和入面粉，熟练地拌上糖霜和香油，搓匀按实，做成榆钱糕的面坯。待面坯一枚枚放入笼屉蒸上，她又取榆钱拌入玉米面中，做起了榆钱饭。

半个时辰后，一样样菜肴和糕点被端上食桌。沈惟清目光淡淡地扫过，无声一叹。

他果然料得不错，这就是个心机小娘子。

除了沈纶点名要的榆皮索饼，还多了榆钱饭、榆钱糕以及……榆钱羹。

榆皮索饼汤色浑浊，榆钱饭颜色近乎乌绿，并不养眼；倒是榆钱糕翠色晶莹，榆钱羹清澄碧绿，清爽怡人，勾得人食指大动。

沈纶尝了一口索饼，绵软的面饼中萦缠着榆叶的清香，醇厚的汤味又冲淡了榆皮的涩意，舌尖竟似被诱惑了一般，忍不住又吃了一口，再又吃了一口……才想起他得做点什么。

沈纶恋恋不舍地放下筷子，盯着眼前卖相不佳却极美味的索饼，咳了一声，方找回一代名相应有的气势，似在细细品鉴一般，赞赏地点点头，又皱眉摇头。

他拖长着声音道："味儿倒是像，但太软烂了些。"

阿榆欠身道："沈老，面食韧些固然更加味美，却难以克化，恐肠胃不适，故而特地煮得烂烂的。沈相若不爱吃，不妨喝一碗榆钱羹。"

沈纶收了笑容，盯着她，问："如果我就想吃一碗韧韧的有嚼劲的索饼呢？"

阿榆为难，半晌道："如果翰林医官院和令孙都觉得没问题，我立刻去做。"

沈纶看向沈惟清。

沈惟清微微一笑，说道："祖父，若您执意想吃，我这便遣人前往医官院问询。他们若是应了，明日我便去医官使家，找他家爷娘说道说道。"

翰林医官院掌供奉医药及承诏视疗众疾之事，官家和众皇族、大臣，均在其职责范围之内。医官使主管医官院，自然不敢拿老相公的身体开玩笑。

问都不须问，便知沈纶别想吃到一口弹韧有嚼劲的索饼了。

眼见沈纶黑着脸，似乎要砸碗的模样，阿榆觑了一眼，上前打开汤钵，盛出一小碗榆钱羹，放到沈纶面前："沈老，不如尝尝这个？多尝些这个倒是不妨。"

沈纶沉着脸，勉强尝了一口。

同样的榆香，竟和先前索饼的醇厚全然不同，味蕾似被榆钱那种细而密的清香瞬间浸润，咸鲜和清甘融合得恰到好处，如春日和风般悠缓地涤荡着，连素日有些烦闷的胸怀都为之一畅，说不出的舒缓惬意。

沈纶原先准备了一堆说辞，准备再试试这小娘子的品性，但这口汤下去，那些说辞便再也说不出口。毕竟是秦家仅存的血脉，难得还继承了秦池的厨艺天分，他岂能屡加为难试探？这般想着时，沈纶已舒展了眉，笑道："罢了，也算你有心。坐吧！你们也都一起尝尝。"

安拂风看阿榆做了这许久的菜，早已食指大动，闻言忙应了声，拉阿榆一起坐下。

沈惟清也坐了，不紧不慢地尝着眼前的饭菜。榆钱羹清鲜爽口，榆钱糕软糯清香，榆皮索饼的确软烂了些，但榆钱饭粒粒弹韧，竟不比皇宫大内的山珍海味差。秦小娘子的厨艺，真是没得挑。

安拂风看了眼陷入思索的沈惟清，觉得他不仅矫情，还蠢钝如猪。她不客气地将榆钱饭盛得高高的，又要来两只小碗，一只盛了羹，另一只堆了三枚榆钱糕。

沈惟清回过神时，盘中的榆钱糕竟只剩了一枚。他怔了下，抬手去夹最后一枚榆钱糕时，筷子不知怎么就和另一边伸来的筷子碰了下。

沈惟清抬头，阿榆正缩回筷子，冲他展颜一笑，却如芙蓉乍绽，莹亮璀璨，灼灼炫目。

沈惟清猝不及防，竟似被她的眼神烫了烫，有了片刻恍神。他忙垂下眸，安静地吃着饭，再不看她一眼。

饭后，沈纶摸着肚子，显然撑了。沈惟清、安拂风等忙扶他到园中散步消食。

园中韶光正好，芍药明艳，牡丹雍贵，满架荼蘼生香。

安拂风自认吃了小娘子的饭，沾了小娘子的光，便想着得帮人家做点什么，于是扯了下沈惟清。

"沈惟清，我瞧着秦小娘子人不错，做的饭菜也极好。不如就娶她为妻吧，往后我也能跟着口福不浅。"

沈惟清眉眼不动，只有唇角流露恰到好处的礼貌笑意。他道："父亲外放未归，我暂时无意娶亲。秦家刚遭大难，秦小娘子一看就是贤孝之人，想来也不会思量婚姻之事。"

声音不高不低，温温淡淡，恰到好处地传到沈纶和阿榆耳中。

阿榆转头看他一眼，正好与他难得蕴了笑意的黑眸撞到一处，神情便有些僵硬。

一开口就拿贤孝的大帽子往下扣，根本不顾她目前是何等处境、何等心境。秦藜看上的这位……还真是看着就讨厌呢！

沈纶瞪了孙子一眼，咳了下，看向阿榆："秦小娘子，你和沈家的亲事……"

有意无意地，他拖长了声调，然后沉吟般顿了下。

沈惟清微笑道："秦小娘子正是伤心之际，祖父此时问起亲事，岂不是为难她？"

阿榆飞快瞟他一眼，嘴角抿了抿，向他敛衽一礼："沈郎君说的是！"

沈惟清愕然，凝眉看着她。

阿榆冲着沈纶又是郑重一礼，迎向他蓦然锋锐的目光，缓缓道："沈老，我自知蒲柳之姿，不足高攀郎君。四十年前那一诺，并未落于纸笔，原不过玩笑而已，何必当真？何况如今秦氏家破人亡，唯余我一人。纵沈家高义，不忘旧日誓约，我也无法坦然嫁入沈府。我不想成亲之后，日日所思所想，都是我那些在火海中哀号的亲人；夜夜午夜梦回，都是亲人的亡魂在哭着呼唤我的名字。"

阿榆似看到了那夜秦家的大火，也似看到了更久更远之前的某个傍晚，迎着如血夕阳，在衰草连天里，步步走向离散，走向家破人亡的那些亲人。

她的语调再也无法维持素日的平和柔婉，在清风淡淡中显得尖厉；那双澄净的眼睛似被压抑的痛苦和悲惨笼住，又黑又冷。她勉强咧了咧嘴，似乎想用浅笑来掩饰什么，但她终究没能笑出来。她索性抿紧了唇，仰头盯着沈家祖孙，不再掩饰她的仇怨和悲怒。她眼底的黑和冷里，便窜出了簇簇幽火，灼灼逼人。

沈氏祖孙不由屏住了呼吸，连安拂风都紧盯着她。

沈纶问："你待要如何？"

阿榆低而沉地吐着字："我要报仇。我要查出五年前陷害阿爹的卑鄙之人，我要查出三个月前夷平秦家的幕后之人，我要让那些痛苦冤死的亲人亡魂，在九泉之下终得安息！我不要婚约，我不要夫婿，我也不要什么未来、什么富贵，但我要求一个真相，求一个公道！哪怕舍了一身骨血去铺路，我都要去求一个公道，告慰那些在远方呻吟惨死、尸骨难存的亲人！"

阿榆双膝跪地，重重磕下三个头，神情间是掩藏不住的悲愤痛楚。

她颤抖却尖锐地说道："求沈老帮我！我只要一个进入审刑院的机会，可以名正言顺去查秦家灭门案的机会！我会亲自查出真相，亲手逮住幕后元凶！"

她忽转头，灼烈的眸子蓦地盯向沈惟清："沈郎君，我不会连累你，真出了什么事，哪怕粉身碎骨，我一个人担！"

说话之际，她直直地盯着沈家祖孙，眼底的火焰焚去了面具般的温婉柔和，唯余刀锋般的尖锐，散发着天真而无畏的悍勇。

这种悍勇，令她整个人都在熠熠生辉。

三月的柳絮漫天飘浮，似迷了谁的眼。

安拂风觉得她的血忽然很热，心也烫了起来；沈惟清却觉得不仅心脏，连掌心都一阵冷，一阵热。

阿榆又磕下头去。

她头上簪的木香花跌落，鬓发也微微散乱，整个人便似一枝风雨中的木香花，飘摇而倔强，宁可抱香而死，不肯零落尘埃。

沈惟清盯着她，一颗心也随着她的动作沉了下去。

沈纶嘴唇颤动，神情更显苍老虚浮，浑浊的眼中却浮上了泪光。他慢慢道："阿榆，好孩子，别磕头了。这事，我允了。"

在几人肃然的目光中，阿榆告别而去。

沈纶目送她的背影消失，转头看向沈惟清，一脸端肃。

"惟清，君子修德，端方处世，自当一言九鼎！四十年一诺，岂是玩笑！她就是你的妻子。这辈子，你不许负她。若敢不娶她，或欺凌她，我打断你的腿！"

沈惟清眸光微微一闪，沉默。

阿榆反其道而行，不说想嫁，而说不嫁，却硬生生让人看到了一个贤孝坚强的秦家遗女。别说念旧情的老祖父，连刚认识的安拂风都红了眼圈，不知该怎样保护她，疼惜她。

于是，阿榆再怎么说不嫁，都被认作是他沈惟清的未婚妻了。

这样的小娘子，他未必不被打动，但他更相信他的直觉。

他在审刑院已有两年，办的案，见的人，不可谓不多。他那超乎寻常的直觉，从没出过错。直觉告诉他，秦小娘子在撒谎，秦小娘子绝不是简单的秦家遗女。可他如果敢说，这阿榆满口谎言，演戏演得把旁人都带得入了戏，安拂风能拔剑砍他，老祖父这会儿就能打断他的腿。素日里嘻嘻哈哈、言笑无忌的老祖父，真的动怒时，别说他，就是他父亲回来也扛不住。

他的鼻尖似闻到一阵花香，冷洌细微，却不容忽视，不容抗拒。目光转过，他看到了地上掉落的两朵木香花。秦小娘子走了，但她的气息，只怕会在沈府长长久久地留着。

阿榆回到食店时已近傍晚。

阿涂正靠坐在柜台边数铜钱，忽见她沉着脸进了铺子，周身冷意森森，顿时打了个寒噤，睡意跑得一干二净。他忙殷勤地上前相迎，笑着招呼："小娘子，可还顺利？"

阿榆拂了拂鬓间散发，微微笑道："我做的菜，自然是好吃的。但我的菜，也没那么好吃。"

她虽笑着，言语间却似掺了冰碴子，听着说不出的瘆人。她抓起午间捣了一半的香料，用力捣着，凶悍得像在捣着谁的脑袋。

阿涂不敢接话，赔笑道："小娘子心里有数就好。"

阿榆道："我自然心里有数。准备准备吧，下面你得替我守着食店。我要进审刑院。"

"审……审什么？"

"审刑院。进了审刑院，我才有机会查秦家的案子，还有……我要查当年的那些事，究竟是怎么回事。"

"可……可你怎么进得了审刑院？你一个女儿家，凭什么啊？"

"就凭沈家不会放任秦家人冤死火海，就凭秦家女一定会嫁入沈家。"

阿榆笑意微微，却斩钉截铁。阿涂却惊得脚一软，差点摔倒在地。

"小娘子，还、还真嫁？沈惟清是审刑院办案的官，你是拦路打劫的贼！你不但想进审刑院，还想嫁给每天想抓你的人吗？"

阿榆瞅他，像瞅着个傻子："拦路打劫？我劫谁了？柴大郎他们是自己送我的钱，至于你……我打劫过你吗？"

阿涂惊得一哆嗦："没、没有！当然没有！是柴大郎他们打劫了我，小娘子救了我！对，小娘子是我救命恩人，所以我才自愿卖身三年，为小娘子鞍前马后！"

只是这么着一转手，他的钱财就名正言顺成了小娘子的，他还得报小娘子的救命之恩。

阿涂看看手边几十个铜钱，想想当日鲜衣怒马、金银满怀的日子，一时无语。

阿榆却抬头看了看天色，气定神闲地说道："沈老答应的事，应该很快能办妥。今日是来不及了，明天应该会有准信吧？我得收拾收拾，准备去审刑院了！以后天天对着沈惟清那个矫情鬼，也真是……麻烦！"

阿榆一时笑一时愁地盘算，阿涂默默缩了脖子装鹌鹑，不敢接话。他家小娘子似乎很讨厌沈家郎君，可为何又想着要嫁给他？小娘子的心思，他实在猜不出啊！

阿榆回到房间时，有人在窗棂轻轻叩了三下。

阿榆便露出微微笑意："凌叔。"

被她唤作凌叔的黑衣人凌岳，便在窗外低声问："小娘子，你真要去审刑院？"

阿榆笑容便敛了敛，垂头把玩着白木香，低声道："凌叔，那些过往的真相，不会在边境之地，也不会在京城之外。进了审刑院，距离我想知道的，或许，能稍稍近些？"

"过往的真相……"凌叔声音有些变了，"小娘子，你也知道，那些人，那些事……都已经过去了。"

阿榆便轻声道："嗯，过去了，所以我也不想怎样，只希望有机会弄清当年的真相。如今，我只想查清秦家的案子。满门十余人，一夕之间，尽化枯骨。凌叔，世间的事，不该是这样的。哪怕只冲着藜姐姐，也不能就这么算了。"

"可沈纶虽念着旧情，沈家小子却不甚待见你。"凌岳叹息，"若去审刑院，我只怕小娘子委屈。"

阿榆拨弄着腕间残损的白木香，悠悠道："不委屈。我不在乎沈家是怎样的人家，也不在乎沈惟清是怎样的人。让我委屈？他们，配吗？"

凌岳的声音顿时舒缓下来，甚至带了细微的笑意："不配。小娘子，他们都不配。"

阿榆道："能让我费心的，只是藜姐姐而已。凌叔这两日没去看藜姐姐吗？"

凌岳顿了下，"没有。最近去见了些故人，又去旧宅转了一圈。"

阿榆怔了下，微微闭了眼，"旧宅……在哪里？我离开时太小，记不得了。"

凌岳道："那处旧宅，目前是参知政事李长龄的府邸。"

生恐阿榆起了别的念头，他又急急道："小娘子，这些事，你先不用管，也……管不了。"

阿榆眼底的一抹黑冷迅速逝去，转作莞尔轻笑，温顺地答道："当然。人生在世，想活得长久些，首先得有自知之明。这道理，我从小就明白。"

凌岳竟似被她最后一句话噎了下，再无言语。

阿榆嗅着白木香的残香，扪心自问，自己应该不算撒谎。虽有些其他心思，可若不是为了秦藜，她不会来京城。

她一直记得,四年前初次相见,秦藜那温暖鲜活的模样。

那一天,她听说她那个所谓的哥哥,看上了秦家的女郎,便想瞧瞧秦家姐妹。可她还没来得及看到秦家姐妹,便被小厨房里的羊肉香气引了过去。

于是,秦藜拿着食材回到小厨房时,看到了一个软萌可爱的小姑娘正大快朵颐,扫荡着她刚刚烤熟起炉的炕羊。

那年阿榆才十三四岁,穿得甚是整齐,却满脸的稚气未脱。她黑而大的眼睛清清澈澈,带着三分餍足,三分天真,三分怀缅,还有一分悄然隐藏的警惕,从黄澄澄、香喷喷的炕羊里抬头,看着袅娜行来的秦藜。

秦藜从未想过这样的小女孩会威胁到自己,反而怕惊吓到她,温柔地摸着她的肩,问她来历。

她的手很软,笑容很暖,眉眼间的温婉也有几分眼熟,让阿榆那颗阴郁又冷硬的心忽然间塌陷了一块。

鬼使神差般,阿榆告诉秦藜,她是新搬来的。因父母早亡,跟着继父过活,时常挨饿。今晚出门觅食,闻到香味,便从角门溜进来找些吃的。

站在秦藜的角度,阿榆就是一个可怜无助的小姑娘,为饥饿所迫,跑到她这里来觅食。虽然不懂规矩,可谁叫人家父母不管呢?

秦藜怕她吃太多羊肉上火,利落地切了一根嫩笋,摘了几朵香蕈,抓了一把枸杞叶,给她做了一碗清鲜可口的三脆羹。

阿榆看着她额上沁出的细细汗珠,积了厚厚尘灰的幼年记忆忽然间被撕开了一角。

久往得仿若前世的过去,似乎也曾有过这么一位娘子,嗔着她胡吃海喝,却褪下价值连城的羊脂玉镯,金丝攥膊束起绣着精致牡丹纹的宽大衣袖,为给她煮一碗消食的羹汤。

那是多少年前的事了?阿榆都快记不清了。但她记得那种感觉。暖洋洋的,像永夜里蓦然照入的一缕阳光,撕开深浓的黑暗,透出一星让她向往的光亮来。

她留恋这样的光亮,也不舍秦藜温婉却鲜活的笑容。那笑容,让她久违地也有了种鲜活的感觉,想起原来自己是活着的,而不是沉沦在暗夜无边的地狱。她忽然很想如寻常人那样活着,如十来岁的寻常少女那般活着。秦藜没令她失望。

她将阿榆喂得饱饱的,离开前还给她揣上了一大包亲手做的吃食,让她饿了便来秦家找她。

阿榆便不客气地时常跑来蹭吃蹭喝,"藜姐姐""藜姐姐"叫顺了嘴,便真的认了秦藜当姐姐,三天两头住到秦家,跟着秦藜学厨艺,还随着秦藜唤秦池阿爹。

秦池莫名多了个女儿，哭笑不得，但见她学厨颇有天分，也会从旁指点。

秦家人不知道的是，阿榆的那位哥哥本来打算对秦家姐妹动手，临了却被小姑娘警告，敢动秦藜她们，她会阉了他。

没错，十三四岁的小姑娘，就这么威胁她的继兄，临山寨山匪首领的独子，裴潜。

秦藜也在很久之后才发现，这小妹妹竟然来自临山寨，在一群亡命之徒中长大。她在秦藜跟前小心收敛的爪牙，一旦伸向那群山匪时，锋锐得像无坚不摧的刀。

小姑娘冷漠地看着刀下消逝的生命，脚下蜿蜒的鲜血，眼神像暗夜里的离群小兽，凶悍而疯狂。但她抬头看向秦藜时，黑黑的双眸清透、脆弱，分明又是小女孩的天真无辜。

她问秦藜，怕不怕她，她们还是不是姐妹？秦藜却问她，虎狼环伺，她是怎么在那个地方活下来的？阿榆没有回答。秦藜也没有再问。

二人回到小厨房，秦藜发疯般做了许多菜，摆了满满一桌，全是阿榆爱吃的。

阿榆笑得很开心，吃着吃着，又掉了泪。她本以为，这世上不会再有人这般满心满意待她。原来，竟还是有的。

秦藜不希望阿榆再回临山寨去。她不觉得这个小妹妹会属于那里。

阿榆很听话，在石邑镇买了间小宅子住着，极少回临山寨，也极少离开石邑镇。

但就那么一次出门拜祭先人，秦家就出了事。她中途感觉不对，提前赶回时，只来得及救走秦藜。

秦藜逃出秦家时，头部被掉落的枋柱砸到，受伤昏倒。眼见真定府的大夫束手无策，她千里迢迢带秦藜赶来京城求医。

可秦藜至今都没醒。

即便醒了，秦家也没了，一切都没了。

秦藜这般美好的女子，不该遭遇那一切，更不该在遭遇那一切后，还遇到背弃誓诺的郎君。

但她既然出手，沈家还想背弃誓诺？沈惟清还想另娶他人？说起来，她可不只阉了一个两个男人了……

阿榆轻轻一笑，将手环上的木香花摘下两朵，簪在了发际。冷冽的幽香，徐徐散开。

第二日刚过响午，沈惟清身边那个叫卢笋的小厮果然来到小食店，在门前屋后绕了好几圈，才探头探脑地出现在门口。

阿涂却不认得此人，眼看着这小子鬼鬼祟祟，早踅到门边盯着，见他探头，五指当头抓下。卢笋惊得缩头便跑时,已被阿涂拎着后领子揪住,生生拖他转了个方向,将他拎向店内。

卢笋惊得大叫:"放手放手,你、你干什么?想、想死?好大、大的胆!"

他倒是学着沈惟清素日的气派,想先声夺人打压对方的声势。可惜他惊怕之下牙齿都在哆嗦,说出口的话语更显滑稽。

阿涂道:"鬼鬼祟祟的,谁知你是小贼还是强盗?我瞧着你才是好大的胆!"

食店中尚有三两食客,帮腔道:"和这小贼说什么?扭送官府要紧!"

卢笋急得额上迸汗,叫道:"别、别,我是……"

他转头,正见阿榆从后面走来,忙叫道:"小娘子,小娘子!"

阿榆立时认出了卢笋,惊讶道:"这不是沈郎君的随从吗?"

阿涂看看这个笨头笨脑的小厮,更加惊讶,说道:"沈郎君的随从?沈郎君有这么蠢的随从?"

阿榆温和一笑:"别胡说!快把人放了!"

阿涂手一松,卢笋立时挺起身,还没来得及道谢,便听阿榆道:"沈郎君高才多智,自然不想要太聪明的随从。"

"……"

卢笋的那声谢憋在喉咙口,再也说不出来。他默默呈上了一份文书。

阿榆将文书打开,翻开只扫了一眼,便道:"我知道了。"

卢笋有些讶异:"秦小娘子知道这是什么吗?"

阿榆奇道:"不就是一份任命文书?"

卢笋结结巴巴道:"您、您认识?"

阿榆道:"为何不认识?"

阿涂却悟了过来,悄声道:"小娘子,这蠢小子不会以为你不识字吧?"

"以为我不识字?"阿榆想了下,怒从心起,却笑盈盈问,"你家郎君是不是议论过我?说我是个不识字的粗鄙厨娘?"

卢笋慌得忙摇头:"没有,没有,绝对没有!"

他只是太机灵了些,耳朵也太尖了些,才会听到沈家某些有适龄女儿的亲故不时提起秦家女如何粗鄙无识。

阿榆淡淡道:"最好是没有。不然我真要怀疑沈郎君送来这份文书的居心了!"

阿榆随即收了文书,再不看卢笋一眼,转身离去。

卢笋不解其意，又不敢去追，转头看向阿涂："阿涂……涂兄，小娘子什么意思？"

阿涂好歹是准备过科考，眼界才识尽有，早已看清了文书上的字，冷笑一声，低声道："你们怀疑小娘子不认字，却给她安排了文吏的职位？小娘子也很想知道，你们是什么意思？"

瞧不上小娘子？想让小娘子知难而退？

阿涂翻了个白眼，不再理会卢笋。

卢笋听着有理，忽然也有些疑心自家郎君是不是别有居心了。但秦小娘子看着也不是省油的灯啊！

或许，他该夹起尾巴，尽量在秦小娘子面前当个小哑巴？

不说话，总比说一句错一句好。

这个不按牌理出牌的少主母，跟他家看似讲究规矩却随时破坏规矩的郎君，似乎有得一拼。

审刑院负责复查大理寺所断案件，直接对当今官家负责，地位犹在大理寺和刑部之上，故而其设立地点距离宫城极近，就位于宣德门外。

这个时候，阿榆不惜费钱费力，将食店开在内城一角的好处就出来了。沿着汴河大街一路往西，行至州桥折向北，沿御街一路过去，很快能到审刑院，路程并不远。

沈惟清对阿榆颇有戒心，但绝不会轻疏这些礼节，何况又有祖父严命，当日一早便派了马车去接，又亲自在审刑院外等着。

阿榆下了马车，依然清素衣衫，银簪束发，木香为饰。此时朝阳初升，映着娉婷身影，愈显得她肤若冰雪，眸如墨玉。

沈惟清未见其人，先闻着了木香花凛冽的香气。他微一皱眉，很快又舒展开来，向阿榆一揖："秦小娘子！"

阿榆很不喜欢沈惟清的眼神。

沈惟清并不知道她真正的来历，可他的眼神似乎能看穿一切，随时可以将她的阴暗和脆弱一起拽出，曝于阳光之下。

她厌恶这感觉，但也无畏于这感觉。

收起内心迸出的挑衅，阿榆微微含笑，从容还礼："沈郎君！"

沈惟清的身后，一个锦服华冠的年轻男子正好奇地打量阿榆。他的容色极盛，俊美姣好宛若女子，但高挑挺拔，双目煜煜，并无半点脂粉气，却有种久在富贵中娇养的艳烈张扬。

见阿榆看向他，他也不待沈惟清介绍，便笑道："秦小娘子，我叫韩平北，跟沈惟清一块长大，打小一起打架玩泥巴的交情。"

沈惟清？打架玩泥巴？

阿榆好奇地看了眼沈惟清，然后期待地看向韩平北。

韩平北受到这等鼓励，顿时精神一振，灿亮的眼睛里便有藏不住的得意和揶揄："我父亲如今权知审刑院事，让我跟着沈兄历练几日。往后咱们同在审刑院，若有什么想知道的，只管找我便是。"

阿榆还未及应下，沈惟清瞥了眼韩平北，轻声一笑，说道："韩平北虽是韩知院之子，但只是临时借了个捕快的身份历练，并无官身。他若说什么，你不必听。如果你有什么事，倒是可以吩咐他去做。"

韩平北气倒："你这人，怎么说话呢！"

沈惟清转头直视他："我哪句话错了？"

韩平北语塞。

各衙门都有众多衙役，或司护卫官员，或司查案缉捕，或司门庭守卫，都是衙门自行招来当差，俸禄也由衙门自行筹集发放，并无官家身份，地位不高，来去也相对自由。另有仵作、车夫、厨子等杂役，更是等而下之。

但如果是吏员，虽不入品级，却也是朝廷发放俸禄，算是官家身份了。

阿榆拿到任命文书甚感欣慰，就是因为沈纶居然给她搞来了吏员的身份。

除了厨艺，她并未表现出其他才能，又是女儿身，能将她弄进去顶个捕快的名头参与破案便不错了，谁知还能给她搞个官身出来。

韩平北的父亲韩殊如今掌着审刑院，即便为避嫌，他也无法在这里谋个正经官身，论身份的确还不如阿榆。

看来韩殊没少为这儿子头疼。放在眼皮子底下，大约只是想磨磨他的性子，或者……

阿榆看了眼沈惟清。

这般沉稳有节，进退有度，雍容有礼，有傲骨又无傲气，谁能不欣赏呢？

装腔作势到此等境界，必是长辈眼中的好儿郎，纨绔子弟的好榜样。韩平北若是给逼着处处学这沈郎君，也真是怪可怜的。

阿榆饶有兴趣地一边想着，一边随二人踏入审刑院。

一路上，沈惟清也尽职尽责地介绍了审刑院的大致情形。

最前面是正德堂，审讯犯人之处，其后便是官员们的议事堂。绕过此处，入目是一处小小的园子，仅寥寥花木山石点缀，但有一间小亭供人休憩，看着还算规整。另三面都建有屋宇，北边最大的一间是韩知院的宏畅堂，东边则是沈惟清等有品阶的官员处理事务的务本阁，西边则是其他人办公之处。

见沈惟清领了个小娘子过来，众人无不稀奇，廊前窗后探出了不少脑袋。

"怎么又来了个娘子？把咱审刑院当什么了？"

"听闻是秦池的女儿。"

"秦池啊……"

"就算这娘子可怜，也不能糟践咱审刑院的名头。"

"也未必，忘了花大娘子了吗？"

"这世上有几个花大娘子……"

回廊上走来一名红衣女郎，抬头看了眼肆无忌惮议论着的男人们，笑骂道："就你们叽叽地长嘴，把人一会儿夸成花，一会儿骂成渣。是怎样的人还怕没机会看到？见不着明天的太阳吗？"

离花大娘子最近的窗口，一名五短身材的年轻人笑道："就知道韩郎君一来，花大娘子坐不住了！"

花大娘子叱道："我就不能过来看刚来的妹子吗？高胖子，《刑统》背熟了没？下次考较，别指着我再帮你！"

高胖子"嘿嘿"一笑，也不生气，摸摸脑袋，顾自回屋做事去了。

沈惟清目注花大娘子，眉眼间已有敬意。他解释道："她叫花绯然，父亲也是审刑院的属官，在查一起贪腐案时被犯官所杀。那年她十五岁，主动请缨加入审刑院查案，抽丝剥茧查清犯官罪行，又领人在犯官藏身的据点杀了个三进三出，最后满身是血拎着犯官头颅走了出来。知院敬其孤勇，怜其孤苦，特地请奏，将其留在了审刑院。"

沈惟清的神情看着和素日差不多，但阿榆却听出了其中的郑重和肃然，全然不同于对待她时的疏离淡漠，或对待安拂风时的漫不经心。

韩平北却有些闪避之意，嘀咕道："人是好人，可整天喊打喊杀，跟霸王似的，哪有半点女人的样子？"

阿榆总算明白为什么她能进审刑院了。

女子虽不能为官，但不入九品，也无人计较许多。一旦有了成例，以沈老威信，以韩殊的掌事之权，将同样背负仇恨的女子送入审刑院，自然算不得难事。

花绯然已大步走来，笑着招呼："沈郎君，韩郎君！这位是秦家妹妹吧？"

　　她大大方方地与众人见过礼，便笑盈盈地看向韩平北，声音明显轻柔起来："听闻樊楼近日上了些新菜式，近来没去尝尝吗？"

　　韩平北忙道："绯然姐，父亲昨夜才教训我，要我潜心读书，别记挂玩乐之事。"

　　花绯然笑道："吃喝又不是玩乐之事。韩知院只是不想让你流连勾栏瓦舍吧！"

　　韩平北道："提到吃喝，便想起秦家之事，再看到秦小娘子，心中给堵了似的，哪还有兴致？"

　　提到秦家，花绯然也敛了笑，牵了阿榆的手，柔声道："秦家妹妹放心，秦家的案子，一定能破的。"

　　阿榆适时地抿了抿唇，轻声道："谢谢绯然姐。"

　　沈惟清见二人说上了话，也微舒了口气，微笑道："既如此，我就先回那边处理公务，阿榆就麻烦绯然姐照应了，先让她熟悉熟悉本朝律法典籍。"

　　韩平北忙道："我也有公务要处理，先走一步，先走一步……"

　　韩平北像兔子般蹿出，跟在沈惟清后面逃得飞快。

　　阿榆看得清楚，韩平北想避开的，竟然是花绯然。

　　花绯然也不在意，大大方方地立于原地，目送二人离去，方携了阿榆回自己屋子。

33

第三章

罗网为君而织，何不束手就擒

审刑院众属官多是读圣贤书一路科考提上来的，虽收了女子为吏，倒也看重男女之别，特地在西北角辟出一间房，供花绯然所用。

当然，如今又多了一个阿榆。

花绯然经历过丧亲之痛，对阿榆颇是怜惜，好生安慰了一番，才找出《刑统》《建隆编敕》《太平兴国编敕》等律文交给阿榆。审刑院断刑判案，或参照《刑统》，或参照所编敕令中的成例，阿榆既然来了，自然也得有所了解。

阿榆随手翻着，追问秦家案子时，花绯然了解有限，只知案卷在沈惟清那里。

阿榆便耐着性子看了半日律文，起身便去务本堂找沈惟清。

还未走到门口，便听堂内几名官员在争论着什么案子。

"如果不是认定乔氏有冤，她弟弟怎么可能冒死递状纸？"

"可她弟弟的证据呢？就凭乔氏那封语焉不详的家书？还是乔氏的托梦？"

"什么托梦！子不语怪力乱神。"

"这话你跟李参政说去。"

最后一句却是韩平北说的，所有官员立时都闭了嘴。

34

其中一位官员征询般问向了沈惟清:"惟清,你怎么看?"

沈惟清看着是淡漠疏离的性子,但人缘显然不差,几人都住了口,齐刷刷看向他。

"乔氏……"

沈惟清正要说话,似心有所感,忽转过头,正看到走近的阿榆。

众官员并不知沈、秦两家有过婚约,但见新来的美貌小娘子来找沈郎君,四目相对,气氛诡异却带着一丝莫名的暧昧,不由都笑起来,起哄道:"惟清,秦小娘子来找你,还不过去!"

沈惟清淡淡一笑:"诸位不可胡说。她来找我,自然是为了公事。"

话音未落,阿榆已接口道:"听闻我家的案子,郎君一直很关注,所以特地来寻郎君仔细问问。"

众人哄笑更甚,推沈惟清道:"果然是公事!惟清,还不快去!"

沈惟清一摇头,只得领着阿榆离开,一路提醒道:"秦小娘子,这里是审刑院,言语间需多加留意。"

阿榆转过脸,愕然看向他:"我说错什么了吗?"她一脸的纯良无辜,大眼睛澄净得能倒映出沈惟清那张俊脸。沈惟清便有种一拳打在棉花上的无力。

他闭了嘴,领阿榆进了一间闲置的茶房,为她倒了盏茶,温和道:"秦家的案子,你不用急。因秦家叔叔隐姓埋名换了身份,审刑院的确拖了两三个月才插手此案。日前院中已有官员前往真定府,相信很快便会有线索。你刚来审刑院,不妨先看看《刑统》,若有不解的,可以向绯然姐请教。"

阿榆道:"《刑统》我已经看完了,没有不解的。"

沈惟清怀疑自己是不是听错了:"你说什么?"

阿榆道:"不过是让人有据可依的律法而已,有什么难的?我大弟还一直跟我说秀才怎么怎么难考,我冒用他的名字去考了一回,虽未拿到案首,也是第二名的。"

沈惟清盯着她,很想质问她,是不是在撒谎。可童生试的成绩还是很好查的,她没必要说这么一个轻易能被拆穿的谎言。他有些艰难地说道:"秦家并没有延请先生教你读书识字。"

阿榆道:"我阿娘有才有貌,能诗擅画,绣的花鸟特别灵动;我阿爹念书极有天赋,很早就是秀才。但他喜欢研究美味佳肴,后来厨艺出众被光禄寺择去当了个小官,便弃了科举之途。他们那么聪明,那么厉害,我还要什么教书先生?"

她的眼底又泛出了刀刃般的锋锐,一字一字道:"而且,他们那么低调,躲到了那么远的地方，为何还要死？为何还要死得那么惨！"

她不仅看到了那个黑夜，将秦家付之一炬的熊熊烈火，更看到更久远的某个黄昏，夕阳如血，衰草连天，在恐慌和惊怖里匆匆离京的一家三口。

最后的最后，除了衰草和枯骨，什么都没有了。

她无声地吸气，努力放松自己，将捏得死紧发白的拳吃力地一点点松开，眼底的锋锐也慢慢褪去，颓丧地低垂了眼睫。

她并不愿意让人看到她的低落，但沈惟清偏从她覆羽般的长睫下，看到了一种完全不属于她这个年龄的血色的苍凉。

怎样惨烈的经历，让她学会这般的隐忍，甚至还能隐忍地露出纯良美好的轻盈笑容？

沈惟清心口揪了下，每次见到她便莫名生出的那种紧绷的忌惮感忽然间便淡了。

鬼使神差般，他甚至没考较她的《刑统》，便从袖中取出一册案卷。

"这就是秦家的案卷。若你受得住，略略翻下吧。"

阿榆惊讶，生怕他反悔似的，冲上前劈手夺过了案卷。沈惟清只闻鼻尖凛冽花香传来，又夹着其他说不清道不明的香气，忙屏住呼吸，下意识地退了一步，才沉默地看向她。

案卷中的内容，他当然早就看过。除了调查问讯的讯息，还有大量现场惨况的描述，包括只剩断壁残垣的宅邸，包括被烧得变了形状、身份面目无从分辨的尸骨。

阿榆的眼睛已在不觉间红了，浮着水光，却大睁着眼睛，迅速地翻阅着案卷。

沈惟清别过脸，低声道："你……节哀。我会尽量助你找出元凶，告慰秦家人的在天之灵。"

阿榆已翻完案卷，声音沙哑，却字字顿挫："即便无人助我，我也会揪出幕后元凶，用他们的血，洗秦家的冤。"

沈惟清沉默了更久，方缓缓道："我信。"

一席榆钱宴，她证明了她是秦家女；榆树下跪地而立的铿锵誓言，她证明了她的决心。他虽猜忌着她的虚伪狡猾，却也不能无视她替家人报仇的决心。

阿榆微诧地盯了他一眼，莫名地平静了许多。她定定神，一页一页重新翻看起案卷。

这一次，她一行一行看得极仔细。她的眸子也不再泛红，专注冷静得仿佛在看着他人的血和泪。

那眸子，是那样的冷和黑，即便浸润了血与火，依然不能让那眸中的冷和黑淡化半分。

沈惟清忽然明白过来，为何他一直觉得秦小娘子不对劲，会不由自主地心生警惕。

她容貌出色，礼节周到，厨艺不凡，见人未语先笑，纯良乖巧，很容易让人心生好感或怜惜之意。但沈惟清在她第一次冲他笑时，便莫名地感觉出，那些或可爱或和婉或妖孽的笑容，是不真实的。

她的眼睛里，从来没有过真正的笑意。仿佛，此刻她眼底的冷和黑，才是那些纯良笑容下真正的底色。难道，是灭门之祸改变了她？

阿榆终于阖上了案卷，带着些微嘲讽，将案卷在桌案上轻叩："官府查了三个月，就这些？"

沈惟清挑眉："秦小娘子必定知道得更多。"

阿榆道："我知道的，自然比这案卷上记录的要多些。所以我更不明白，官府查了三个月，为何只查了这么点消息？"

卷宗内记叙了秦家灭门案发生的始末，也记叙了调查到的秦家人的状况，大致与阿榆所知的相符。提到死去的秦家人，说得其实并不多，"墟中有尸骸十七，俱化枯骨，面目不可辨"，"惟长女现身京师，当是藏于别处，方得幸存"。

但对于案发时出现的那些黑衣人，以及黑衣人的来历，都是一笔带过，仿佛对行凶者的来历毫无头绪。

沈惟清看出她嫌弃线索太少，解释道："你需知晓，你父亲携家眷离京后，并未向任何人说起过他的行踪，跟沈家也断了联系。地方官府根本不知道，出事的这位秦员外，会是当年的太官令秦池。"

阿榆倒是怔了下。原来沈家也不知秦家行踪，那倒是不能怪沈家不跟秦家提亲，耽误秦藜终身了。

"他们查了一两个月，弄清秦家身份，这才上报了大理寺。等大理寺派人前往真定府接手，再将消息传回京城，已是近日的事了。"沈惟清看向阿榆，"秦家当日是怎么回事？小娘子又是怎么逃出来的？"

阿榆一时没有回答，抬眸定定地看着他。沈惟清这才觉出，这句话，他似乎问晚了太久。

他认定阿榆心机深沉，狡猾虚伪，但就是眼前这个柔弱的小娘子，孤身从灭门之祸中逃出，坚韧不屈地一路冲到京城，冲到沈家，冲到审刑院……

但除了查案，她其实并未提出任何非分要求。

他忽然间有些狼狈，避过她的眼神，才道："对不起，沈家的确过问得太晚。"

阿榆也不愿穷究此事，抱着手臂，垂着眼睑慢慢答道："我能逃过一劫，其实只是偶然。因跟镇上的一位妹妹要好，那夜住在了她家。等听到消息赶回时，秦家已经没了。"

那妹妹怕我露面也会遭人毒手，硬将我从火场拖了回去。"

阿榆这答案倒也在沈惟清意料之中。能从那样的必杀之局中逃脱，要么没在秦宅，要么有人暗中相救。

他问："你那位妹妹姓什么？如今还在石邑镇吗？"

"她姓罗，住在这里。"阿榆在桌上比画了宅子大致所在方位，又道，"罗家妹妹父亲早丧，母亲改嫁，但尚有些家资，担心贼人不肯放过我，便拿出盘缠，劝我前来京师。毕竟天子脚下，想来没人敢明目张胆地杀人放火。她也怕受牵连，离开前便跟我说，要去慈谷镇避避风头。"

"慈谷镇？"

"也在真定府。她家有祖屋在那边。听说也曾是大户人家，后来没落了。"

沈惟清点点头："若那些同僚查不出头绪，我会请命前往真定府，参与追查缉拿凶手之事。作为衙中吏员，此案你需避嫌，不宜参与；但我会安排一下，让你以苦主的身份跟过去，到时可以好好谢谢你这位妹妹。"

能在那时候保护秦家孤女的罗娘子，其智其勇绝非常人可比。沈惟清深感他也有必要亲口向这位仗义的罗娘子道声谢——不管他和阿榆的亲事能不能成，从认下阿榆的那一刻起，沈家便注定要对她和秦家负起责任。

但阿榆抬头看着他，却是难掩的悲愤。

"追查缉拿凶手？一群杀人的工具而已，有必要追查？"

沈惟清真的怔住了："什么意思？你知道凶手的来历？"

阿榆大笑起来，眼中如有簇簇火焰跳跃闪动，满满的嘲讽几乎要溢出。

"那些人的兵器和行迹特征，很像临山寨的那伙山匪；而出事那日的白天，的确有一批山匪离开过临山寨。这些事，连罗家妹妹都能打听到。"

"你认为凶手是那伙山匪？"

"不是我认为，是我肯定，凶手就是那伙山匪。"

"因为……你觉得他们像？"

沈惟清正想说，这些推断需要证据，却见阿榆解开腰间的荷包，从中取出一颗小小的银珠。

阿榆道："这颗珠子，是一位乡邻在火场附近捡到的，罗家妹妹买了下来。她曾见过临山寨的裴少当家，认出这珠子是那位少当家发冠上脱落的。"

沈惟清端详着珠子："你这位罗妹妹，倒是能耐。"

银珠上有焊点，的确是从饰物上脱落下来的；这么小小一颗，却篆刻着外圆内方的铜钱花纹，即便算不得精致，在石邑那样的边陲小镇，也算是难得的了。但最罕异的，应该是罗小娘子居然见过临山寨少当家，还能记得发冠上小小的银珠。

阿榆看出沈惟清的猜疑，不以为然，甚至有骄傲之色："我当作姐妹的人，自然能耐。"

"……"沈惟清无法辩驳，转而问，"既然你猜到了凶手，甚至还找到了证物，为何不告知官府？"

"官府？"阿榆笑得愈发明媚，但眼睛却越发的黑和冷，"我和罗家妹妹都能猜到、查到的事，真定府和大理寺查了三个月，难道就查不到吗？可你看这卷宗！"

阿榆慢慢拉开卷宗，如丢垃圾一般，随手丢落在桌案上，带着三分疲惫，三分嘲讽，三分恶毒，字字如刀，"只字未提临山寨，只字未提距石邑镇仅仅二十里的地方，盘踞着一群杀人如麻的恶魔！你说，我为何不告知官府？"

沈惟清微眯了眼睛："你认为，他们官匪勾结，蛇鼠一窝？你认为，若去告官，无异自投罗网，自寻死路？"

阿榆道："你信不信，当地府衙有更多的人见过裴少当家，更多的人认得出这颗珠子！年年剿匪，年年走个过场，你得了功勋，我得了太平，多安逸！自然要守望相助！只怕我拿出证物之时，便是死到临头之际！"

沈惟清吸气，低声道："这才是你不顾山高水远前来京城的原因？这才是你来到京城后，开着食店小心放着流言试探的原因？"

阿榆道："死了这么多人，我总得想想办法吧？"

沈惟清默了下，问："你来京城这一路，也不太平静吧？"

阿榆道："我不怕他们！山匪们杀过人，我在厨房一样剁过猪骨羊骨，手熟得很！可杀了他们，又有何意义？我要找的，是幕后元凶，不是元凶推到明面的杀人的刀！"

她步步走向沈惟清，慢慢地说道："你们听说秦家被灭门，应该早就猜到真正的幕后元凶在哪了吧？不在真定府，而在京城，对不对？"

沈惟清这才发现阿榆看起来娇小，其实一点都不矮。她不过略略抬头，便能直视他的眼睛，且不再掩饰目光里刀芒般的锋锐。

咄咄逼人，不留余地，却也明珠般熠熠生辉，令他热血翻涌，也令他有种手足无措的懊恼。

沈惟清无心细思这种懊恼从何而来，只答道："秦小娘子，我和祖父只是推想过，秦家出事，或许和八年前的饮福大宴有关。秦世叔就是在那次饮福宴上出事，随后悄然离京，隐姓埋名藏于边陲之地，不敢和旧友联络。他应该在躲着什么人。"

"秦家灭门之祸，是因为那个人找到了他？"

"秦世叔必是做了什么不该做的，或知道了些不该知道的，才会让那人时隔八年依然紧追不放。秦小娘子不如仔细回忆下，秦世叔有没有跟你说起过什么，或暗示过什么？"

"阿爹若跟我说了这些，只怕幕后元凶的刀，早就对准我了！"

沈惟清沉吟："也是。看来你在京中公然露面倒也不算坏事，至少幕后之人会因此猜测你不知内幕，从而不会对你下手。也算是误打误撞，逃过一劫。"

阿榆忽一笑："沈郎君，为何你不猜测，我是不想让他们生疑，才故意露的面呢？"

沈惟清皱眉："秦小娘子，这话若传出去，你可能在找死。"

阿榆道："即便找死，我也要查出真相！沈郎君，我要查清八年前究竟发生了什么！我要调阅那次饮福大宴的案卷！"

沈惟清摇头："饮福大宴事关国体，相关的案卷，即便审刑院有，我们也无权调阅。"

本朝国宴有三，皇帝、太后寿辰之日的圣诞大宴，分别于春、秋二季举行的春秋大宴，以及郊祭之后的饮福大宴。

郊祭乃是祭祀天地之礼，三年一度，极其隆重，需提前数月择吉日、习礼仪、备祭品、告宗庙，并斋戒七日。郊祭当天，天子携文武官员亲至南郊，按古礼诵祭文，奏雅乐，奉祭品，一套流程极其烦琐。

郊祭结束后，天子会大宴于广德殿，将祭祀所用美酒分赐群臣饮用，称作饮福。

这种国朝大宴出了事，自然也不会让人轻易知晓内情。

阿榆却无放弃之意，步步追问："那谁有权限？"

"韩知院。"

阿榆有些意动地看向外面。

沈惟清不觉抚额："秦小娘子，断了这个念头吧。令尊的案卷，我都不曾看过，你以为韩知院会给你权限？"

阿榆道："事在人为。"

沈惟清吸气，只觉阿榆身上那种冷冽却浓郁的木香气息更是直冲肺腑，便更觉糟心，声音便冷了："秦小娘子，别试图将沈家拖下水。"

阿榆冷笑："没我祖父，你祖父连骨头都化成灰，不知扬在哪里了，你爹和你连出世的机会都没有，又哪来的沈家？现在嫌弃秦家连累你沈家了？有本事让你祖父四十年前别喝那碗榆钱羹呀！"

她的话可谓刻薄之极。

沈惟清瞅着她，好一会儿，才能淡淡答道："挟恩图报，非君子所为。"

阿榆一笑："沈郎君，我从不是君子，是小人。沈家有恩不报，更不君子吧？"

沈惟清不想与她争，缓缓站起了身。他道："时候不早了，该退衙了。马车在外候着，你先回去吧。"沈惟清转身，快步离开这个让人头痛的小娘子，随手关上了门。

阿榆看着他离去，懒洋洋地一抱肩，半响，扑哧一笑："罗网为君而织，何不束手就擒？想逃开？呵，晚了！"她唇角一弯，笑容明媚如阳光，清澄如山泉。

她所不知的是，沈惟清关门后并未立刻离去，而是立于原地沉吟，不小心将她的话尽收耳际。

"罗网为君而织，何不束手就擒？"饶是沈惟清素有涵养，也听得呆住了。赤裸裸的别有用心，这么快就暴露出来！

他回身冷冷地看了眼，似能隔着紧闭的房门，看到那个美貌狡猾的小娘子，睁着又冷又黑的眸子，挂着虚伪的假笑，利用了他，还嚣张地算计着他。

他的神情愈发疏冷，耳根却泛起了一丝可疑的红。他并未打算找她理论。

遭了灭门之祸，在危机四伏里日日筹谋，这小娘子的心思自然重些；而他并无娶她之意，从某种意义上说，的确是辜负了她，又有什么资格去指责她？

沈惟清自认已想通，再无半点犹豫，快步走回务本堂，将那些莫名的情绪弃于脑后。

既然谋害秦家的凶手给猜了个八九不离十，沈惟清很快禀知了韩知院，紧急将消息传给之前去真定府的同僚，同时附上了那枚银珠的图样。

前去主事的同僚姓魏名羽，也是审刑院详议官之一，先前得过韩知院和沈家嘱托，必会小心印证线索，查实真相。纵有当地官员敢与山匪暗通款曲，甚至敢暗害秦家孤女，但还不至于拿审刑院的人怎样。

可真定府距京城颇远，魏羽再怎么上心，暂时也不会有消息传回。

阿榆早就清楚凶手是何人，并不担心审刑院那边会一无所获。但她更清楚，山匪们受命于人，只是一把杀人的刀。她的目标，始终是潜隐于京中的那只无形的手，令秦池在饮福大宴犯错被贬、离京也要隐姓埋名以避祸的那个人。

她自小在临山寨长大，没人比她更清楚山匪的情况。真定府之所以默许平山这拨山匪的存在，一是山匪们为自保，会在战时帮着一起抵御邻国的抢掠，二是境内有个易守难

41

攻的山匪窝点，也是地方官员谋求战功和粮草的大好机会。双方既有默契，山匪们也知趣，一般只打劫途经的旅人或商队，不会骚扰附近城镇，以免府衙难做。

官匪勾结的状态已维持近二十年，阿榆并不指望朝廷能在短期内夷灭临山寨，也没指望能从山匪口中得知真相。那么，她只能从秦家惹祸的源头去查。

可摆在她面前的，始终都是各种律令、敕文，甚至是一年年的案例卷宗。

花绯然告诉她，沈惟清并未撒谎，饮福大宴关系皇家体面，相关的案卷都是绝密，没有韩殊韩知院的亲笔手书，根本不可能看到。

阿榆试图去找韩殊，可惜韩知院贵人事忙，终日不见人影。

阿榆离他最近的一次，是看他带着沈惟清等一众属官步往议事堂。她还没来得及靠近，便见沈惟清淡淡瞥来一眼，异常疏冷。

于是，阿榆悟了。韩知院再忙，也不至于这么难见到。只是沈惟清不想让她见，她就见不到了。

花绯然也看出阿榆目前困境，回想起当日自己背负仇恨时的煎熬和痛苦，便悄声提点道："阿榆，不如向韩郎君请教请教？"

阿榆踌躇："韩郎君说过，他跟沈郎君一起玩过泥巴，还穿过同一条裤子。"

花绯然道："那是因为韩郎君总是想着抢沈郎君的泥巴，沈郎君的裤子。"

她顿了下，又道："但平北基本是抢不过的。如今他给逼着，日日跟随沈郎君学习衙内事务，心里并不痛快。"

阿榆眼睛亮了，"所以，衙门外的事宜，沈惟清想往东，韩郎君必定会往西？"

花绯然笑盈盈道："这倒也不至于……对了，平北最喜各类美食，京中的正店脚店，但凡有些名气的，他都去尝过了。"

阿榆笑道："多谢绯然姐姐指点！"

这日，沈家的马车送阿榆回小食店时，阿榆斯斯文文地向车夫道："辛苦了！不过沈家这马车，我坐不惯。麻烦回去跟沈郎君说，明天不用过来接我了。"

车夫瞅她一眼，当作没听到。

他跟着阿榆来回好几日了，除了第一日，根本没见到沈家其他人出现，一颗心便如明镜似的：眼前这小娘子，只是个小厨娘而已，和传言中的少主母根本不沾边。

阿榆早就将车夫一日不如一日的鼻子眼睛看在眼里，见车夫不搭话，自然也不理会。

倒是迎出来的阿涂，眼看马车离去，忍不住啐了一口，低骂道："呸，狗眼看人低的东西！"

　　他转头又劝阿榆道："小娘子，这些玩意儿，不用放在心上。便是沈家，其实小娘子也不用扒着。小娘子有才有识，我瞧着还说不准谁配不上谁呢！"

　　虽是安慰的话，却也是真心。毕竟阿榆都收了他这御史之子做小二了，若是身份低了，或能耐弱了，岂不更显得他无能？

　　阿榆听得顺耳，抬了抬下颔，肯定地道："自然是他沈惟清配不起秦家女。"

　　那副高贵冷傲的面孔给谁看？让下面的仆从都跟着个个看低了她。——也亏得是她，若是秦藜，不声不响的，得受多少委屈？

　　若不是还想着为秦家破案，解了秦藜的后顾之忧，她一巴掌扇烂他的脸！让他明里暗里阻她查案！

　　"这个人，若不好好教训教训，真的……不合适呀！"阿榆摸着下巴想了会儿，看向阿涂，"去给我买头驴吧！"

　　阿涂正思量是不是自己带歪了小娘子的想法，忽听她转了话题，一时懵住："买驴？"

　　阿榆道："没错，给我买头驴。犟的也行，我倒是想看看，犟驴的性子，能不能改得过来。"

　　阿涂精神一振："我这就去！"

　　犟驴或许不会怕主人的鞭子，但一定会怕小娘子的剔骨刀。

　　若没有看错，方才阿榆提起沈惟清时，似乎摸了下袖底。

　　那袖底，可藏着一柄寒意凛冽、冷芒四射的剔骨刀。

　　阿榆走到后院，深深呼吸了下木香花的冽香，眉眼松了松，转身迈向厨房。

　　与查案相比，她更喜欢厨房里的烟火气。

　　她记得，最后一次清晰地看到阿娘时，阿娘便是在给她做饭。

　　五珍脍、樱桃煎、紫龙糕、剔缕鸡、鸳鸯炸肚、螃蟹清羹……都是她爱吃的。

　　食材倒入油锅的"嗞啦"声，灶下柴火欢舞时跳跃的"哔剥"声，和阿娘责备她嘴馋的嗔怪声，让她彼时近乎枯竭的生命，得到了一线细微的滋润，她才挣扎着活了下来。

　　虽然，那仅仅是一个梦。但她坚信那时阿娘真的来看过她。

　　她本来都快忘了阿娘长什么模样了，但那次她偏偏将阿娘的眉眼看得清清楚楚。

　　弯弯的眉，盈盈的眼，慵懒的神情和爽利的动作。

　　后来她一次次做饭，一次次努力感受阿娘给她做菜时的声响和香味，那段地狱般绝望不堪的岁月，便勉强闪动出星星点点的光亮，让她不至于彻底沉沦黑夜。

她的剔骨刀，一开始只是为了做菜而准备的，却在那段时间歪到了别的用途。

习惯了那些绝望不堪，似乎也没什么不好。

至少，沈惟清的疏离冷淡，和沈家下人的狗眼看人低，都没能影响到她去做几道美食的好兴致。

于是，买驴回来的阿涂，第一个尝到了阿榆新做的五香糕和茯苓饼。

而沈惟清那边，到第二天早上，才察觉了阿榆对他种种态度的回应。

他还未及出门，便见派去接阿榆的车夫气愤地把车赶回来，脸上甚至有点羞恼之意。看到沈惟清，他忙跳下车来行礼。

沈惟清问："你不是去送秦小娘子的吗？"

车夫委屈道："秦小娘子大约嫌小人赶车不稳当，说是自个儿骑驴去衙门了！"

沈惟清道："她说你赶车不稳当了？"

车夫道："她、她差不多就这意思！她说坐沈家的马车坐不惯！"

沈惟清蓦地盯向他："她是不是还跟你说，让你不用接她了？"

车夫犹豫道："她、她昨天是这么说了。"

沈惟清冷冷道："她跟你说了，你却未听她的，也未回禀我？"

车夫一惊，慌忙跪地，懊恼道："郎君见谅，小人实在是、实在是没想到秦小娘子是这样的性子！"

他虽未明说，那不屑和鄙夷已写在脸上，几乎明晃晃地告诉沈惟清，那位乡下来的小娘子太作，太不识抬举了！

沈惟清退了一步，唤道："来人，把他拖下去，重责二十板，逐出府去！"

车夫惊骇道："郎君、郎君恕罪！是、是那小娘子自己不愿坐小人的车……"

沈惟清垂眸道："秦小娘子是沈家的客人，你不仅冷眼相待，还对她的吩咐视若无睹，还怪她不愿坐你的车？也不想想沈家派你过去是做什么的，也敢瞧不上她！"

这边早有管事带了仆役候着，听他一声吩咐，立刻上前将车夫拖走。

卢笋撑在后面，也帮着主子骂道："什么狗东西，还指着小娘子看你的脸色不成？人家小娘子从尸山火海里爬出来，千里迢迢赶到京城，就为了找出真凶，给家人报仇！这样的小娘子是普通女子吗？那是奇女子！还敢跟红顶白不把人看在眼里，猪油蒙了心吧？这么势利眼，打死活该！"

沈惟清记挂着阿榆可能受了委屈，也顾不得再理会车夫，匆匆赶往审刑院。

车夫被拖到角门边,却是结结实实挨了一顿韵律响亮的板子,于是痛哭流涕的惨嚎声一声比一声凄厉,一声比一声尖锐。

沈府的仆役们三三两两立在各处的角落,听得面色发白,汗毛直竖,这才恍恍惚惚地明白过来,那个看着只会向沈家打秋风、给沈家添麻烦的秦小娘子,绝不是他们可以看轻的。

管事们知道利害,悄悄地教训各自心腹道:"家主御下宽容,郎君不问琐事,还真把你们纵坏了!也不想想你们算什么?郎君瞧不上秦小娘子,那是因为他是郎君,是相府的嫡孙,是惊才绝艳的世家公子!"

卢笋不经意间听了几句,不由又陷入沉思。郎君真的瞧不上秦小娘子吗?瞧不上会这么着大动干戈,杀鸡儆猴,为小娘子立威?哎,小娘子也就来过一次沈府,为何要为她立威?难道郎君真的把小娘子当作少主母看?卢笋自觉发现了不得了的事,得意地吹起了口哨。

沈惟清因处理家事,这日是最晚到衙门的。

一踏入务本堂,但闻得阵阵糕点的香气传出。但他进去并未看到糕点,倒是他桌上放了一只空空的食盒。几名同僚正喝着水,一副餍足的模样。

见沈惟清入内,便有人笑道:"惟清,你可来晚了!刚秦小娘子给我们送来了亲手做的五香糕和茯苓饼,真是绝了!"

又有人附和道:"可不是!人都赞樊楼的张大厨和东街的王四嫂做的点心最好,可我瞧着,未必比得上阿榆!"

众人纷纷点头:"阿榆这厨艺真是不错,我等若是空了,该多去她的食店坐坐才是。"

算来人和人之间的距离感真是微妙得很,时机抓得巧时,只要一顿美食就够了!这都没议论几句,秦小娘子就成了大家的阿榆了!

沈惟清的感受便更要微妙些。

阿榆没坐沈家的马车,自行骑驴过来,细心地将亲手做的糕点分给众同僚,却漏掉了晚来片刻的沈惟清?

沈惟清目光一转,看向了某处空了的座位:"韩平北呢?"

那边便有人笑道:"阿榆分给他时客套了一句,若不够时就去她那里拿……结果他真的就去了!连花大娘子都不躲了!"

众人心领神会,一阵哄笑。

沈惟清顿了下,轻笑道:"既如此,我也去讨些来吃!"

众人难得见他有些无赖的模样,便怂恿道:"快去快去,顺便看看平北和花大娘子怎样了！"

审刑院几乎无人不知花绯然和韩平北的事。当年花家出事，韩平北每日跟着父亲前来衙门相伴，天天陪着这个可怜的姐姐说笑逗趣，帮她熬过了最为黑暗的日子。后来花绯然从丧父之痛中走出，韩平北丢开手，但花绯然却放不开了。

五年过去，两人间的窗户纸早已透亮得不需要再去捅，可一个不敢再叫姐，一个不想再唤弟，竟比当年疏离了许多。如今他们男未婚，女未嫁，又在同一衙门，抬头不见低头见，于是两人的事竟成了众人公务之余最为津津乐道的八卦。

但沈惟清连花绯然都没见到。

他还没走到她们的屋子，便见阿榆笑靥如花，正立于栏杆边，和韩平北说着话。

阿榆道："我正想研究研究京城的蜜饯和凉果，没想到韩郎君那边竟有寿王府的蜜饯！既如此，明日午时去我那食店时，就请韩郎君带几品过来让我尝尝。"

韩平北笑道："好好，我原也想着空手去叨扰，着实失礼。既如此，我回去叫管事好好顺顺，有几品，就带几品！"

阿榆道："那一言为定！"

阳光洒在她素白的衣衫上，染了层浅浅的金，令她整个人都璀璨明亮了不少。

若有所觉般，阿榆回过了头，一眼瞧见了沈惟清。她笑道："韩郎君，沈郎君想必寻你有事。"

韩平北也看见了他，顿时面露厌烦："他能耐得很，有事都自个儿解决了，哪会找我？"

沈惟清顿了顿，微笑道："那倒未必。乔氏那个案子是否是凶杀始终无从判定，韩知院的意思是，开棺验尸。"

韩平北差点跳起来："你不会想让我去和鲍学士商量掘他夫人坟墓的事吧？"

沈惟清道："论起长袖善舞，舍君其谁？"

韩平北抱头大叫："沈惟清，我得罪你了？"

阿榆早在他们议论起乔氏案时避开，却暗自想着，她大概还有些搅家星的天分。沈惟清看起来有点不痛快呢……谁叫他让她先不痛快呢？

第四章 菊苗煎与牡丹熘鱼

阿榆跟那堆《刑统》、敕文和案例宗卷纠缠了四五日，终于等来了休沐，可以松散一天，不用上衙了。

算来她不长的人生里，经历过的事并不少，但这般被人拘着读书还是第一次。于是休沐之日，她什么也不想做，只是懒洋洋地搬了张软榻在木香花下躺着。

可惜阿涂想找她商议食店的事，也已等了四五天。一见她空了，立时抱来了比律令还让人头疼的账册。

阿榆看着账册里乱糟糟的数字，只觉比看那些律令还闹心，不由叹口气，随手拿出剔骨刀把玩着。

阿涂被剔骨刀的寒光晃了下，惊得差点没跪下，哆嗦着道："小娘子，我、我也没法子啊，厨娘的手艺毕竟不好跟你比……"

阿榆听这话便知食店生意必定不如以前。她虽指点两位厨娘学了几样拿手菜，也特地备了不少蘸料和高汤给她们，但总不如她坐镇店中，时不时来几样压轴大菜好。

这当然不是用剔骨刀能解决的问题，也不是阿涂这个连算账都算不清的家伙能解决的。

她无奈地收起剔骨刀，说道："不怪你，我再想想办法。"

47

阿涂松了口气，见阿榆真的面有愁色，禁不住问："小娘子，你……你很缺钱吗？"

阿榆点头："缺钱。"

阿涂懵住："这……不应该啊！小娘子的进账也不少，怎会缺钱呢？"

那进账，自然不是指小食店的进账。

柴大郎等劫匪打劫反被劫的钱帛，还有前几日自发自觉"孝敬"给阿榆的银钱，包括阿涂当日被劫的财物，怎么算都不算少，够开上好几家这种街边食店了。她又在孝中，衣饰极简极素，发髻间只有一根银簪，偶尔簪几朵木香花，还是小院里现摘的，哪里需要花钱了？

阿榆却苦着脸叹气："我的进账虽不少，可我开销也大啊！"

"开销？"

"我养着一位睡美人，可花钱了！"

想起至今昏迷的秦藜，阿榆心塞。

阿涂震惊，迅速脑补因由，于是再度大开眼界。他吃吃地问："小娘子你、你养着一位美人？男的还是女的？"

阿榆道："当然是女的！世间男子大多阴险恶毒，满肚子坏水，值得我费这心思？"

阿涂只作没听出自己也被骂在里面，点头附和道："有理，有理。那小娘子你接近沈郎君……"

阿榆道："大树底下好乘凉哪！沈家祖孙也算是有些能耐的，应该能帮我护住她。——如果他们都护不住她，大概也没人能护得了她了。"

阿涂瞠目结舌，半晌方道："小娘子果然情深意重，情深意重……"

小娘子凶悍如斯，阿涂其实想象不出什么样的男子有资格去护她。但如果换个角度，想象下她去保护哪位绝色娘子……似乎一点都不违和呢！

也的确像是他家小娘子干得出的事儿。

阿涂正感慨地想象着阿榆藏着的那美人的模样时，阿榆向外看了一眼。

"时候差不多了，你到外面瞧瞧，卖花郎有没有将我订的花送过来。"

"是。"

阿涂忙应了一声，快步走向前堂。

不久后，韩平北的马车出现在食店外。韩平北从马车上下来，整整衣襟，才从仆役手中接过食盒，斯斯文文地准备往里走，却被人叫住。

"韩平北！"

安拂风飞驰而至，从马上跳下，好奇地看着他。

韩平北也诧异："安拂风，你怎么来了？"

安拂风道："我和阿榆是朋友，她休沐在家，我来探访理所当然。倒是你，你来做什么？"

韩平北给老父逼着每日跟随沈惟清学习事务，早就十分憋屈，没想偶尔出来放松，又看到他的人，顿时高兴不起来。

见安拂风问起，他抬了抬食盒，得意道："我是阿榆特地约过来的。难道你也是？"

安拂风抬了抬下颌，傲然道："都是朋友了，还需她相约？"

韩平北撇撇嘴，向店内走去。

安拂风却迟疑了下。

今天她被沈惟清叫去沈府，本来是要跟随沈惟清赴寿王之约的。可临出门时，沈惟清忽然遣她到食店看看有没有菊苗煎，有的话买一份送回府。

安拂风当时听了就觉得沈惟清是不是脑子有病。菊苗煎是用菊花嫩苗做的，若是樊楼那等客来如云的正店，或许会为自诩清高的文人雅士备些；阿榆那小食店的客人大多来自市井人家，怎会准备这玩意儿？

但这会儿听韩平北说起阿榆相约之事，她忽然悟了。

沈惟清不会是听说韩平北要来，才借了这个由头把她遣过来探查吧？

莫不是这冷心冷肺的家伙开窍了？什么菊苗煎的借口，真是够烂的。但难得他动了这心思，她还是留意些好。

安拂风思量着，匆匆将马儿拴在外面的柱子上，也向食店走去。

韩平北正兴致盎然地打量着食店外观。

食店外挑着的旗幡，只写了一个"秦"字，不显山不露水，质朴得出奇。此时未到用饭时辰，已有两桌食客正悠闲地吃喝聊天。

韩平北赞道："这么间小小铺子，经营得还不错嘛，阿榆果然伶俐。很少看到这么特别的小娘子了！"

安拂风已走到他身后，闻言道："她再特别再伶俐，也与你无关吧？"

韩平北怔了下，呵呵笑道："安拂风，我说你何苦呢，阿榆想入审刑院，沈惟清连夜找我爹，一天就给她办得妥妥帖帖；你要入审刑院，他却设计激你跟他赌斗，逼得你听命于他，每日里做牛做马……就这，你还帮着他，不许阿榆跟其他郎君说话不成？"

安拂风给他踩到痛处，脸都黑了，冷笑道："韩平北，你爹还主管审刑院呢，你不也得听命于他？从小到大都给逼着学他，还是处处被压了一头，丢不丢脸！"

"你……"

韩平北待要发作，安拂风已快步走入了食店，问道："小二，阿榆在吗？"

阿涂早看出二人来历不凡，立时猜到他们便是小娘子等候的人，忙拿起柜台上的一篮子牡丹花，笑着招呼道："二位是小娘子的客人？请稍坐，我进去回禀小娘子一声，顺便将这花送厨房里去。"

韩平北不由好奇，问道："牡丹花？送厨房做什么？"

阿涂道："熘鱼片，炒肉丝，做点心。"

韩平北吸气，"熘鱼，炒肉？用牡丹？"

阿涂笑道："是不是觉得有些焚琴煮鹤之嫌？所以小娘子说了，这个做了只打算自己吃，会另外备些佳肴招待贵客。"

韩平北忙道："胡说，这不叫焚琴煮鹤，而叫物尽其用。风雅在心者，才懂得这些菜的野趣。小娘子妙心巧思，返璞归真，韩某佩服佩服，务必要跟她讨这几样菜来吃。"

开玩笑，寻常时候吃不着的菜，岂能轻易放过？

阿涂还在犹豫，韩平北已将他一拉，说道："走，一起去厨房，我正想瞧瞧怎么用牡丹做菜呢！"

安拂风听得也有些馋。没菊苗煎，却有牡丹炒肉？哦，这个不是沈郎君要的，她可以大大方方蹭了吧？安拂风毫不犹豫地跟了进去。

阿榆的食店虽小，厨房却大。靠墙打了高柜，放着部分食材和餐具；另一边则放了大小不一数十口陶瓮，应是各类鱼鲊肉鲊及酒糟食材。梁上也没空着，悬了大小不一的腌腊之物。两名厨娘正锅里灶下地忙着，做着食客们的饭菜。

阿榆站在中间宽大的木案前，刚将一条大鲤鱼剖出鱼片来，正加入细盐、酒、蛋清、面粉，不急不缓地拌着。

韩平北进来，笑着递来食盒："秦小娘子，这里是三样蜜饯，四种点心。蜜饯是之前从寿王府带出来的，点心有宫里赏下的，也有我家厨娘做的，看看能不能帮到你。"

阿榆忙擦干手接了，打开，尝了一颗蜜饯，把其他的也一样一样看了，笑容越来越明亮。

她笑道："有劳韩郎君！晚些时候我研究研究，回头也做了试试，到时再请韩郎君品评品评。"

韩平北拊掌大笑道："固所愿也，不敢求耳！"

阿榆又看向安拂风时，安拂风已笑道："我刚好经过，瞧见韩郎君的马车停下，估摸着他想蹭小娘子的好厨艺，便也有些想念小娘子的饭菜了！"

阿榆嫣然笑道："好说好说，我特地去挑了半片羊，准备做些羊头签、羊肉旋鲊、炙子骨头。"

彼时宫中以羊肉为主要肉食，民间亦以羊肉为贵，羊肉价格要远远高于猪肉。阿榆这间食店不过寻常脚店，所用肉类也以廉价的猪肉为主。阿榆说买了羊肉，显然是为待客准备。

韩平北出身富贵，何曾缺过羊肉？便是阿榆说的那几样，也早在别家尝过不同风味的。此时他满心都是阿涂说过的牡丹熘鱼、牡丹炒肉，闻言急急道："这不是已经剖了鱼片？又备了牡丹，何不做个简单的牡丹宴让咱们尝个鲜？"

安拂风道："说来，我也没尝过牡丹做的菜呢。"

阿榆犹豫道："可我备了半片羊，若不做了，怕是会坏掉。"

韩平北忙掏出一个钱袋，丢到阿涂怀里，说道："小二，那半片羊就算我买下了！你去处理下，能做给别的客人就做上，不能的话，丢了也行。"

"噢……"

阿涂捏了捏沉甸甸的钱袋，浑浑噩噩地往外走。

阿榆明明就订了那几朵牡丹花，让他拿着花在外面等着见客。

半片羊？哪来的半片羊？梦里买的吗？

韩郎君扔给他的钱袋倒是实实在在的，够沉！

那边阿榆见韩平北扔出钱袋，立刻从善如流，绽着最纯良的笑容，说道："那行，今天就给你们用牡丹做几样菜。"

她取来一只大碗，从炉子上舀了一勺老母鸡熬制成的高汤，一一加入细盐、糖浆、黄酒、芡粉、笋粉、胡椒粉等调料，调成稀芡。

安拂风在旁看着阿榆忙碌，便问："小娘子，可有需要我帮忙的？"

阿榆莞尔一笑："辣手摧花会不会？"

安拂风问了下做法，立刻应了。

所谓辣手摧花，便是将一朵绯红牡丹的花瓣一一摘下，切成春韭般的细丝。

安拂风摘花瓣是没问题，但切丝时或细如毫发，或粗如拇指，看得韩平北在旁直跺脚，大骂道："蠢材，蠢材，这点琐事都不会，还算是女人？"

安拂风黑了脸："为何女人就得会这些？男人多了截物件就本事了？到哪哪的都只管指手画脚，以为自己三头六臂呢？也不想想自己什么东西，文不成武不就，连我都比不上。还有脸叽叽咕咕呢，贱不贱！"

韩平北气得七窍生烟，跳脚道："你这傻子，活该被沈惟清收拾！"

安拂风翻了个白眼："你这渣滓，活该被花大娘子追得上天无路，入地无门！"

阿涂正躲在他的小屋子里趴在床上数钱，听安拂风骂人快骂出花来，摇摇头，随手摸出两个棉团塞住了耳朵。

啧啧，谁娶了这泼妇才叫倒霉。这能有一天好日子过吗？

但愿沈郎君真能收了她，反正秦小娘子是不会怕的。

剔骨刀下，没有封不上的嘴。

阿榆听着二人争吵不休，便笑道："韩郎君能不能帮我倒一碗油？七娘子，看下我刚腌渍好的鱼片放哪儿了。"

二人各自手边有了事，一个倒油，一个递鱼片，再也吵不起来。

阿榆接过韩平北递来的油，倒入锅中。待油温稍热，便将腌渍好的鱼片放入油中，轻轻将其在油中滑散；片刻后，鱼片泛了白，空气中飘浮的油香里，便夹缠了鱼的鲜香。阿榆早已抓了笊篱在手，迅速将鱼片捞出，控油。——这一步最为关键，早一刻或晚一刻都不成。若掌握不住火候，肉老了或碎了，失了幼嫩鲜滑的口感，这道菜便算毁了。

阿榆随手将笊篱放在一边，也不去细看，显然对火候的把握胸有成竹。她将锅中剩余的油盛起了大半，只留少许，加葱姜爆锅，再将调好的芡汁倒入，拿长勺慢慢搅着，看浅白色的稠厚汤汁渐渐沸腾，咕噜噜冒出水泡，倒入控完油的鱼片、牡丹花瓣丝，略略翻炒，滴上数滴麻油，便盛入了盘中。

鱼白花嫩，又有碧色葱段点缀，色泽已是娇艳诱人，更那堪香气繁郁，一时也分不清是鱼香、花香、葱香，还是芡汁的香，横竖混合在一处的气味似能透过鼻际钻入五脏六腑，牵引得腹中阵阵蠕动，瞬间饥不可耐，每一处毛孔都在叫嚣着，好吃，想吃，好吃，想吃……

都是世家大户出身，韩平北、安拂风还算能维持风度，却也有些坐立难安了，眼睛不时瞄向那盘牡丹鱼片。

好在阿榆食材早已备好，炒肉丝也很快。炒的方法其实相差不大，只是调芡汁时料多寡略有变化，肉丝也需烹得略久些，等收汁后才能放入牡丹花丝翻炒盛盘。

她转头看到韩平北吞咽口水的情形，微微笑了下："时辰也不早了，不然，我先给你们将这俩菜端过去吃上？放着凉了也不好。"

阿榆去端时，韩平北已叫道："我来，我来！"

韩平北赶忙上前端了牡丹鱼片，安拂风不甘落后，也将牡丹肉丝抢到了手上，还瞪了韩平北一眼："看你这蠢样！"

韩平北道："不想吃就放下！"

安拂风便不响了，一脸安然地随着韩平北端菜离去。

事实证明，美食绝对是能堵人嘴的。

这二人开始品菜时，根本顾不上再吵架。

鱼片的香味似被稠厚的汤汁全然锁住，清鲜之极，细腻柔滑，入口即化，回味之际，又有淡淡的花香萦绕。肉丝看着和寻常的肉丝无异，但又韧又弹，不柴不腻，恰到好处地抚慰着蠕动的喉舌和肠胃。

原来秦小娘子认真做出的佳肴，竟是这等奇妙的美味！

安拂风风卷残云般扫荡着盘盏，再次坚定了帮助阿榆嫁入沈家的决心。

阿榆嫁入了沈家，她想蹭饭应该容易得多吧？

她忽然觉得，被沈惟清设计听命于他之事，似乎没那么惨了。

两盘菜很快被吃得只剩下残汁。

韩平北早在厨房时就已经盯着那两盘菜，只是想着漂亮的秦小娘子近在咫尺，他多少得矜持些，于是再美味也强忍着保持风度，谁知安拂风如此不顾脸面，一时竟看傻了。眼见没能吃上几口，盘盏却空了，他刚想骂安拂风吃得粗鲁、全无女儿家模样时，阿榆又端来了一盘油炸牡丹花瓣和一碗牡丹花汤饼。

油炸牡丹花是用牡丹花瓣裹上调好味的面糊，油炸而成，金黄里透着牡丹的一抹红，色香俱备，酥脆诱人；倒是汤饼寻常，拿了菜做浇头时，另外撒了几片撕成条状的牡丹花瓣。

韩平北有了先前教训，顾不上和安拂风计较，赶着先去盛汤饼，夹花瓣。

汤饼看着甚是寻常，但面汤是老鸡汤的高汤辅以鱼汤，仔细调了味，几乎十倍地吊出了面食的香气，混合着牡丹花香，配着碧绿的蔬菜，清爽怡口之外，竟有种荡气回肠般的微妙的舒爽感。

韩平北酒足饭饱，唏嘘不已："真没想到，寻常一碗汤饼，竟能做出这样的好滋味。"

安拂风道："和榆钱索饼不一样的风味。可惜那日的索饼是为韩老准备的，太软烂了些。"

阿榆道:"若为秦家报了仇,我没了其他心思,日日在这里给你们做美食都使得。"

韩平北道:"好呀,好呀!不过秦家那案子……你是不是真打算从八年前的饮福大宴去查起?"

阿榆苦笑:"想知道背后元凶,要么抓到那拨山匪,等他们供述真相;要么从八年前的源头去查,那才是我阿爹被贬后逃亡天涯,最后还是难逃毒手的根源所在。"

韩平北边吸着汤饼边摇头:"那伙山匪怕是不好对付,不然也不会盘踞二十年也无法清剿。八年前那源头……"

他低头看看眼前吃得差不多的碗碟,忽然明白了阿榆特地邀他过来的原因。

他的笑容便有些发苦了:"阿榆,饮福大案的卷宗,我也看不到。你真要见我父亲,我倒是能想法让你们'偶遇'几次。只是他把你的事都看作了沈家的事,必定会询问沈老或沈惟清的意见,便是'偶遇'了,也不会同意你看卷宗吧?"

安拂风并未跟着去审刑院,但此时听他们一来一去地说着,也明白了根由,诧异道:"沈郎君拦着不让小娘子看当年的案卷?"

阿榆道:"七娘子,你别怪他。他见我好容易逃了性命,必定不愿意我再卷入其中,又被幕后之人盯上,步了阿爹的后尘。"

安拂风道:"小娘子怕了?"

"怕?"阿榆原来略有些紧绷的面容忽然放松下来,随意地坐到椅子上,向后一靠,轻轻笑了起来,"除了这条命,能失去的,我都已失去。既已没什么可失去,这条命的存在,还有意义吗?我又有什么需要怕的?"

清风拂拂,这小娘子的笑容尤显安谧纯良,一朵淡白的木香花孤零零地在她漆黑的发际颤动,意外地凛冽刺目。

安拂风忽然间哽住,顿了下,方道:"阿榆,你还有沈家。"

阿榆道:"沈家还愿意帮我多少?毕竟,除了一条命,我一无所有。"

她的笑容依然,眸子却泛出亮晶晶的水光:"若我不肯放弃更多,我的这条命,对沈家和沈郎君来说,也是碍眼的吧?"

若她不曾回京,不曾筹谋追查真凶之事,沈家根本不用顾忌那段婚约,沈惟清也不用娶秦家这个门不当户不对的小厨娘了。

安拂风不忍,忙道:"不,不是。阿榆,沈家不是这样的!"

韩平北也急急道:"小娘子,沈惟清虽然讨人厌,但做人还是没说的。不然,他就不会担心你被元凶盯上了。"

他想了想，说道："想知道八年前饮福大宴发生了什么事，其实也不难。光禄寺的卷宗里肯定有记载。"

"光禄寺？"

韩平北道："饮福大宴是在郊祭后举办，事关三年一度的祭天大典，其流程烦琐复杂，涉及人物众多，事前及事后都有详细记录。但也因为事涉郊祭，光禄寺同样会仔细收藏相关卷宗，不会交给外人阅览。"

阿榆皱眉："不给外人阅览？那光禄寺的人应该能看到吧？光禄寺收女子吗？"

"不收。但御厨房收。曾有一位厨娘以药膳闻名，得太后青眼，让其主持过几次皇家大宴，其中就包括一次饮福大宴。"

阿榆立时明白过来："饮福大宴事关重大，若能参与主持，光禄寺必定会将历代历次的饮福宴记录交出，供本次大宴参考改进？"

韩平北笑了起来："小娘子，你的厨艺如此高明，若能得宫中贵人青眼，未必没有机会。"

阿榆道："宫中贵人？杜太后薨逝很多年了吧？韩郎君的意思，让我去接近宫中后妃？"

韩平北怔了一下："这个……"

他迟疑时，安拂风已冷笑了："阿榆，你别听他胡说！"

她转头瞪向韩平北："你故意的吧？你父亲近在咫尺，她都见不到，你还让她一个民间小娘子去接近宫中后妃？"

韩平北干笑道："这不是没办法嘛。"

安拂风瞪了他一眼，出主意道："阿榆，你从沈老那里想办法吧！"

阿榆觑向韩平北："沈老？"

韩平北脸色微变，叹了口气："沈老早已致仕，难道咱们要把沈家卷进来吗？"

"沈家把阿榆送入审刑院，还想袖手旁观？"安拂风给阿榆分析，"你看沈惟清那个死样子，为何审刑院还是人人捧着他，敬他三分？就因为沈老是韩知院的授业恩师！当年韩家家道中落，沈老可是把韩知院当子侄看的。"

一提沈惟清，韩平北也不平起来："呵，那是！阿爹待他，可比我这个亲儿子好多了！"

安拂风对韩平北的态度转变甚是满意，笑道："韩知院对沈老如此敬重，你说，沈老发话,韩知院会违拗吗?"

阿榆这才明白过来,叹气:"那我岂不是又要去找沈老了?"

安拂风笑道:"阿榆,沈老很喜欢你。"

阿榆清楚,这话半点不假。

魑魅魍魉无数次想要她的命,但偶遇的人世善念也让她一次次挣扎着活了下来,并让她将这浊世人心看得远比常人清晰。

当日在沈府,阿榆那掷地有声的铿锵誓诺,刚烈决绝的屈膝一跪,赌的就是人心。

沈纶看似豁达不羁,但极重情义。他当然喜欢同样重情重义的故人骨血。

于是,阿榆这一跪,直接断送了沈惟清的毁婚之路,顺顺当当把自己送到了审刑院。

阿榆摸摸鼻子,也不否认,只笑道:"多谢七娘子提醒!真该多备些牡丹花,再做几样美食,才对得起你这片心意。"

安拂风眼睛一亮:"还可以做其他的?"

阿榆道:"牡丹花养血祛瘀,常食可令人肌肤渐白,气血充沛,容色出众。阿涂找来的花还是太少了。若是多了,摘下以糖水煮制,可做成蜜饯,既香又甜,吃起来也方便。若晒制成干,拿来泡茶或煮粥都是极好的。"

阿涂正给另一桌上菜,闻言忙走来道:"要多也容易,有钱就行。别看今日这几朵,上百文呢!"

阿榆叹道:"也是,太贵了些。一些富贵人家的园子里倒是有,可惜不是寻常人可以摘到的。"

富贵人家的园子?

安拂风、韩平北对视了一眼。

韩平北道:"拂风,我没记错的话,沈惟清院子里,似乎栽了好几种牡丹?姚黄魏紫,一朵朵开得比碗口还大。但这时节,也快谢了吧?"

安拂风道:"白白化了尘土,可惜了。"

韩平北道:"你如今既是他的人,他应该不介意你为他处理一些无用之物吧?"

安拂风道:"那是我应尽之责,他介意又如何?把我赶走?"

那岂不是正中她下怀?

二人有了共同目标,相视一笑,恩仇立泯,谢过阿榆,步履轻捷地告辞而去。

阿涂目瞪口呆,吸气,再吸气,终于挪到阿榆旁边,小心问:"小娘子,你……做了什么?"

阿榆抱着肩，不以为意道："我做了什么？我做了几样菜呀！"

做了几样菜，就让沈惟清最亲密的哥们和最亲近的下属联手，去算计他的牡丹花？

阿涂撇撇嘴，再不肯相信。

小娘子的嘴，骗人的鬼……

南城外的玉津园，荼蘼海棠偕春醉，翠竹森森映碧水。

竹林边，沈惟清宽衣大袍，正坐于岸边白石上钓鱼，却不觉间看向皇城的方向。

他自己都不甚理解，为何会遣了安拂风前去食店，还找了菊苗煎这样拙劣的借口。

明明他没打算娶她，她邀韩平北吃顿饭又如何？别说大庭广众下不会有什么，便是有什么，又与他何干？

距沈惟清不远处，寿王一身明蓝锦衣，半靠在一块山石上，正急匆匆提起钓竿，却提了个空，倒是鱼钩上的饵物已被咬得不见影。

"这到底是谁在钓谁呢？"

寿王摇头笑笑，好脾气地自己动手，拿饵物往鱼钩上钩着。

他是当今圣上的第三子，约莫二十四五岁，生得俊秀高华，眉眼带笑，看着甚是温和。

钩好饵物，寿王正要甩下鱼钩时，那边一圈圈涟漪泛开，沈惟清的鱼线直直沉了下去，他忙催道："惟清，鱼上钩了！在想什么呢？快拉上来！"

沈惟清回过神，忙起钩，果然钓上一条极大的鲫鱼。

寿王喜道："这么大一条，用来斫鲙是极好的。来人，传厨子！"

本朝传承了前朝喜吃鱼生的习惯，考究者甚至会在垂钓时带上自家厨子或厨娘，当场剖洗，快刀劈作鱼片，蘸以橙齑食用。寿王难得邀到好友一同垂钓，早就想好吃法，便也带了厨子随行。

沈惟清垂头瞧着木桶里大大小小的鱼，默然想着，阿榆那小娘子确实又狡猾，又聪慧，厨艺又极有天分，若将这桶鱼拎回去，不知会想出多少种做法来。

寿王满意地看着厨子挑走三条最大的做鱼鲙，转头看向沈惟清："惟清，在想什么呢？怎么心不在焉的？"

沈惟清顿了下，说道："没什么。可能是我多心，总觉得有什么事会发生。"

沈惟清傍晚回到府中，终于确定，他并没有多心，他的直觉一如既往地准确。

他所居住的三端院里，自来精心看护的十余株牡丹，一株不漏，全给薅成了秃子，连花苞都没剩一朵。

沈惟清手有些抖，端起茶碗又放下。他紧按着茶盏，叫来卢笋，不惊不怒地询问："外面的牡丹怎么回事？"

卢笋答得很快："安七娘子说，这些花快谢了，怕碍了郎君的眼，故让我等帮忙，将花朵尽数采了。"

沈惟清快要气笑了："你们一起帮忙采的花？"

卢笋道："那是自然！郎君志大才高，行事务求完美，怎能容得那些瑕疵花朵存在？我等自当善体主人之意，早早将其剔除。郎君你看，如今枝叶一片葱翠，是不是格外生机勃勃？"

沈惟清看着他天真的小厮，忍了又忍，淡声吩咐去唤安拂风。

卢笋说不出这些话，他一听便知这是被安拂风忽悠了。

可安拂风无缘无故的，怎么会想到摘他的牡丹花？

沈惟清忽然想起，先前他试图激秦小娘子主动推却婚事时，他们经过了他的院子，经过了这些盛开的牡丹花。当时，他曾停下脚步，吩咐花农除掉院里刚长出的草，给正当盛放的牡丹追一次肥。

秦小娘子清楚他看重这些牡丹，大概也清楚，她见不到韩知院，是因为他在暗中阻拦。

他这是遭了她的报复？

可她是怎么做到的？

安拂风赶来，倒也老实，见面便道："郎君，我瞧着你这院里的花快谢了，赶紧替你收拾了下。你看现在是不是清爽多了？"

沈惟清握着拳咳了一声，慢慢道："快谢了？至少还能再开半个月吧？"

安拂风道："但郎君高洁，焉能让那些残花污了郎君的眼？还不如送它们去该去的地方。"

沈惟清冷冷睨她："说人话。"

安拂风暗骂韩平北不讲义气，这时候竟不出现。踌躇了下，她只得照实道："秦小娘子能用牡丹花做菜，甚是味美。我看这些花放着也白放着，不如摘了给她，做成蜜饯，或制成干花泡茶，都比在这里碍了郎君的眼强。"

沈惟清总算弄清了原因，慢慢放松捏着茶盏的手，说道："也好。你就亲自送过去，然后留在那里吧！"

安拂风困惑："留在那里？什么意思？"

"秦小娘子当日说，不要婚约，只求真相。但她所求，绝不会如此简单。"

"你不信？"

"我不信。"

安拂风忽然间有了恼意："你凭什么不信？因为她家世不如你，才情不如你，只是个小厨娘？"

沈惟清道："都不是。"

他本无意继续说下去，但安拂风不依不饶地盯着他，大有得不到答案绝不善罢甘休之势。

沈惟清无奈，只得道："因为，你所看到的小娘子，只是她想让你看到的小娘子。"

安拂风蒙了："这什么你看到我看到的？你绕口令呢？"

沈惟清道："若你真听不懂，那就连去她店里当跑堂的资格都没有。记住，秦小娘子绝非善茬。"

安拂风道："废话，即便是个泥捏的，遇到这样的灭门大祸，也该有几分性子。"

那样被生活逼出来的性子，不仅不惹人厌，还让人敬佩和怜惜。

沈惟清略一沉吟，笑道："不然，咱们再来打个赌。"

安拂风立时警惕："不比武了！你别想再挖坑给我跳！"

沈惟清道："不比武，比眼力。如果秦小娘子真是你所说的那般简单，我们先前赌约一笔勾销，你恢复自由身。"

莫名丢了两年自由身，还得被人呼来喝去，安拂风对于那桩赌约早已深恶痛绝，闻言顿时眼睛亮了："真的？"

沈惟清道："如若不信，可以请我祖父做证。"

"那倒不用。"

若她赢了，还怕沈惟清强留她听命不成？

安拂风虽对秦小娘子的人品颇有信心，但眼看沈惟清微挑的眉眼，却又有些忐忑，说道："那万一……我是说万一，阿榆真的别有居心，我输了，你又想我怎样？"

沈惟清笑了笑："你不用怎样，以后就留在秦小娘子身边，跟着她开食店吧！"

安拂风给他坑怕了，正仔细权衡其中利害时，只闻沈惟清不急不缓地说道："你留在她身边，其实也不是坏事。你不是爱她那手厨艺吗？她能做榆树宴，就能做槐树宴、香椿宴；能以牡丹做菜，就能以芍药芙蓉芰荷做菜；其他菜应该也不在话下，比如黄金鸡、蟹酿橙、金玉羹、山煮羊、玉灌肺、酥黄独、沉湛浆……"

59

安拂风紧皱的眉头不觉舒展开来，眼睛越来越亮，咽了下口水，说道："唔，我先将牡丹花送过去，再细想想，细想想……"

不论输赢，她似乎都能摆脱沈惟清了呢！

沈惟清看她离去，也松了口气。只要她离开，街头巷尾那些针对他们的流言应该会慢慢消失吧？他也不用担心她帮着秦小娘子坑他了。

沈惟清抬头看向小厮卢笋："今天的事，有没有明白什么？"

卢笋憨笑："明白，明白了！"

"明白什么了？"

"小人明白，郎君已决定履行婚约，把七娘子哄去侍奉秦小娘子了！所以，秦小娘子就是咱们沈家未来的少主母！郎君放心，夏天的荷花，秋天的菊花，冬天的梅花，但凡能做菜的，只要秦小娘子开口，小人二话不说，立马采了花，双手捧上！"

"住口！"

沈惟清有种摔茶盏的冲动。

秦小娘子一出现，他身边的人怎么一个个都不对劲了？

卢笋不敢再说话，偷偷觑着自家主子。

沈惟清平缓了情绪，耐着性子解释："我是告诉你，没事别跟着七娘子作妖。她因为不想嫁人，能找个黑壮奇丑的仆妇，冒充自己去向未婚夫表白，穷凶极恶地要求当天圆房，把她未婚夫吓得连夜收拾行李逃了，至今不见踪影。这般女子，她的话，能听吗？"

卢笋连忙摇头。

沈惟清满意地端起了茶盏。

卢笋却紧跟着道："可七娘子不是为了郎君才不想嫁人的吗？郎君之前不想娶秦小娘子，不也是为了七娘子吗？"

沈惟清噗地喷出一口茶水，呛得咳嗽不已。卢笋忙要上前帮收拾时，沈惟清已一指外面，低喝道："出去！"

卢笋一脸蒙，却也晓得又被自家郎君嫌弃了，只得垂头丧气地转身离开。

沈惟清也算知道了他跟安拂风关系不寻常的流言从何而来，叹了口气。

有这样的贴身小厮，真是家门不幸。

可偏偏还是奶娘生的，自小儿跟的，甩都甩不脱……

第五章 烈火蒸白骨,细雨当年事

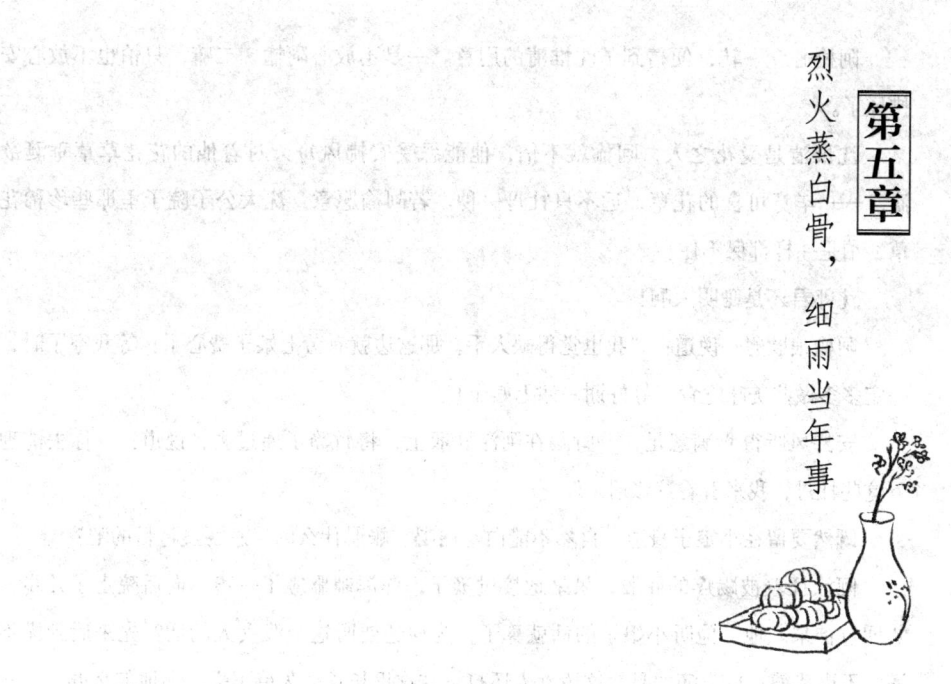

　　小食店里,阿榆拉着阿涂看账册,苦思着生财之道。

　　阿涂看着自己亲手记的账册,甚至多了些许别的烦恼。

　　他喃喃道:"记账是不是也有什么讲究?我怎么看不懂这账册了?"

　　阿榆其实也没看懂,但对阿涂的人品倒是十分有信心。见他不安,她反而安慰道:"怕是忙不过来才记得有些乱。没事,我再招个跑堂的过来帮你,如何?"

　　阿涂正想回答时,身后一名女子的声音传来:"我来你家跑堂吧!"

　　阿涂听声音耳熟,扭头一看,眼珠子差点没掉下来:"你?"

　　阿榆看着走来的安拂风,也惊讶地看着她:"七娘子?"

　　安拂风背着整整一篓子的牡丹花,正大踏步走来。她的嘴角向上扬,显然心情不错。

　　她道:"阿榆,郎君听闻你去衙门后,食店经营有些不便,让我过来帮着料理料理。"

　　阿涂精神一振,却立刻懂事地推托道:"不过这边人手还够,沈郎君有这个心,我们小娘子也就知足了!"

　　安拂风鄙夷地瞪他一眼:"方才明明还在说要招跑堂的,哪里人手够了?口不应心!虚伪!"

阿榆心念一转，便猜到了沈惟清的用意。一是不放心阿榆，二嘛，只怕也不放心安拂风了。

　　沈惟清是爱花之人，阿榆就不信，他能忍受安拂风每天对着他的花花草草垂涎欲滴。——毕竟可食的花草，远不只牡丹一种。若阿榆愿意，沈大公子院子里那些珍稀花草，怕是一样都保不住。

　　沈郎君还是聪明人啊！

　　阿榆很欣慰，说道："我也觉得缺人手。那这边就有劳七娘子费心了！等我空了时，一定多多做些美味吃食，好好谢一谢七娘子！"

　　安拂风听得心满意足，一脚踢在阿涂屁股上，将竹篓子递过去，说道："你去清理下这些牡丹，我来看看这账册。"

　　既然要留在小娘子身边，自然不能白吃白喝。账册什么的，总要过过目的吧？

　　阿涂揉着被踢疼的屁股，呆呆地接过篓子，浑浑噩噩应了一声，向后院走了几步，才回过神来。他、他听小娘子的话就算了，为何还要听这个泼女人的话？先来后到懂不懂？不讲武德！更头痛的是，这泼女人还打算在这里长长久久待下去，那他怎么办？

　　早知如今，他当年随祖父住在老家时就该好好读书，考个举人进士什么的，也不至于回到京城被爹娘当成绣花枕头，塞个又黑又胖又丑的妇人给他做妻子。若不是他跑得快，当晚就能被拉着圆房了。

　　他十分怀疑自己是不是亲生的，天下怎会有这种坑儿子的父母！现在更惨，堂堂御史家的公子，沦为小食店的小伙计，猫儿狗儿都能训他几句，谁有他惨！

　　阿榆见安拂风接手了账册，也是大大松了口气，拍拍手跑开，开始思量怎么说服沈老了。

　　于是，沈惟清刚把安拂风请走，还未及平息心情，那边便传来消息，阿榆来了，还给沈老带来了一钵黄芪稚鸡汤。

　　沈惟清抚额。沈老和韩知院的师生关系虽不算什么秘密，但沈老对韩知院有怎样的影响力，知道的人并不多。阿榆能将主意打到沈老身上，只怕安拂风功不可没。

　　沈惟清赶过去时，沈纶却是一脸见到亲孙女的欢喜，笑呵呵地从阿榆手中接过刚从钵中盛出的汤。

　　阿榆笑意盈盈，正说起汤的功用。她道："沈老脾胃虚弱，才会连面食都难以克化。这黄芪雉鸡汤，是将炙黄芪研末，封入鸡腹中，再加入姜葱黄酒，旺火蒸熟，可补中益气，养血生血。若能每五日食用一次，不出半年，沈老积食难消、体虚力乏等症候必会改善。"

沈纶听她说得头头是道，不由眯着眼，细细地品着。

鸡汤不油不腻，半清澄的色泽，只漂了几星油点，看着极清爽。但一匙清汤入口，唇舌间竟满是饱满而浓郁的香，又融了黄芪和其他香料的气味，清鲜得出奇，竟叫人端起再放不下手。

能不能治病虽是两说，至少能将人的肠胃抚得极熨帖。只在阿榆说话间，沈纶已将盛出的一盅喝得见底。

他抬起头，笑道："五日就得喝一次？"

沈惟清微笑道："能调理身体固然是好事，但五日一次，怕是会吃腻。"

阿榆道："可以换相似功效的膳食。比如鹌鹑党参汤、羊肉炖萝卜，都于沈老身体有所裨益。"

沈纶似已闻到了鹌鹑香、党参香、羊肉香、萝卜香，不由得喉间滚动，两眼放光，却故作犹疑地拈须沉吟："那岂不是太麻烦阿榆你了？"

阿榆道："不麻烦。我也有事想麻烦沈老。"

沈惟清还未及阻拦，沈纶已看他一眼，又笑眯眯看向阿榆："你想调阅那年饮福宴的案卷？"

阿榆盯了沈惟清一眼。

沈纶笑道："你别看惟清。他自来主意大，有事不爱问我这老家伙。但我也不至于老糊涂，连你们打什么主意都不知道。"

他虽然年迈，却是侍奉过两朝君王的老臣。若他留意，这些事根本别想瞒过他。

他顿了顿，又道："当年那件案子，早就结了。其实就让它那般结了，也没什么不好。"

阿榆并不意外，轻声道："沈老，那件案子，并没有结。秦家的灭门，是那件案子的延续。"

"延续……"

沈纶面上还带着笑，目中却带了锋芒，若有所思地看向阿榆。

"对，是延续，不是完结。"

"不是完结……那就是说明，沾上去的，很可能重蹈秦家覆辙。"

"那又如何？难不成，那人还能再让秦家灭一次门？"阿榆半蹲在沈纶身前，笑靥如花，"沈老，我不怕的。我也跟七娘子说过，我只剩了一个人，没什么可以失去的了。"

沈纶便再也笑不出来，沈惟清也似心头被什么揪了下，一时都屏住了呼吸，看着这个笑容散漫的小娘子。

她依然簪着两朵雪团似的木香花，浓郁却冷洌的气息萦到鼻尖时，莫名地让人满怀酸涩。

沈惟清便记起，这个无可失去的小娘子，是他的未婚妻——至少是祖父眼中的沈家长孙媳。

他终究上前道："秦小娘子，此事牵涉太大。若你信得过我，便将此事交给我，我会想法查明前因后果。"

阿榆瞅他一眼："我信不过沈郎君。"

"……"

阿榆一句信不过，如此理所当然，竟让沈惟清无言以对。

"八年前都没能查明，八年后就能查明了吗？"阿榆看向沈纶，声音和缓了些，"何况，沈老，我不想连累沈家。最终查到怎样的结果，我会一力去承担。"

沈惟清淡淡瞥她："你担得动吗？"

阿榆道："不试试怎知道担不担得动？"

沈惟清一时无语，沈纶却笑了起来。

他道："行吧，阿榆，既然你想试，就让你试试。你若能证明自己真有破案的能耐，我给你这个机会！"

阿榆立即问："沈老想要我怎么证明？"

沈纶道："沈惟清今天正好接手了一桩案子，若你二人联手，能在十日之内破了此案，我便出面，为你调阅当年案卷！"

"一言为定！"

"一言为定！"

阿榆松了口气，转头看向沈惟清，嘴角一勾，慢慢道："如此，沈郎君，明日开始，请多指教了！"

沈惟清一言不发，转身离去。

沈纶摇摇头，却也不着急，笑眯眯地只作没看到二人针尖对麦芒的模样。

他不清楚他们能不能破案，但他清楚，下面这些日子，他们不得不捆在一起了。

强扭的瓜，不如并蒂的花。他眼前这双璧人，指不定很快就能有花开并蒂的好辰光。

那才是皆大欢喜的好结局。

第二日一早，阿榆到了审刑院，便径去务本堂找沈惟清。

沈纶既已做了决定，沈惟清也不便再多说什么，抬手从公文中取出一沓案卷，递给阿榆。

"我们等会儿便要去城南查昨日说起的那桩旧案。你既来得早，该先看看这桩案子的资料。"

阿榆接过案卷，忽觉出哪里不对："旧案？"

若是旧案，相关的人或事都可能湮没，想要查证，比寻常案子更要难上许多。

沈惟清笑了笑："你既来了审刑院，难道不知，真要转到这边重新审理的，没有一件是简单的？"

他笑得温和，但阿榆偏能从他那双笑意清亮的眼睛里，看到微冷的嘲弄。

她打开案卷，慢条斯理地说道："也是。说起来，秦家的案子，不也牵着些陈年旧事？如果连这个案子都破不了，又如何破秦家的案子？沈郎君果然思虑深长，阿榆佩服，佩服！"

她语气十分诚挚，沈惟清一时听不出她是赞颂还是嘲讽。但听她提到秦家，再怎样不悦，也不便再说什么，只道："你先看完吧！若尸骨能说话，或许，此案不难破。"

韩平北奉父命跟着沈惟清长见识，自然也要跟着去的。他也已听说阿榆接受沈老考验之事，笑道："放心，有我呢，再不济，有那位呢！"

他向沈惟清瞟了眼，悄声道："他看人看事极准，查案还是有一手的。十天破不了案，你固然无法通过考验，他跟你一起查的案，也是一样丢脸。"

连韩平北也认为，她得依附其他人才能查案吗？阿榆甜甜地笑，看着并无异议，袖中却无声地捏住了剔骨刀。刀锋贴着肌肤，带着金属的冰冷坚硬，尖锐得随时能伤人伤己，却让她说不出的安心。这世间，除了自己，没什么人是可以真正依靠的。

但这次，审刑院一行人都失望了。尸骨没能说话。

南郊一处坟地旁，死者的家人怒目以对，似要活吞了沈惟清、韩平北等人。

死者姓乔，其夫婿鲍廉，乃翰林待诏，去年又权直学士院，也算沾了"学士"二字，虽未必受重用，但地位在这里，即便大理寺或审刑院也不敢轻慢。可如今，他死去许久的原配夫人，刚刚经历过蒸骨验尸。

所谓蒸骨验尸，多用于尸体已经化为白骨的陈年命案。验尸时，须将尸骸掘出，骨

65

头一块块复位，送入烈火焚过、泼洒过酒和醋的地窖，以酒和醋的热气熏蒸一两个时辰，再将尸骨抬至明亮处，取红油伞挡住阳光，逐块骨骼查验有无生前受伤留下的血荫。

这不仅是掘人坟墓，更是拆人尸骨，对死者或家人而言，无疑都是尊严扫地，难以接受的。

如果真有冤情，倒也罢了。

问题是，仵作并未发现任何受伤或中毒的痕迹，乔娘子极可能就是患病而亡。

结果一出，韩平北第一个脸上挂不住，心里已把沈惟清骂了一百遍。

他也是太过相信沈惟清，或者说，相信沈惟清的直觉，软硬兼施硬是说服了鲍廉，同意开棺验尸。然后……就这，就这？

鲍廉没法对韩衙内发作，只怒视旁边商人模样的男子，喝道："乔锦树，这结果，你满意了？非要让你姐姐泉下难安吗？"

乔锦树面露愕然，但很快更显愤怒和悲痛，高叫道："不可能！若姐姐不是冤死，为何平白托梦给我？梦里，她清清楚楚跟我说，她死得不明不白，她不甘！"

鲍廉道："日有所思，夜有所梦。你整日胡思乱想，做了噩梦，却要这许多人和整个鲍家陪你折腾！"

乔锦树道："那姐姐那封家书又怎么说？我偏不信，平白无故的，姐姐就这么一病死了……"

这桩案子就是先前让审刑院众属官起争执的案子。

鲍廉之妻乔氏，病死于一年前。其弟乔锦树在外经商，近日回京，得知姐姐死讯，悲痛欲绝，先去开封府，再去大理寺，四处喊冤，声称其姐是被鲍家所害。

他颇有家资，舍得花钱，又懂得察言观色，大理寺斟酌后倒是派人调查过，但最终的结论，乔娘子是正常病逝。

乔锦树并不甘心，又拦了几位重臣的轿子。

新朝甫才立国三十余年，先帝与今上俱是励精图治的人物，朝中大臣对这些人命冤情倒也不敢大意。只是递来的状纸一瞧，为其姐喊冤倒也罢了，说其姐托梦喊冤是什么鬼？告的还是跟他们同朝为官的鲍学士？

于是，乔锦树被当作失心疯，差点被打个半死。

可他竟不肯死心，拖着一身伤，硬是又拦了参知政事李长龄的轿子。

这位政事堂最年轻的宰执，认真地看了陈情书和乔氏的家书，又看了看他一身血迹斑斑，不知是不是动了恻隐之心，竟转手将陈情书递给了审刑院。

副相发了话，审刑院焉能无视？故而审刑院众属官研究了许久的案子，争了半天乔氏的托梦可不可信，最终还是决定开棺验尸。

可如今看着，乔娘子的确是病死。

尸骨在死后如此被糟践，传出去这名声可不好听。

李参政一句话，审刑院背了锅。

除了所谓的托梦，乔锦树完全没有证据证明他姐姐是为人所害。

乔娘子一年多前曾给乔锦树写过一封家书，说外面流言渐起，诬她擅长巫蛊之术，并想以此谋害自己的婆婆。因婆婆不喜，彼时乔娘子在外面庄子里住了十年之久。一直在鲍廉身边伺候的，是侍妾安氏。乔娘子疑心鲍家有宠妾灭妻之心，打算用巫蛊之事来陷害她。

可从大理寺的调查来看，并未有谁陷害乔娘子，甚至连巫蛊之事都无人听过。鲍廉虽平庸了些，但颇是注重官声，乔娘子死去一年，安氏都未曾扶正，更别说在她活着时宠妾灭妻了。

阿榆正思索时，忽若有所觉，举目看向稍远处的树丛。

一个黑斗篷的男子正从老槐树边一闪而逝，背影萧索，似有无限苍凉哀伤。

阿榆目光一缩，忙又看向竹席上刚被蒸过的一块块白骨，有一瞬几乎喘不过气来。

沈惟清极是敏锐，留意到阿榆神情有异，忙看向那边老槐树，却一无所见。转头再看阿榆时，她的脸庞上只有恰到好处的烦恼和困惑，仿佛先前那骤起的不安只是他的错觉。

大理寺官员已凑上前，小心地问向沈惟清等人："二位，你们看这事……"

韩平北道："既然如此，那就……"

沈惟清截口道："那就继续查！"

阿榆正想着这案子就这么结了，是不是需要另破个案子才能证明自己，忽听沈惟清这么说，一时也愣住。

韩平北低声问："不是吧？沈惟清，就剩了一把枯骨，这案子，还怎么查？"

沈惟清不答，先向鲍廉一揖，方问道："请教鲍学士，乔氏信中所说的巫蛊流言，是怎么回事？"

鲍廉怔了下："我早就说过，从来没有什么巫蛊流言。"

沈惟清笑了笑："可我们昨日已经问到证词，证实当日的确有此谣言，并且是从鲍家下人口中传出。不知鲍学士对此如何解释？"

鲍廉顿有愠色："竟有此事？鲍某自认家风清严，府内怎会有这样信口雌黄之人？难道有小人心存歹意，故意生事，要令鲍家家宅不宁？"

沈惟清道："有此可能。下午我会传召证人前往鲍府，让他指认彼时是哪位下人传出了谣言。到时还请鲍学士配合。此事若是小人挑拨，真是折损了贵府的名声，白白惹了这场误会。"

"正是，正是……"

鲍廉擦着汗目送一行人离开，好一会儿才回过味来。

明明是审刑院误判，无凭无据掘了他夫人的坟，拆了他夫人的骨，怎么沈惟清三言两语，反成了鲍家自己家教不严惹来祸端？

鲍廉心中嘀咕，忽想起沈惟清的话，忙唤道："来人，来人……"

回去的路上，韩平北忍不住自己的疑惑，问道："沈惟清，你什么时候找的证人，问的证词？"

沈惟清闭着眼养神，很随意地答道："没证人，没证词。"

"啊？"

"但如果这些谣言真是鲍家传出，鲍廉或鲍家，一定会有动作。"

阿榆吸了口气，忍不住抬头盯了沈惟清一眼。

"奸诈！"

阿榆听到这俩字时，不由吓了一跳。

难道她不小心把心里话给说出口了？

等看到沈惟清似笑非笑看向韩平北，她才意识到，骂沈惟清奸诈的，是韩平北。

阿榆连忙转移话题："沈郎君也认为乔娘子的死另有蹊跷？因为乔锦树口中的托梦，还是因为那封家书？"

沈惟清道："空穴来风，岂能无因。何况，你不了解李长龄这个人。"

"李参政？"

"刚过三旬，便位列宰执，其心思之机警敏锐，绝非常人可比。若非察觉了什么，他不可能无故插手此案。"

"沈惟清你不是很能耐，没发现他察觉了什么？"

"乔娘子那封信，我看了许久，只有两处令人疑心。"

"一处必定是巫蛊之事。内宅妇人信这个的不少，若婆媳失和，的确可能有这种事。另一处呢？"

阿榆评判起内宅妇人的语气，太过理所当然，仿佛她从不是内宅妇人的一员。沈惟清听着怪异，瞅她两眼，方道："安氏。"

"鲍廉的宠妾？"阿榆思索，"主母尚在，安氏却能主持中馈，本就不正常。乔娘子的家书中提到安氏，分明忧心其有加害之意，但字里行间却像有种居高临下的轻视之感。对了，她提到夫婿鲍廉，似乎也有种不放在眼里的感觉……嗯，很矛盾。"

沈惟清听她侃侃而谈，不觉多看了她几眼。

阿榆正说得专注，别过头看他，问道："即便以主母自居，也不至于连夫婿都看不上吧？"

沈惟清的马车不算狭窄，但此时到底挤了三个人，彼此靠得并不远。沈惟清坐于中间，便有淡淡的香气若有若无地传来。此时阿榆转头之际，那香气蓦地萦入鼻际，立刻让他辨出，那是阿榆发间所簪的木香花的香气。

浓郁而清冷的香气，曼陀罗般妖异，让他警觉地想要远离，却又莫名地有些沉溺。

他看着阿榆，一时竟未说话。

阿榆早已习惯他的不冷不淡，只当他不屑回答，也不在意，只自己猜测道："或许，后来纳的那个安姓小妾不是什么正经人家，乔娘子瞧不上，连带夫婿都瞧不上了？"

韩平北挠头，"若是这样，这乔娘子还挺有傲骨。不过那小妾姓安……"

他拍了拍沈惟清，问："姓安……不会跟七娘家有什么牵扯吧？"

沈惟清给他拍得回过神来，淡淡睨他一眼，若无其事地说道："想多了。安家可不是寻常人家，安家女儿怎会给一位根基寻常的翰林待诏做妾室？"

安家也算是京城的高门大户，安拂风的父亲现担着殿前副指挥使的职位，是当今圣上跟前的红人。若非沈纶有拥立辅佐先帝之功，门下弟子众多，根基深厚，安拂风怕是连沈惟清都不会放在眼里。

但这回，沈惟清被打脸了。

他们回到审刑院时，安拂风正拎着一个食盒在院里的小亭中等着。

她腰间佩着宝剑，身姿挺拔如翠竹，但拎着食盒的姿态柔和了她眉眼间的冷意，快步迎来时的欣喜笑意更是扫开了她素日的倨傲和不合群。

她甚至八卦地悄声问阿榆："听说你们去掘了鲍廉家的墓？"

掘墓蒸骨，这事儿说大不大，说小也不小，市井间很容易传扬开来。安拂风从食客议论中听说，自是意料中事。但她能一口道出鲍廉姓名，便有些不寻常了。

阿榆黑眸一转："听闻鲍学士的宠妾，姓安？"

安拂风道:"可不是巧!她算来是我远房堂姐。按族中的辈分算,我得叫她一声四姐。"

此时已过了饭点,沈惟清等只作没看到安拂风的食盒,却都顺势在亭中坐了休息,倒了亭内石桌上的茶水喝着。忽听得安拂风的话,连沈惟清都给茶水呛的下。

韩平北一脸稀奇地凑过去,问道:"哎,老安家这是怎么回事?好好的怎会把自家女郎送人做妾?"

安拂风横了眼沈惟清,冷声道:"我都能给人跑腿当奴作婢了,为何堂姐不能给人当良妾?"

阿榆嫣然笑道:"应该都是意外,对吧?"

安拂风面色稍霁,答道:"我这位堂姐,父亲早逝,跟我家也隔了几房,娘家家底便差了些。当日颇有几户中等人家要聘她做正妻的,谁知她不答应,执意做了鲍廉的妾。"

韩平北摇头,"嫌贫爱富?要不得,要不得!"

安拂风道:"听说她进门后,乔娘子就主动离府,连中馈之事都全交给了她。名义上虽还是妾,可这也跟正室夫人差不离了。故而后来连安家人都说她有眼光。"

阿榆不屑地皱了皱眉。沈惟清瞅她一眼,继续问向安拂风:"知道乔娘子主动去庄子上住的原因吗?"

安拂风道:"听说乔娘子身体不好,无法生育孩子,不想耽误鲍家,又一心向佛,所以就在庄子里修了间小佛堂,搬过去了。"

阿榆、沈惟清等都怔了下。

乔娘子给乔锦树的书信,满是对夫家的警惕,甚至难掩忌惮和厌恶,绝对不像主动退位让贤、避世修行之人。

韩平北想不通便不想了,目光只往安拂风拎着的食盒上瞟:"你来给沈惟清送吃食?"

安拂风瞪他一眼,说道:"莫要胡说,沈郎君让我跟着阿榆,我从此只需对秦小娘子负责。"

于是,安拂风成了阿榆的人,跟沈惟清无关?那她拎来的食盒……

安拂风已将食盒里的饭菜摆在亭中的桌子上,说道:"小娘子,阿涂怕你在外吃不习惯,特地叫我送了饭菜过来。我瞧着远不如你做的。"

香茄、炙鱼,蒜炒羊肚,还有一钵极清爽的芥菜羹。

韩平北笑道:"这许多菜,是把咱们的都准备上了吧?"

阿榆也有几分得意,笑盈盈道:"也算他有孝心了!"

孝心？三人瞅瞅她稚气犹存的面容，一时不知该对此作何反应。

安拂风干笑道："哎，不如先吃饭，吃饭！"

三人早已饥肠辘辘，当下也不客气，各自搬凳子坐了，准备开饭。

这时，花绯然将一包蒸酥饼送过来，笑道："我见过了饭点，便叫人出去买了些饼备着，不想七娘细心，送了吃食过来。若是米饭不够，也可吃两块饼。"

她虽跟众人说着，但一双笑眼弯弯，只看向韩平北。

韩平北举起的筷子悄然放下，干笑道："我、我忽然想起我还些公务要处理，你们先吃，先吃啊……"

韩平北跳起身，逃一般跑得没影没踪。花绯然一脸失落。

阿榆正好奇地猜测这两人的故事时，安拂风推推她，不好意思地从食盒最下一层又摸出一碟东西来。

安拂风道："其实……我还按你昨天教的法子，做了份牡丹豆腐。但阿涂劝我最好别带来……"

阿榆看着眼前这碟酱黄色的豆腐渣般的东西，还有里面夹杂的像咸菜又像草根的黑褐玩意儿，似乎看到了阿涂一脸无奈的模样……

不过阿涂胆子小，会怕阿榆的剔骨刀，自然也会怕安拂风的掌中剑，即便认定安拂风做出来的东西猪都不吃，也不敢拦着不让带。

阿榆叹了口气，为难地安慰道："七娘子，尺有所短，寸有所长。你会武艺，还会算账，也就够了。做饭这种小事呢，就留给我，或留给阿涂吧！"

安拂风深感有理："或许我真的在这方面没有天分？我回去让阿涂学学看，那些牡丹虽晾晒了不少，蜜渍了不少，但还有几朵呢，应该还能再做几样菜……"

看来，沈惟清的那些牡丹花，下场已被安排得明明白白。

沈惟清对着那盘"牡丹豆腐"深呼吸，再深呼吸，终于能维持风度，从容站起，说道："我去看看平北那里需不需要帮忙。"

沈惟清也起身，快步向外走去。

安拂风愕然道："到底什么公务，要到府衙外处理？"

花绯然幽幽一叹："往北行半里路，有一家小食铺。他们以往错过了饭点，常会在那里吃。"

阿榆看着桌上的饭菜，却笑得眉眼弯弯："多好啊，这么多菜一定有剩的，我可以喂府衙外那几条可怜的野狗了……"

"……"

花绯然、安拂风相视，欲言又止。难道阿榆是说，喂这俩男人，还不如喂狗？不会不会，一定是她们误会了。阿榆多纯良的小娘子，怎会有这般可怕的念头！

沈惟清、韩平北傍晚回来时，早先被遣出去监视鲍家的人也回来了，顺便带回了一群鲍家仆役。有五名仆役被鲍家以某些名正言顺的理由遣送出来，或采买物事，或跑腿送信，或回家探亲。阿榆开始觉得鲍廉挺蠢的，居然就这么中计了，待审完五名仆役，才发现还是她太年轻了。这五名仆役，根本不知道巫蛊谣言，甚至不知道今天被遣出府来的真实原因。

沈惟清在试探鲍府，鲍府也在试探审刑院。五人一被抓，鲍廉就会推断出沈惟清并无实据，只是在诈他；但同样，鲍廉一有动作，也证实当年之事确有蹊跷。不然，他根本不会有任何动作。

阿榆想明白其中道理，惊叹了。都是千年的狐狸啊……

但因安拂风透露的讯息，五名仆役也被重点讯问了其他信息。

然后，原来想着赶紧结案的韩平北也迟疑了。

仆役们没听说过巫蛊流言，却都清楚地记得，大约就在乔锦树收到乔娘子书信的那段时间，鲍太夫人生病了。病得挺沉，好几年没露面的乔娘子都匆匆赶回鲍府侍疾。

鲍太夫人病愈，乔娘子准备回庄时却生病了。鲍家立刻觅大夫为其医治。

乔娘子生病时的医案，大理寺已经整理过。大体是说，乔娘子外感风寒，内积肝郁，遂开了辛温解表、疏泄散郁的药方。服药后，乔娘子病情略有好转，执意回了庄子，回庄不久病情急转直下，没几天便逝去。

蹊跷的是，乔娘子执意回庄的那天，正在下暴雨。乔娘子甚至是连夜回的庄子。

联系到乔娘子的死，鲍家上下对此都有些议论，多认为这位夫人执意离开，或许命当如此。若好好在府中，即便不掌中馈，也是鲍家主母，身为妾室的安四娘必须循礼恭敬侍奉，哪会病情骤重，不治而亡？

韩平北摸着下巴："真有这么巧，才有乔娘子想害太夫人的消息传出，太夫人就病了？"

阿榆紧跟着道："太夫人年迈，体虚多病，时常延医问药，为何偏偏这次让乔娘子回府侍疾？"

韩平北道："病还没好全，她为何急着回庄？冒着暴雨也要回去？"

阿榆道："随后乔娘子病情加重，很可能与此有关。"

韩平北道:"若乔娘子真是为人所害,那她突然回去的原因必是关键。"

阿榆道:"即便她不是为人所害,也是因为回庄子才导致病情加重。"

韩平北道:"所以,我们必须弄清,那个雨夜究竟出了什么事,令乔娘子拖着病体匆匆回去。"

阿榆笑眯眯道:"那现在就去?"

韩平北跳起身,正待离开,忽觉得哪里不对,有些僵硬地转头看向沈惟清。

阿榆也无奈地摸了摸鼻子。

他们一个两个都是跟着沈惟清学习的,怎么就把他给忘了呢?

沈惟清命差役带走几名仆役,正思索下一步该如何,便见眼前这两人有商有量,撇开他准备行动了……

这种莫名的和谐,让他有些不适,仿佛他是个插进来的外人。又或者,这就是阿榆的目的?欲擒故纵?

仿若印证他心里所想,阿榆清澄澄的眸子一转,立刻开口递了台阶过去,"沈郎君觉得如何?若不妥当,我们都听郎君安排。"

多了阿榆帮说话,韩平北的底气也很足,抬起下颔道:"沈惟清,若你说得有理,我和阿榆自然都听你的。"

沈惟清盯了二人片刻,淡然一笑:"乔娘子之死若真有蹊跷,必与鲍廉有关。如此明显的破绽,你们能想到,难道他想不到?"

韩平北顿时皱眉:"也是,鲍家和鲍家的庄子,必定早就有准备,我们问到的,只会是他们想让我们知道的。"

沈惟清却看向阿榆,问:"秦小娘子,你觉得呢?"

阿榆道:"鲍廉只能管他们鲍家的人。那之前离开鲍家的人呢?"

韩平北精神一振:"也是,只要审一审那五名仆役,这个不难弄清。"

沈惟清紧盯着她,继续问:"还有吗?"

阿榆道:"或许是我把人心想得坏了。如果乔娘子死得冤,一些知情或有所疑心的下人,只怕已经病死、摔死、淹死,或被火烧死了吧?"

看着笑靥如花的小娘子,不独沈惟清,连韩平北都在忽然之间说不出话来。

阿榆回到食店时天色已晚。按彼时百姓的作息,前面店铺早就打了烊,小院里黑黢黢的,只有厨房里还亮着灯,想是阿涂还在忙碌。

至于安拂风，此处并无她的房间，何况她也看不上这等窄小的地方，自然早早就回去了。

阿榆也不去打扰阿涂，回到屋中，取手巾在面盆的清水里浸湿了，正拭洗着面庞时，忽然顿了顿，转头看向窗户。

屋外很安静。石榴枝叶摇曳，有细微的沙沙声。但阿榆却听到窗口近在咫尺处的男子呼吸声。

阿榆试探着唤："凌叔？"

半晌，才听凌岳哑着嗓子应道："是我。"

阿榆握手巾的手慢慢捏紧，脸庞还挂着湿漉漉的水珠，呼吸也不大顺畅起来。

"凌叔，你白天出现在鲍家坟场，不是……想找我吧？"

窗后的凌岳又顿了好一会儿，才道："小娘子，乔锦树……是我叫他去报案的。"

阿榆嘴唇动了几动，才问出声来，却已嗓音微颤："乔娘子……是谁？"

"乔娘子……"凌岳似在压抑着波动的情绪，声音闷而沉，如同堵了大团的棉絮，"小娘子，乔娘子，你也认识的。"

阿榆脸色发了白："是……谁？"

凌岳道："细雨。乔娘子的全名，是乔细雨。"

他的声音急促起来，带着压抑不住的绝望和苍凉："小娘子，你还记得……你的细雨姐姐吗？"

"细……细雨姐姐！"

阿榆猛地拉开了窗，挂着水珠的眼睛黑黢黢地定定看着凌岳。

因无外人在侧，凌岳未戴面具，但依然一身黑衣，裹了一件阔大的黑斗篷。兜帽中藏着一张脸，有着端正的轮廓，皮肤却被烧得坑洼变形，惨不忍睹。他的黑眸清冷淡漠，此刻却满蕴泪花，竟是说不出的惨痛。

阿榆看着这个暗夜中落魄悲愤的男人，思绪却已飘浮到那些年，那些明亮到发光的岁月。

华美阔大的宅邸银装素裹，五六岁的阿榆被雪色的小斗篷衬得如瓷娃娃般。她正趴在凌岳背上，随着他飞檐走壁，一路开心地大呼小叫。

一只尖长脸、细长腿、耷拉耳朵的大白狗紧跟着他们在雪地里疾驰，兴奋地汪汪直叫。

稍远处，一个身材细巧、模样伶俐的俏丫头抱着手炉，也在踩着雪追他们："小娘子，小娘子，手炉，拿手炉！凌岳，把小娘子冻着了，仔细我揭你的皮！"

小阿榆扭过头，得意地咯咯大笑："细雨姐姐追不到我们！"

凌岳见俏丫头着急,却停下脚步,转头冲细雨一笑。

彼时,凌岳也不过二十出头,双眸清正,笑意明朗如晴空,说不出的侠气翩翩,英姿劲健。

细雨将手炉塞到小阿榆手中,恨恨地踩了凌岳一脚,转头就走。

凌岳追着细雨:"细雨,我帮你堆雪人啊……"

雪人堆好,细雨却没了踪影。凌岳有些心不在焉,由着小阿榆扛走他的长剑,要插到雪人腰间。

不久,细雨从那边厅堂奔出,一路哭,一路叫道:"我不嫁,我才不嫁!"

凌岳一惊:"细雨!"

小阿榆才把长剑插到雪人腰间,见状也傻住,呆呆地看向细雨。

凌岳抽出长剑,便要去追细雨。但他抽剑时力气大了,雪人竟被他掀翻了半边。

另一边,已传来阿爹的声音:"凌岳。"

小阿榆扁扁嘴,竟然没有哭,只是有点惊惶地看着走来的阿爹阿娘。阿娘前些天跟阿爹出去了一次,回来后神情很不对,一侧的头发也少了一截,后来虽收拾过,看着还是有些怪异。

阿娘面有忧色,拍拍小阿榆的肩,低声向凌岳道:"若你愿意带她走,她不嫁人……也不妨。"

凌岳像被人当胸戳了一刀,脸色唰地白了:"当真,到了这种地步吗?"

小阿榆仿佛听得懂,又仿佛听不懂。脸庞上忽然间冰冰凉凉。她仰起小小的头颅。大片的雪花又开始飘洒,可她已感觉不出愉悦,只觉得一阵阵地发冷,并且有些害怕。

模糊间,她听到阿娘哽咽着说:"或许,这样对她更好。"

那日后,她再没见过细雨。

随爹娘离开京城前夕,他们最后一次听到细雨的消息。据说,她嫁得很好,很幸福。

而凌岳,在这之前便失踪了。很多人说,他已经死了。但这话阿榆是不信的。那样飞天遁地般的男人,跟神仙一样,怎么会死呢?

阿榆猜对了,凌岳果然没有死。多年后,他在临山寨找到了她。曾经清刚侠气的少年郎,烧毁了俊秀的面孔,成了裹在斗篷下的一道孤冷黑影。

第六章 有心逢有意，绑匪遇劫匪

回忆着往事，凌岳的声音飘忽在夜风中，似掺杂了幽魂呜咽般的惨淡。

"是我们帮细雨做了决定，让她无可选择，嫁入鲍家。我们都说，这样对她更好。"

他们觉得那是对乔细雨好，可十一年后，再聚京城，他面目全非，她一抔黄土。

阿榆的身体控制不住地微微颤抖。

白天，她如旁观者般，看仵作掘坟开棺，拾起一块块白骨，丢入地窖中蒸洗检查……

可那些如同死物的白骨，竟是细雨，阿娘视若亲人的贴身大丫鬟，从小抱她照顾她的细雨！

阿榆问："凌叔确定，她是冤死？"

凌岳道："我确定。一年前，细雨出事前，鲍廉曾因过失被弹劾，险些丢官；细雨出事后，鲍廉起复，且官位略有上升。"

阿榆慢慢道："我知道了。"

凌岳便再无言语。一阵风吹过，他已从原来站的地方消失，窗外徒留树枝晃动，摇曳如鬼影。

阿榆也不关窗，怔怔地看着眼前无处可逃的漆黑的夜。

她脸上依然满是水迹，湿淋淋的，但眼睛偏偏干涩得很，半点泪意俱无。半晌，她甚至慢慢咧开了一抹嘲讽的笑。

"阿爹，阿娘，你们想保护的人，一个，又一个，都被人拆了骨头，吞了血肉呢……呵！"

她轻笑着，却忽然别过脸，阴戾喝问："谁？"

手中寒光一闪，她的身形已消失于原地。

刚走到近前的阿涂眼前一花，便觉出冰冷的剔骨刀贴在脖颈上，差点吓尿。

"别、别……小娘子，小娘子，是我，是我啊！"

阿榆审视着他："你听到什么了？"

"我听到什么？我能听到什么？"阿涂又是惊惧，又是暴躁，但真想起阿榆刚才的话，口吻不觉又软了，"不就是你在悲伤秦家被人拆了骨头吞了血肉嘛……"

他看阿榆态度软化，赔着笑脸慢慢推开阿榆的刀，说道："其实我觉得小娘子不用着急，你人聪明，武艺又高，如今又傍上了沈家，想找出真凶报仇，一定不难的！"

阿榆黑黑的眸子有了波动，僵冷的脸庞慢慢松弛下来。她缓缓缩手，收回了刀子，轻声一笑，柔声道："也是。来日方长，我且……先找出害死乔娘子的凶手吧！"

她看着阿涂手中捧的糕点："玉露团？枣米糕？你这是给我送点心来了？"

她的笑容仿佛敛了敛，但很快又绽出一丝极浅的笑容。

阿涂只觉这丝浅笑格外柔软，竟叫他心里莫名揪了下，忙道："不是小娘子跟七娘子说，想尝尝我的手艺？我想着小娘子晚上回来也该饿了，打烊后索性就做上了……"

"哦……"

阿榆拿起一块枣米糕，尚温温热热的，让冰冰冷冷的手觉出了一丝暖意。捡回来的小二，送上门的跑堂，竟都是有心的人。

她终于道："阿涂，你在厨艺上的天分，真比七娘子可强太多了！好好学，加油！"

阿涂欣喜道："好，好，我一定好好学。"

等出了阿榆屋子，夜风一吹，阿涂才清醒了些。他刚说什么了？好好学？学厨艺？他堂堂高家公子，学厨艺做什么？

"我这不是疯了吗？"阿涂抓狂地甩了自己两巴掌，转身想回去找阿榆解释，猛想起先前进屋时看到的阿榆的脸色。

冰冷黯淡的身影，如裹着一团无法照亮的永夜黑雾，肃杀而绝望，似随时准备飞身暴起，将眼前所有人，所有物，一起拽入深渊地狱，永不超生。——这感觉，竟比小娘子

77

笑眯眯拿刀剔人骨时更可怕。

阿涂果断抬脚迈向自己的房间。宁惹十个安拂风，不招一个小娘子。

第二天，沈惟清来到审刑院，又看到了阿榆的那只食盒。可惜食盒里装的糖薄脆又被他的好同僚分了，只剩了些碎片。

坐他旁边的高胖子有些不好意思，尴笑道："大约是秦小娘子数错了人头，每次都少一份。最可恶还数韩郎君，也忒不知足，说没吃够，又去跟秦小娘子讨去了。"

沈惟清哂笑。这么精明的小娘子，会数错人头？怕是他一再阻拦阿榆查案，把她得罪狠了。他摇摇头，翻阅起手边的案卷。

一旦静下来，那残留的糖薄脆香味似更诱人了。

糖薄脆是以面坯和入糖霜、清油、酥油、椒油揉成面团，摊成小而薄的圆饼，撒上芝麻，放入炉中烘制而成。这种薄饼市井间十分常见，沈惟清从来不觉得有多么美味。可也不知阿榆这饼是怎么做的，只剩了些微末碎片，依然散发出奇妙的香味。

他甚至能辨出面食的焦香，酥油的绵香和糖霜的甜香，混合在一处，竟似一只小虫子般，挠得他喉舌生津，坐立不安。

鬼使神差般，他伸出手，抓了两片糖薄脆的碎片，放入口中。酥脆香甜，瞬间平复了不安的味蕾，毛孔都随之轻轻舒张，竟是身心通畅，说不出的惬意满足。他唇角的弧度不觉柔软了些，又伸手取食剩下的薄脆碎片。

小厮卢笋正快步进来，见状如受雷击，忙抢上前几步，问道："郎君怎可吃这样的东西？莫不是今早厨娘忘了做早膳？"

本来几位同僚在各自案前处理公务，并未留意沈惟清，此时不由齐齐抬头，惊愕地看向沈惟清。

沈惟清差点被薄脆卡住，半晌才淡淡笑道："这两日祖父忆起立国前食榆皮草根充饥之事，教导我等不可浪费食物。方才看到这个，想起祖父教导，觉得还是将其食尽为好。"

搬出老相公，同僚们立刻若无其事地低头各干各事。沈惟清更加坦然，修长的手指终于可以毫无顾忌地取食薄脆。

卢笋却面露心痛，一把抓起装薄脆的盘子塞入食盒，又将食盒抱在怀中，说道："但郎君岂能受这样的委屈！郎君放心，剩下的碎屑都交给小人，小人保证不会浪费分毫！"

沈惟清想抓薄脆的手落空，对自家"忠仆"彻底无语，只得缩回手一点点捏成拳，忍住打这小子一拳的冲动，心平气和地问："你这么快从庄子里回来，莫非有线索？"

鲍家早有准备，他料定正面讯问很难得到有用线索，昨天就把卢笋派了过去。这厮面相憨厚，看着诚恳本分，正是深得大妈大婶们眼缘的那类，一早兴冲冲回来，显然有所收获。

果然，卢笋道："庄上那些老人说，乔娘子深居简出，极少离开她的小院，据说终日吃斋念佛，除此并无任何异样。但其中有个大婶记起，乔娘子不顾暴雨匆匆回来，似乎因为那天丢了什么东西。"

"丢了东西？"

"对，她曾叫仆役出去打听，那日有没有见过外人进她的院子，说是失窃了。但她并没说丢了何物，随即又病势沉重，便也没人再提这事了。"卢笋呵呵地笑，"若不是我细致，问起当日琐事，连庄子上的人也不记得这事了。"

他一脸的求表扬，沈惟清却看看他手中的食盒，面无表情地挥手令他离去。难不成还留着看他吃糖薄脆？

卢笋离去没多久，去查鲍家仆役动向的衙差也回来了。沈惟清问明鲍家讯息，抬头看了看。韩平北的座位依然空无一人。

花绯然对韩平北的那点小心思，审刑院无人不知。韩平北对其敬而远之，轻易不会涉足她那边。他竟为了秦小娘子，愿意跟花绯然一待老半天？

而阿榆将韩平北留在那边，是为了花绯然，还是……为了算计他沈惟清？

韩平北的确想躲开花绯然。

他尝了阿榆的糖薄脆，只觉比集市上买的不知美味多少，思量着为了自己的五脏庙，还是很有必要跟阿榆搞好关系。他寻出一套上好的笔和墨，原想着送给阿榆便离去，却被阿榆叫住。

阿榆的目光在他和花绯然面庞上悠悠一转，点了点手中书卷，绽颜笑道："韩郎君，敕令里的这个案子，我怎么看不明白？此案人犯虽未杀人，但盗窃之事证据确凿，若按《刑统》，至少也需徒刑加脊杖，为何最后从宽免究？"

韩平北见其笑靥如花，出言软糯，只得顶着花绯然的目光走过去细看，然后解释道："这人犯犯的只是盗窃罪，却卷入杀人案，受刑诬服。其父抱病入京上控，好容易洗刷他的杀人冤情，当日便逝去。而这人犯受刑之际已瘸了一条腿，也算受了惩罚。官家得知情由，悯其父一片怜子之心，故而释其归家，葬父服丧。"

阿榆道："这人犯虽犯了大错，却有家人舍命保护，真好。"

韩平北猛地想起阿榆真真是一个亲人都没了，忙道："这人也是自作孽，才害了老父。你不必跟他比，纵然秦家没了，这不还有沈惟清嘛！"

不过沈惟清先前还想着悔婚呢，似乎也不那么靠谱……

韩平北见花绯然瞪他，又见阿榆垂下眼睫，忙又找补了一句："还有沈老，还有我，对了，还有绯然姐。绯然姐你说是不是？"

花绯然微笑："平北说的是，阿榆，你若有什么事，或受了什么委屈，不便跟沈家说的，只管告诉我或平北。"

韩平北正听得连连点头，花绯然话头一转："平北，阿榆刚来，不懂的还有许多，我这边正忙，不如你留下教教她？"

"这……"

韩平北扭头看时，阿榆正用小鹿般无辜清澈的黑眸，眼巴巴地看着他。

他不由一阵热血上头，拍着胸脯道："放心，包在我身上！"

于是，沈惟清赶到时，一屋三个人，阿榆在她的桌案边看敕文，韩平北坐在阿榆旁边，正喝着花绯然递过来的扶芳饮。

韩平北正品鉴道："阿榆，这扶芳饮虽佳妙，只是还有些扶芳藤的涩意。若是用些冰，将涩意压下去，味道更佳。"

阿榆道："韩大哥说的是，可这个时节，我哪来的冰？"

韩平北指指自己，正要大包大揽，沈惟清已走了进来，修长的手指轻轻叩了叩桌子。

"二位，鲍家那边有线索了。"

韩平北忙问："什么线索？"

沈惟清扫了眼韩平北面前装扶芳饮的瓷盅，认出跟装糖薄脆的瓷盘正是一套，微一蹙眉，淡淡道："我们路上说吧！"

于是，韩平北和阿榆不得不起身跟他走，原来温馨和谐的气氛一扫而空，花绯然刚替韩平北添上的扶芳饮也只能浪费了。

花绯然怔怔看三人离去，气恼地拍向桌案："这个沈惟清，真是石头人，石头心……"白瞎了阿榆小娘子的一片心了！

沈惟清的确没注意屋内的气氛，彼时他只听见阿榆那声"韩大哥"了。

温柔软糯，听入耳中却让他如此地不舒坦。

韩平北、阿榆并未觉出什么不对，接着先前亲密和谐的气氛，你一言我一语地议论新得来的鲍家的消息。

审刑院的衙差们还是很给力的，不仅报来了一年来离开和死去的仆役姓名，并简要说明了其背景来历，以及如今状况。

有告老归家的仆役，有犯错被赶出的粗使丫头，也有被家人赎出嫁人的侍女，当然也有失足落水摔死的小丫鬟。

失足摔死的那个小丫鬟叫小姜，是在主院伺候的，就死在乔娘子离开的那一夜。也就是说，小姜很可能侍奉过乔娘子。

那晚下了一夜暴雨，便是有线索，也该被冲刷得干干净净了，更别说已隔了一年之久。

剩下可能知情的，就是一个告老的二门管事，和那个嫁人的侍女，也是他们此行要去寻找的对象。

韩平北深感卢笋带来的消息很有用，纳闷道："失窃？难道那夜乔娘子匆匆回庄是因丢了些贵重之物？"

沈惟清道："未必是贵重之物。乔娘子撇了乔家主母之位，在庄子里一住十年，不争不抢，应该不太看重钱财。"

韩平北道："那就是丢了什么要紧的东西！"

阿榆摩挲着手指，便有些失神："要紧的东西？"

对于乔细雨来说，什么才是最要紧的？她只记得，未出嫁前的细雨，阿娘是要紧的，小娘子是要紧的，甚至阿娘养的那条细腿长脸的大白狗也是要紧的。出嫁后的乔娘子呢？

沈惟清留意着阿榆的神情，问道："秦小娘子想到了什么？"

阿榆慢慢道："没想到什么。或许，那位侍女知道些消息。"

韩平北有些不解，说道："这个出嫁的侍女姓郦，据说声音很好听，所以又被唤作鹂儿，曾被遣去侍奉过乔娘子三年，乔娘子回老宅时，她也跟着回去了，后来在乔娘子生病时出府嫁人。能在这时候离开，这侍女怕不是什么忠心的。后来乔娘子回庄及死去时，她已不在身边，能给出的线索，可能很有限。"

阿榆没有回答。

鹂儿可能给不出有用的线索，可她至少清楚乔细雨这十年是怎么过来的吧？

离京十一年，故人零落，或生死茫茫，或阴阳相隔，原在意料之中。但亲眼看到故人一节节的白骨，又是另外一回事。

阿榆很想通过那侍女的口，还原出这十年的乔细雨。或许她的梦中，乔细雨的面容，能取代那白森森闪痛她眼睛的骸骨。

阿榆沉默了下来，韩平北也没法再接话，车内一时寂静得出奇。

半响，阿榆取出一团天青色的丝线，专心致志地编起了丝绦。她显然是学过的，开始很慢，很快便找回了规律，细巧的手指跳动得越来越快，但原来清澄的眸子却越发地沉寂下去，黑得出奇。

沈惟清看着阿榆低垂的眼睑，忽然觉得，秦小娘子活泼泼的模样更顺眼些——哪怕会吵得他不得安生。

那位告老的管事住在城南外城，已经靠近宣化门了，三人赶过去便花了近一个时辰，等再找到管事时，天色果然已经不早。

好在管事见审刑院属官来问，倒还配合，仔仔细细地回忆了一番乔娘子相关的事宜。

他是鲍家正儿八经的老仆，眼见着鲍廉高中进士，从小小的编修做到了翰林待诏、权直学士院，自是得意。

他道："阿郎刚娶乔娘子时，也曾夫妻和睦了一阵。但后来听说，阿郎自己中意的，其实是安家四娘子。不到一年，不知是阿郎后悔了，还是乔娘子听说了这事，二人吵了一架，乔娘子就搬庄子上去了，阿郎也纳了安四娘为妾。"

"鲍学士纳妾时，乔娘子没回去？"

"没有，这十年间，乔娘子就没回去过。阿郎升任翰林待诏时，倒是叫人去请过乔娘子，但乔娘子只命人送了一把折扇为贺，根本没露过脸。"

韩平北听得不可思议："一把折扇？莫不是什么名人的字画？"

老管事摇头："这个小人不知。只听闻阿郎收到折扇后勃然大怒，当即将折扇撕了烧了，后来府中再大的事，都只交给安四娘处置了。"

阿榆慢慢道："于是，鲍府这十年来，基本只知安娘子，不知乔娘子吧？"

老管事道："这个也没法，偌大鲍家，总得有个主母。安娘子也算贤惠，听闻这么些年，也没短了乔娘子吃的用的。"

沈惟清道："你继续说。乔娘子回鲍家侍疾，以及后来回庄子，是怎么回事。"

老管事倒也尽责地将他所知的一一说出，正和之前大理寺调查的结果差不多。他和其他人一样，并未听说乔娘子有心对鲍太夫人下巫蛊的谣言。

他道："乔娘子似乎并不想回鲍家，在庄子里住得好好的，为何要害太夫人？若说阿郎或太夫人有心害乔娘子，这也不可能。乔娘子在庄子里住着，既不碍人眼，也不碍人事，谁会害她？"

言下之意，对官府大动干戈掘墓验尸很是不以为然。

沈惟清笑了笑："既然鲍家十年来都当她不存在，为何又唤她回去侍疾？"

老管事道："听闻那时太夫人病势很沉，乔娘子又是常年吃斋祈福的，指着能借乔娘子的虔心救一回太夫人吧！你们瞧，太夫人的确救回来了，乔娘子却也耗尽了这十年积累的福气，一病就死了！若真是这样，倒也算鲍家害了她。"

这神鬼之说，就跟乔锦树的托梦喊冤一般不靠谱，官府自然不会认可。

沈惟清耐心地提醒："乔娘子病势已有好转，为何突然回去？老人家当时是二门管事，就没觉得蹊跷？"

老管事一拍大腿："怎不蹊跷？好好的，面白脸青地叫嚷着要回去，也不肯说原因。估摸着，就是福气尽了，命也尽了，所以回去就死了！"

"……"

但凡上了年纪的人用神鬼之事来解释命案，基本就意味着交流的终结。若是意志不坚定的朝廷命官，指不定就被带歪了，葫芦提结了案子。

问起失窃之事，老管事连连摇头。

他道："莫听了那些乡间妇人胡说。我听侍婢回禀过，根本未曾遗失任何物品，所谓失窃，不过她病糊涂了，偶作呓语罢了。真丢了宝物，还不赶紧报官？她那院子也不大，叫声'抓贼'满院子都能听到，还能有人拦着她报官不成？"

三人没想到失窃之事竟能有这么个解释，不由面面相觑。

老管事甚至主动说起乔娘子病重时，有哪些侍婢在侍奉，又请过哪些名医："几位若不信，可以挨个查问，小人保管他们也不会说出鲍家半个字的不厚道！"

按他所说的，乔娘子病重时，因贴身侍女鹂儿已然出嫁离府，太夫人和安四娘各遣了一名勤谨的侍儿前去照顾，先后请了三处医馆的大夫前去救治，用的药也都是最贵最好的。

言外之意，鲍家对这位不尽责的主母，已经仁至义尽，问心无愧。

三人告辞离去时，老管事谈兴正浓，继续念叨着鲍家阿郎的好处，颇以鲍廉这个主子为傲。毕竟这是个没什么根基的寻常子弟，却能稳稳在京中立足，还做了不小的官。

阿榆忽接下他的话头，说道："看来鲍学士一路加官晋爵，仕途还挺顺的。"

老管事嘿嘿笑道："头几年的确还顺当，但后来也好久没升的。直到去年，才又领了个实缺，很给鲍家长脸。"

阿榆笑眯眯道："人到中年，升官发财死娘子，果然可喜可贺。"

老管事的笑容顿时僵住，韩平北一个忍不住，笑出了声。

沈惟清瞥了阿榆一眼。这鲍廉招她惹她了？还是纯粹因为鲍家的案子成了她查秦家案的拦路石？

从老管事的小院出来，天都快黑了。

韩平北迟疑道："阿榆，要不，咱们明天再去找那侍女吧？"

阿榆道："这会儿赶过去，她家应该还没睡下吧？"

韩平北苦着脸道："有必要这么拼吗？都这时候了，你不饿？"

阿榆道："饿啊。但我家十几条人命，连饿的机会都没有了。沈老只给了我十天时间破案。已经过去两天，目前还毫无头绪。"

韩平北张口结舌，再不敢多说一个字，心虚般轻声道："那、那咱们现在就过去？"

沈惟清垂眸看着阿榆："那个鹂儿的资料你看到过，她并不是嫁给了普通人家。"

"大理寺少卿钱少坤。"阿榆含笑看向沈惟清，"你怕他？"

沈惟清深深看她一眼，快步上了马车，吩咐卢笋道："去钱府！"

钱少坤家虽也在城南，但距离老管事这边并不近。他们赶到时，钱府早就闩了门。

好在审刑院虽不是大理寺的上司，却有权复核大理寺案件。大理寺等闲官员，绝不愿招惹审刑院，尤其沈惟清、韩平北还不是寻常的官员。

钱少坤见了名刺，虽是头疼，还是满脸堆笑地将三人迎了进去。

听得来意，钱少坤惊讶："找鹂儿问乔氏的事？这原倒没什么，但鹂儿回娘家了。"

"回娘家？什么时候的事？"

"今日一早便回去了。她母亲生病，思念女儿，我便让她回去照应几日。"

"若家中有事，或许没那么早睡。不知她娘家住哪里？"

"这个，有点远。在城西，靠近顺天门。"

韩平北、沈惟清不由都皱了眉。

韩平北迟疑道："顺天门……我们赶过去，得一两个时辰吧？"

虽是京城，但日升而作，日落而息几乎是百姓刻在骨子里的习惯。他们总不能这会儿赶过去，把人从床上抓起来问话吧？

阿榆道："若是快马过去，半个时辰也够了。"

韩平北悄声道："阿榆，看看时辰。你想饿死自己？"

阿榆道："饿过头，这会儿不饿了。"

韩平北无奈道："这叫不饿？就算你不饿，马儿都该饿了！"

沈惟清扫了他们一眼，向钱少坤道："也不是什么急事，等郦娘子回来，我们再来问几句也不晚。说来这案子大理寺也查过，想来郦娘子若知道什么，早就该告诉钱少卿了吧？"

钱少坤忙点头道："的确都跟我说过。但乔娘子回庄时，郦儿正在备嫁；乔娘子死时，郦儿已嫁我为妾了。对乔氏的死，她也是道听途说。"

"她都听说什么了？"

"说是这么多年祈的福都给了鲍太夫人。当然，也有说鲍太夫人夺了乔娘子的寿。沈兄，韩兄，这些话听着神神叨叨，但也不算空口无凭。乔娘子不是在信里说起过巫蛊之事吗？指不定这巫蛊之事真的存在，不过不是乔娘子想害太夫人，而是太夫人知道命不久矣，叫了乔娘子回来，想借乔娘子的寿呢！"

这话跟老管事所说的大同小异，只是加了一些钱少坤自己的揣测。

沈惟清道："鲍廉看重官位名位，钱兄认为，他敢冒险弄出这巫蛊之事来毁了自己前程吗？"

钱少坤笑道："我也觉得鲍学士不会行此昏招，故而大理寺清查时，并未在这些神神叨叨的传言上纠结。"

阿榆在旁听着，此时才淡淡说道："若乔娘子托梦是真，害死她的就是鲍家人。连杀人都不怕，还怕巫蛊之事毁前程？"

钱少坤道："这位小娘子，我等可不能根据这些子虚乌有的猜测去定罪。"

沈惟清忽问了个不相干的问题："钱兄，我想请教下，郦娘子一直随乔娘子住在庄子里，先前和钱兄应该不相熟吧？为何回去没几天就被钱兄纳为良妾？"

钱少坤顿时尴尬，咳了一声，说道："说来，也是眼缘吧！我本是去鲍家探老夫人的病的，可巧遇到郦儿，合了眼缘，所以厚颜求了鲍学士割爱。"

事实还要更不堪些，郦儿端个茶，不小心摔到他怀里；他见这娘子俏丽可爱，便也多多抱了一会儿——谁知竟被鲍廉瞧见了呢？好在鲍廉还算仗义，不但没怪责，还将郦儿许给了他……

阿榆听完，不客气地飞过去一个大白眼："若是如此，大理寺能查清乔氏的案子才是怪事。"

钱少坤听得阿榆一再出言不逊，顿时黑了脸，说道："在秦小娘子眼里，下官就这般公私不分？"

沈惟清道："秦小娘子初来审刑院，又年少不懂事，言语不谨，冲撞了钱兄，尚祈钱兄勿怪！既然郦娘子不在，我等改日再来吧。"

阿榆听沈惟清的话刺耳，盯他一眼，转身就走出府去。

韩平北忙推沈惟清，低声道："惟清，阿榆生气了！"

沈惟清瞅他一眼，继续跟钱少坤相约明日再来找鹂儿之事。

韩平北细一思量，阿榆方才的话的确无礼了些。

他们怜她身世，敬她孝义，能诸多包容，但钱少坤与她素不相识，又岂会包容于她？

韩平北遂应和着沈惟清又客套了几句，安抚了钱少坤，这才告辞而去。

尚未行至府门，远远只听得阿榆一声惊叫，随即便是卢笋的惊呼声："小娘子！"

二人大惊，忙冲出了钱府。

钱府外，马车停在一侧，卢笋抓着马鞭，正怔怔看着另一边的屋檐，似骇得呆了。

而那边地上落着一根未编完的天青色丝绦，正是先前阿榆所编。

韩平北一把揪住他，问道："出了什么事？秦小娘子呢？"

卢笋咽了下口水，发抖的手指向那处屋檐："刚、刚小娘子出来，被一个黑衣人抓住，就这么飞、飞走了！"

沈惟清捡起丝绦，正惊疑四顾，闻言立时纵身飞起，向那个方向追了过去。

韩平北追了两步，却恨自己武艺平平，奔到墙边再也纵不上去，忙转头跳到马车上，拍着卢笋连声叫道："追，追！往那个方向追！"

然而大多小巷子根本行不了马车。等韩平北绕了两条街追过去，只看到沈惟清正站在一处屋檐上眺望远方，向来八风不动的清隽面庞有显而易见的焦灼。

一见韩平北，他便问道："有线索吗？"

话未了，他便皱眉，抿紧了唇。若有线索，韩平北怎会眼巴巴地看着他？他也是可笑，怎会指望落在老后面的韩平北。

韩平北比他还惊吓，吃吃道："阿、阿榆真被人抓走了？"

秦家灭门案仅存的活口，沈家早早定下的长孙媳，审刑院新进的文吏……查案时在他们两人眼皮子底下出事了？

沈惟清跃回地面："先去钱府，让钱少坤召集人手在附近寻找。卢笋，你拿我的名帖，请大理寺、南城巡检派人协同搜寻。"

卢笋领命，忙跳下车来。

韩平北难掩惊悚，惊怒问道："究竟什么人抓走了阿榆？难道和秦家灭门案有关？"

那阿榆岂不是……她还是个女孩儿,生得又格外好……"

这种时候,生得格外好可不是什么好事。

沈惟清一时无法细想阿榆被人抓走后会遭遇什么,沉着脸扯下一匹马,纵身而上,疾驰而去。

韩平北忙有样学样,好容易将马从车辕解下,然后愣住了:"哎,没有马鞍马蹬怎么骑?"

想想沈惟清好像就这么生猛地骑了上去,他一咬牙,硬着头皮也跨上了马。

奔波一天的马儿"啾"地长嘶一声,伴随着韩平北惊恐的惨叫声,嗖地蹿了出去。原来饿了的马儿,爆发力更强。

昏暗无人的巷道中,便只剩下那辆被拆得七零八落的车架子,半倾不倾地靠在短墙边,耷垂的素帷有一下没一下地扑打在地面上。

阿榆被人抓着一路掠过屋宇街衢,在夜风中穿梭,心情略微妙。

算来,她已好些年没被别人这般老鹰抓小鸡般拎住衣襟了——确切地说,敢这般过来拎她的人,便是不死,也活不好。劫匪祖宗的声名虽不敢担,但十四岁往后,她的确算是临山寨那群山匪里的女霸王。

拎她的这人黑衣蒙面,武艺着实不差,且对附近地形早已摸透,往北奔了一条街,转头折而往东南方向,走的俱是行人极少的巷道。加上此人看着高大痴肥,却是个极灵活的胖子,一身轻功着实不凡。阿榆估摸着,沈惟清便是身手再好,一时也找不过来。

好在这么些年过来,她早就习惯不依靠任何人,只依靠她自己,以及她自己的刀。

奔出去老远,他们最终落在了一处小院。

这小院院门紧闭,满地隔年的落叶不曾收拾,看着有些破败,想来是一处主人久不归家的闲置院落,只因长久无人居住,竟被这些人盯上,作为临时落脚之处了。

黑衣人推阿榆进了其中一间空屋,摆出一副凶神恶煞的模样,正要说些什么,可转头看清阿榆的模样时,不由怔住了。

阿榆扑闪着黑亮澄明的眸子,一脸的好奇,毫无被人所掳的自觉。

黑衣人顿了下,才拿捏起气势,低声喝问:"你就是秦藜?"

阿榆揉了揉被抓得有些酸疼的肩,左右看了看,见屋中桌椅还算干净,随手拖了一张椅子坐了,闲闲道:"知道我是秦藜还敢抓人?是瞧不上沈老相公,还是瞧不上审刑院?"

黑衣人差点气笑了："秦小娘子，你真当自己是沈家的媳妇，审刑院的高官了？你信不信，如果你就此失踪，沈家那位才德兼备前程无限的郎君，第一个击节相贺？"

阿榆摇头道："他不会。"

"嗯？"

"他会松一口气，然后有些歉意，但不至于击节相贺。"阿榆认真道，"这人虽矫情了些，倒也算不得坏。"

黑衣人奇道："他想悔婚，不想要你，还算不得坏？"

"当然算不得坏。"阿榆抬脚，随意翘起腿，晃悠悠地荡在椅圈上，一脸的慵懒惬意，耐心地教导着这位掳她来的小贼，"真正坏的人，会抢你的钱，吃你的肉，喝你的血，转头还高高在上地警告你，你活着，能长大，全因为他！要懂得感恩，要知恩图报，乖乖地站直挨打，乖乖地当牛做马！"

黑衣人不觉点头："这种的确坏，是真正的恶人了。难道小娘子遇到了这样的人？"

忽见阿榆似笑非笑看着他，猛地醒悟过来。好像他是劫匪，还是劫人的那种恶人，为何跟她讨论起善恶来？而且话题越来越歪了……

他赶紧咳了一声，拉回正题："总之，你记住，如今你落在我手里，沈惟清不会救你，审刑院也顾不上你这么个小娘子。我虽不是好人，也不想当恶人，只要你乖乖回答我一个问题，我不会为难你。"

阿榆认真起来，晃着的腿顿了下，才问："什么问题？不能到食店去找我，要这么远把我抓过来？"

黑衣人实在想不出这小娘子哪来的底气如此轻松自如，难道认定沈家或审刑院一定能救她出去？

他努力皱紧眉头，让眼神显出几分凶残，喝问道："秦家都灭门了，难道你想你的小食店也被灭门？"

阿榆的腿不晃了。她眯了眯眼，从袖中摸了个什么玩意儿在手中把玩着，慢悠悠道："好，你问。"

黑衣人松了口气，便问："秦池的那些东西，收在哪里？"

阿榆不假思索便答道："阿爹的东西，自然收在秦家。"

"秦家的哪里？"

"他的卧房啊，你们不是搜过吗？"

"我们什么时候搜过？"黑衣人忽觉出不对，"你是说真定府被烧了的那个秦家？"

阿榆笑道："这位郎君，你这已经是第四个问题了！"

黑衣人越品越不对味儿，明明是他抓了这小娘子，明明是他把这小娘子的生死捏在掌心，可小娘子看着怎么比他还像主事的人？

黑衣人猛地一拍桌，喝道："让你回答就回答，怎么那么多的废话！"

话未了，眼前寒光一闪，一道刀光伴着凛冽杀机扑面而来，竟是小娘子忽然敛了笑容，目蕴寒冰，持了把尖尖细细的剔骨刀，整个人似一道素色的离弦之箭，冲他飞扑而去。

黑衣人大惊，连忙躲闪时，已有刀光伴着冷冽又浓郁的花香堪堪从他鼻尖擦过，惊得他就地一个翻滚，滚了满头灰，险之又险地将那一刀避过去，勉强保住了他那双眼珠子。

"你……"

他惊魂未定，看着阿榆根本没有停手的意思，一刀接一刀，凶悍地往他要害处刺去。要论速度，不论是奔走还是出招，他自认算是快的，但偏偏眼前小娘子都能如影随形，快得让他反应不过来。她的动作很轻捷，轻捷得仿佛没有半分力道，但两次挑破衣衫，一次割开发髻，再加几次透空侵体而来的刀锋寒意，让他心里极清楚，绝对不能让这看着不起眼的小刀招呼上。

眼前娇美柔软的小娘子，手中像蝶儿穿花般美妙飞舞的刀影，真的会要人命。

他借着眼前桌椅阻挡，连滚带爬避让了好几招，终于勉强腾出手来，拔出腰间佩剑，正要举剑抵挡时，上臂忽然一凉一疼，不觉痛叫一声，长剑落地。

所谓一寸短一寸险，但阿榆便拿着这尖尖细细的小刀，轻轻松松挡下了黑衣人的剑，还顺势给了他一刀。

这还不算完，黑衣人还没来得及再次避让，小刀又扎了过来，再次扎入他的上臂，然后轻轻一拖，拉到先前割出的那处伤口……

黑衣人的惨叫声中，他上臂血肉已少掉一块。伤处虽不大，却是真正的深可见骨，真真不负其剔骨刀的称呼。

"叫什么叫！"阿榆低叱一声，也不给他反击的机会，踢飞长剑，一脚踩在黑衣人完好的手臂上，在他进一步动作前，便将剔骨刀扎在了他脖颈间。——不是威胁，而是真真正正地将刀尖扎入了肌肤。黑衣人惊得魂飞魄散，连叫声都戛然而止。若他叫唤时颈部的动作不慎大些，或眼前小娘子稍稍一用力，刀尖随意扎入那么一两寸，将妥妥地扎入他的颈脉，到时可真是神仙难救了。

第七章 无他，唯手熟尔

黑衣人卧在地上一动不敢动。他盯着阿榆，大颗大颗的汗珠直往下滚落，已顾不得上臂钻心入骨的剧痛。

阿榆看他安静下来，展颜而笑，又是一副纯良温柔之极的少女面容。

她道："这才对嘛，你是绑匪，我是被绑的弱女子，要害怕，也是我害怕，要求救，也是我求救，你叫什么叫？"

黑衣人惊恐地看着眼前的"弱女子"，一个字不敢答。

阿榆剔骨刀向上一挑，离了他脖颈，将他的蒙面布挑了下来，露出肥嘟嘟白净净的一张胖脸。是名男子，也不过二十五六岁模样。不知因为失血太多还是惊吓过度，他的脸色苍白得厉害。

阿榆随手拍拍他的脸，温柔道："刚才都是你问我，现在我也问你几个问题，你一定要回答我，好吗？"

黑衣人看着她在自己脖颈间比画的剔骨刀，再想不出自己绑人究竟绑来个什么妖怪，只木然地答道："好。"

阿榆很满意，问："是谁主使你绑我？为什么绑我？"

黑衣人立刻道："我并不知那人是谁，只是道上有朋友找来，付银子让我抓秦小娘子，拷问一个问题。"

"噢！"

阿榆不置可否，刀尖又跟蛇信般扎入他脖颈。

黑衣人一阵晕眩，忙道："小娘子，我们这些人游走京师附近，本来就是靠这些过活，我没撒谎！对了，对方、对方似乎不确定秦先生有没有留下东西，叫我绑架小娘子来，只是试探试探。"

阿榆便知这人应是京中百姓所谓的游侠——其实就是有些手段的市井无赖，受人钱财，与人消灾，做些见不得光的事儿罢了。

阿榆笑道："这么要紧的事，路边雇个人来做，你觉得我会信吗？"

黑衣人沮丧道："只是去绑个小厨娘问几个问题，避过沈家和官府耳目就行，我当时并没觉得是什么要紧的事。"

"哦！"

"雇个不相干的人，也有好处，若我问到了什么不该问的，灭口时不心疼，还省了酬金。"

"这个，倒还有些道理。"阿榆笑盈盈地看着他，"若我问你雇你的人是什么样，大概也会告诉我，隔着门或窗，或蒙着脸，戴着面具之类……总之，就是一无所知？"

黑衣人正要说话，阿榆笑眼弯弯向他一睨，拖长着声音慢悠悠道："你想好了再说。我灭口……也不心疼。我只心疼自己没酬金。"

黑衣人顿时噤若寒蝉。

好一会儿，他才道："我、我的确没看到那人身影。他吩咐我做的事，是用纸条传过来的。纸条上的字迹是用特殊的草药所写，隔了片刻便消失了。"

眼看阿榆眉眼微冷，他忙道："不过，不过如果我问到消息，我还得传讯过去。我传过去的讯息他总要去拿吧？"

阿榆淡淡道："就这？"

她并未流露半分杀机，黑衣人却已骇得一瑟缩，忙道："还有，还有！我接任务时，因听说过秦家和沈家的事，也有些疑虑，恰好另一个熟识的游侠也接了类似的任务，联络方式一模一样，估摸着是同一个雇主所为。我便悄悄打听了几句。他不方便说太多，只提起也要去顺天门附近绑个人。"

阿榆沉吟："顺天门？"

"对，也是今晚。他要绑的人似乎行动不便，我看到他去车马行赁了马车。"黑衣人似心有不甘，低声道，"也不知他那边行动可还顺利，行动不便的人……总不至于太难对付吧？"

像阿榆这种隐藏太深的高手，这世间不可能有太多吧？他那位同行必定不会有他这么倒霉。但下一刻，他忽然发现，他的同行，似乎比他更倒霉。

阿榆道："他要照顾一位病人，行踪不会那么隐蔽；你们是同行，他爱在哪里打洞藏身，你应该再清楚不过。找到他，把他和他绑的人，一起带回来见我，此事就算揭过。"

黑衣人急急道："可那人身手跟我不相上下，即便找到他，我也未必能敌得过他，更别说从他手里救人了！"

"那么，就请你在那人交出被绑架的人之前，找到他！"

阿榆笑了下，从荷包里摸出一颗紫黑色的玩意儿塞入黑衣人口中，强行逼他咽下，继续用那种悠然又欠揍的语调，柔声说道："既然你救不了人，就帮我养三个月的天香摄魂虫，顺便帮我跑跑腿吧！绑到我头上，想必你也是既歉疚，又后悔？如今我给了你这么好的机会，你一定会抓住，对不对？"

"……"

黑衣人顾不得回答，捏着喉咙用力咳着，一心想将刚才咽下的东西吐出来。可那玩意儿长长软软的，入嗓便不见了踪影，哪里咳得出来？倒是一阵阵奇异的香气，在他咳嗽时不断涌出。有花椒香、胡椒香、八角香、孜然香、草果香……这种汇集的香气，让他有种谁家在炖肉的错觉。

可他确切知道没人在炖肉，只是一条小小的虫子进了他腹腔而已——要炖也只能是那只虫子在炖他的肉。只是这个念头不敢细想，细想能骇得他肝胆俱裂。

那厢阿榆还在说道："放心，只要你找到那个同行，再帮我跑三个月的腿，我一定收回那虫子。不收回那虫子，三个月后你被虫子噬心而死，岂不是我造孽？"

黑衣人检查着自己的伤口，疼得几乎扭曲了脸，艰难地说道："小娘子放心，我一定尽力……尽力……"

阿榆便盈盈笑着收了剔骨刀，甚至很好心地在身上翻了翻，翻到了一只装酒的小葫芦递给他，"我没伤药，你先用这酒冲冲伤口？若见风沾水成了破伤风，送了命还要白吃苦头，不值当。"

什么样的小娘子，随身会带毒虫和烈酒？他稀里糊涂接下这样的任务，真是嫌命长。

黑衣人无言地接过烈酒冲洗伤处，却是疼得直哆嗦，然后还得自己从荷包里找出伤药敷上,再撕了布条,咬牙用单手包扎。

阿榆已经坐回圈椅中,继续晃着脚,却看到了裙裾和袖子上溅的血迹。她叹气道:"我裙子脏了,可最近没钱做裙子,特别穷。"

黑衣人手一抖,好容易束住的伤口松了,鲜血又不要钱似的往外涌。他忙勉强打个结,没脾气地在怀中掏了掏,摸出一个钱袋,放到阿榆面前:"我以前攒的钱,还有这次接任务的定金,都在这里。"

阿榆打开看了看,又掂了掂,眼睛亮了,再看向黑衣人时,像看着枚大元宝。

她倾身看着黑衣人,笑道:"你叫什么名字?"

黑衣人有种泪奔的冲动。两人从打架到"和谈"纠缠到现在,这小娘子根本没想过问他名字。现在终于把他当成一个人,而不是连名字都不需要的工具……

他尽力心平气和地答道:"小娘子,我姓钱,叫钱界。"

阿榆笑道:"钱界,钱界,好名字,一听就有钱……你那雇主听着更有钱,不如你就把我交过去,或者我编些秦家的消息让你交差,哄他将剩下的钱付给你?到时咱们二一添作五,谁都不吃亏,怎样?"

钱界只觉一口气上不来,差点厥过去。好一会儿,他才道:"小娘子,我还要去找那位同行。"

阿榆便有些遗憾:"那你先去找那人吧。下次再有人要买我的命或秦家什么消息,记得接下来,赚了钱咱俩平分。"

钱界不知是应好,还是不应好,大步出屋,一纵身跃上围墙,逃一般飞奔离开。

此时他忽然想起,他似乎只推测了同行要绑架的人行动不便,并未提过那人有病在身。为何阿榆一口咬定那人是生病了?难道她早就猜出了被绑的人是谁?

阿榆掂着钱袋,却满心愉悦。

天上掉了一个能跑腿又会赚钱的临时下属,谁不喜欢呢?

钱界带阿榆去的那处院落,就在东南角门附近,距离小食店不远。阿榆估摸着沈惟清找她一时找不着,也该回沈府了,遂也不理会,径自回食店。

此时夜色已深,阿榆的食店不供应宵夜,自然早就打烊。但阿榆一进院子,便听得厨房里尚有人声,且有些争执声。她忙过去看时,却见阿涂、安拂风正围在灶前,将几样卤菜捞起。

"怎么了?"

她踏步进去时，安拂风、阿涂回过头，正见阿榆一身素衫上染了血迹，胸口和胳膊上，更有大团未干的血渍。两人的心同时咯噔了下。

安拂风急急过去，问道："阿榆，你怎么弄成这样？受伤了？伤哪了？"

阿榆瞅了安拂风一眼，掸了掸根本不可能掸掉的血迹，倦怠地叹了口气，说道："倒是没受伤，只是给人绑了，好容易才脱身，真真是吓死我了！"

安拂风一蒙，"给人绑了？沈惟清干什么吃的？"

阿榆道："谁知道他干什么吃的……或许留在那位钱少卿家吃宵夜了？我却连晚饭都还没吃，饿得不行了。"

安拂风忙道："阿涂刚卤了几样菜，但我尝着味儿寻常。那边炉子上倒还有些热热的鸡汤，只是米饭是冷的。叫阿涂热下？"

"不用了。"

阿榆随口应着，抓了碗盛了半碗米饭，浇了一勺汤，又夹了两块卤肉，随便拌了几拌，便大口吃了起来，瞧来是饿得狠了，再加溅了血的皱巴巴的衣衫，瞧着颇为狼狈。

彼时寻常人家多为一日两餐，傍晚时便该用晚饭了，此时已近半夜，阿榆差不多一整日未吃东西，自然早就饿了。

安拂风见状心疼，不免又抱怨沈惟清不上心，连"未婚妻"都护不住，瞧着里侧大锅里有热水，急急地拎来水桶，为阿榆打洗澡水。

阿涂却记得阿榆抱怨钱不够用的事，悄然向阿榆腰间一瞥，果然多出一只鼓囊囊的钱袋。那颜色式样都很陌生，像是男子所用。

于是……他家小娘子莫不是重操旧业，又去打劫了？这回不仅打劫，还伤人或杀人了……若是连累了食店，他该如何是好？亮明身份回家娶丑妇吗？

阿榆看安拂风忙着拎水，又见阿涂不断打量自己，默想着这两人倒还关心自己，不觉有些感动，遂问："刚你们在吵什么？"

阿涂闻言顿时无限委屈，说道："七娘子整天黑着脸，说我这个不对，那个不好……说我卤个菜都不行，连小娘子一成本事都没学到。"

虽然他并不认为他真有必要学什么厨艺，但面对阿榆殷切的目光，面对安拂风挑剔的目光，他似乎退无可退了……

他抬眼见阿榆吃得香甜，又冒出了些微希望："应该……也没那么难吃吧？"

阿榆这才仔细品了下卤肉，摇头道："的确寻常。肉质太老，花椒、砂仁放得太多，味太重，却还有些腥。糖霜该用小火先炒一炒的，这色泽也不对。"

阿涂沮丧："原来真的很难吃。"

阿榆安慰道："也就差了些意思，不算特别难吃。"

阿涂便觉她这安慰还不如不安慰。

阿榆说话间已将那碗鸡汤泡的冷饭吃完，让阿涂将锅里剩下的卤肉捞了出来，重新烧上火，自个儿从调料罐中一勺勺配着调料，依然放入锅中，说道："先煮一刻钟，再将先前煮过的猪肝和这只半熟的鸡放进去。记得别盖锅盖，方便散腥。一刻钟后熄火，再盖上锅盖焖上一个时辰。猪肝应该会很老，但老肝也有老肝的好，回头可以卖给就酒的食客。那些猪肚什么的，到时也可以扔进去一起泡着入味，即便肉质或腥或老了些，好歹能借些鲜香。"

阿涂忙听她吩咐做着，不过稍作调整，便闻着厨房里惹人垂涎的香气扑鼻而来。只是他转头看看阿榆衣裙上的血迹，又忍不住心里的怪异。

他忍不住好奇心，问："小娘子，你这样的……这样的高手，为什么会喜欢做菜？"

阿榆斜眼睨他。

阿涂忙打着哈哈："我就随便问问，问问……七娘子应该备好洗浴的水了，小娘子是不是该收拾收拾，赶紧歇息？这都快三更天了！"

"是得洗洗睡去了……"阿榆迈步向外走去，临到门口，又顿了下，轻飘飘地说道，"我喜欢厨房里的烟火气。它让我觉得，我还是个活人。"

却是回答阿涂先前的问题。

但不是活人，难道还能是死人？阿涂想问，求生欲又让他缩了缩脑袋。为了他的大好头颅，他还是专心当个努力的小伙计吧。

阿榆侧耳听着厨房内的忙碌声和柴火声，不由得也笑了笑。没有阿娘陪着，没有秦藜伴着，这厨房，居然也能找出些让她熨帖的烟火气。总是绷紧的心弦，不觉间松弛了下来。她慢悠悠地回屋去沐浴更衣。

经过阿榆出手的卤味，果然比阿涂做的不知美味多少。安拂风撕了一只翅膀先尝了，便道："赶紧把先前那些卤味都扔进去泡着，明日一样能卖个好价。"

阿涂很是不爽安拂风命令式的口吻，但她所言的确有理，只得先收拾了那些卤味，抱起装卤鸡的陶钵，还未及吃，便听得外面有人拍门，"砰砰砰"的声响又急又重。

"谁呀！这大半夜的，莫不是有什么大病？"

安拂风却猜到了，便有些不屑，说道："大约是来找小娘子的。告诉来人一声，说小娘子已经脱身回来，也就完事了。"

阿涂只听了半截话，人已走到了前边店堂，摸黑过去开门。外面的人已等不及，他才把门闩拨开，便被大力一推，险些给撞倒。

"干什么呢你们！"阿涂正要骂人，抬眼却见门外两道黑影竟是沈惟清、韩平北，且都沉着脸，寒意逼人的模样，不由惊得手一抖，装卤鸡的陶钵差点摔了。

韩平北眼疾手快托了一把，一眼瞥到钵中的卤鸡，浓郁的香味扑面而来。他咽了一下口水，忽然间福至心灵。

他急急地问："阿榆是不是回来了？"

沈惟清没吃过几回阿榆做的菜，但闻着卤味的香气，居然也能立刻判出，这是阿榆的手笔。他也盯向了阿涂。

阿涂见这架势，也有些着忙，老老实实道："回来了，还帮我做了卤味。"

"你、你……我们……"

韩平北指指阿涂，又指指自己和沈惟清，一时竟无言以对。

想起这几个时辰的焦虑奔波，沈惟清瞬间有种想将阿榆揪出来暴打一顿的冲动。他一言不发，疾步冲向后院。

阿涂怔了下，忙追过去，连声问："沈郎君，沈郎君，你做什么呢？"

沈惟清眼见着后院有屋子灯亮着，猜着该是阿榆房间，抬手拨开拦他的阿涂，正要去推门时，屋门却从里面拉开，一桶热水迎面泼了出来。

饶是沈惟清躲得快，半边衣袍也被淋得透湿。

门内，阿榆裹着件松垮垮的素色薄衫，披着半湿长发，拎着空桶，悄然掩去眉眼间的冷嘲，一脸诧异地看着沈惟清和匆匆赶来的韩平北。

"这是做什么？你们怎么来了？"

沈惟清这才发现门内的澡盆和散落的换洗衣衫，心底愠怒顿时被淋了雪水般压了下去。他匆忙别过脸去，却几乎咬牙切齿地往外蹦着字："难道你不知道我们在做什么，又为什么而来？"

阿榆道："这可奇了，我遇到了些意外，只得先回来了，谁知道你们在做什么！"

那边安拂风刚将鸡翅啃完，听见这边吵上，忙奔出来，却也恼了："沈惟清你疯了吧？还有你，韩平北，人小娘子在洗浴，你们一头撞进来想做什么？色迷心窍？"

韩平北正不由自主地瞄向阿榆洁白如玉的脖颈，闻言大窘，忙道："安拂风你别胡说！这门可不是我推的！"沈惟清看看自己的手。他倒是想推，可还没推呢，就被泼了一身的水。若说这小娘子不是故意的，鬼都不信。是看他不顺眼，故意"教训"他吗？"教训"他倒也罢了，还如此不顾体面……

他终究没跟安拂风掰扯推门的事，只是无声向旁挪出一步，挡住韩平北的视线，淡淡道："小娘子请先去换身衣裳，我们在前面等你。"

他也不等阿榆回答，一把拉过韩平北，退回前面店堂，取出火折子，点了两盏油灯。

昏黄的油灯照着简素的桌椅，让店堂显得更加空空荡荡。沈惟清就近找了张桌子坐了，一直提着的心总算放下，便有一阵阵的饿乏直涌上来。

阿涂跟了进来，看看沈惟清湿漉漉的衣衫，问："沈郎君，要不，我拿套我的衣衫先给你换上？"

"不用。"

沈惟清这般答着，却不由看向阿涂手中的陶钵，喉间无声滚动了下。

韩平北却顾不得那许多，一把将阿涂手中的陶钵夺下，在他反应过来之前，塞了枚银锞子过去，说道："那点水冻不死他，但我们快饿死了。还有别的吃的吗？都搬来。这从早到晚的，哪是查案啊，简直是要命！"

阿涂正要摇头，安拂风已抢上前，说道："刚倒是卤了好些，但如果都拿来，明日便不够卖了。何况这点钱……"

韩平北已撕了一条鸡腿狂啃，随手将钱袋丢了出去，说道："都搬来都搬来！差多少自己拿。"

安拂风笑盈盈地将韩平北的钱袋掏空了一半，见阿涂直了眼看她，叱道："还不赶紧去拿？"

"就、就刚才卤的那些？这……好，好！"

阿涂想起自己的厨艺，汗颜，但眼看安拂风收了人家这许多钱，也不便多说，只得将那些还未入味的卤味也端了过来。

好在沈、韩二人都只早上用了一餐，入夜后寻阿榆都快寻疯了，早已疲累不堪，根本顾不上细品，倒也没多说什么。沈惟清倒是多看了眼安拂风手中的银锞子和几串钱，心中微一咯噔。

安拂风出身高门，根本瞧不上这些阿堵物，如今这么计较，莫不是秦小娘子很缺钱？

想来也是，她好容易从灭门之祸中脱身，哪还留有钱财？想来全仗她那位罗家妹妹的相助，才能来到京城，勉强开了这家食店……

倒是他疏忽了，居然没细想过她的难处。

97

他一边想着，筷子却未停过，优雅却迅捷地夹着卤味，这动作竟不比韩平北慢多少。

安拂风第一次见沈惟清这般饿出几分狼狈的模样，不由好奇，问道："小娘子被抓时，你不是在钱少卿家吃宵夜吗？怎么还饿成这样？"

沈惟清刚端了水来喝着，闻言呛得连声咳嗽。

他问："秦小娘子，她说我在钱家吃宵夜？"

安拂风道："如果不是，她怎么会在你们眼皮子底下被抓？"

沈惟清没答话，韩平北一通狼吞虎咽，倒是吃得差不多了，苦笑着答道："她在钱家甩脸子，我们总得跟人家打声招呼再走吧？谁知就那一转眼的工夫，就出事了！她怎么逃出来的？也不告诉我们一声，可把我们找疯了！"

安拂风道："大约找时机扎伤绑匪，逃出来了。溅了一身的血，幸好没受伤。沈郎君，你纵然不喜她，也别害她。秦家一大家子，就剩她一个了。"

沈惟清顿了下，微眯了眼睛，看向安拂风："你认为，我是有意让她被人绑走？"

安拂风冷笑："沈郎君，别人不清楚，我可清楚得很。以你的身手，若真想阻拦，我不信绑匪能带着她这么大个活人逃出你的视线！"

韩平北忙道："哎，我说七娘，你这话可真冤了他了！我们一发现阿榆丢了就追出去了，马儿都跑了个半死！不仅自个儿找，还求爷爷告奶奶地托人四处寻着，脚都磨出泡了！你该知道他轻功不错吧？后来他一条条巷道飞来飞去地寻人，会合时那个内力透支的，站都站不住！你看他那张脸，这会儿还青白青白的呢，跟鬼似的！"

安拂风将信将疑，转头细看，果觉沈惟清气色不佳。只是即便他自己，也说不清这是因小娘子急的，还是给小娘子气的。

"绑走秦小娘子的那位，能在片刻间逃得无影无踪，绝对是高手。"沈惟清看向后边阴影处，缓缓道，"所以，我也好奇，小娘子是怎么脱身的？"

阴影中，阿榆衣衫整齐，散着半湿的发，看样子已听了好一会儿。

她慢悠悠走过来，笑盈盈道："问我吗？其实也简单，我由着他抓了，待他到了地头，我趁他不留意，捅了他两刀，逃了出来。"

她在袖中一掏，掏出一把寒意凛冽的剔骨刀，悠悠道："我是厨娘，原也耍惯了刀的。切菜或捅人，其实差别不大。从真定府一路过来，全靠它了。"

韩平北不由得"嘶"了一声："这么厉害？"

阿榆笑道："无他，唯手熟尔！从那处小院出来，才发现已经到了角子门那边，绕个弯儿就能回食店，看时辰不早，就先回来了。抱歉，不知道你们会寻我。"

沈惟清听得明白，阿榆在跟他解释，为何脱身没有通知他们。以阿榆当时的状况，根本无法立刻通知到他们，回食店才是最正确的选择。他细问了阿榆受困的屋子，便带韩平北离开，却是想连夜过去探查，希望能找到绑匪留下的线索。

安拂风也想找到绑匪补上几刀，但看着时辰不早，怕家中催问，只能先行回家，却一再叮嘱韩平北追到绑匪知会她一声。

阿榆目送三人离开，失神了片刻，问向阿涂："你说，他们是真的担心我吗？"

阿涂苦笑："他们只知道小娘子生得美，又不知道小娘子武艺高，夜间走丢了自然会担心。"

阿榆点头："沈惟清不是文弱书生，那身手，未必比我弱。刚细听他呼吸，比平时短促虚浮得多。指不定他真的运轻功找了我整整半夜。看来，他的人品没我想象中那么糟糕。"

阿涂的脸笑得更僵硬："小娘子，如果他真的人品糟糕，你岂会想着嫁他？"

阿榆思量着，悠悠道："我原来都不打算继续这桩亲事了。现在看着，似乎还行？"

阿涂僵着脸不知该如何回答。

阿榆慢吞吞地走向自己的房间，仿若在自语："除了凌叔和藜姐姐，这世上真的还有人会担心我？呵！"

阿涂挠头，不知阿榆说的那两人是谁，更不知该如何接话。或许他该趁机略表忠心。但想起小娘子那身手，他又觉得那也太违心了。担心小娘子，还不如担心打劫她的劫匪，或担心找她快找瘸了的那二位郎君。

天快亮时，沈惟清、韩平北才找到阿榆被绑的那间小院。灯笼昏黄的光线照下，满地触目惊心的血迹。有蹭擦的，也有喷溅的，还有一些撕下的衣衫碎片，浸透了血。空气中除了血腥味，还有淡淡的酒味和药味。显然，这里不仅发生过打斗，受伤的人还曾在这里停留过一段时间，撕开衣衫包扎了伤口。

韩平北看得毛骨悚然，忙提高灯笼，警惕地四下打量，生恐那人还在屋中，冷不丁也给他来一下。

沈惟清摸了摸地上的血迹，已然半干；再看着通向门口的地间，犹有一滴两滴的血迹，说道："别担心，绑匪早就离开了。"

韩平北松了口气，嘀咕道："到底几个绑匪？怎会流这么多血？"

沈惟清道："一个。但秦小娘子应该伤到了他要紧经脉，才会血流不止。"

他拿灯照着地上蹭擦的血痕，猜测道："他受伤后应该还想去抓秦小娘子，留下了这些痕迹。但随后他发现这伤势不处理会要命，才会任由秦小娘子逃开吧？"

韩平北光听着便已心惊胆战，抱了抱肩，感慨道："小娘子能逃出生天，也真是侥幸。也不能怪她不回头通知我们了，大概也被吓坏了……"

沈惟清想象了下阿榆逃出时的模样，却想象不出她惊慌失措时的样子。

即便出了天大变故——比如，秦家灭门，她似乎也不曾惊慌过。

会悲恸，会愤怒，会满腔仇怨，会指天立誓，务求血债血偿。

人前表现出的那些惊慌，那些柔弱，那些温婉……都是她刻意装出来的假象！

沈惟清暗暗磨牙，有些懊恼自己为何偏能看清这小娘子的真面目。隐约又有些庆幸，她不是这么柔弱温婉。——若她真的软弱如斯，如何能从灭门血祸中逃脱，又如何在一次次险境中自救？

二人推开门，走到院中。彼时晨曦初起，已有薄薄日光将院子映得半明半晦。院中陈年落叶被吹得翻翻滚滚，大多积在墙边地上的野草间。露出的拼石地面上，便能看出偶尔的一两滴血滴，正通往左边围墙。显然，绑匪轻功相当不错，即便受了伤，也是从围墙脱身离去的。

沈惟清忽然觉得哪里不对，紧走几步，走到院门前，拉了下门。沉重的"吱呀"声后，门上翻卷的旧漆脱落，门缝间露出从外面锁着的大铁锁。不知经历了多久风雨，锁和锁芯都有明显的斑驳锈痕。

沈惟清眼皮一跳，立时转头，看向四面墙角。

韩平北一头雾水："怎么了？"

沈惟清道："绑匪只是借用了这里作为临时据点，来回俱是逾墙而行。"

韩平北不屑道："这个还用你说，不是明摆的事嘛！"

沈惟清道："绑匪逾墙来去，那秦小娘子呢？"

韩平北顿时怔住，忙四面看时，根本没有梯子树木之类可供攀爬之物。围墙下沿已长了一圈青苔，下方更有春日里新萌的野草，但不论是青苔还是野草，都没有踩踏过的痕迹。

韩平北前后绕了几圈，眼睛一亮："这房子有后门，阿榆那么机灵，指不定是开了后门跑出去的！"

沈惟清道："她开后门跑出去，绑匪不但没追，还帮她关上了门，然后自己包扎了伤口，忍痛翻墙离开？"

韩平北道："指不定绑匪伤得太重，所以不但不敢追，还怕她再给一刀，所以自己关上了门呢？"

他这么一想，不觉咋舌："若真是如此，阿榆捅他的那一刀，未免也太猛了！"

沈惟清看了眼围墙："如果不是因为那一刀，那她可能，比你想象的更猛。"

韩平北不解。

沈惟清想了下，也觉自己想得太多了，摇头笑了下，说道："大约……是你说的那样吧。若剔骨刀时时在手，如庖丁解牛，于肌理脉络无不熟识，一刀扎入敌手要害，也不算奇事。"

韩平北连连点头："阿榆看着娇娇弱弱，可就凭这一手，就不宜得罪，不宜得罪呀！"

沈惟清不由失了下神。自己先认定她居心叵测，又阻她办案，还思量着推拒这门亲事，大概早就把这小娘子得罪了吧？

韩平北没再留意他，打着呵欠道："闹了一整夜了，是不是该回去歇一歇了？"

沈惟清顿了下："秦小娘子大约也要歇上半日，那我就去你家歇两个时辰，再去接她一起去钱府吧！我那马车丢在那边，只能乘你的马车同行了。"

韩平北不厚道地笑了起来："你那马车里还有不少宝贝吧？大半夜的散在那巷子里，不知明天找过去，还能剩下多少东西。"

沈惟清的脸黑了黑。

那辆马车是他素日所用，自然存放了不少他的心爱之物。只是发现阿榆被绑后，他似乎半点都没想起他那些宝贝？

韩平北却记起另一件事："哎，你不是不想她掺和饮福大宴那案子，巴不得她查不了案，怎么又记挂着去接她了？听你这口气，如果不是为了让她歇上半日，还不打算让我休息了？"

沈惟清不耐烦地瞅他一眼，跃起身来，越过围墙竟已出了小院。

韩平北顿时傻眼。他不会轻功，先前是沈惟清带他进来的。这会儿竟把他丢在这里了？

"喂，喂，沈惟清你有病啊？"

可惜沈惟清并没理他。最终，他不得不从后门跑了出去。

于是，这回去的一路，韩平北都在骂沈惟清有病。沈惟清懒得理他，却也在反躬自问，他是不是有病。

那样狡猾虚伪的小娘子，是他最厌恶的那类人。可他这么个不在乎口舌之欲的人，为何总想起她做的佳肴糕点，甚至能清晰地分辨是不是她的厨艺……

更奇怪的是，今天给她泼了一身水，他半点没留意自己湿了的衣袍，眼前却总是晃

101

着她洁白如玉的一截脖颈。他从未发现，女儿家的脖颈，竟也能如此美丽招摇。他一定是有病，有大病。

沈惟清、韩平北等人休息下来时，他们口中那位倒霉的"绑匪"钱界，出现在了皇宫不远处的一处府第。

这处宅子颇大，园子修得幽静不失奢华。园中有池，池中荷叶清圆，袅袅摇曳，秀致出尘。池边有水榭，一名文士正坐在槛上，慢悠悠地捻着饵料喂鱼。他也不过三十出头年纪，眉清目秀，看着十分典雅温柔。

但钱界立于他身后，看着竟比被阿榆割肉还要战战兢兢。他的上臂伤口委实太深，此时又渗出血来，一滴滴地落在地面，可他竟不敢伸手去擦。

阿榆凶残，但也只能冲一人凶残；眼前这文士却能轻易掌握他全族人的性命。

一只长脸细腿的大白狗趴在文士脚下，似等得有些不耐烦，打了个呵欠。

文士终于喂完了鱼，拍拍白狗的脑袋，和气地看向钱界："你把那位小娘子伤你的过程，演一遍给我看。"

钱界应了，咬牙忍疼，将阿榆以剔骨刀伤他的经过比画了一遍。

"这招式……"

文士眺向晨间杳碧的天空，目光悠远起来。

半晌，他才道："我知道了。你不要再去试探她了。"

钱界不安："她给我下了药，叫什么天香摄魂虫，逼我为她找出另一位绑人的同行，还让我给她跑腿三个月。听她口吻，应该知道了什么。"

文士似笑非笑："你都提到了顺天门，还想瞒过她？既然受制于她，不妨将计就计，先帮她做事吧！正好咱们也瞧瞧，这位小娘子的葫芦里，究竟卖的什么药！"

钱界道："主人的意思是，她早就猜到另一个被绑的人，是鹂儿的母亲？"

文士道："即便你不说，他们终究也会查到的。沈惟清那小子，心眼够多。秦小娘子那边一出事，他就该猜到鹂母可能出事。若我没猜错，他已经在查鹂母的下落了。"

"那他们今天还会去找鹂儿吗？"

"会。人在惊慌之时，总是容易流露破绽。沈惟清，该用攻心之策了吧？"

钱界默然片刻，行了一礼，恭谨退下。

跟这群人相比，他那点心眼，是万万不够的。这位也罢，那位"娇弱"娘子也罢，似乎都不是他能得罪的。

文士斜倚栏杆，手搭到大白狗的脑袋上为它顺毛，出神片刻，自语般轻轻道："丑白，你说，那位秦家小娘子，会跟她有关吗？"

丑白听不懂他的话，却听得懂自己的名字，顿时昂起又丑又长的头蹭他，拼命地甩动细长的尾巴。

第八章 拦我者，皆我仇人

因钱界那里得来的消息，阿榆已猜到今日即便找到鹂儿，也很难问出消息，便不曾和沈惟清相约具体再去钱家的时间。但她睡到近午起床时，阿涂告诉他，沈惟清、韩平北已经来了。

阿涂的神情有些奇怪，甚至隐隐有些期待和兴奋的模样，悄声道："小娘子，沈郎君听说你还在睡，立刻说不急，都不让叫醒你。他怕是开了窍，开始心疼你了！"

阿榆嗤之以鼻："傻子，他是真的不急。他巴不得拖过十天，好让我没机会去查饮福案。"

阿涂不解："若能查清那桩旧案，不也是审刑院的功劳？他为何要拦你查？"

阿榆道："饮福大宴，三年一度，事关国体。真敢在这等国宴上动手脚的，必是手眼遮天之人。区区太官令算不得什么，可拔出萝卜带出泥，万一惹得哪位大人物不快，我有灭顶之灾，他沈家也难免遭了池鱼之殃。说一千道一万，沈惟清不愿被我连累罢了！"

阿涂听她说得有理，不觉点头，又纳罕道："小娘子这见识眼界，即便寻常京中闺阁贵女都比不上，委实不像是在边陲小镇长大的。"

阿榆怔了下，随即一笑："我也是在京中长到十二岁才离开的。"

既听说沈、韩二人已在等着，她也不再磨蹭，匆匆洗漱毕，瞧着昨日戴的那两朵木香已然残碎，便推门出去，准备再采两朵。

她刚走到院中，便看到了沈惟清。

午时明亮的阳光洒落，这年轻人一身青衣翩然，立于雪团似的木香花下，看着俊秀清逸，沉静又不失朝气。此时他正拈着一小枝重瓣小白花儿，出神地抬头看着木香花，不知在想着什么。

细论品貌，沈惟清委实算是出挑的。便是性情，也算不得差。秦藜若能收了他的心，性情也是很好的吧？

阿榆心下多了几分满意，不觉笑意盈盈，走到木香花下。

沈惟清一回头，正与阿榆紧盯他的灼亮目光相对。毫无来由地，他脑中浮现某日阿榆坦荡又无耻的话语。

"罗网为君而织，何不束手就擒？"

他为这事暗自恼过。他拦着阿榆，不让她见韩知院，多少也因着这股子恼意。

此时忆起，他依然有些恼意，但被她灼亮的目光看着，又有些无奈和心慌。

他终究只淡淡道："你起了，过来采花？"

采花？阿榆大睁了眼，仔细打量沈惟清。如此清俊，即便是男子，用花来形容似乎也不差。可惜，这朵"花"是为秦藜留着，便是再美她也不感兴趣。

沈惟清不知阿榆脑中在转着怎样的念头，见她大剌剌盯着自己，毫不避讳的模样，不由微微皱眉："秦小娘子？"

阿榆这才不惊不慌地转眸看向木香花，随口道："哦，劳沈郎君久等了！"

说话间，她已看中一枝，一手拈了花枝，一手持剪去采。

彼时初初起床，春衫正薄，抬袖之际，细软布料滑到肘边，露了细白纤瘦的一截手臂。沈惟清只觉那手臂白得炫目，不由又看了眼她同样白皙的脖颈，便不只目眩，甚至有些神驰了。

他忙转过眼神，无声退开一步。

阿榆已"咔嚓"一声剪下花枝顶端的两朵木香。花枝颤了一下，其中一朵花瓣簌簌，掉了半边。

春意阑珊，夏日将至，木香花期也快走到尽头，花朵已在陆续凋零了。

阿榆只得抬袖，又去剪花枝，可惜这回刚碰到花枝，便有花瓣跌落。

鬼使神差般，沈惟清抬手，将指间的木香花簪到阿榆头上。缩回手时，他才想起自己做了什么,看着她乌发间的那两朵雪团儿,一时呆住。

阿榆也愕然,摸了摸那花儿,居然戴得挺端正。

沈惟清无声地吸了口气,别开眼,低声道:"本就是你这里的花朵,给你簪着挺好。"

阿榆遂也不再放心上,随手拍了拍木香树的花枝,看着落花簌簌如雨,遗憾地叹了口气。

沈惟清便记起,她似乎很喜欢木香,从第一次见到她起,她便簪着木香。木香清新娇艳,但气息浓郁冷冽,像极了她这个人,既疏离,又诱惑,叫他再也猜不出,这副纯良娇美的面容背后,究竟藏着怎样的心机和算计。

她虚伪,她势利……但也是被逼着成长至此吧?

他终究低声道:"小娘子若爱簪花,待木香谢了,可以觅些栀子花。还有白蔷薇,花期很长。"

阿榆道:"栀子花和白蔷薇很好看。"

"是。"

"太好看就显得招摇。我一个无依无靠的弱女子,只怕会招来闲话。"

阿榆的神情很认真,沈惟清听得心头一紧,看她走向前面店堂,才慢慢跟了过去。

阿涂正端菜从厨房出来,恰听得阿榆的自怨自艾,脚下一个趔趄,差点把手中的盘子摔了。

安拂风听到动静,也站在厨房门口看着,正心疼阿榆身世凄苦,见阿涂脚下不稳,张口便责备道:"小心些!砸了碗盘,又得费钱买。阿榆忒不易,你别雪上加霜。"

阿涂嘴角抽搐,想着阿榆这两天坑到的大钱袋,木然道:"哦,知道了,小娘子缺钱,缺钱……"

沈惟清隐约听到,不觉又看了眼阿榆纤瘦的背影。

阿榆去店堂跟韩平北碰了面,就着丁香竹叶水,草草吃了两块小甑糕,便随二人乘了韩家的马车,继续去钱家。

这一路并不太平,韩平北两眼冒火,一直在咒骂着安拂风。

原来他跟随沈惟清折腾了整整一宿,早上才打了个盹,随后被叫起身,匆匆赶来食店。原以为没睡好至少能尝尝阿榆的好厨艺,不料阿榆犹在酣睡,别说阿涂或沈惟清,便是他自己,也不好意思去叫人家起床给他做饭。

安拂风看到韩平北,眼睛却贼亮冒光。

她自知厨艺天分有限，怕损了阿榆这间食店的名声，即便做了菜品也不敢端给食客；但她并不怕韩大公子挑三拣四，见这冤大头光临，毫不犹豫地奉上了她亲手烹制的羹汤。

韩平北不知这是安拂风的手笔，兴致勃勃地尝了一口，差点被那又咸又腥又熏人的味道当场送走。

沈惟清见状，自然不肯蹚雷，亲身到厨房，让厨娘给他煮了一碗酱汁汤饼，纵不如阿榆的厨艺，却还能入口。

可怜韩平北被那碗不知怎么做的羹汤倒了胃口，连白粥都喝不下，自然叫骂不休。

安拂风悄悄尝了一口，咧了咧嘴，由着韩平北叫骂，悄无声息地躲入厨房装死；沈惟清也是被韩平北唠叨得头疼，这才跑到后院暂避。

如今安拂风算是阿榆的人，韩平北不免添油加醋地大骂一通——其实也知安拂风家世武艺都不是阿榆所能比拟的，并不指望阿榆真敢拿她怎样，只盼阿榆能感同身受，看在他这般委屈的分上，亲自下厨做几样好菜，抚慰抚慰他受伤的五脏庙。

但阿榆的脑回路明显与众不同。听他说了许久，她才抬起头，一脸迷茫地看着他，说道："她做的应该是鱼羹，只是鱼片去腥时没处理好。不过只是充饥的话，咸些腥些倒也无妨。"

"无妨？"韩平北差点鼻子气歪，"你吃过这又腥又臭的玩意儿吗？"

阿榆认真道："吃过。我饿极时，曾从野猫嘴里抢过鱼。虽有些腥，但饿极了时，其实尝不出是什么味儿。"

沈惟清不由瞅向她。

韩平北也睨她："真的假的？那野猫得罪你了吧？"

阿榆摇摇头："我只是饿了，很饿。如果不是野猫跑得快，我指不定连那只猫也吃了。"

韩平北抚额："阿榆，我刚发现，你还蛮能说故事的。"

阿榆笑道："哦，那你就当故事听吧！"

她笑着时，车厢中的木香花的气息仿佛更浓了。

确切地说，花香中的那股子冷凛的气息，更浓了，甚至有种冰寒之意，尖锐得刺心。

沈惟清目注着她，忽道："还有这种故事吗？"

阿榆笑得纯稚甜美，歪头像是在仔细回忆，慢悠悠道："其实很多事我记不太清了。不过我大概还吃过老鼠和蛇吧！"

韩平北胃部抽搐了下："阿榆，开玩笑有个度啊！还让不让人吃晚饭了？"

阿榆却像是真的想起了一些久已忘却的往事，脸上的笑容一淡，有些恍惚的模样："我想起来了，那条蛇在吃老鼠，我当时饿得厉害，便捡石头砸死了蛇，然后把它们都吃了。"

韩平北脸都黑了："你扯，你继续扯！"

沈惟清的目光却幽眇起来："秦小娘子，你别告诉我，你在秦家就过的这种日子。"

韩平北也虎着脸道："如果秦家这样养女儿，我也要收拾他们了！"

阿榆却嘴角一弯，笑得明媚娇妍，慢悠悠道："阿爹他们对我当然极好，所以这些事应该只是我在做梦。只是这梦着实不算好，也不知老鼠有毒，还是蛇有毒，我后来就没了味觉。"

沈惟清一时不敢相信自己的耳朵："你，说什么？"

阿榆道："我说一场噩梦之后，我没了味觉。舌尖像中了毒，麻麻的，吃什么都品不出味儿，不小心咬上了都觉不出疼痛。"

"现在呢？"

"还是那样。"阿榆答得很轻松，"不过阿爹和……和一个厨艺很好的罗家妹妹，他们做的饭菜，我能尝出味道。有时心情好了，也能尝出味道。"

韩平北便恼了："编，你继续编！我信了你就不姓韩。"

阿榆沉默片刻，轻声道："或许，就是没恢复吧？罗家妹妹说，我尝到的所有味道，都只是幻觉。"

韩平北笑起来："没有味觉，也能成为厨艺高超的厨娘吗？"

阿榆得意地一笑："我没了味觉后，嗅觉便特别灵敏。不论是糖是盐，还是各种香料调味料，我都能轻易配伍出最佳的效果。阿爹曾说，这也算是老天爷赏饭吃。"

没了味觉，也叫老天爷赏饭吃？二人看着她天真婉丽的笑容，一时无语。韩平北便觉得，沈惟清认为阿榆狡猾虚伪，也不是全无道理。她信口开河的本领登峰造极，偏听着还挺真诚。

沈惟清忽然转了话题，问道："昨夜你伤了那个绑匪后，是翻墙逃走的吗？"

阿榆怔了下，笑道："为何要翻墙？那屋子后面不是有个小门吗？"

韩平北诧异，"你还、还真走的后门？那绑匪没追你？"

阿榆笑道："没有。他应该也害怕，怕我留下，再捅他一刀……"

韩平北咽了下口水，有种想离阿榆远些的冲动。

难道灭门大祸真能彻底改变一个人？让一个娇滴滴的小娘子，变成连绑匪都忌惮的女魔头。

沈惟清淡淡看了她一眼，沉默。若他没猜错，秦小娘子又撒谎了。他勘验过现场，绑匪失血极多，所过之处均留有血迹，桌椅和衣衫碎片上，都有凌乱的血痕和血手印。但通往后门的地面没有血迹，后门的门闩上也没有血痕。阿榆不可能是从后门离开的。

这回赶到钱府，许是之前阿榆的讥刺有了效果，钱少坤很快领他们去见了鹂儿。

只是引他们过去的路上，钱少坤似笑非笑地说道："听闻昨晚秦娘子被绑匪掳去，沈兄、韩兄折腾了整整一夜才将她救回来？"

阿榆尚未怎样，韩平北、沈惟清的脸色已不大好看。

彼时立朝未久，民风虽不算保守，也比不得前朝盛世时的奔放大胆，男女大防还是有的。一个未婚女子，被人掳去整夜，难免有些说不清道不明的意味，若有心人借此添油加醋，指不定便毁了这女子的一世清誉。届时别说嫁个好人家，便是寻常在街坊间立足，也难免被人指指点点。

沈惟清淡淡道："钱兄怎会知道得如此清楚？算来，秦小娘子是到钱兄府上查案时出的事……"

就差明着说，莫不是你钱少坤心里有鬼，才和绑匪勾结，绑了我审刑院的人？

钱少坤脸色微变，旋即笑道："玩笑，我只是玩笑！原就想着，有二位在，断没有解决不了的难题。"

沈惟清含笑道："其实根本没什么难题。我们只是将计就计，想探探绑匪底细罢了。昨夜有意惊动贵府及几处府衙，也是不想让绑匪和他背后的人起疑。"

他看了韩平北一眼，那位心领神会，立时笑道："昨晚我们接了阿榆，还去汴河大街吃了宵夜。没想到连钱兄也骗过了！"

钱少坤便看向阿榆，似笑非笑："小娘子不惜以身为饵，想必一定已然探明绑匪底细？"

那二位都不是省油的灯，看来看去，阿榆才是好捏些的软柿子。

阿榆轻飘飘看他一眼："绑匪的底细，郦娘子应该清楚得很。难道她没跟你说？"

钱少坤正要驳斥阿榆荒谬，便闻阿榆一脸嘲弄地继续说道："便是她没说，钱少卿协理大理寺，总不至于无法察觉枕边人的异常吧？若真如此，不是郦娘子太会演，便是钱少卿太粗心了。"

协理大理寺，却太粗心……这帽子扣得不大不小。

钱少坤待要反驳几句，但被阿榆这么一说，不由仔细回忆起鹂儿回来后的表现，似乎是有那么点不对劲。神色似乎有些恍惚，有时还答非所问，难以掩饰的忧心忡忡。他沉

109

着脸,终究没敢多说什么。沈惟清深深地看了阿榆一眼。

说话间,三人已被引到后院的一间敞轩中。鹂儿正在轩中等着,见他们进来,立刻站起身来,盈盈笑着见礼。

她生得不算绝色,但肌肤雪白,柳眉杏眸,顾盼含情,举手投足有种说不出的媚惑之意。

见沈惟清等问起鲍家的事,她立刻红了眼圈,抬手取帕子拭着泪,说起乔细雨的事。跟老管事说的大同小异,都认为是乔娘子命薄,才会一病而逝。而她在乔娘子出事之前便已离府,对后面的事也便不太清楚了。

但听她幽幽道:"若知主母这般命苦,我怎么着都该留在她身边,伺候她到最后,也算全了主仆情谊。"

韩平北皱眉,问道:"你的意思,你在乔娘子遇害前出府嫁人,完全是巧合?"

鹂儿便红了脸,幽幽含情的黑眸在钱少坤脸上一转,轻声道:"奴家觉得,得遇夫君,是上天之赐,是前世有缘,是奴家三生幸事。"

钱少坤心存猜忌,本有些不快,听了这话,立马疑忌全无,温柔看向鹂儿。四目相对,那说不尽的缠绵怜惜,那难以言喻的如胶似漆……

这阵仗,别说阿榆,连常去青楼瓦肆见惯大场面的韩平北都看呆了。

沈惟清却神情依旧,淡淡道:"你去庄子里侍奉乔娘子,是安四娘的主意吧?"

鹂儿温顺地答道:"正是。安娘子记挂着乔娘子在庄子上没个贴心人照顾,特地将我送过去。"

"你过去待了几年?"

"三年。"

"三年,无怪急了。"

钱少坤脸色微变:"沈兄什么意思?"

沈惟清没有回答,只是耳根子有微微的红。

旁边,阿榆轻描淡写地来了一句:"若是过了青春少艾时光,哪还有机会寻觅她的前世之缘、三生幸事?"

鹂儿脸上温柔深情的笑容顿时僵在那里,沈惟清一时也不知该说阿榆是厚道还是不厚道。

一字未骂,却足够让人难堪的了。

沈惟清默然想着，若有机会，或许他该教她些人情世故。若嫁入沈家，需要面对的亲故友人极多，纵然有祖父护着，也不能太过任性。

念头转过，他悚然而惊。

明明一直想着如何解除二人婚约，为何忽然生了这样的念头？

沈惟清心念电转之际，阿榆已继续道："前世之缘也不那么重要，重要的是怎么从泥潭中脱身吧？"

鹂儿愕然看着她，勉强笑道："秦娘子这话何意？"

阿榆眸光清透，竟有一丝怜悯："你生得好，安四娘容不下你，把你送到乔娘子那里蹉跎时光；可眼看乔娘子地位不保，你极可能受牵累，所以决定设法自救，对不对？这时能遇到钱少卿，钱少卿也愿伸出援手，你也是真心觉得，这是上天之赐，三生幸事，是不是？"

钱少坤本已有惊疑之色，此时听阿榆说着，再看鹂儿满眼酸楚泪光，神情便柔和下来。他轻轻一拍鹂儿，低声道："莫想太多。得遇鹂儿，也是少坤之幸。"

鹂儿这才松了口气，向阿榆道："秦娘子能体谅鹂儿苦衷，鹂儿感激不尽！"

阿榆笑道："好说好说。那能不能请鹂娘子仔细说说，你为何有这苦衷，又是怎么看出乔娘子地位不保，甚至可能有性命之虞的？"

鹂儿听得一呆，沈惟清也禁不住看向阿榆，那边韩平北就差点击节称赞了。

方才阿榆出言不逊，把鹂儿逼得颜面扫地，委实太过无礼，甚至有点没家教的嫌疑。谁知她逮着鹂儿看重的安宁和爱情狠踩时，竟不声不响挖了个坑，等着鹂儿往下踩。

鹂儿踌躇着正要辩解时，阿榆又截口道："你想清楚了再说。"

鹂儿刚积攒下的一点气势便又下去了，只低声道："主母在庄子里一待十年，凭谁都猜到，她的日子不好过。"

阿榆含笑着诱她说下去："比如？"

鹂儿只得道："她在庄子里隔绝人世，顶了个鲍家主母的名头，其实没人将她看在眼里。"

阿榆道："可也没人敢小瞧她，她妆奁颇丰，又有极擅经商的娘家兄弟，不缺钱，日子并不难过。"

鹂儿见她说的半点不差，只当审刑院早就细细调查过，也不敢反驳，只得道："但乔娘子过得很不开心。她长年在小佛堂礼佛，却还是郁郁寡欢，有几次我还听到她躲在里面哭。"

阿榆依然笑着，声音却异常冷淡："哦，那的确是……很不开心。"

　　鹂儿莫名从她淡淡的语调中听出一丝杀气，不觉颤了下。

　　钱少坤忙揽了揽她的肩，不满地皱眉："秦小娘子，你莫忘了，鹂儿是安娘子派过去，乔娘子跟她不对付，又怎会信任鹂儿？便有什么要紧的事，也不会告诉她。鹂儿夹在中间左右不是人，眼看着年纪渐长，遇到投契男子，相许终身脱身而去，这不是情理之中？"

　　阿榆故作失惊："我倒是忘了，郦娘子其实算作是安娘子的人。"

　　鹂儿听得这话，却有些着忙，立刻道："我不是安娘子的人。若真是心腹之人，又怎会被打发到那种冷清庄子上去？说是派去侍奉乔娘子，其实是看太夫人和鲍学士待见我，不希望我留在府上罢了……乔娘子回去侍疾，是我三年来第一次回府。天可怜见，叫我遇上了郎君。"

　　她又深情地看向钱少坤。

　　钱少坤揽着她，神情更见怜惜，那眼神缠绵腻味得让人目瞪口呆。

　　鹂儿说得极明白，安娘子是看她妖媚讨喜，怕她入了鲍廉的眼，才将她远远发配到庄子上去。她离开鲍府出嫁的确不能算是巧合，而是她一直寻找的机会——她不想留在府上被安四娘猜忌，也不想回庄子荒废好光阴，所以一回府就在寻找离开的机会——没有机会，便创造机会。

　　于是，她成了钱少坤的妾。一切顺理成章，合情合理。

　　鹂儿连这些"苦衷"都说了出来，更显得十分配合坦白。

　　钱少坤便看向三人："你们还有什么想问的吗？"

　　沈惟清看了眼鹂儿，缓缓道："郦娘子要不要再想想，你是不是还知道些什么不该知道的？"

　　鹂儿那双顾盼含情的眸子便涌上了泪珠，哽咽道："沈郎君希望我知道些什么，不妨直说。"

　　呃……

　　沈惟清、韩平北对视一眼，忽觉得花绯然那种豪爽大气的女子，安拂风那种高冷骄傲的女子，似乎都比这种娇滴滴仿若眼泪做的女子容易相处。她甚至都不需要多说什么，那厢钱少坤已愠怒地看向三人——连他们自己也觉得，逼迫这么个无辜的柔弱娘子，是不是有点过了。

　　韩平北向沈惟清打个眼色，打算先离开时，阿榆又笑盈盈说话了，依然带着先前那种不动声色的恶毒。

她道:"郦娘子哭起来真是好看,我见犹怜。不知那些绑匪啊,强盗什么的,看了郦娘子的眼泪,会不会软了心肠,改恶从善。"

鹏儿正拿帕子拭泪,闻言手指猛地抖了抖。

这一抖,不仅三人看见,连钱少坤也发现了,似想到了什么,有些不安地凝视怀中的爱妾。

阿榆若无其事地拍拍鹏儿的肩,笑道:"说来最惨的还是我,一家人都被烧成了枯骨,所以我对这些绑匪最厌恶不过。昨天我还跟绑我的那绑匪说呢,别挡我的道,别拦我报仇。拦我的,都是我仇人。我会,一寸一寸剔了他的骨,再把他的骨头烧成灰,扬了!"

园中阳光正好,韶光明媚,眼看又快立夏,正是和暖舒适的时节。可这小娘子含着笑,一字一字说着时,周围的空气都似陡地冷了。

几个男子看着她,莫名地觉出了寒意森然;而被她搭着肩的鹏儿,竟是汗毛倒竖,哆嗦着一时不敢动。

阿榆和气地笑道:"再想想吧,指不定,郦娘子能想出些该想到的。对了,跟你母亲问好。小心,别吃错了药,把活路给走窄了!"

鹏儿面色蓦地苍白。

阿榆又在鹏儿肩上一拍,鹏儿这次没能稳住,甚至惊吓地叫了一声,缩向钱少坤怀中。

"鹏儿!"

钱少坤也不知发生了什么,一时无措,只瞪向阿榆。

阿榆笑道:"钱少卿,你也看到了,我可什么都没说。我还问候了她母亲呢!"

沈惟清顿了下,上前:"既然郦娘子不舒服,钱兄就先带她回去休养吧!我等先告辞,若有需要之处,日后前来拜访!"

钱少坤含糊道:"也好,也好。"

鹏儿一直盯着阿榆,似在琢磨些什么,阿榆也不回避,笑意酽酽地瞧着她,眼底却黑冷一片。

眼看三人将走,鹏儿忽道:"且慢!"

钱少坤不解地问:"鹏儿,怎么了?"

鹏儿泪汪汪地看着钱少坤,呜咽道:"郎君,我母亲被人绑了!"

"啊?"钱少坤震惊之时,鹏儿已上前两步,向三人跪了下去,哭道:"三位若肯救回我母亲,我必定知无不言,言无不尽!"

三人出了钱府，重新坐上韩家的马车时，沈惟清看着眼前这个一脸乖巧娇憨的小娘子，好一会儿才问道："你怎么知道鹂儿的母亲被人绑了？"

　　阿榆歪头，笑得无邪："我也好奇，你又是怎么知道她母亲被人绑了？"

　　韩平北正像看怪物一样看着阿榆，闻言又看向沈惟清，依然是看怪物的眼神。

　　沈惟清并未藏着掖着，径直说道："昨晚你被绑走，我思量着，对方很可能因鲍家的案子而来，且不愿我们继续查下去。既然是查到鹂儿时出事，他们会对你动手，很可能也会对鹂儿那边动手。所以昨天我分派人手去找你时，也派人去了顺天门。可惜晚了一步，鹂儿和她兄嫂正因母亲被人绑走乱成一团。"

　　阿榆道："所以，你早就派人暗中跟进鹂母被绑之事？"

　　"是，目前虽未有回报，但当时发现得早，鹂母又染病在身，目标较明显，应该可以找到些许线索。"沈惟清目注阿榆，"你呢？你从哪得到的消息？你可别告诉我，是那个绑匪主动告诉你的。"

　　阿榆笑了笑："巧了，就是那个绑匪主动告诉我的。"

　　韩平北却听得有些抓狂："喂，喂，你俩怎么回事？我一直跟你们在一起，为什么这些事……我一点都不知道？"

　　阿榆笑眯眯道："韩大哥，一直跟你在一起的是沈郎君。我跟绑匪那边就是随便说了几句话，听了几句话而已，不值一提。"

　　沈惟清平平淡淡地看了韩平北一眼，倒也纡尊降贵地提醒了下："我派人去顺天门时，你正逮着个人就发疯，问有没有看到秦小娘子……"

　　韩平北无言以对。

　　阿榆却怔了下。她只知二人昨夜寻了她大半宿，累得不轻，却未仔细想过他们寻找自己时是怎样的状态。

　　她跟韩平北认识也没几天，寻常时看着他也不太靠谱，不想寻她时竟会焦急成那样。沈惟清倒是名不虚传，不仅保持理智，还能推断出鹂儿那边可能出事，预作安排。

　　但他做的也不少吧？

　　他到底年轻，官位资历都浅，大理寺、开封府的衙差，岂是他能调动的？只怕也改了素日高傲的性子，借了祖父的名头去求人。

　　见二人又看向她，阿榆不得不答道："绑匪也是上了我的恶当，以为我跟鹂儿似的，娇娇弱弱好欺负，我随便诓了他几句，本想套出他幕后之人。谁知他似乎也是临时雇来的杀手，知道的极有限。他问我秦家的事，我故意犹犹豫豫待说不说的，他看着有指望，想要我死心，便说出另有人去绑郦母的事。"

沈惟清默然想着她这些话有几成可信时，阿榆忽抬头，冲二人乖乖巧巧地一笑："我看着是不是很胆小，很好欺负的样子？"

韩平北正想点头，忽然想起方才阿榆说要将仇人剔骨扬灰时的阴冷，那头便点不下去。

沈惟清也想到了那一幕，顿了下，问："你真会将仇人剔骨扬灰？"

阿榆便乖乖巧巧地笑："我吓她来着！我不过手无缚鸡之力的弱女子，哪来的能耐去剔人的骨，扬人的灰？"

沈惟清、韩平北不由侧目而视。

韩平北抱了抱肩，低声道："阿榆，打个商量，你能不能别这样笑？看着真是……怪瘆人的。"

阿榆便委屈了："我不是一直这样笑吗？"

韩平北便答不上来。

阿榆的确常是这等乖巧讨喜的模样，但见了方才那一幕，他总觉得她的笑容里带着一些别的意味，像随时能窜出来几根既尖且长的刺，不动声色地扎他几下。

沈惟清略觉无奈，却又想着，这么尖锐虚伪，岂不就是她的本性？难道他还指着阿榆能像鹂儿那般，终日把娇媚柔情挂在脸上？

与后者相比，他情愿面对这位虚伪却真实的小娘子。

他们乘的马车停在隔了两条街的一处巷子里。

卢笋已经套了马车，正愁眉苦脸地候着。马车看着倒还齐整，只是里面空空如也，原先备着的倚枕和茶具、书籍等物已无踪迹。更过分的是，连车帷都被人拿了。

见沈惟清下来，卢笋忙迎了上来，愁眉苦脸地道："郎君，马车收拾好了，只是车厢里许多东西没了……"

沈惟清将两辆马车看了看，说道："将这辆马车的帘帷拆下来，装我的马车上。然后你先送秦小娘子回食店休息吧，我还有别的事，需往别处走一遭。"

韩平北一听要拆他的马车帘帷，正要翻脸，转头听见让送阿榆回去，忙笑道："说起来我也差不多一夜未睡，这头晕眼花的……惟清，你想去哪尽管去，我陪阿榆回去吧！"

他说着，一拉阿榆，就要下车。

沈惟清瞧着他殷勤模样，莫名地有些扎眼，无奈道："既然你也要回去，那就不用下车了，我坐回我的车吧！"

他看了卢笋一眼，卢笋忙呈上一只钱袋。沈惟清随手接过，递给阿榆。

他道："你每天要去审刑院，食店那边恐怕打理不过来。这些钱你先收着，支应着食店那边。"

这是……给她零花钱？

阿榆懵了下，立刻双手接过，笑眯眯道："那就谢过沈郎君了！"

掂着颇有些分量的钱袋，阿榆再看沈惟清时，便觉得顺眼许多。

矫情归矫情，沈惟清待身边的人还算厚道。若是娶了秦藜，一定也会拿她当作家人，小心照顾，着意呵护吧？

沈惟清已上了那辆空无一物的马车，调头往相反的方向行去。因没有帘帷，他一眼对上撩帷看他的阿榆。

眉梢微挑，笑意明亮，眼眸晶莹，扑闪着长长的睫毛，半是顽皮，半是狡黠。

他心头一跳，微微皱眉，垂眸不再看她。

马车缓缓驰过，他再抬头时，已不见阿榆。

不知怎的，他又想起这小娘子猖狂又无耻的宣告。

"罗网为君而织，何不束手就擒？"

真没见过这么无耻的小娘子啊……

他这么想着，轻轻向后一靠，努力将她的话摒于脑后，却发现眼前又浮出她撩着帷，笑容张扬地看他的模样。

他终究只能无奈轻叹道："真是……妖精啊！"

还是个狐狸成精，戳人肺管子的同时，还能戳人的心。

阿榆浑不知她庆幸秦藜可能终身有托时，清正自许的沈大郎君都在转着怎样的念头。但她此刻倒也正记挂着他。

她正问韩平北："韩大哥，你可知沈郎君这是去哪里？"

"他能去哪？查案吧？他不是说，有派人追踪郦母吗？指不定跟这条线去了。"韩平北显然不感兴趣，"且不说能不能找到线索，便是找到了，难不成还让我去跟那些绑匪打生打死？我又不是沈惟清那样的粗人。"

阿榆瞅瞅手中的钱袋，决定帮沈惟清说句公道话："总算记挂着救人，还算有点责任心，有点胆量。"

韩平北道："不过爱逞能，不服输罢了！那些粗活累活，他爱干就由着他干去。咱们不用管他,回去先做几道好菜祭一祭五脏庙,再好好睡一觉吧!"

阿榆不答,向外张望了几眼,说道:"停车,我就在这边下吧。"

车夫愕然。

韩平北一时也傻眼,吃吃问:"你、你不回去?"

阿榆奇道:"我有说过要回去吗?"

"不是,刚沈惟清说……"

"沈惟清连跟秦家的婚约都不愿认,我为何要听他的?"

"那你这会儿下来,打算去哪儿?"

"随便逛逛,或许也能找到些线索呢……"

说话间,车夫已停下马车,阿榆竟不带丝毫犹豫地,利索地跳下了车。

韩平北抓狂,探身向四周瞧了瞧,眼瞅着刚过龙津桥,再往前是朱雀门,直通内城御街,故而此处颇有些店铺商贩,往来行人并不少。何况天子脚下,即便是外城,巡逻兵士也不少,素日还算安全。

可眼前的到底是个年轻妍丽又身负灭门大仇的小娘子,作为审刑院一员查案时都能被人绑走,焉知没有胆大包天的,在青天白日行凶?

他便是再不情愿,也只得道:"那我陪你逛……哎,哎,阿榆你……"

却是阿榆不等他下马车,便一巴掌拍在了马臀上。

但闻她笑盈盈道:"韩大哥,你就先回去休息吧!"

她那轻飘飘一巴掌,似乎没用什么力气,那匹马却似被针扎了似的,疼得"啾"的一声嘶鸣,拔腿便向前冲了出去;另一匹马给惊吓到,被带得向前冲了几步,不由得跟着一齐向前奔去。韩平北固然受惊不浅,车夫也吓了一跳,连忙勒紧缰绳,小心驭马。

好容易稳住马车,韩平北忙向后看时,阿榆早不见了踪影。

他咽了下口水,呆愣愣地问向车夫:"你看到秦小娘子往哪个方向去了吗?"

车夫抹着惊出的汗,吃吃道:"没、没有……"

闹市纵马,可是大罪。别看这顷刻工夫,他几乎费了九牛二虎之力,才将两匹马拉回正轨,哪有空看阿榆的去向?

最让他莫名的是,韩家这两匹马颇是神骏,素日也温驯,小娘子弱不禁风的一巴掌,怎就将它们吓成那样?

韩平北跳下车,四处张望不见阿榆踪影,不由悔青了肠子。

早知道阿榆这么任性,他就不该揽下这个事儿。若卢笋送阿榆回去,中途阿榆跑了,说到底还是他沈家的责任。如今阿榆跟他同行时离开，真若出了什么事，别说没法跟沈家交代，他父亲就能打死他。

站在人流之中，他忍不住破口大骂："该死的沈惟清，说好一起查案，偏要鬼鬼祟祟一个人跑了，这是坑我呢！"

其实坑他的是阿榆。

可阿榆那么可怜可爱，又给他做好吃的，又叫他大哥，他怎能怪阿榆呢？

错的自然是沈惟清。

第九章 蝮蛇之毒，毒不过人心

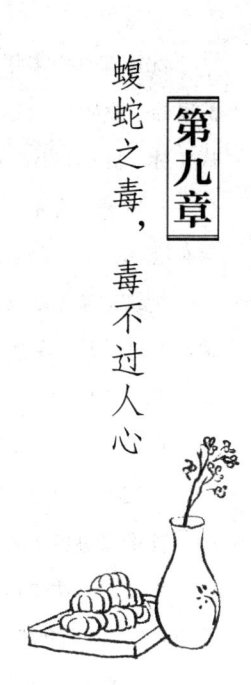

南城外，玉津园，山石竦峙间，依然草木葱茏，翠竹森森。

沈惟清立于竹林中，打量四周景色，神情微有恍惚。确切地说，这片竹林，以及竹林后方的小山丘，位于玉津园东北角很不起眼的一个角落。

玉津园极大极疏阔，自蔡河引水，溪流纵横，碧池点缀，不仅蕴养得花木葱茏，连稻麦都生得格外的好。先帝和现今的官家都曾到此处观稼赏渔，后来又建诸多殿宇，辟千鸟百兽园，用以宴乐骑射，便成了京城最有名的园林之一。

玉津园虽是皇家园林，却不禁游人赏玩。园中虽有禁军驻守，但寻常时候或耕种囤粮，或骑射演习，除了几处要紧园林殿阁会派人值守，其余地方任由游人来去，不会太过管束。

既是京中最有名的游览之地，沈惟清自然也来过。上次他和寿王钓鱼的地方，也就在这片竹林旁。他们钓鱼的那条溪流，便是从后边那座小山丘引来。

附近一马平川，并无高山峻岭，说是山丘，但观其形制，也是人工堆叠而成。山丘并不高，但占地近半亩，有蹬道径上山顶，可眺附近湖光竹影。

他问领路的中年人："王四，你确定，那人将鹂儿之母带来了这里？"

沈家在京中多年，也算高门大户，三教九流结识的人脉并不少。这王四便是依附于沈家的一股势力，沈惟清反应极快，几乎在第一时间就遣他们前去追查郦母踪迹。郦母有病在身，目标不小，果然被他们一路跟踪到了这里。

王四甚至肯定地回禀道："少主人，小人亲眼看着那人将郦母带进了那处山洞，不会有错。"

把绑架来的郦母藏到皇家园林……纵然驻园军士很少巡视这些偏远之处，绑匪就不怕路上遇到人？或遇到如寿王这类恰好来赏游钓鱼的宗室子弟或贵家公子？又或者，对方对玉津园了如指掌，确定不会遇到人，即便遇到了，也能轻易化险为夷？

沈惟清皱眉，吩咐："你在这里等着，我过去看看。"

王四道："是。"

沈惟清快步向前走去，身形一闪，便消失在山石间。

王四眼看沈惟清这身手这速度，不由暗暗感慨，这位可真是深藏不露。谁能想沈家看着温雅端厚的郎君，竟有这么一手。

他正要找个隐蔽之处藏身，静静等候沈惟清回来，脖子忽然一凉，竟是一把利剑搁在自己脖颈。掺和着铁锈和血腥的杀机透肤而入，让他立刻意识到，眼前熊一样高大肥壮的年轻男子，不仅身手高，而且绝对杀过不少人，指不定是个真正的杀手。

这样的人，剑应该是很稳的，可偏搁他脖颈这把剑却在颤巍巍地抖啊抖，似乎随时要将他的颈脉割断，让他惊得毛骨悚然，不敢稍动。

但闻这人颇是恭敬地向林中说道："小娘子，您要问什么？"

翠色深浓的竹林间不紧不慢走来一位素衣少女，肤白若玉，眉眼盈盈，一脸的温良无辜，鬓间几团小小的白木香，正是阿榆。

阿榆笑嘻嘻道："也没什么要问的，让他乖乖地到一旁等着就好。你手别抖，吓着人家不好。"

钱界收了剑，垂眸道："是。"

右臂被贴着骨头割掉一大块肉，还得持剑帮她逮人，这滋味谁受谁知道。他甚至很想一剑将这人捅了，省得惊吓这人的同时，也折磨了他自己。

阿榆抱着肩琢磨："钱界，你还不如沈家这些人给力。你只能找到大致方位，人家可是连具体关押地点都找出来了！"

钱界没脾气地认栽："是，小人无能。"

"倒是个藏人的好地方。但此地囤军颇众，不可能是长期据点，多半是那绑匪临时藏身之所。"阿榆瞅向王四，"沈惟清很快能出来吧？"

王四颤巍巍道："绑匪进去就没再出来过，里面究竟怎样，小人不知。"

钱界犹豫了下，低声道："小娘子，听闻此处原是前朝旧苑。彼时天下未定，曾有贵人打算在此藏身，苑中或许遗有当年的密室与机关。"

阿榆清澄的目光在钱界脸上悠悠一转，笑道："钱郎君知道得可真多！"

如果是韩平北，指不定真将阿榆的话当作表扬笑纳了。但钱界早见识过她手段，只盼自己威武雄壮的身体能小些，再小些，免得不小心扎了小娘子的眼，招了小娘子厌烦。

此刻被阿榆"温柔和善"的目光盯着，他只觉毛骨悚然，耷拉着肩膀，无比乖巧地答道："小娘子，我在京中已有数年，三教九流的朋友都认识，便偶尔听说了些旧事。"

王四瞅了钱界一眼，确信自己这个三教九流的，绝不认识这胖子。但他怕极了这胖子颤巍巍随时会割断他脖子的利剑，低眉顺眼地缩在一边，竟比钱界还要乖巧几分。

阿榆偏偏看向了王四："你呢？你对这前朝旧苑知道多少？"

王四摇头，"小人只知此处是皇家苑囿，其余不甚了了。"

阿榆道："你倒不怕沈郎君出什么意外。"

王四怔了下，"这里是京城，沈郎君素有高才，允文允武，会出什么意外？"

阿榆不屑地撇撇嘴，转头看向钱界："你怎么看？"

钱界接触过顶层的人物，眼界可不只是钱，闻言立时心虚气短地接话道："小娘子，天有不测风云，小心驶得万年船。"

阿榆便笑起来："你能活过昨日，还是有理由的。"

钱界打了个寒噤，没敢接话，更确信这姑奶奶绝不是善男信女，稍有不慎，他会死得很难看。

阿榆抬头看看天色，思忖着说道："如果顺利，他很快就能带出郦母。我们且等一等吧！"

二人自然不敢有所异议。但他们这一等，便是半个时辰。假山那边沉寂如故，只有远远近近的树叶声沙沙作响。冷风侵体，便倍觉寒凉。

阿榆纳闷了："前朝遗下的藏身之所，即便有机关，四五十年过去，再被绑匪利用几回，能有多凶猛？钱界，那个绑匪当真是独自一人行事？"

钱界道："前去抓郦母的，的确只有一人。但这里是不是另有安排，就不是小人所知的了。"

王四忐忑道："不然，我等进去探一探？"他身手寻常，说话间目光看向了钱界，

121

显然希望钱界打头阵了。

钱界却将目光投向阿榆。他不关心沈惟清如何，只关心小娘子是怎样的打算。他的小命还攥在她手上呢！

阿榆看着前方山丘，皱眉。京师重地，天子脚下，的确没多少人敢拿沈相嫡孙怎样。可如果他们卷入的事端，连王孙贵胄都避之不及呢？

阿榆终究道："进去瞧瞧吧！沈郎君素有高才，允文允武，若真出了事，未必还能找到这般优秀的夫婿。"

言语之间，分明将沈惟清看得很重，有视其为夫婿之意；可她这漫不经心的语调，听来却又有几分轻视？

钱界等自然是不敢问的，垂头跟着阿榆走向小山丘。

这座小山丘的确是用山石人工堆叠而成，且山石都是挑选过的，极大极沉，色泽也相似，应是从远方运来，不知费了多少人力物力。

看得出，假山原先应该有门户蹬道，可以进入假山内部。多半还曾有人在此交手藏身，在山石上留下了些兵刃劈过的痕迹。但许多年过去，山石上的兵刃痕迹已经模糊，原来的门户不知出了什么事，竟似被什么物事重重打砸过，竟垮塌了大半，只留下一处极小的入口，寻常人得躬了腰才能勉强行走。

入口的山石并无灰尘，地上却有陈年的积灰，有凌乱踩踏的脚印。阿榆甚至从山石的棱角处发现了几根淡青的绸线，正是从沈惟清衣衫上钩下来的。阿榆似看到沈惟清弯下高挑的身材，艰难穿过入口的模样。

她转头，王四尚有跃跃欲试之意，钱界却已露出为难之色。

阿榆叹气，说道："罢了，如果里面真有麻烦，沈惟清解决不了，我解决不了，你们去了也是个添头。在外等着，如果一个时辰我也没出来，你们利索地回去通知沈老吧。"

王四只得道："是。不知小娘子是……"

阿榆不知此人根底，正想着如何作答时，钱界已道："小娘子姓秦，是沈郎君的未婚妻。"

王四肃然起敬，看阿榆的神色都变了。

阿榆却深深看了钱界一眼，转身钻入山洞。

钱界只觉她的目光有些意味深长，心下凛然，却不知自己哪句话错了。不就献个殷勤，介绍了下阿榆的身份吗？他却不知，坏就坏在他嘴太快了。沈秦两家的婚约，知晓的人其实并不多。若非他主子指着他从秦小娘子这里拷问出些东西来，也不会跟他说这些事。

阿榆甚是瘦巧，很轻松地便穿过那道窄仄的入口，进入山洞中。

洞中很黑，阿榆好一会儿才适应了黑暗，借着入口处投来的光线打量四周。

正如她之前所料，京城附近多平原，并无天然山丘。此处假山完全是人工堆叠而成，内部方方正正，山石有明显的拼接痕迹。铺排地面的石块明显打磨过，十分齐整，显然代价不菲。只是此处昏暗，又散落着些山石枯叶，若不是留意细看，倒也看不出特别。

阿榆目光巡睃一圈，并未见到沈惟清或绑匪，却在四周山壁上看到了刀砍斧击的痕迹，凌乱交错，长短深浅不一，颇有岁月侵蚀痕迹，显然是许多年前的激战所留。

想来那场激战丧生之人不少，重修玉津园时才会认为此处不吉，弃而不顾，任其荒废在苑囿一角。

若当真是什么要紧人物所留，这山洞必定另有玄机。

阿榆沉吟着，拈了几根钢针在指间，沿着山壁一寸寸摸过去，终于觉出一处异常。她推了推，感觉出石头有轻微的松动感。拿火折子照了，仔细看时，果然发现石壁上有摩挲过的痕迹。她用力一推，一道石门缓缓推开，露出向前延伸的通道。台阶下方一片漆黑，再看不出通向何处。

阿榆检查过石壁暗门，确定并无机关，才小心地踏上甬道，慢慢走了下去。

石门设有暗簧，在阿榆松手离开后，便缓缓恢复原位。阿榆举起火折子照过去，看到了石门背面的门闩。

若进去的人将石门闩上，即便发现石壁有蹊跷，也极难破壁而入。

绑匪带了郦母入内，却不曾闩门，要么就是认为此处隐蔽，不觉得有人能寻来，要么就是这洞中之洞还有暗手，根本不怕有人追进来。

联系到沈惟清一去不返，阿榆不得不推测，更可能是后者。沈惟清那边，怕是有些麻烦了。

阿榆借着火折子的光芒，仔细打量甬道。与外面山洞里的破乱不同，甬道内甚是干净，山石保持着最初的棱角，显然长期封闭。参照外面的打斗痕迹，当年备下此处的那位贵人，极可能还没来得及逃入此处，便出了事，或去了别的地方。但这绑匪又怎会找到这里，还将郦母藏到此处呢？

阿榆检查完毕，默记了甬道走向，吹灭了火折子，在黑暗中无声地向前方走去。——毕竟，在这般漆黑不见五指的山洞中，火折子的光芒太过扎眼，如同为暗处的敌人树了个鲜明的靶子。

依着记忆中的方位，阿榆循着甬道左拐，似进了一间小小石室。但石室的右手边，依稀有一缕昏黄光芒从石壁下方细缝透出。竟又是一道暗门。

若阿榆的火折子还亮着，或里面没有光源，她都不可能发现这道暗门。阿榆伏下身，侧耳细听，果然听到了妇人隐约的哭叫求救声。但沈惟清不是已经到这里了吗？为何不见人影？如果已经进去了，为何没能救出那妇人？

阿榆警惕之际，耳边传来了极细微的声响。几乎同时，她有了一种毛发倒竖般的森然感。毫不犹豫地，她迅速一闪，掠到另一边，并凭着感觉，甩出了手中的钢针。

有什么东西吧嗒落地，伴着低而剧烈的翻滚之音。

阿榆抓出火折子，吹亮，照向地面，不由吸了口气。

竟是一条又短又粗的黑蛇，周身鳞片几乎与山石同色，却不幸被阿榆甩出的那把钢针扎到两根，正痛苦地翻滚。它的头很小，与粗壮的身体并不相称，也不似寻常的毒蛇那般呈三角形。但阿榆在山野间长大，深知这种看似不起眼的蝮蛇，毒性远超寻常毒蛇。真给咬上一口，不说七步而亡，几个时辰内便会丢掉小命。

许多女子对蛇这种生物极为畏惧，甚至望风而逃。阿榆早年也怕蛇，但自从她将攻击她的蛇和老鼠一锅炖了后，她的胆子便大了许多。甚至，凌岳后来都觉得他护着的这小娘子已经胆大到没心没肺。

就如此刻，没等剧痛的蝮蛇回过神来，阿榆便甩出剔骨刀，将蝮蛇冲她昂起的脑袋斩下，还顺脚将还在扭动的身躯远远踢了开去。

面对这种罕见的剧毒蝮蛇，她也不敢大意，拿火折子在四周仔细寻找一回，果然又找到一条略小却同样剧毒的蝮蛇。阿榆有钢针远攻，又有剔骨刀收割蛇头，倒也不曾再遇险，轻轻松松斩了剩下的这条蝮蛇。

外患既除，阿榆重新留意石壁另一侧的动静，便听得那妇人边哭边虚弱地唤着："郎君！郎君！"

若那妇人便是他们要找的郦母，她自然不会这般客气地呼唤绑匪。便是……是沈惟清出了事？

阿榆忙寻找暗门，虽找到了些微痕迹，却完全推不开。试探数回后，她终于确定，这道门，是被人从里面闩上了。

这石室是身份极尊的贵人用来保命的，暗门设计得很是精巧，阿榆闭着眼睛都能猜到，即便来上百来个壮汉，也很难将它强行破开。

如果沈惟清真出不来,或许她得去找沈老,寻上一二十个石匠,设法凿穿这山壁了。

阿榆沉吟着,试着向内呼唤:"沈郎君,沈郎君?沈惟清,你在里面吗?"

眼见里面那妇人尚敢出声,阿榆不认为里面的对手会有多大威胁性,若真肯开门,或许也能成为她破局的机会。里面妇人的啜泣声一静,随即更低微的男声传出,却连在说什么都听不清了。

阿榆心中一沉。这是秦藜看上的未婚夫,无论如何不能让他在自己眼前出事!正焦虑时,里面传来了门闩挪动的声音。阿榆几乎以为听错了,忙紧盯着石壁。

触动门闩那人力气极弱,但听那门闩挪动的声音响了半晌,才听到"咚"的一声,重物落地的声音。然后,阿榆听到了那妇人颤颤巍巍的声音:"外面是、是谁?门、门开了!"

阿榆试着推门,果然已松动,略一用力,沉重的石门慢慢分向两边。

里面果然别有洞天,不仅比外面的山洞宽大,且内部又做内外之分,备了桌椅案榻等陈设,俱是上好的黄梨花木所制。只是年月放得太久,在壁上油灯的光亮下,都蒙着层灰般暗沉沉的,乍看极不起眼。

临近石门处,有个病病歪歪的中年妇人,深青色的细布衫子,簪了一根莲叶头的青蓝琉璃钗,一看便知是出身于殷实的小户人家,看模样应该就是那个被掳来的郦母了。

阿榆看着郦母时,已觉出一道目光带着犹疑看向自己。她转头,正见沈惟清倚墙端坐于地,面色苍白,脸色青乌,神情虚弱恍惚,黑眸似已失去焦距,却直直地对着阿榆的方向。

阿榆皱眉:"沈郎君,你怎么了?"

沈惟清这时已微笑答道:"我没事,你先把郦母带走。小心,外面有毒蛇。"

他的声音虽轻,但很平稳,听着似乎并无太大异常,颇能安定人心。

阿榆打量着他:"你中了蛇毒。那条蛇呢?"

沈惟清顿了下,依然平平淡淡道:"沈某平素不肯吃亏,谁放的蛇,我自然还给谁了。"

阿榆偏了偏头,已看到通往内侧洞室里卧着一具尸体。那尸体的嘴唇发乌,有中毒迹象,但并非死于中毒,而是被一条蝮蛇缠着脖颈,硬生生勒死的。——而那蝮蛇的脑袋已被斩了半截,估计是半死不活之际被沈惟清甩到了这人的脖颈上,剩余的牙齿本能地咬了人,顺便还缠死了这人脖颈。

死得都有点惨。

阿榆不知该同情蛇还是同情绑匪,但绝不认为沈惟清没吃亏。无名绑匪加一条死蛇,怎么比得上沈相的嫡孙金贵？何况，他是秦藜看上的夫婿，若是真有个什么，秦藜怎么办？

阿榆偏偏头，向郦母道："你还能走吗？能走的话就离开，外面有人接应。"

郦母目睹了先前蝮蛇的凶猛，闻言脚软得几乎站不住，抖索着说道："有、有蛇！"

阿榆道："外面的确还有两条小蛇，已经被我捏死了。"

郦母听得精神一振，倒也想起身离开，可不知是病的还是吓的，她扶着石壁，才挪了一下腿，却软绵绵跌跪在地。

阿榆便无奈了，说道："你要等我一起离开也行，但我要给沈郎君放血解毒，你不敢看时，就闭上眼睛，或到外间去。"

郦母闻言索性靠着石壁坐了，道："我、我等着罢……"

见阿榆果真拿出一把剔骨刀在沈惟清身上比画，郦母一惊，忙闭上了眼睛，瑟瑟地不敢再看她一眼。

沈惟清看不太清阿榆的模样，却能听到她的话语，便像看到了她似狡黠又似天真的模样，莫名想着，指不定她真的捏死了两条蛇，还准备放他的血，为他解毒？

阿榆已将他上下比画了一圈，愣是没看到被咬在何处，纳闷道："那蛇咬在哪了？"

沈惟清一顿，没有回答。

那边郦母却是亲眼看着沈惟清被咬的，嗫嚅道："在后背，近腰眼的地方。"

阿榆便知沈惟清这等聪明人，为何中毒后无法自救。

那个位置，即便沈惟清手再长，也无法自己处理。偏偏这蝮蛇极毒，不算见血封喉，却也相差不远。他斩杀毒蛇，利用毒蛇杀了绑架者，却也毒发难以行动，不得不就地打坐压制毒性蔓延。

可即便如此，他的身体正在失去知觉，他的眼睛已经视物不清，根本支撑不了多久。

沈惟清还在犹豫要不要让阿榆检查伤口，做无用之事时，阿榆已一把拉过他，将他扶到旁边榻上趴了，伸手便去撕他衣衫。

沈惟清从未经历过如此窘迫之事，挣扎着阻拦道："秦小娘子，不可。"

"哦！"

阿榆随口应着，手上却一刻不停，将他衣衫撕开，果然看见他紧致的腰背隆起一大团黑肿，中间隐约还看得出蝮蛇的咬痕。

沈惟清肌体麻木，却感觉得出背上一凉，衣衫被揭去。他不觉低呼道："秦小娘子清誉要紧，此事……是惟清在劫难逃，你不必做无用之事。"

他中的毒，他自己心里有数。除非有擅长疗毒的名医此刻在旁守着，带足药物立刻施救，不然谁也救不了他。

若他死了，阿榆自然要另嫁他人的。若曾与外男解衣相见，她未来的夫婿想来是不痛快的。

想起阿榆将来另择夫婿，沈惟清周身麻麻的感觉里，又莫名多了些酸涩。

没等他反应过来，阿榆已将一把药末塞到他嘴里，说道："有用无用，试试才知道。吃下去。"

沈惟清怔了下，立刻就着阿榆的手吃了药末。他心怀高远，自然也不想死的。试试……那就试试吧！

他的唇滚烫，吃完药末时，触着了她的手掌，冰冰凉凉，竟意外地让人舒适。

药末极苦，苦得完全淹没了他心底泛出的那点酸涩。但在极苦之后，又有丝丝的清凉窜出来，自口舌而下，一缕一缕地润泽复苏着僵冷的肺腑。

几乎同时，阿榆的剔骨刀刺向他后背黑肿处，轻捷地划了深深的十字伤口，又在四周各自扎一刀，抬手便挤他伤处毒血。

郦母忍不住偷偷瞥过去一眼时，却见那黑红的鲜血沥沥而下，迅速流向地面，一时眩晕，竟晕了过去。

阿榆也顾不得她，挤了片刻，见黑血流动已不多，但伤处依然泛着乌色，皱眉，自己也从瓷瓶里倒了些药末吃了，伏身凑上伤口，吸出毒血。

沈惟清猜不出阿榆那药末是哪来的，但的确极有效果，本来发麻的肢体竟有了触感，尤其伤口处，他没感觉出疼痛，却格外敏锐地感觉到了阿榆的唇。柔而软，带温暖的湿意。

他挣扎着想起身，颤声道："阿榆，不、不可！"

阿榆吐出污血，双手压住他窄而韧的腰身，不令他动弹，几乎是轻蔑地说道："矫情！"

沈惟清便不再挣动，连头脑也似清醒了些。或许，真是他矫情。和性命相比，这点男女之防，算得了什么？何况，他们有婚约。

若他能活下来，若他们订下亲事，这些不合规矩的举止，都是夫妻同历艰险的明证，有情爱侣生死不弃的佳话。

夫妻……

他们会是夫妻。

在阿榆并不温柔的动作里，沈惟清默然品着腰背间渐渐明晰的触感，忽然有丝甜腻泛了上来，越来越浓。

"阿榆！"

他很轻地唤了一声，恍惚觉出，这一向以来，他那一声声疏离的"秦小娘子"，真真是在给自己的未来找不痛快。

明明是他早就定下的未婚妻，他岂能将她拱手推出，由着韩平北他们献殷勤？

阿榆忙着替他吸毒，要将这人从阎王爷手里夺回来，倒也没注意他称呼和神态的变化。

许久，郦母已经自己醒来，抬眼看到阿榆的动作，一时想歪到别处，差点又晕过去。

好在阿榆终于将伤处的毒血大致吸出，直起身问向沈惟清："你现在怎样？"

沈惟清也不要阿榆扶，慢慢撑着坐起，看向阿榆，苍白的脸上有了一丝红晕。

他慢慢道："你的药很灵，手法也……极有效，我应该没有大碍了！"

"那就好。"阿榆松了口气。若沈惟清救不过来，秦藜就难安顿了……

沈惟清留意着阿榆的神情，眉眼不觉更柔和了些。

阿榆虽狡猾得像狐狸成精，嘴里也没几句正经话，但待他算得是真心了。她这性子，应该不屑与他虚与委蛇，虚情假意。她……是真的关心他。

沈惟清垂眸，看到阿榆先前为他放毒血的剔骨刀，低声道："你是不是有随身带刀的习惯？"

阿榆琢磨，大概没男子喜欢随身带刀的女子，便道："若不时遭遇险境，总要格外当心些。如果日子安稳，谁愿意随身带着这么一把凶兵？"

沈惟清看阿榆熟练地收起剔骨刀，转头盯向她，慢慢道："凶兵？它不是你做菜的刀具吗？"

阿榆顿了下，笑道："自我从火场出来，事儿便没断过，自然要防着些。你有没有发现，厨房那么多刀具里，就数它最小巧最容易藏起？但它的杀伤力并不比寻常菜刀小多少。"

"你也是过来找郦母的？你怎知道绑匪将她藏在此处？"

"绑我那个绑匪心存歉疚，有意改邪归正，得了线索特地赶来相告，不想遇到沈郎君，也算是巧了。"

绑匪心存歉疚，有意改邪归正？

沈惟清已习惯她满口谎言，只深深看她一眼，不再多问。他略略活动，拄着剑，已能勉强站起身。

阿榆不觉称赞："沈郎君果然修为高深，体质绝佳，这么快就能行动了！"

沈惟清道："是你……是你的药，药效极佳。便是医官院的院使亲来，也未必有这样好的效果。不知这药是哪位名医所配？"

联系起秦池曾是光禄寺太官令，他怀疑是秦池当年从哪位名医那里得来的方子。谁知阿榆却道："真定府哪来什么名医？不过临山寨附近毒虫出没，当地人就地取材拼凑了些解毒的草药备着，以备不时之需。我常在山野间走，这药便随身带着些，不想派了大用场。"

沈惟清顿了下，忍不住瞅她："你常在山野间走？"

秦家称不得巨富，但也算不上穷，为何阿榆看着十分缺钱，甚至还会在山野间行走，跟毒虫长蛇打交道？

阿榆一时说漏嘴，但她这两日表现得实在不像寻常小厨娘。秦池再有才，不会教女儿斩长虫解剧毒。她想了想，答道："山野间有许多野菜，若是自己挖来做菜，格外味美。"

挖野菜？

阿榆的话听着颇有道理。沈惟清也曾试过自己烹的茶格外香，自己栽的牡丹格外美，甚至自己带出来的蠢童仆也格外顺眼……

可沈惟清依然本能地觉得，阿榆又在撒谎了。

撒谎就撒谎吧！故作坦诚却有点小心虚的小娘子，狡黠却莫名的可爱——他曾经很讨厌她这般做作虚伪，但此时却不由想着，她出身富家，若非处境所迫，怎会养成这般刁钻的性子？面对绑匪、毒蛇都能全身而退，还能闯到这里救他一命，可不是靠些小聪明就能办到的。

世人的谎言都叫人厌恶，但阿榆的谎言，却藏着几许让人意外的惊喜。

阿榆见沈惟清不再追问，松了口气，快步上前查看郦母，问道："你还能走吧？"

"走……走不动。"

郦母软着身子，泪汪汪地伸出手，指望阿榆扶她一把。

阿榆却不理会，抱着肩，皱眉道："如果不能走，你就先留在这里，回头我让人进来接你出去。"

郦母扭头看了眼死状惨烈的绑匪，惊吓地收回目光，扶住石壁，匆匆改口道："我、我能走，能走！"

阿榆满意，转身去扶沈惟清。沈惟清自忖行动应该无大碍，但眼见她扶来的手细白得炫目，神思飘了飘，便由着她扶了自己，走向石室外。郦母也不敢脚软了，深一脚浅一脚地跟在后面。

沈惟清先前不慎被蝮蛇咬伤，此时便格外留意，握紧手中宝剑，借着阿榆手中火折子的微光观察四周，果然看到两条蝮蛇，却都没了脑袋，死得不能再死。

沈惟清看着蛇头部位那平平整整的切口，吸了口气，问道："它们是你斩的？一刀？"

用你那把剔骨刀？"

一寸短，一寸险，何况这蛇不仅隐于暗处，更兼行动如风，在这黑夜中简直比得上第一等的刺客，不然也不会让沈惟清吃那么大的亏。他想象不出，阿榆是怎么斩杀这蝮蛇的，还是两条！

阿榆没想到他竟然看到了被她踢到角落的蝮蛇，甚是烦恼他敏锐的观察力，敷衍道："这两条蛇可能生了病，或中了毒，爬得跟蜗牛似的，很好杀。"

蝮蛇生病？中毒？拿他当大傻子吗？

沈惟清无语，却已不想追问。眼前这小娘子身上迷雾重重，但只要能活着出去，他终有揭开的一天。

阿榆见他没有追问，倒也松了口气。

所幸光线太暗，蛇身又是黑色，他尚看不出蛇身上钢针扎中的痕迹，不然她就更难解释了。厨艺高超或许能解释何以剔骨刀用得娴熟，钢针怎么解释？绣花绣得多？

可她从未碰过针线，这谎言真是一戳就破。

郦母眼见左一条右一条的蛇尸，惊得身体都快飘了，紧揪着阿榆衣摆，跌跌撞撞居然跑得颇快。一行三人，很快便到了外洞，阿榆当先钻了出去，向外一瞄，不觉皱眉。

沈惟清也跟着出来，见状问道："有什么不对吗？"

阿榆道："你的那个跟班，和我那位改邪归正的绑匪，本该等在这里才是。"

郦母稍后才爬出来，却因困得久了，被日光照得阵阵眼晕，听力却丝毫无碍，闻言脚一软，坐倒山石上，惊恐道："同党，一定有同党过来灭口了！"

阿榆向竹林里看了眼，叹气："大婶子，你的嘴开过光吗？"

沈惟清已拔出剑来，淡淡道："三个人，从三个方向而来。"

竹林里，三名寻常农户装束的男子正缓缓行来，或扛斧，或持锹，或荷锄，看着再寻常不过。但三人直直走向此处，如毒蛇般盯着他们，目光里分明闪动着冰冷的杀机。

这是三名训练有素的高手，所站方位恰将他们的去路完全堵死。

阿榆叹气，说道："都不弱啊。"

郦母这下不仅站不起来，甚至直接晕了过去。

阿榆眼见再恐吓也无法令她醒来，只得感慨着这些娇弱弱的娘子们好福气，上前将她扶抱在怀，握紧了剔骨刀。

沈惟清退一步，来到她身边，低声道："阿榆，我会破开其中一个方位，你找准机会，立刻带着郦母离开。"

阿榆瞥向他。她的药效虽好，但蝮蛇之凶猛并非寻常毒物可比，沈惟清体力远未恢复。日光下，他的脸色泛着淡青，看着有种玉质的剔透，有种病弱的易碎感，化去了往日的傲慢和淡漠，出乎意外地温润顺眼。

沈惟清见阿榆迟迟未动，眉眼间有了一丝愠色："还不走？"

阿榆摸摸鼻子，抱住郦母紧跟在沈惟清身后，随他冲向右边的那位持锹杀手。

持锹杀手不惊反喜，一旋身，铁锹被他扬起，呼地如大棒般扫来，竟要将沈惟清连同他身后的阿榆二人一招尽灭。

沈惟清迅捷上前，长剑削在铁锹的木柄之上，正将铁锹斩断。趁这力量失衡的瞬间，他一脚飞出，将铁锹下部踢得飞起，插到稍远处的地面。但此时杀手藏在铁锹后的剑也已拔出，正面挥向沈惟清。沈惟清跃身飞起，躲过那一剑，且人在空中，已一扬袖，飞出三支弩箭，直奔那杀手。杀手惊骇，忙要躲闪时，却因二人距离极近，哪里躲得开？竟被扎得倒飞出去，生死不知。

眼见另两名杀手极快奔来，沈惟清一把抓住阿榆，丢出战圈。

"走，就是现在！"沈惟清说罢，迎身奔向两名杀手。

以他如今的体力，本不宜跟对方硬拼。何况剑术一道，向以轻灵取胜，他方才对敌杀手那一铁锹，偏偏用的是纯蛮力，将他本就不足的体力又耗去大半。——但若非如此，铁锹虽伤他不着，却很可能令阿榆和郦母受伤。

阿榆自然不认为那一锹会威胁到自己，对沈惟清的不智行为深感不屑。见沈惟清催促，也便带着郦母飞快跑向竹林外。

第十章 竹林幽胜地，宜埋尸

阿榆奔出数丈，忍不住又回头看了一眼。

但见另两名杀手已赶了过来，被沈惟清强行截了下来。但他脚步虚浮，明显体力不济，只是仗着招式高明，心思敏捷，再加上时不时冒出一支弩箭，这才勉强拖住二人。

可这种情形下，绝对武力才是最大的依赖。弩箭虽厉害，用过一次后，两名杀手有了防备，根本不可能再为之所伤。

阿榆估摸，沈惟清支持不了多久。指不定她和郦母出林之际，便是沈惟清丧命之时。

她之前总觉得沈惟清言行不一，算不得君子，甚至有点伪君子，但此刻却不得不承认，人家是真君子。

至少，她命运多舛的前半生，从未有过一人，能如此这般挡到她面前，不惜舍出性命，只为护她周全。

这样的君子，这样的人……稀罕啊！

秦藜若是错过，想在这人心魍魉的世间再寻一个这样的郎君，怕是艰难。

阿榆想着时，抬手将郦母放下，拈过一支钢针，飞快扎了百会、玉枕、风池三处穴位。

不深不浅，恰到好处，既未伤及她根本，又能强行将其唤醒。

郦母睁开眼，还未及打量身周状况，便见阿榆往林外方向一指，说道："想活，沿这个方向逃，出了林子就能看到有营寨的地方。只要逃到那里，你就安全了。"

沈惟清为她们所挑的突围方位，显然也是深思熟虑过的。这边虽是密林小路，但出林子不远便是军卫囤田耕种之处，很容易遇到园中卫士。此间卫士为禁军所辖，更兼人多势众，不论杀手属于哪路人马，也不敢当着这些军卫屠戮游园之人。

郦母却惊恐地四下张望："你，你不跟我同去？"

阿榆道："我不去帮他，很快也会被宰掉。你愿意跟我一起走黄泉路吗？"

郦母惊吓，虽猜不出这小娘子说的话是真是假，却也看出眼前的处境极险，当下不再反驳，闷着头向林外跑去。

虽然疲病交加，但生死攸关之际，她跑得居然颇快。

阿榆放下心来，转头看了眼竹林内，嘀咕："麻烦！"

她飞一般奔了回去。

沈惟清体力耗尽，此时以一敌二，的确已支撑不住。他刚闪过一击，对面之人又已一剑刺来。他眉眼冷淡，不过微微侧身，却是做了个假意闪避的动作，袖中却已钩住暗弩，要拼着重伤，再伤一人。如此，他只需专心拖住剩下的那人，争取到足够的时间，让阿榆等人逃离便可。

至于他自己这一战后会怎样，他已不及考虑。只是有瞬间，他忽然想起，他死后，不论阿榆是真心还是假意，都得另嫁他人了。

未曾有过正式婚约，又有老祖父照应，阿榆想觅一位如意郎君，应该不难吧？

似有那么一丝欣慰，又似有那么一丝不甘。

不远处，一道雪影般轻薄细巧的身影奔至，隔着丈余便踢出一颗石子，恰打在袭向沈惟清的那柄剑上。

那力道，说大不大，说小不小，刚好将那剑打得一偏，险而又险地擦着沈惟清的肩飘过，只将他的衣衫割了一道大口子。

沈惟清目光瞥见，原来的那丝不甘立刻无限放大，正按向暗弩的手也抖了抖，竟也歪了歪，本该射向另一名杀手心口的弩箭，射向他的头部。那杀手匆忙之下将头一低，竟将这道弩箭躲了过去。

沈惟清一时也未及留意自己怎就躲过了那一剑，冲着那道翩然飞至的小娘子，气急败坏地怒斥道："你回来做什么？"

阿榆却比他还要气急败坏，杏目冒火，亮晶晶地瞪了回去："你若死了，叫我怎么办？"

她又是开食店，又是当厨娘，为在审刑院立足更是费了许多心思，除了些缈远得不足为外人道的陈年旧事，大半是冲着沈惟清而来。

或者说，冲着秦藜的未来而来。

若沈惟清死了，秦藜怎么办？跟她落草为寇，亡命天涯吗？

沈惟清如何猜得出阿榆这等千回百转的心思？闻言宛如心口被蜜糖所制的利刃尖尖细细地扎了下，密密的疼和甜，如疯长的春藤般涌上，缠得他几乎透不过气。

他转头盯了阿榆一眼，任是满腹机谋才智，竟琢磨不出一句应对的话语。但总算他已能确定，阿榆是学过武艺的，且武艺不弱。能冲破重重危机走到京城，走到沈家和众人跟前，绝非偶然。

阿榆顾不上沈惟清如何想，正要冲上前时，右膝关节一阵钝疼，却是方才踢那石子时不慎牵动了不知哪年的旧伤，动作不由缓了缓，却还是借着左足力道纵身而起，拦上了刚躲过弩箭的那名杀手。

阿榆道："一人分一个，先拖上片刻。"

以她的武艺，即便一对二也未必会吃亏。只是她的手段凶残极端，实在不宜在沈大郎君前展露。何况她并不想这么快暴露她真正的实力，毕竟她只是用刀用得手熟些的小厨娘……

沈惟清并不知阿榆为何让他拖上片刻。难道指望郦母脱身后能找人过来帮忙？可如果来的只是三五人，在这林深人寂之地，遭遇这些亡命之徒，也只有送人头的份。

但阿榆已为他担去一人，他无论如何也不能拖她后腿，只能咬牙挡住剩下那名杀手。

好在他体内余毒渐清，加之对方被他冷不丁射出的暗弩牵制，束手束脚，一时也不能拿他怎样。沈惟清甚至有余力关注阿榆那边战况。

阿榆有藏拙之心，拿剔骨刀挡着人家的长剑，兵器上先吃了大亏，故而动作虽灵巧，依然左支右绌，落于下风。

更糟糕的是，阿榆右腿似受了伤，几乎都在左腿着力，闪避之时总是慢了一拍。杀手似也注意到阿榆的状况，忽一变招，剑剑刺向她的下盘，尤其是右腿。

沈惟清骇然，忙高叫道："阿榆小心！"

阿榆何尝不知该小心？只是行动不便，面对这种直指弱点的步步紧逼，实在不是小心应付就能应付得下来的。

眼见那杀手又一剑斜次里劈来，竟似要将她右腿当场斩断之意，阿榆不觉面露戾色，也顾不得再掩饰，扣了一根钢针在手，正要弹出之际，却闻一声惨叫，那杀手的手臂被人凭空斩落，连同长剑一起跌落地面，连阿榆的裙子都未能碰上。

几人还未及反应过来，又见清冷弧光一闪，霜色锋刃如一钩弯月挥过，那杀手的脑袋也已飞了出去。

正和沈惟清对敌的那杀手惊骇看去时，一个戴着面具的黑袍人已飞落林中，手一招，刚取人脑袋的短剑滴着血飞回，而另一只手中竟也飞出一柄短剑，匹练般径射向杀手背心。

杀手大惊失色，竭力一躬身，悬之又悬地躲开短剑，再顾不得沈惟清，掉头往另一个方向奔去时，却见眼前鲜血喷洒，森翠疏朗的竹林在眼前一闪而过。

意识彻底泯灭之前，他甚至看到了一具无头尸体倒在了草丛间。

这尸身，眼熟……

最后一个念头转过时，他的眼前也永远地黑了。

沈惟清看着两具倒地的无头尸体，一时血液都有些凝固。

这个顷刻间取了杀手首级的黑袍人，他是见过的——正是初见阿榆那日，跟踪他和安拂风，并曾在暗巷中交过手的绝顶高手。

彼时他曾判断，黑袍人并未尽全力；如今他更可断定，这人的武艺即便放在皇宫大内，也是最顶尖的。

他忽然看向了阿榆。

是阿榆说，让他坚持片刻；而这黑袍人两次出现，都似与阿榆有关？

阿榆已一瘸一拐地走近两步，不满地撇撇嘴，嘟囔道："凌叔，怎不留个活口？这叫我们怎么跟人解释？"

黑袍人正是凌岳。

他柔声道："小娘子，若是留了活口，更难解释。灭口之事如何解释，想来沈郎君自有办法。"

阿榆这才不作声了，倚着山石，有一下没一下地揉着自己的右膝。

沈惟清看了眼阿榆的动作，方上前向黑衣人一礼："阁下，多谢相救！还未请教阁下尊姓大名，与阿榆怎么称呼？"

凌岳冷冷道："我叫什么不重要，我跟小娘子也没什么关系，只是欠了她的情，不想她出事而已。"

他显然不欲跟沈惟清多说，只忧心地看了眼阿榆，又换回了柔缓的口吻，诱哄般轻声道："小娘子，我送你回城休息？"

阿榆道:"不用,我不碍事。凌叔你先回去吧,这边应该很快会有人过来帮忙。"

凌岳低声道:"也好,你留意休养,别跟人打打杀杀的。若有这等事,唤我便是。"

阿榆垂头看着自己膝盖,有气无力道:"我也不想啊。谁知道京城的人,比那些山匪还凶猛!"

"京城,诚然是个吃人不吐骨头的地方。"凌岳顺着阿榆的口吻温柔哄着,转头看向沈惟清时,目光却又凌厉了,"当然,沈郎君大义,想来会照顾好小娘子?"

他的言辞像在询问,但神色间完全不容反驳。沈惟清真敢说个不字,只怕他那柄杀人的剑随手就能挥过来。

哪怕冲着他和阿榆明显不一般的关系,沈惟清都不敢轻忽这位,当即郑重一揖,答道:"秦家、沈家既有婚约,惟清自当尽心竭力,照顾好阿榆。"

凌岳闻言,眼神不由诡异,看看阿榆漫不经心的模样,再看看沈惟清,慢慢道:"那就好,那就好。"

他的语调不似先前冷淡,甚至有几分像是硬挤出来的温和。

隐听得远处有人声传来,凌岳不再耽搁,跃身飞起,很快消失在林间。

沈惟清只觉凌岳最后看自己的那眼神,不像信任,也不像亲近,莫名地像是……某种同情?

同情什么?他有什么需要同情的吗?

此时他也顾不上细想,只走向阿榆,看向她的腿:"你怎样了?腿怎么回事?是刚伤到了吗?"

阿榆道:"应该……应该是打斗时磕到了吧?"

沈惟清便无奈了:"我想听你说实话。"

阿榆愣住,一时也有些抓狂。

她明明已经表现得无懈可击,为何沈惟清总能一眼看出她在撒谎?

之前人人都能将她视作纯良无辜小厨娘,此刻她刚跟人打斗完毕,说磕到更是顺理成章,为何在他那里就成了理所当然的谎话?

她顿了下,咬咬牙道:"当年在山野里挖野菜时,曾摔断过腿,恢复后还是有些病根,一个不慎就可能引出旧伤。但也没有大碍的,休息两日便行了。"

沈惟清目注着她,忽问道:"这位黑袍高手呢?也是你挖野菜时偶尔结识的?"

阿榆弯弯嘴角,笑容无邪,一脸真诚地答道:"沈郎君真是聪明人,一猜便中!"

沈惟清皱眉,蹲身为阿榆揉着右膝,低声道:"阿榆,下次撒谎别这么敷衍。"

阿榆笑容一凝,便彻底无语了。

这般"真诚"的笑容下,连凌岳都能信她,为何沈惟清还是认定她在撒谎?

至于沈惟清为她揉膝盖之事,她倒没放在心上。

旧伤发作不是一次两次了,疼痛之际,要么她自己忍着,要么凌岳或秦藜发现了,也会给她揉揉。如今换了沈惟清,似乎也没什么不对。毕竟她刚救了他一命,凌岳及时赶来,也算救了他一命。

于是,郦母带着钱界和王四赶来时,便见到素日矜贵的沈惟清半跪于地,耐心地为阿榆捏腿。他的衣衫后背裂了一道,肩袖裂了一道,先前长身玉立时尚有沉稳风姿压着,并不觉得轻浮。但此时姿势露出了他半个后背和肩臂,颇是有碍观瞻,加上他目光专注,令林中莫名有种暧昧情愫流转。

王四觉得自己太紧张,生了幻觉,或眼睛出了问题,抬手用力地揉眼,揉眼,再揉眼。

钱界眼观鼻,鼻观心,神色正常得不能再正常。

在凶残得不正常的小娘子身边,发生任何不正常的事,都是正常的。

郦母却没来得及有任何反应。

在看到这一幕前,她踢到了一名杀手的脑袋,沾了满脚的鲜血,吓得又一次晕倒在地。

这一次,她身边的人,既不是有君子之风的沈惟清,也不是同为女子的阿榆,钱界、王四不过看了她一眼,便无动于衷地转过脸,收敛了各自心思,齐齐向沈惟清、阿榆见礼。

阿榆一脸痛苦,不满道:"小钱儿,我不是让你在这里等我至少一个时辰的吗?难不成这个山洞是神仙洞府,里面一刻钟,外面一个时辰?"

小钱儿……

钱界哭笑不得,却不敢争执,忙道:"小娘子有所不知,您二位进去未久,便有人前来袭杀,一击不中后逃离,小人想擒其问明底细,所以追了过去。"

沈惟清见他们过来,也已收手站起,看向王四:"你呢?也跟着追过去了?"

王四面露尴尬,嗫嚅道:"我、我怕钱兄弟失手……"

王四本是底层摸爬滚打多年钻营上来的,心思最是玲珑。眼见那山洞如无底洞般,吞了沈郎君,又吞了秦小娘子,还有杀手莫名其妙地袭来,他本能地选择最安全的做法——跟着钱界打酱油。

事实证明,他的选择十分正确。虽则那杀手还是跑了,但他二人的命都保住了,折返途中又遇到郦母,便是之前所为有所不妥,这一条也算是功过相抵了。若他留在此处,随后赶至的三名杀手能将他五马分尸。"

沈惟清也知其中道理,懒得与他计较,只道:"我等救人出来时遭遇杀手袭击,不得已将其斩杀。通知审刑院带人过来,查验这两具尸体的身份。"

王四忙应道:"是,小人这就去安排。"

阿榆也恹恹地开口道:"钱界,去给我找顶肩舆。我被杀手打伤了腿,没法走路了!"

杀手伤了她的腿?然后被齐刷刷砍了脑袋?

钱界也不敢质疑,只道:"是。"

沈惟清便道:"雇两顶罢。郦氏应该也走不了路。"

钱界道:"好,二位请稍候。"

一时林中再次寂静下来,除了两具无头尸,便是两名伤员,一个晕倒的郦母。

阿榆瘸着腿,上前去扶郦母。沈惟清知她怕地上寒凉,令郦母病上加病,忙上前搭手将郦母扶起,靠在一处山石上。

阿榆想了想,又将自己外衫解下,披到郦母身上。

沈惟清看她里面不过薄薄一层中单,被穿林而过的风一吹,更显得纤质弱骨。哪怕他已知晓这小狐狸绝非弱不禁风的小娘子,此时也不由皱眉道:"阿榆,天冷得很,你又有伤在身,不宜受寒。"

阿榆道:"这世间女子本就比男子活得艰难,同为女子,我自当多照应些。"

沈惟清听她口吻,倒似有责备他不愿救助之意。可他的衣袍破损,何况男女有别,他怎能将袍子解与郦母?

眼见阿榆瘸着腿犹不可安生,正往竹子深处寻觅着什么,沈惟清忙追了过去。

阿榆颇为吃力地蹲了身,用剔骨刀去挖着什么。

沈惟清只看了一眼,便被这小娘子气得眼晕。

他问:"你挖竹笋做什么?"

阿榆理所当然地道:"回去做菜啊,现在的笋虽不如早笋鲜脆,但若处理得当,红烧或炖汤也能很味美。"

因为右膝疼痛,她不得不将右腿略往外伸展着,以很别扭的姿势蹲着,真的在挖笋。

为了几根竹笋,不准备要她的腿了吗?沈惟清有种将她揪起来丢到一边的冲动。

他终究只是一把握住了阿榆的手,夺过她手中的剔骨刀,说道:"一边坐着去,我来吧。"

阿榆看着自己空空的手,愕然道:"你?"

沈惟清闷声道："这世间女子本就比男子活得艰难，身为男子，自当多照应你一些。"

阿榆听这话倒也顺耳，便坦然坐到一边，边揉腿边看沈惟清挖笋。

裂开的衫袍在他干活时依然显得有些可笑，但他笨拙却认真挖笋的动作却让他素来端静的神色显出几分可爱。

若是秦藜在此处，一个挖笋，一个提篮，大约会是更和谐的画面。

想想近来从沈惟清、韩平北和钱界那里搜刮来的钱财也有好些了，或许得空该去瞧瞧秦藜。若能在她醒来前搞定她和沈惟清的婚约，令她前程无忧，自然更好。

阿榆盘算着，眉眼间不由溢出盈盈笑意。

于是，沈惟清挖笋间隙，偶尔瞥向阿榆时，便见她痴痴看着自己，双眸清澄含情，既媚且娇，如春水深深，叫人一眼看得沉醉，难以自持。

他耳根一烫，竟不敢再看她，垂头专心挖笋。

此处近水且阴凉，真是好多笋……

于是，钱界、王四带人回转时，便看到了阿榆衣衫洁白地玩着自己的纤纤手指，沈惟清却一身脏破衣衫，努力地挖着笋。

这也没多长时间，他竟挖了不止半筐笋，王四不得不又去找来一只笋筐，才能把笋背出去。

王四叹为观止，忍不住一拉钱界，悄声道："沈郎君待秦小娘子真好。不过小娘子温柔善良，重情重义，的确该好好宠着的。"

温柔善良？重情重义？

钱界打了个寒噤，只觉被剔过骨的上臂一阵阵钻心的痛，脖子上的伤口也阵阵作痒。估摸折腾这许久，都得重新上药包扎。再拖下去，胳膊废了还是小事，怕是命都要没了。

看着还在拿剔骨刀挖笋的沈惟清，想起这男子还要跟秦小娘子过一辈子，钱界深感沈大郎君是勇士，真正的勇士。

一时驻守玉津园附近的兵马都监带着部属前来见礼，很快辨认出三名杀手正是囤守此处的普通兵卫。可普通兵卫如何成了杀手，都监一问三不知，但并无意外之色。

玉津园是皇家园林，官家时不时过来溜达，有能耐的宗亲或高官收买甚至安插些人手，实在是再寻常不过的事。如今只是死了三个居心不良的，但被刺杀的沈惟清等无碍，都监便松了口气，随手将三人的资料交出，由着背后那些人神仙斗法，再也不肯多置一词。

沈惟清心知肚明，让人将三具尸体送回审刑院细查，又安排人将郦母送去钱府。想来郦母险死还生一回，必定有许多话想跟女儿商量；而鹂儿或许也能想明白，下面该做怎样的抉择。

处理完毕后，沈惟清让人备了马车，直接带了阿榆回城。沈老给的时限再紧，他也得顾及二人的休养——或者说，顾及阿榆的伤。

他虽有些残毒未清，但毕竟底子在那里，休养后很快能恢复。阿榆所谓挖野菜受的伤，反而是他不放心的。本想带阿榆回沈府，找相识的医官先为阿榆看下，但阿榆却摇头不愿。

她道："别说秦、沈两家并无正式婚约，便是有，也不便住沈府去。"

沈惟清迟疑道："你的伤……"

阿榆不以为然道："乡间磕磕碰碰的时候多着呢，哪有那么娇贵？"

沈惟清只知秦池应该不至于太穷，但真定府的确已近边境，石邑镇距府城也有段距离，他一时也猜不出，阿榆在秦家究竟过得如何。

半响，他方道："阿榆，你若愿意，我尽快让祖父安排保媒和婚书。只是你有孝在身，若要正式订亲或成亲，还需等一段时间。"

但也不能真的等上三年。算年岁，如今阿榆已二十了，若正儿八经守满三年的孝，岂不是二十三岁才能嫁入沈府？或许他还是得想办法，先把她接离小食店，至少不能让她流落在外，受人欺凌。

不过……这小狐狸真的会受人欺凌吗？

还有，她真的有二十吗？

经历灭门之变，她的眉梢眼角犹有几分稚气，一双杏眸依然清清澄澄，怎么看都是十七八岁的小娘子。

沈惟清一直所警惕的，是这小娘子在不经意间流露的冷和黑——那种冷和黑，薄凉得仿若厌烦了世间所有的人和事，连同她自己。

沈惟清从不相信，一个心底薄凉的小娘子，会真的有那样纯良温柔的笑容。

事实上，阿榆在他面前也越来越不爱掩饰。或许是埋怨他对婚约之事推三阻四，有背约之意，有时她竟会流露出明显的挑衅和威胁之意。

阿榆听他提起婚约之事，精神一振，却睨他轻笑道："若你不愿，倒也不必勉强。"

沈惟清顿了下，目光清清淡淡地在她脸上一瞥，低低道："小娘子罗网已织，敢不束手就擒？"

阿榆听这话耳熟，懵了片刻，猛地回过神，原来他早就清楚瞧见了自己的不善和野心，而不仅是猜疑或推测。他清楚自己在算计他，居然没有当面揭穿？

不过……当日一再阻拦自己去见韩知院，算不算他的某种报复？

阿榆不觉看向沈惟清。他的眼睛极清极亮，眸心若一泓清潭，倒映着她骤然懵住的秀致面庞，竟意外地显出几分憨傻。或许察觉她的失态，他的眸光更深，隐着按捺不住的温柔笑意。

阿榆扛不住这眼神，抬手将自己眼帘挡了挡，轻声道："那么，我就等你的婚书了！"

此话入耳，无异于某种承诺；而阿榆挡住眼帘的动作，更似将女儿家的娇羞演绎到极致。这让沈惟清耳根子又红了，甚至连他的面庞都泛出了淡淡的红晕。

阿榆莫名地不安，心念转了转，论起宜室宜家，秦藜胜她十倍。沈惟清若能认可她，秦藜于她，更将是意外之喜吧？

于是，阿榆冲着沈惟清，甜甜地笑了。

到食店时，沈惟清先下了车，亲手搀扶阿榆下马车。

他轻声道："稍后我便叫大夫过来瞧你的伤。越是旧伤难愈，越要小心调理，拖久了指不定是一辈子的事。"

阿涂才跟安拂风吵了一架，眼见安拂风那厢快要拔剑了，察觉阿榆回来，忙借机跑出来相迎，恰听到沈惟清后半句话。嗯，在说什么"一辈子的事"……

阿涂不觉睨向他家小娘子。

阿榆眉蕴春意，目含春水，眸光流转间俱是温柔笑意，看着比寻常时候更多了几分乖巧纯良。

阿涂见到她这种乖巧纯良的神情，比见到安拂风拔剑还要胆战心惊，再不敢细想这回的倒霉蛋是谁，匆匆收回眼神，假假地笑："小娘子这是怎么了？可是哪里不舒服？"

阿榆道："也没什么，累了些，休息一两日便好了。"

阿涂便欣喜了："休息？小娘子你明天不去衙门？那可太好了，小娘子回来管铺子，真是再好不过了！"

沈惟清早就觉得阿榆这个小二古里古怪，只是原来注意力都在阿榆身上，并未留意这么个小伙计。如今听阿涂口气，一时有些懵。阿榆告假回来休养，却被他安排着管铺子？是不是还打算让她下厨多招揽几名客人？

他也不便指责阿涂，只问道："安拂风呢？她没在铺子里吗？"

阿涂听得提起安拂风，开始鼻子不是鼻子，眼睛不是眼睛，尤其想起这位是沈惟清那边安排过来帮忙的,目光也冷飕飕地不善起来。

他道:"哦,她在铺子里呢,每日添乱真是一把好手!"

阿榆一眼便瞧出自家这个温温软软的小伙计怕是受了气,忙轻轻一拍阿涂的肩,柔声道:"七娘子是爽利人,怕是有些误会。莫慌,凡事有我。"

阿涂素日对她又敬又怕,见她发了话,立刻转了脸色,绵羊似的乖乖点头。

沈惟清眼看阿榆的手不仅搭着阿涂的肩,甚至还安抚地轻拍了一把,便觉有些刺目。

想来离京的年月久了,在真定府指不定还遇过什么意外,才会对男女大防不甚避忌。

这在为他疗伤拔毒时,绝算不得缺点,不然今日他得丢了性命;但若跟别的男子也不知避忌,似有不妥。

尤其……这小伙计虽一身粗衣布服,谈吐畏怯,但容貌气度颇是俊雅,不太像市井人家养出来的。——不是个有故事的,便是个别有居心的。

阿榆见沈惟清在留意阿涂,忙一推他,说道:"沈郎君余毒未清,赶紧回去请个大夫看看,开药好生调理调理吧!"

沈惟清应了,抬头见安拂风扶着剑从店中走出,便道:"拂风,你随我回沈府一趟吧,祖父说有事交代。"

安拂风自认已不用再听命沈惟清,但沈老的话却不敢不听的,闻言应了一声,几步走来,跳上了马车。

掀帘进去时,她竟颇是恼火地瞪了阿涂一眼。

阿涂有阿榆撑腰,再不怕她,躲在阿榆身后向她做了个鬼脸。

待马车行出,沈惟清便问起食店中的事。

安拂风倒是知无不言,面有怒色地说起小娘子如何勤恳可敬,小伙计如何偷懒摸鱼,而她因小食店立足不易,出了许多主意,那小伙计竟敢不依,还敢顶撞,若不是怕小娘子担忧,她早就剥了他的衣物,将他挂在横梁上抽上十鞭八鞭了……

沈惟清皱眉,"我让你去那食店,是想让你探探秦小娘子的底细。"

安拂风道:"阿榆的底细,有什么好探的?她天天和你查案,既用心又勤奋,都顾不上她的食店。多可人疼的小娘子,你还要猜疑她?"

用心勤奋、可人疼的小娘子……

阿榆轻易从绑匪手中脱逃,并暗中和姓凌的绝顶高手暗中来往,安拂风竟全然未起疑心……沈惟清不知阿榆给她灌了什么迷魂汤。

沈惟清只得苦笑道："我的意思是，你过来是为了探阿榆的底细，为何一心扑在食店上，还跟个小伙计争吵不休？"

安拂风听得也怔住了，摸着下巴沉吟："也是，我之前一心想进审刑院查案，为何现在一心扑在食店上了？"

沈惟清继续问："你会跟那个小伙计争，是不是因为他有点不对劲？"

安拂风便冷笑道："他何止有点不对劲？他太不对劲了！"

沈惟清精神一振，挺直身细听时，但闻安拂风愤愤道："我就没见过这种榆木脑袋，糊涂得跟傻子似的。说是书香门第的落魄子弟，总该有些小聪明吧？可账又不会算，做饭也做不好，白瞎那张脸，不过看着机灵讨喜罢了！"

沈惟清哭笑不得，但听到后来不由皱起了眉。

他忽问："那个伙计，生得很好？"

安拂风给问得愣了下，方道："的确还不赖。小娘子看人的眼光素来是不错的。"

沈惟清笑了笑，"可你不是说，他只有一张脸吗？"

安拂风便略略冷静了些，屈指道："生得好本就占便宜，何况他书念得多，能诗会画，性子也不错，对着小娘子更是各种伏低做小。小娘子身边需要这样还算有几分见识的跑堂吧？"

沈惟清道："一个能诗会画的郎君，最不济也能卖些字画谋生，或做个京畿的启蒙先生，为何会在那样的小食堂屈就，做一个小小的跑堂？"

安拂风顿了下，认真想了想，也踌躇起来："莫不是别有居心？可秦小娘子身负血仇，一无所有，他能图谋什么？"

沈惟清慢慢道："秦小娘子……真的一无所有，没有能吸引人的地方吗？"

安拂风道："当然不是。阿榆做的菜极美味，性情也可人，嗯，生得极美，更让人怜爱……"

听得安拂风的思路终于给引到了正确的方向上，沈惟清早不想辩驳阿榆的性情是可人还是吓人，只鼓励地看着安拂风。

安拂风不负所望地恍然大悟了："他是冲着阿榆才当了这么个小跑堂！哼，我说素日里他怎么对着我鼻子不是鼻子，眼睛不是眼睛的，敢情嫌弃我碍了他的事？"

沈惟清皱眉沉吟："这样么……说来，今日阿榆身体不适，的确需要人照顾。她身边除了雇来的那俩厨娘，就数阿涂跟她最亲近了吧？"

安拂风顿时跳起来："不行，不能让这奸猾小子打阿榆的主意！什么玩意儿，也不

143

照照镜子！沈惟清，沈老唤我究竟什么事？能不能容我先回食店安排妥当再去拜见？"

沈惟清故作迟疑道："祖父并未跟我说起找你有何事。或许，也跟阿榆有关？毕竟你近日跟阿榆最亲近。"

近日阿榆忙于查案，其实待在食店的时间并不长。但安拂风每日忙着照看她的食店，也理所当然地认为自己跟阿榆最亲近，此时听着沈惟清的话甚有道理，越来越不安："不行！我得回去，不能让阿涂那小子得逞！"

沈惟清微微一笑："既然是为阿榆的事，我便回去跟祖父说一声，想来祖父不至于着恼。"

安拂风忙应了，立刻叫停了马车，飞奔回食店。

食店中，阿涂也正心惊胆战。他匆匆跟阿榆回了后院，为她搬来张软榻坐着，追问："小娘子，沈郎君怎么了？"

阿榆赞赏地看着他："哎，阿涂眼神不错，看出他不对劲了？"

沈惟清掩饰得不错，神情十分镇定，阿榆若不知情，也未必能察觉他在一个时辰前曾经中毒濒死。

阿涂肯定地点头，说道："当然不对劲。他看小娘子的眼神，像变了个人似的。"

阿榆意外："嗯，你什么意思？"

阿涂道："他的眼睛，像要长在小娘子身上。这眼神不对劲，太不对劲！"

阿榆摸着下巴沉吟："这两日我不小心显摆了些能耐，莫不是他起疑了？那他为何说起婚书之事？难道在试探我？"

阿涂怔了下，道："我的意思是，沈郎君和之前不一样，似乎很在意小娘子的模样。"

阿榆道："我也觉得他的眼神跟往日不大一样，看来以后与他相处，得更谨慎些才是。"

谨慎？阿涂一时不知该如何作答。沈郎君在意小娘子，小娘子不该有所回应吗？谨慎些是什么鬼？

忽然想起阿榆曾说过，她接近沈郎君，只是为了养一位喜爱的美人……

小娘子居心不良，看来是打算骗财骗色，誓将强盗行径进行到底了！

他不觉得自己有资格评价小娘子的这些事，只喃喃道："谨慎……谨慎些好，谨慎些好啊！"

只要小娘子不露破绽，沈郎君的在意，只会让小娘子和这小食店越来越安全。他最该担心的，是他的处境才是。

想到这里，他立马苦了脸，低声央求道："小娘子，咱们既然有沈家做后盾，何不多雇两个跑堂的，别累着了安七娘子。毕竟人家出身不凡，哪能真干跑堂的活儿？"

阿榆听得也留心上了："你先前说，她在给你添乱？之前不是处得好好的吗？"

阿涂控诉道："她刚到那时候天天在后厨帮忙，做出的饭菜十分可怕，狗都不吃，后来便不管后厨，只在前堂招呼客人。谁知才消停没两天，她又开始花式作妖，根本不像跑堂的，倒像是来做掌柜的！"

"抢了你的活？"

"何止！还整天绷着个脸，对我吆三喝四，说我啰里啰嗦，不好好做事。"

"你的话是有点多。"

"可每次客人点菜她都冷着脸，还抱着她的剑，随时要砍人的样子，我不赔着笑脸，岂不把客人吓跑了？"

"……"

阿涂见阿榆面露犹疑，更是怂恿道："小娘子，你得相信我！这边有我就够了！那七娘子，从哪来就让她回哪去吧！"

安拂风正匆匆赶回食店，还未踏进后院，恰听得阿涂的话，顿时面笼寒霜，按着剑走出，喝问："臭小子，你说什么呢？"

阿涂大惊，兔子一样窜到阿榆身后藏了，方壮着胆子道："小娘子，她对客人就是这副模样，动不动抓着剑横眉竖眼，您说这能成吗？"

安拂风怒道："哪里不成了？至少没有不开眼的恶棍敢来找麻烦。"

她其实很期盼能遇到柴大郎之流的家伙过来找茬，让她有机会一展身手。可惜柴大郎那次后便消失得无影无踪，她连吃霸王餐的都不曾遇到。

阿榆倒没觉得安拂风随身带剑有什么不妥，却有些担忧她的小食店，边揉着膝边道："别的都不妨，别把客人吓得再也不敢来。"

安拂风道："不会。我跟他们说，下次再来就是回头客，会送一碟蜜饯或酱菜；一个月过来用膳满五次后，每次加送一样素菜；满十次，每次加送一样荤菜；若肯预交一贯钱的，结账时打九折，预交三贯钱的，打八折！"

阿榆眼睛一亮，"还能这样！"

安拂风便将白木香脚下的一只布袋拎来，一把倒出，竟是满满一袋的铜钱。她两眼放光地说道："看，好几个人交了钱！这里有十八贯了！只是阿涂榆木脑袋，偏觉得亏了，怎么都不肯收起这钱。"

阿涂痛苦道："小娘子，你看，你看，她就这么瞎搞！这都什么事！简直败家，败家！下面可怎么收场！"

阿榆目瞪口呆地看着脚边成串的钱："你这打折诱哄客人的主意，谁给你出的？"

安拂风得意道："这主意多简单，还用人教？我看两天就觉得可以这么干！"

阿涂道："你怎不算算，打八折咱们少赚多少！"

安拂风鄙夷："还用你说！我早就算过了，只要这些客人下次、下下次继续在这边用饭，赚得只会比先前多得多。若他们能带来朋友，朋友再带朋友，朋友的朋友再带朋友……哪怕其中只有一成人愿意预交定钱，咱们的食店都能像滚雪球似的越滚越大，很快能扩大铺面，甚至开第二家，第三家！"

阿涂吸气，也不知该如何辩驳，只拉着阿榆："小娘子，你看这女人！"

阿榆顿了下，然后温柔地拍了拍阿涂的肩："阿涂，我觉得吧……这掌柜，咱不如就让七娘子当了吧！不出十年，指不定咱们铺子能变成樊楼那样的正店。"

阿涂张嘴："啊？"

安拂风却大为兴奋，信心满满道："阿榆，你若肯放手让我干，何须十年，五年，不，三年足矣！哎，原来开铺子这般有意思！早知道就不想着去审刑院了，白白给沈惟清那只狐狸算计了一回！"

她说得兴起，索性搬了张凳子坐下，跟阿榆细细说起自己的计划。

阿榆认真听着，对她的主意甚是赞赏，说道："我听着不错，你只管放手试试去。若缺人手，可以让阿涂帮着你。"

于是，本来想赶走安拂风的阿涂悲催地发现，能管束他的人，除了阿榆小娘子，又多了个更不讲理的安家七娘子。

嗯，阿榆小娘子手段虽凶悍，但还是讲理的，可安七娘子只想拿钱说话，根本不讲理！

第十一章 玉带羹的高蹈出尘与俗世烟火

虽然阿榆说了无须请大夫，沈惟清还是延请了相熟的翰林医官来为阿榆诊脉，但彼时阿榆已经服了药睡下。沈惟清猜着，多半是她那位神通广大的凌叔给预备的，也便放下心来，叫阿榆休息一两天，隔日再去找鹏儿问话。

阿榆听沈惟清传话让她休息，只当他蛇毒未清，需要休养，不免跟阿涂、安拂风抱怨了几句沈惟清的"娇气"，不得不"迁就"他的身体状况，也留在食店养伤。

沈惟清很担心阿榆的陈年旧伤，但阿榆却未将这事放在心上。

她甚至已经记不起，那是什么时候落下的伤。

或许，是八岁，或九岁，刚到临山寨那两年吧？

那些年月，和野狗夺食之事应该常会发生。她早就记不起宰过多少野狗、野獾甚至小野猪。彼时她活下去的唯一倚仗，便是一把藏在袖中的剔骨刀。

那是她最亲密的伙伴，不仅能保护她，还能让她时不时打个牙祭。

虽然人人欺她，人人辱她，但她无所谓，也无从细想。

她只知这人间浑浊肮脏，举世皆可厌，举目皆可杀。然后，活着。至于有没有受伤，会不会落下病根，谁在乎呢？

既然不用去查案，阿榆第二日便瘸着腿去照看食店。

诚如安拂风所说，她虽冷面冷情，待客人冷冷淡淡的模样，但并没有影响食店生意。甚至有些男客甚是吃她这一套，出钱也出得恭恭敬敬，十分敬重的模样。

阿涂十分不服，怀疑是安家先前认识的亲友过来捧场。但仔细打听来历，竟都是附近略有些闲钱的市井百姓。

这样也乖乖付钱，莫不是犯贱？

可人家的确真金白银付了账的，甚至预付了许多顿的账。阿涂心里再嘀咕，也不得不服这位七娘子的手段。

于是，阿榆走到店堂前，便见面和心不和的两个人，正一起笑容满面地招呼着客人。

没错，连冷冰冰的安拂风，都在脸上挤出了笑容，并亲自将一人一狗引到了窗边最好的空位上。

她也是高门大户出来的，看人的目光未必个个精准，却也是真正的识货之人。

这位青年文士不过三十上下，素白衣衫，眉眼隽秀，超脱高逸，即便与跑堂的小二说话，也是温和含笑，一派斯文俊雅，透着浓浓的书卷气。论起他的衣着穿戴，其实只算寻常，但因这人着实气韵出众，硬生生将一身布衣穿出了令人仰视的矜贵和优雅。

若非出身高门，受过名师教导，绝不可能蕴养出这等气度。

说来安拂风、阿涂都不是寻常人家的子弟，但面对此人却完全傲不起来。

论起他们所见过的年轻一辈，大约只有沈惟清与其仿佛，却也无法拥有这人身上那种久经世事沉淀而成的蕴藉和从容。

而且这人牵来的大白狗，长脸细腿，丑而精干，也与素日所见的家犬颇有差异。

更妙的是，狗的牛皮项圈之上，竟然镶嵌着三块质地颇佳的青玉，硬生生将这条丑狗衬出了几分富贵。

狗都戴得起宝玉，狗主人该是怎样的人物？

面对安拂风、阿涂过于热情的招待，文士安之若素地坐着，温和说道："听闻贵店主人厨艺不凡，深得当年秦先生真传，不知能否一见？"

他这么说时，目光已准确地投向缓步而来的阿榆。

阿榆没看这文士，只紧紧盯着大白狗，一步步走了过去。

大白狗对人的目光极其敏锐，被阿榆盯着，便不善地看了过去，掀唇龇牙，警惕地发出"呜呜"的警告之声。阿榆无视了大白狗的警惕，竟随随便便地伸出手，要去摸那狗。

阿涂、安拂风难得一致地齐声道："小娘子，小心！""阿榆，小心！"

大白狗显然有了恼意，仰头已想咬向阿榆，阿榆却速度极快地绕过它张大的嘴，轻轻拍了拍它的额头。

大白狗惊了下，不觉住了嘴，虽还呜呜低吼，却不再龇牙，只迷惑地看着阿榆。

阿榆又亲昵地拍了两下白狗的额头，白狗便连呜声也没了，甚至还摆动了几下尾巴。但它那黑豆般的小眼睛依然盯着阿榆，半是防备，半是亲昵。

文士一直留意着阿榆的动作，此时方笑道："看来这狗跟小娘子颇有缘分。"

安拂风松了口气，已介绍道："客官，这位便是秦小娘子，此间的主人。"

文士笑道："果然不凡。"

阿榆摸着狗头，眼睛里也有了笑意："你这狗，才是不凡。有名字吗？"

文士道："有。因它一身白，偏生长得丑，我便叫它丑白。"

阿涂笑道："若我没认错，这是一种猎犬吧？这种身形捕起野兔或狐狸极为有利，又是白色，看着颇是威武，倒也不会丑。"

阿榆却怅惘般叹息道："但一眼看去，它还是丑的。很久之前，我也见过这么一条狗，就叫阿丑。"

文士散漫而笑："那倒是巧。这品种的狗，其实不太常见。"

安拂风一心拓展食店客人，已悄声提醒道："阿榆，这位客官久闻秦家之名，是特地过来吃饭的。"

阿榆一笑："这个容易，那边墙上挂着菜牌，客官想吃什么只管报上菜名便是。"

文士道："只要美味，我都使得。却不知可有荣幸，尝几道小娘子亲手做的拿手菜？"

阿榆点头："罢了，看在丑白的分上，我就亲自下厨一趟吧！"

阿榆言罢，又看了丑白一眼，转身走向后院。

从始至终，她的注意力全在这条叫丑白的大白狗上，竟未认真看过文士一眼。

文士不以为意，含笑瞥过阿榆微瘸的腿，慵懒地拍了拍丑白的头，也不用阿涂动手，自己倒了茶来喝。

明明市井间最粗陋的茶具，可他抬手之间，行云流水，宛若天人。因着他，壶盏都似泛出了清润出尘的光泽。

安拂风素来目无下尘，此时也不由心折，恭恭敬敬地问道："可否请教先生怎么称呼？"

文士轻笑："我姓李，行三。"

安拂风道："原来是三郎君！"

只是心念电转,将京中差不多年纪的贵胄子弟,似乎没这样出众的郎君吧?

既搭上话,自然免不了你问我答聊上几句。

李三郎并未打听阿榆的身世,反倒对阿榆的拿手菜十分感兴趣,似乎只是一个纯粹的饕餮客。

阿榆很快做了几样菜过来,都是寻常可见的。一盘鳝段,一盘炒鸡片,一盘豆腐,还有一盅玉带羹。

几样菜端上后,阿榆便洗了手,走过来坐到一边看那条丑狗,显然无意再做菜了。

李三郎倒也不嫌弃菜式少,举箸一一尝了,眼神里便含了满足的笑意。

他点评道:"这鳝段是现杀的活鳝吧?烹煮前又用油煎至酥脆,本就该是外酥里嫩的,偏用酱炒过,挂了咸香口的绵软酱汁,入口又多了一道口感。这酱应是特地配过的,除了调入姜汁,似乎还用了笋和香蕈?"

阿榆听他说得仔细,也不由神情温软下来,笑道:"用了我昨天亲挖的笋,只取笋尖;香蕈也是今早刚采买的,比蕈干配的强;另外还用了冬瓜,取其爽口感。这三样都是配菜,只是你既求精,我便只取了配菜各自的鲜味,并未将配菜盛来。"

李三郎便怔了下:"为何不把配菜一并盛来?想来应是和鳝段不一样的美味。"

阿榆道:"我算着客人的菜应该是够了,便将配菜留着自己吃了!"

安拂风、阿涂便一齐扭头看向后厨方向,咽了下口水。

李三郎要的是鳝段,所以阿榆端上的只有一盘鳝段。但阿榆这口吻,做的怕不只一盘,后厨剩的应该也不只配菜。

李三郎自然也不能让店家将自留的配菜再端出来。何况阿榆说得原也没错,眼前三个菜一汤,于他这个文士而言,应是足够了。

他顿了下,继续尝炒鸡片,点头道:"是鸡胸肉。火候不够则口味腥腻,火候稍过则柴而无味。难为你竟能将它做得如此香嫩,且入了味,应该炒前用调料略腌过吧?"

阿榆点头:"拌过豆粉、麻油和秋油,和过鸡蛋清,其他酱料则是下锅时才放。"

"当是用极旺之火,快速炒制而成?"

"还需量少。一锅最多只能放四五两肉片,才能在短时间内炒熟,并保持其最本原的风味。"

安拂风、阿涂瞅着那盘肉片的分量,便知后厨绝对不会有剩,便有些遗憾之色。

李三郎很满意,筷子伸向那碟平平无奇的豆腐,才尝一口,便微微眯了眯眼。

"这豆腐看着倒是简单,只是对豆腐要求颇高,还需厨娘下锅时极小心,才能这般内层入口即化，外层酥黄柔韧。是用猪油煎的，放了葱和椒。嗯，用的似乎不是寻常酱油？"

阿榆不由赞道："客人这舌尖厉害。用的确实不是寻常酱油，而是陈年虾油。"

李三郎点头，又取汤匙喝那盅玉带羹，只尝一口，便似怔住，默然品了良久，方抬头盯向阿榆，黑亮的眸子里似有丝恍惚。

阿榆挑眉："客人不喜欢？"

李三郎不答，拿汤匙在羹汤中轻轻搅动，仔细查看了，又夹了几根菜蔬细品，方皱眉问道："加菌菇提鲜，的确是好法子。为何加了鸡肉丝和蟹肉丝？"

所谓玉带羹，是以莼菜和笋丝同煮为羹。莼菜自晋唐以来以"莼鲈之思"闻名，笋为翠竹之初，天然便有君子高洁之感，俱是极清极淡的食材。故而这道玉带羹，历来讲究自然超脱、高蹈物外之蕴味，多只略放些盐油咸豉，以最大限度保留莼菜的爽滑、竹笋的清鲜为佳。如阿榆这等做法，落入讲究的文人眼中，便是落了下乘，难登大雅之堂。

这道理，安拂风也听人讲过，此时见李三郎问起，便有些遗憾阿榆念书少，竟不懂这个道理。但转头又想，即便念书不多，秦池身边太官令，总该清楚这些，不会不教给女儿吧？

她疑惑看向阿榆时，阿榆已轻描淡写道："若求高蹈世外，何不去山涧边捡几颗生苔的白石子，以泉水相烹？那才见得隐逸之士超凡绝俗的风度。我等俗人，做的菜也是给凡人吃的，既觉莼菜笋丝烹出的羹淡而无味，自然要想法做得鲜美可口。客官，你觉得，这玉带羹比你往日所食的玉带羹如何？"

李三郎慢慢又品了一口，唇角弯出清浅笑意："这玉带羹，有君子高蹈之风，亦有俗世烟火之意。小娘子厨艺极佳，所言亦有理，是我想得太多，矫情了！"

阿榆怔了下，只觉这话似在哪里听过。看向李三郎时，李三郎目光煜煜，竟似带了几分殷切和殷勤，也正凝视着她。

阿榆心头一跳，本能地觉得哪里不对，但盯着他，一时竟说不上来哪里不对。

李三郎不以为意般笑了笑，斯斯文文地继续吃他的饭菜。他的动作看起来舒缓，却很是不慢，不过片刻，便空了盆。

他意犹未尽地叹息一声，拍了拍丑白的脑袋，笑道："别看了，没你的份了！"

话未了，便见阿榆不知什么时候把剩下的一盆鳝段端来，放到丑白面前，几乎用李三郎同样的姿势，也拍了拍丑白的脑袋。

"来，我请你吃的。"

丑白摇摇尾巴，可怜巴巴地看着李三郎。

李三郎忍笑，摸摸丑白耳朵："去吧。"

丑白立时埋头大吃。

安拂风脸色微沉，嫌弃地瞪了阿涂一眼，显然怨他蠢笨，竟让他们看上的好东西被一条丑狗给抢了。

阿涂不服地反瞪了回去。有本事你拦小娘子喂狗呀，有本事你从狗嘴里抢食呀……

安拂风自是做不出这些事的，故而也只能眼睁睁地看丑白几口吃光，甚至连盆底都舔得干干净净。

阿榆便再拍一拍丑狗的脑袋，温柔道："如果下次再来，我继续给你做好吃的。"

丑白自然是听不懂的，却觉出眼前女子的温柔亲近之意，惬意地仰起头，眯起小眼睛，不紧不慢地摇起了尾巴——只剩了亲昵，竟再无半丝防备。

它身边的另一个人，自然是听懂了。

李三郎目注阿榆，轻笑："小娘子如此好意，在下岂能拂却？下次必携它同来！"

安拂风眼睛顿时亮了："那三郎君何不预付些银钱，还可多算些折扣的。"

阿涂不由皱眉，连连向她使眼色。市井小民或许会看中这点蝇头小利，如李三郎这等风姿卓绝的，拿折扣去招揽，没的玷辱了人家的气节……

安拂风还未及领会阿涂意图，那厢李三郎已笑道："好啊！怎么付？"

阿涂呆了下，怔怔看着李三郎，仿若在看一条自投罗网的鱼，又大又蠢那种。

安拂风便悟了。阿涂这是开窍了，猜到了李三郎贪上阿榆的厨艺，让她逮住机会，赚上一大笔呢！

于是，安拂风毫不客气道："三郎君若真喜欢，不妨丢下一百贯钱，日后来食店，只要小娘子在，必定亲手下厨为三郎君做菜。"

她的话中其实是有坑的。李三郎分明是被阿榆的厨艺吸引而来，不惜重金也要尝那一口佳肴。她故意会让阿榆亲手做菜，却又加了个前提，得小娘子在。——可阿榆忙着查案，常在打烊后才回来，哪能天天下厨？便是在店中，她藏着不露头，推托不在，难不成李三郎还能奔后院搜人？

李三郎似完全没觉出不妥，点头道："如此甚好。"

他取出两锭黄金放到桌上："小娘子的厨艺，万金不换。但在下俗人，只能以阿堵物相求，小娘子不嫌弃，便是在下之幸。"

阿涂差点惊掉眼珠。

两锭黄金，二十两，少说也能换上两三百贯的铜钱，足以将这间小食店盘下来了。

安拂风看此人出手如此大方，却有些忐忑了，抬头看向阿榆，一时不敢去接。

阿榆随手拿起黄金把玩着，目光里夹了丝疑惑："这位……郎君，我们是否在哪里见过？"

李三郎微笑："我生于京师，长于京师，很少离开。这间食店，也是我第一次来。"

言外之意，应是没见过。

但阿榆抿紧唇，盯了他片刻，忽莞尔一笑："或许，真没见过吧！"

李三郎深深看她一眼，牵起了丑白。

"走了，吃了人家好吃的，更不能就赖着了！"

李三郎大袖一摆，潇洒而去。阿榆目送他远去，一时有些失神。

阿涂好奇，问："小娘子，在想什么呢？"

阿榆收回眼神，轻飘飘道："看那狗生得真丑，看那人生得真好……"

阿涂不觉点头："我也觉得这位李三郎生得好，看着比沈大郎君还顺眼。"

阿榆略一颔首，依然一瘸一瘸地，慢慢走回后院去。

不知为什么，阿涂觉得阿榆的背影有些萧索，一时摸不着头脑。

安拂风却有些紧张了，嘀咕："比沈惟清生得好？气度是不一般，但真说起长相，哪里好了？"

秦小娘子真好，特别好，好得安拂风想把她藏起来。

可惜她不是男子，娶不了阿榆。细想下来，沈惟清的确是她所能想到的阿榆最合适的夫婿人选。——虽然狡猾虚伪，但这种狡猾虚伪用在保护家人上，似乎也是个不赖的选择。

最要紧的是，阿榆嫁了沈家，她蹭饭也方便呀。

这个李三郎，哪里冒出来的？

阿榆回到她的小屋子，坐上床榻，抱膝揉了片刻膝盖，便听窗棂外有人轻叩了三声，然后传来了凌岳的声音。

"小娘子，你怎样了？"

阿榆道："我很好。"

"哦！"凌岳虽应了，显然不太相信，"这些积年的旧伤，很不好医，只能慢慢养着。你还小，平时多留意，总能恢复过来。"

阿榆不答，半晌问道："凌叔，阿娘做玉带羹，是不是喜欢加蕈菇，喜欢加鸡肉丝、蟹肉丝？"

凌岳怔了下："似乎……是吧！"

他并未吃过阿榆母亲做的玉带羹，此时阿榆问起，他自是无从答起。

然后屋内就沉默了。

凌岳努力想透过窗纸察看阿榆神色，但她的房间素来小而暗，不透气也不透光，即便是白天，也看不清里面的情形。

他终究不放心，轻声又唤了声："小娘子？"

好一会儿，才听阿榆道："凌叔，有许多事，我已经想不起来了。"

凌岳忙柔声道："小娘子，想不起来，就别想了。"

有些事太过摧肝裂肺，或许也是苍天见怜，才让她忘却。若真的想起来，阿榆会是什么样子？

凌岳忽然想起八年前他刚在临山寨找到阿榆时，她的模样。

九岁的小女孩，瘦得皮包骨头，脸颊窄小得能清晰看到颧骨下巴的骨骼轮廓，凌厉而恐怖；那双眼睛便显得格外大，黑黢黢没有半点光，像从森冷地狱延伸而来的两个黑洞，随时准备吞噬掉眼前的一切人，一切物。

面对他制住的那些欺凌过她的人，她冷冷地吐字。

"烧。"

"烧，烧死所有人，一个不要留。"

"你，我，所有人，都烧了。"

厌世如斯，憎世人如斯，恨自己如斯。

任他见惯人世浮沉，人心善变，也不由胆战心惊。

后来他觅尽名医，费尽手段，似乎医好了她。似乎而已。

连他自己都不信，一个仇恨一切的小女孩，会真的捡回旧年的欢悦，变得明媚天真，纯良讨喜。

何况，她旧年的欢悦，如当年阳光下晶莹的白雪，早已化得干干净净，唯有极偶然的梦中，有小女孩无忧的笑声，和阿丑汪汪的叫声。

屋内始终无人回答，安静得可怕，凌岳不由得更紧张了。

他凑到窗前，不觉间有了几分慌乱："阿榆，阿榆，你是不是遇到了什么人？或什么事？若不开心，别憋着，告诉凌叔，好不好？"

"凌叔，我没事。"

窗扇推开了，露出阿榆有些苍白的脸。

她的眼睛的确很黑，但并不是凌岳惊惧的那种孤冷，而是带了某种湿润的柔和。

阿榆轻轻道："凌叔，我忘了很多事，但忽然记起了一件。当年，阿娘为阿爹做玉带羹，阿爹边吃边摇头，说这玉带羹，有君子高蹈之风，亦有俗世烟火之意。阿娘便说阿爹矫情，想端走那碗羹。阿爹却不让，逃到一边一口气喝完了那羹……"

一听阿榆记起的并非那段不堪回首的岁月，凌岳便松了口气，立时笑道："主人和主母，很恩爱。"

阿榆眼神却还恍惚着："这些事，我原来已经忘了。但今天有位客人跟我说了阿爹同样的话，还自认矫情。"

凌岳怔了下："难道是你爹娘的故人？"

阿榆道："看年纪，这人顶多三十出头模样，怎会是爹娘故人？但他偏有一条狗，叫丑白，跟当年的阿丑，长得很像。"

凌岳便也恍惚了："阿丑……这人叫什么？"

阿榆道："他自称，李三郎。"

凌岳疑惑："李三郎？"

李是大姓，京城姓李的人何其多，行三的男子也不少，凌岳一时也想不起，哪位李三郎会跟当年的故主扯上关系。

半晌，他小心翼翼道："小娘子，若他再来，我会查清这人底细。"

阿榆没说话，慢慢退回床榻坐了，一只手却下意识地摸向旁边小桌上的一枝木香花。

花期已过，入手但闻花瓣簌簌，待拿到眼前时，掉得只剩了光秃秃的花枝。

阿榆默然看了眼，随手将花枝弹开，依然抱膝坐着。她的屋子小而昏暗，即便是白天，她纤瘦的身影都似沉沉地陷在黑夜中，安静得如一道无知无觉的影子，仿若轻风一吹，阳光一照，便能无声消逝。

凌岳抬头看了眼。天高云淡，草薰风暖。小院里安拂风正和阿涂拌嘴，前面的店堂里有食客的说笑声，外面的行人步履轻捷。这春日，本就该如此旖旎明媚，生机勃勃。而他家小娘子，几时能走出那些旧日的晦暗，欣赏片刻眼前的春光？

沈惟清夜间收到安拂风递来的短笺，第二日一早便来寻阿榆。

阿榆瞅着他青衣萧然，温雅蕴藉，不见先前疲病之态，便道："瞧来沈郎君恢复得不错，那便一起去寻郦娘子问话吧！"

沈惟清皱眉："你的腿还需养几日吧？"

阿榆道："我不过是些旧伤，并不妨事，总不能耽误了查案。"

她笑容明媚，黑黢黢的眸子却审视般盯向了沈惟清："饮福大宴的案卷，我是一定要看的。沈郎君不会再存心拦我，对不对？"

沈惟清心口闷了下，半响方道："我不拦你。但等破了这案子，你务要好好调理身体，将那些旧伤除了根才行。"

如今他存了另一番心思，听安拂风说起那位李三郎如何风姿如玉，如何见识不凡，跟阿榆又如何投契，自然要过来瞧瞧。

阿榆哪里会想到这些，心心念念只记挂着沈惟清不愿她翻查秦池案卷之事。此时见了沈惟清应得爽快，顿感欣慰，连忙答应。

看来她这次冒险救人没白费。沈惟清虽然蔫坏骄傲，还算得性情中人，颇讲情义。秦藜若嫁了他，即便没了娘家，也不至于受欺负吧？

想起秦藜终身有托，翻查秦家旧案之事也初见曙光，前往城南的一路，阿榆的心情甚是愉悦，眼睛亮晶晶地蕴了星河般的笑意。

沈惟清坐在她对面，将她一颦一笑看在眼底，却不由得有些忐忑了。

这小娘子眉眼间的柔和，是因为他，还是因为昨天那个李三郎？又或者……为了李三郎的那两锭金子？或许，他上回给小娘子的零钱有点少了……

不约而同地，二人都将韩平北给忘了。一个急于查案顾不上，一个巴不得对面那位想不起来。

毕竟，这位狡猾的小娘子怪勾人的。

此次再到钱府，钱少坤带着鹂儿，竟迎出了大门。

鹂儿向二人深施一礼，泪盈盈道："沈郎君，秦小娘子，妾多谢二位救母之恩！"

钱少坤的笑容也真诚很多，亲热地握着沈惟清的手臂，说道："昨日我细细追问鹂儿鲍家之事，她果真想到了些疑点，或许能助沈兄一臂之力。"

沈惟清看了眼鹂儿，同样笑得亲切温和，说道："我素知钱兄高义，郦娘子亦是通情达理之人。"

鹂儿温温柔柔过来携阿榆的手时，阿榆不由感慨。

论起演，自己是专业的，鹂儿却是刻到骨子里的，举重若轻，信手拈来，了无痕迹。无怪沈惟清能看出自己是装出的温婉，却对鹂儿的示好甘之若饴。

沈惟清正走时，觉出身畔一道目光投来，只作若无其事地瞥了一眼，正撞上阿榆意味不明的笑容。竟是偷看着他，正对着他微笑？因李三郎而略有阴翳的心情蓦地云开雾散，于是他对钱少坤愈发和气。

两厢和气下，二人对鹂儿的问询自然格外顺畅。

鹂儿本就水做的人儿，泪水跟水闸似的说倾就倾，提到逝去的旧日主母，自是珠泪滚滚，眼底多了几分不知真假的悲切。

阿榆不过听了几句，便知鹂儿虽侍奉过乔细雨三年，但跟主母并不交心。

在鹂儿眼里，乔细雨是位心向佛祖的孤傲娘子，极不合群，和阿榆印象里那个活泼细致的侍儿判若两人。鹂儿因生得太好，被安四娘寻借口发配到庄子。为了生存，她只得想办法亲近庄子上的主母，并以其温柔妥帖很快成了乔细雨的贴身侍女，算是那三年跟乔细雨最亲近的人。

鹂儿原来打算，乔细雨到底是当家主母，若有回府之日，她也能跟着回去，随之水涨船高。可惜她再怎么出谋划策使劲儿，乔细雨置若罔闻，终日将自己关在一间小佛堂里，对着一尊佛像祈福诵经。眼见年华逝去，乔细雨无意回府，鲍家也无意相接，鹂儿越来越不安。

鹂儿去庄子的第三年，太夫人忽然到访，态度异常和煦，鹂儿喜出望外，以为乔细雨有望回府。可惜乔细雨面对婆婆，依然神情淡淡。随后二人在小佛堂关起门来说话，鹂儿以为婆媳间有龃龉，私底下说开指不定便好了。谁知不久便见太夫人快步走出，气冲冲地瞪了眼小佛堂，竟忍下怒火，匆匆离去。

随后，太夫人又来过两次，鲍廉也来过一次，都是神神秘秘避入小佛堂商谈，但最终都忍怒出来，鹂儿再不知他们都说了什么。

太夫人最后一次来时，乔细雨显然也失了耐心，太夫人才踏出佛堂，便从里面"砰"地一声，将门重重关上。

太夫人克制不住，冷了脸道："乔氏，我劝你还是想清楚。阻了夫婿前程，于你并无半分益处！"

紧闭的小佛堂内，并无半丝回应。

彼时鹂儿其实已旁敲侧击向乔细雨打听过很多次，希望弄清鲍氏母子为何而来。可惜乔细雨只是沉默地跪于蒲团上，盯着墙上挂着的九天玄女绣像，一言不发。

不久后，鹂儿便听人议论巫蛊之事，都说乔娘子不甘困居山庄，以诵经为名，行巫蛊之事，诅咒君姑。

鹂儿愕然。她诚然不理解乔细雨为何苦守着一间小佛堂，但乔细雨这一直以来的所言所行她看得极明白。这位娘子根本无意回府，不然以太夫人、鲍廉再三苦求的态度，以当家主母身份回归鲍府，重掌中馈，绝不是难事。

鹂儿将此事告知乔细雨，乔细雨显然也有些意外，面色发白，无力地坐倒在蒲团上，呆呆地看着前方的九天玄女像，许久后，才艰难吐字。

"他们……待要如何呢？"

她们很快便知道鲍家想如何。

鲍太夫人生病了，据传还是重病，奄奄一息那种。

结合之前的巫蛊之说，乔细雨不得不回府侍疾，否则更坐实了她不孝的罪名，连诅咒都可能被传成真的。

她回到鲍府，鲍家上下都得了嘱咐，对其十分尊敬，连安四娘都乖乖地执妾礼相迎，完全将其当成了鲍家主母。可鲍廉一边关怀发妻路途辛劳，一边理直气壮地指责其避居乡野，有违孝道，将太夫人气得病更重了。

阴也是他们，阳也是他们，迫得乔细雨万般无奈，只得循礼跪于太夫人院中请罪。

不久，暴雨骤至，将乔细雨淋了个通透。彼时那位自称爱重发妻的鲍学士杳无踪影，那个在床上咳个不住的太夫人也似睡死过去了，竟由得她在雨中跪着，淋着……

直到小姜冲入主院，径直找到鲍廉，告知此事，鲍廉才如梦初醒般去接乔细雨，一脸内疚地表示是自己疏忽了，以为发妻早就回了屋。

小姜。

阿榆记得这名字。

她问："小姜，就是先前在主院伺候的那名小丫鬟？听闻你家主母抱病回庄的前一夜，她失足摔死。"

"正是她。她伶俐得很，在主院侍奉，所以在鲍廉跟前说得上话。"鹂儿顿了下，已微微红了脸，低声道，"其实我也心疼主母，我也想找人说情，只是我在府中毫无根基，安四娘尤不待见，实在是……自顾不暇。"

阿榆自是不信这位长袖善舞的娘子有多无辜，但此时也只得顺着她的口吻，安慰道："彼时彼地，哪娘子自保都艰难，自然有心无力。"

沈惟清看她一脸温柔诚挚地说着言不由衷的话，不禁盯她看了两眼。这浑然天成的虚伪，她从何处学来？都说秦池是个诚信君子，幼时的秦家女儿也未曾听说有甚出格之处。难道秦家出事，方令她性情大变？

鹏儿听了阿榆的安慰，倒是神色大定，感激地看向阿榆。

阿榆便继续问道："你离府前，除了太夫人刻意磋磨、鲍学士装模作样，是不是还发生了什么事？"

鹏儿显出一丝迟疑，白着脸顿了片刻，方轻声道："那日主母淋雨后便病了，鲍学士很殷勤地替她请了大夫抓药，但鲍府从管事到下人，无不言语带刺，明里暗里，说她不想侍奉君姑，故意装病推诿。主母无奈，只得抱病去侍奉婆母……"

旁边忽传来沉闷的"笃"的一声，众人转头看时，却是阿榆重重将茶盏磕到桌上，向来温软的眉眼间满是阴恺厌憎。

见众人瞧她，阿榆才舒了眉眼，若无其事道："无事。就是见不得这些踩低就高的破事。郦娘子你继续说。"

沈惟清眼尖，已注意到她刚缩到袖子里的手，竟微微颤抖。莫不是秦家落难前后，她也见多了人情冷暖，或曾被恶仆欺凌？

他想不出这个狡黠好强的小娘子受人欺凌会是怎样的模样。但越是想不出，越是揪心。过刚者易折，善柔者不败。这要强的小娘子，经此家破人亡，究竟怎样熬过来的？

那厢鹏儿继续叙说的，依然是高门大户那些看人下菜碟踩低就高的狗血剧情。

从各处管事到各房下人，寻到机会便一次次阴阳怪气为难或讥刺着他们的主母。如此无礼，若说背后没有鲍廉或安四娘的推波助澜，凭谁也不信。

但细论起来，鹏儿其实并无鲍家谋害主母的证据，只是她极擅揣度人心，鲍府众人的不对劲，很快让她嗅出了危机感，并因此格外留意鲍廉等人的动静。

于是，她发现鲍廉偷偷去见搬出主院的安四娘时，便悄悄跟了过去。

因为怕被发觉，她藏身之处相隔较远，只看出安四娘又委屈又生气的模样，并隐约听到只言片语，似乎是说拿到什么东西后，安四娘会是这府里真正的主母，地位只会更尊贵云云……

听到这里，沈惟清、阿榆俱是心头一跳，无声对视了一眼。

第十二章 木香葳蕤，念念青丝故人

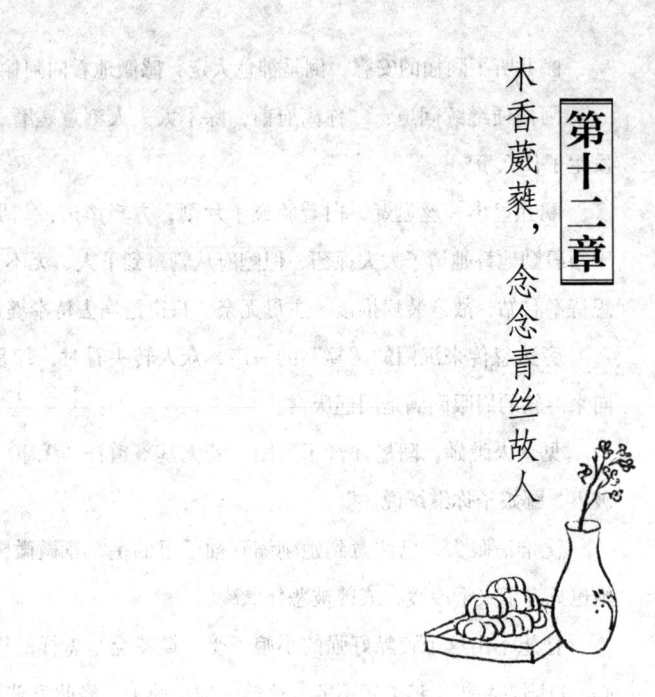

先前沈惟清等就留意过失窃之事，只是老管事肯定地说起失窃之事只是乔娘子病中呓语，且当时照顾乔娘子的侍婢、医官如数说起，并无隐瞒之意，故而沈惟清只叫人去暗暗核对讯息，并未特地循着这条线索追查。

沈惟清问："郦娘子的意思，他们可能为了拿到某样东西，对乔娘子不利？"

"我听得虽不真切，但我感觉他们应该就是这意思。当时我听着就极害怕。我一个小小侍婢，生死全在他们一念之间。若他们想害主母，只怕也不会放过我。"鹂儿略有些犹豫，"或许，是妾感觉错了？可我离府时，主母身体分明已有好转，却在不久后忽然病逝；小姜一向帮着主母的，莫名出了意外，我也觉得很不对劲。所幸奴家得遇夫君，这才侥幸逃过大劫。"

张嘴就来的表白，沈惟清听了许多遍，早已听得腻味，竟莫名噎了下，再不知钱少坤为何每次都能听得如此受用。

阿榆却已微笑道："郦娘子，我信你。"

鹂儿樱唇微张，看着这温柔明媚的小娘子，一时估摸不出她这句话是真心还是假意。毕竟，主人对主母不利，她却在第一时间选择了逃避，未免失了忠义，叫人看轻。

阿榆笑了笑:"幸亏你有先见之明,早早离开,不然此时只怕也是一抔黄土。那些人如今会盯上你阿母,更证实你的感觉没错。不只你,沈郎君的感觉也不错。他第一次见面认为我不是好人,看着没道理,其实判断得准确。我的确不是好人。"

众人再未想到,阿榆从女子自保的角度考虑,竟真心实意觉得鹂儿没有错。待听扯到沈惟清身上,听着真心,入耳却有几分委屈抱怨之意。

鹂儿等不由得看向沈惟清。他为什么第一次见面,便判断阿榆不是好人?

沈惟清却有些喜悦。能将对他的抱怨诉诸言行,可见不将他当外人。

于是,他格外温软地笑道:"或许郦娘子的感觉很准,但我的感觉早就作不得数了。阿榆你明明是极好的小娘子,我却诸多猜疑,是我错了。"

为了平息阿榆怨念,竟如此果决如此迅捷地否定了自己……

阿榆张了张嘴,便有些遗憾韩平北不曾跟来,不然就能见到韩大公子惊愕鄙夷的神情了。

她其实真心觉得沈惟清看人看得很准,尤其是对她,竟能一眼看出她不是好人。想起和沈家婚约还未完全敲定,阿榆决定笑纳沈惟清的这份改观,也不负她冒险救他一回。于是,她抛开沈惟清误入歧途的回答,继续思索着案情。

"那如今问题又回来了。乔娘子身边,到底有什么东西是鲍家势在必得的?那东西甚至关系到了鲍家的未来,鲍廉的前程,以及扶安四娘为正室的话语权。乔娘子不顾重病连夜回庄,会不会就是因为这东西失窃?"

鹂儿先前听说失窃之事,隐隐也将二者联系在一起想过。但她苦思良久,只能答道:"沈郎君,秦小娘子,我实在不知,主母身边有这等要紧的东西。或许小姜知晓一二吧?她跟主母甚是投缘,常帮衬主母,知道的或许比我多。"

身为鲍府主母,想在鲍府立足,竟需要一名侍儿帮衬……

阿榆想笑,又怕自己的笑太冷,惊吓到众人,终只能低垂眼眸,僵硬地说道:"小姜可能知晓,所以,她失足摔死了!"

沈惟清听出她话语间的沉郁,忙道:"阿榆,或许我们可以从小姜的死亡入手,看能不能查出线索。"

阿榆目光幽然一闪,轻声道:"听闻乔娘子生前住过的院子如今还在,我想请郦娘子陪我们先去她的院子瞧瞧,看能否有所发现。"

沈惟清苦笑道:"也好。横竖我们早晚要过去一次的。"

鹂儿听说去乔娘子的院子,便有些心虚了,怯怯地看向钱少坤。

钱少坤忙一挺胸，笑道："这案子到底也是大理寺经过手的，我也跟着去走一趟吧！"

鹂儿立时松了口气，面露笑靥，满眼的沉醉幸福。

钱少坤便似喝了甜酿般微醺着，屁颠屁颠地叫人安排车辆随从，竟是尽心尽力，无怨无悔。

一个弃主而去的小侍婢，竟另辟蹊径，把她菟丝花般的人生，活出了如此艳媚夺目的风采，阿榆不由心生膜拜，佩服不已。

阿榆、沈惟清等人启程前往鲍家庄子里，韩平北也正往钱府赶，一路痛斥着沈惟清这个小肚鸡肠的虚伪君子、无耻小人。花绯然坐于一旁，含笑看着他，那眼神说不出是包容还是同情。

因父亲韩知院的安排，也因对秦小娘子的关切，韩平北其实对乔氏这案子颇为上心，自认是破案三人组之一，必是要同进同退。然而那两位肆意妄为，各自行动救人，然后双双受伤而返……

他承认这种深入虎穴，与绑匪、毒蛇共舞的戏码，他跟不上，也学不来。但随后这伤员俩在家喝茶的喝茶，做饭的做饭，他和老父帮着善后，弯腰擦屁股的话儿做得可一点也不少。

且不说他老爹连夜奔到玉津园清查那些刺客根底，他在家也被迫接待了好些高门贵第的管事们。

没办法，玉津园这回出的事，不大不小，虽说死了的几人罪有应得，但关系到皇家园林的禁军，皇宫最高处的那位没留心便罢，若是留了心，往细里追究，拔起萝卜带出泥，天知道会揪出多少人的小辫子。

那些宗室皇亲、宰执将相，但凡稍有点心机的，谁没点手段？谁不在探听官家的动静喜好？

可真的坐实在禁军里安插耳目，怕是官家不会饶了他们。轻则失宠，重则丢官罢职，能不胆战心惊？

这种境况下，明着不好说，暗地里找幕僚或管事寻各种借口来打探，顺便明示暗示各种意味的言辞，就相当有讲究了。韩知院因此正忙得团团转，负责接待的韩平北也得跟着皮笑肉不笑地打太极。

不能得罪，也不能示弱，需拿捏得恰到好处。

折腾两天下来，韩平北假笑得脸都僵了。未及消停，他便听说沈惟清找阿榆去了。

去就去吧,累了两日,他也想去蹭个饭。可惜他连锅底都没蹭到。

倒是安拂风春风满面地问道:"没吃饭?我下厨为你做碗羹汤如何?"

美人洗手做羹汤,想想都是心旷神怡的画面。但韩平北回忆起安拂风那手厨艺,当真比沈惟清的心还黑,一张俊脸顿时黑似锅底。

韩平北道:"我可真谢谢你了!尝一回你的厨艺,我能瘦好几斤!他们查案去了?我现在就去跟他们会合。"

安拂风便面色不善,阿涂也面色警惕,如临洪水猛兽。

安拂风对自个儿的厨艺颇有自知之明,倒也不在意韩平北的言辞攻击。但她素来唏嘘秦小娘子命苦,很为她的终身操心。她并不觉得沈惟清是良配,奈何总比游手好闲的韩大公子好多了。

何况,这两日沈郎君的态度大有好转,看秦小娘子的目光似带了栗子糕的糯和软,不由让她对这桩婚事多了几分信心。眼见二人结伴前去查案,安拂风已脑补出一对伤员相依相伴恩爱不疑的戏码,便不想让韩平北这时候去搅局。

至于阿涂,他想得就简单了。秦小娘子不只是带刺的玫瑰,更是盛绽的毒罂粟,装柔弱的母老虎,劫匪们的小祖宗。哄来一个相府嫡长孙也就够了,好歹是小祖宗自己的谋划,若再跟审刑院知院的公子纠缠不清……

阿涂想不出是韩大公子作死,还是他家小娘子更作死。总之,安拂风、阿涂一个硬拉,一个软劝,谎称沈惟清等只是去了街市,将韩平北按在了店里等候,然后……等来了花绯然。

见安拂风一脸坦然地招呼花绯然,正气凛然地拜托花绯然护送他去查案,韩平北气得脸都绿了。居然说他是手无缚鸡之力的公子哥儿,瞧不起谁呢?

韩平北一脸忿然地跟安拂风理论时,阿涂适时地逮来一只大公鸡,笑眯眯道:"韩郎君,安七娘子尽会埋汰人,你一大男人,何至于没有缚鸡之力?不如现在就缚了这鸡给她看,问问她打脸疼不疼!"

阿涂说完,手一松,大公鸡扑棱着翅膀"咯咯"乱叫着,直直抓向韩平北的脸,啄得他狂奔而去,一头撞在了木香树上,淋了满头满脸的碎瓣儿。

韩平北捂着额失声惊叫时,那厢花绯然快步上前,随手一拍,便拎住公鸡翅膀,再轻轻一拧,那公鸡便耷拉下脑袋,没了声音。

韩平北惊得嘴唇哆嗦时,花绯然若无其事地将公鸡递回给阿涂,温和道:"不听话,宰了便是,何苦费那事儿?"

阿涂抖着手接过，嗫嚅道："娘子所言……有理，有理！"

天晓得，他内心正在狂呼，这世界，究竟还有没有天理？秦小娘子认识的娘子，为何一个比一个彪悍？他还能不能愉快地当他的小伙计了？

当个逃婚的小郎君，咋就这么难！

安拂风却很满意，笑道："有花大娘子相护，韩郎君去哪里查案都使得！"

于是，韩平北晕头转向地上了马车，和花绯然挤在了一处小小的车厢内，叫天天不应，叫老父……嗯，老父指不定会说安拂风干得好，干得妙，横竖都是逆子欠收拾。

他一时想不出安拂风、阿涂算计他的理由，只能归结于是沈惟清暗中主使，小肚鸡肠地不欲他参与此案，不欲他接近秦小娘子。

愤愤之余，他哪里还能安坐得下来，"大狐狸""伪君子""混账王八羔子"……整整叫骂了一路。

花绯然支颐看他红着脸怒骂的模样，唇边不由噙着丝丝笑意。长大的韩平北，依然少年情性，天真磊落，真是可贵。

韩平北许久才注意到花绯然的目光，顿觉自己是无能狂怒的小丑，惹人笑话。他虽脸皮厚，不怕人笑话，却也讪讪的。

他道："绯然姐，你莫介意，我实在是受够这个装模作样的无耻之徒了！"

花绯然微笑道："沈郎君难得有看上眼的小娘子，格外护食也是应该的。"

她的言辞很客气，斯文有礼，但护食是什么玩意儿？

韩平北回过味来，每个毛孔都舒爽了，笑道："还是绯然姐人极明，见事极清，一语中的！哈哈哈！"

他并不在意最狰狞的模样被花绯然瞧见。当年花绯然最痛苦时，也曾让他看到过最不堪最脆弱的模样。

此去钱府，自然是扑了个空。但韩平北已收拾好心情，闻言也不沮丧，只道："他们去了鲍家的庄子？都过去一两年了，那里还能有何线索？"

花绯然道："便有线索，他们查出来，也是他们的能耐。不如我们从别处想想，另外寻个突破之处？"

韩平北深以为然："若我能寻出线索，他那边却一无所得，看不把他羞死！"

他思索片刻，笑嘻嘻地打了个响指："当日我们调查乔氏案相关知情人，除了在世的，尚有个要紧的侍女叫小姜，恰死在乔娘子出庄的前一夜，未免巧了些。走，咱们先去查这个小姜！"

他在审刑院跟着沈惟清等官员行走学习，若说单独查命案，本是不敢的。如今急着查案，便庆幸有花绯然在旁壮胆，一时倒也想不起素日总躲着她的心思了。

韩平北、花绯然前去调查小姜之死时，阿榆、沈惟清已经到了鲍家在京郊的庄子。

乔细雨住了十年的庄子，和寻常官宦人家的田庄并无差别。田野间庄稼菜蔬在春风里长得甚是喜庆，农妇们顶着日头锄草抓虫，辛苦劳作之余，免不了东家长、西家短，再钦羡一回主人家的富贵气势。如乔氏这般貌美独居的主家娘子，自是她们素日里最爱的谈资。

阿榆给了些钱打听时，与先前得到的消息大同小异，无非又加了妇人们自己的判断，说她福薄命短，命中该有此劫云云。阿榆听得闹心，转而追问起巫蛊之事。妇人们茫然相视，居然一个都没听说过。倒是有人提起，有个憨憨的年轻人过来打听过，猜测是不是这年轻人故意装憨，误导他人往巫蛊方面想，大约别有用心。

阿榆一听便知是卢笋，意味深长地看了眼沈惟清。阳光下，她歪头嘲弄的模样娇憨却促狭，眸子清澄澄的，如一泓映得出人影的泉水。沈惟清便在那泉水里看到了自己的面容，心口颤了颤，似有一道纤细却耀眼的流星滑落心底，满怀都灿亮起来。他不由冲她一笑，眉梢眼底难掩愉悦。

阿榆十分不理解，为何沈惟清被她嘲弄还能笑得出来，还笑得如此欢欣不胜的模样。莫不是被蝮蛇啃傻了，毒气入脑？

不过沈大公子的笑容倒是赏心悦目。

等蔾姐姐醒来，多看大公子几眼，指不定伤病还能好得快些，那灭门之痛呢，也能忘却得快些……

想起秦蔾的温和面容，阿榆心驰而神往之，不由回了沈惟清一个灿烂的笑容，才追向鹂儿。

沈惟清被她回过来的笑容一晃，只觉天高云阔，青山碧水，都不及这小娘子笑靥如花，似星光璀璨。不热切，也不冷清，恰到好处，不远不近，那般妥帖地熨到心底，然后勾到了他。必定是故意的，真是蔫坏的小狐狸。幸亏这小狐狸是他的未婚妻，未来更是他白首偕老的妻子，他不必担心失去这份让他愉悦宁和的妥帖。

他半晌才从他家小娘子蔫坏的笑容里回过神，听到阿榆的说话声。

阿榆正问道："鹂娘子，当初那个巫蛊之事，你是从哪里听来的？"

鹂儿道："有一次太夫人去小佛堂找主母说话，我听太夫人的两名侍女说起来着。"

"你可还记得，当时是怎样的状态？"

"当时……"

鹂儿仔细回想，记起那是鲍太夫人第三次前来找乔娘子。

彼时鹂儿正将重回鲍府的希望寄托在太夫人身上，对太夫人一次次屈尊来见的原因已好奇到无以复加。见太夫人又进了乔娘子的小佛堂，她忍不住去找两名侍儿打听。

才要走到廊边时，她便听到了侍儿的对话。

一名侍女道："太夫人也真是，明知乔娘子躲在这里行那巫蛊之术咒她，还过来瞧她做甚？"

另一名侍女道："这中间的门道你就不懂了吧？与其让她暗恻恻在看不着的地方使坏，自然不如带回府里，放在眼皮子底下。"

原先那侍女便嘀咕："你说这乔娘子，既然与主人合不来，一拍两散岂不是好？"

另一名侍女道："她再怎么着也占了原配夫人的名分，正儿八经的官家娘子，哪肯轻易放手？太夫人想扶正安娘子，她岂有不怨怼的？幸亏主人机警，察觉巫蛊之事，早早防范，再不怕她翻上天去。"

鹂儿远远听闻，心都冷了。若太夫人和鲍廉母子是这样的心思，即便乔娘子回去，焉有她的好果子吃？

心惊胆战之余，她不仅不敢再跟侍女们打听，还在太夫人离开后，立刻将听到的那些话告诉了乔娘子。毕竟，彼时她的未来都在乔娘子身上，一荣俱荣，一损俱损。

乔娘子听说，面上浮出愠意，当时虽未说什么，但鹂儿离开时，却听得里面的娘子低声自语道："如此颠倒黑白，是欲取我性命吗？"

鹂儿早知乔娘子家世，虽出身官宦人家，但和鲍廉成婚没多久，其父便犯事丢官，其弟后来以经商为业，虽不差钱，又怎能与朝廷官员抗衡？若鲍家铁了心想诬陷算计乔娘子，乔娘子当真会有大麻烦。

经了此事，再加上回府后乔娘子的遭遇频频印证，鹂儿一得到乔娘子病逝的消息，立刻就认定，乔娘子的死，应该没有那么简单。只是她好容易在钱家过上富足安稳的生活，也没有乔娘子为人所害的确切证据，再不敢胡乱掺和。

说话间，几人已来到一座青砖院落前。因年余未有人居住，院子内外已杂草丛生，却还能看出用碎石和瓦片精心铺出的道路，又以花草巧妙分割点缀，将小小的院落排布得错落有致，竟有种闹中取静、雅而不群之感。

据闻这间别院是乔娘子自己出钱所建，鲍廉为悼念亡妻，便将此处封锁保留了下来。几人自是都不相信鲍廉的"深情"，但听说里面一应东西都未曾动过，倒是精神一振，期待能查出些线索来。

鹂儿当年离开得急切，尚留着这院子的钥匙，顺利地打开院门，指点着右边厢房前的廊道介绍道："当时那两名侍女便是站在那边说话。"

沈惟清笑了笑，一指前边厢房，问道："彼时你是不是正从那屋里出来？"

"正是。"

钱少坤听二人一问一答，却已明白过来，叹道："鹂儿，这两名侍女，应该是故意说给你听的。"

鹂儿懵住："为何故意说给我听？"

"借你之口，传给乔娘子听。怪不得乔娘子给乔锦树的书信里言之凿凿，说鲍家用巫蛊之事构陷于她，但官府细细察访，却一无所得。"眼见鹂儿面露惊骇，钱少坤忙拍了拍她的手，"人家有心算无心，这事怪不得你。"

沈惟清惋惜一叹："这乔娘子不像庸人，可惜只身一人，终逃不过这些算计。"

他惋叹之际，鼻际传来阵阵馥郁而冷洌的花香，不觉抬头看了眼，心头已咯噔了下。

不知何时，阿榆踏入丛生杂草间，眉眼微凝，怔怔地看着院中的一株繁盛的木香花。

那木香所开之花与阿榆食店里的相若，俱是白色重瓣花朵，雪团似的缀满枝头。但这株木香显然有了年份，枝干粗壮，沿着支架一路攀援，竟遮了小半个院落。它的花朵也远比阿榆那株繁多，一簇簇挤挤挨挨，葳蕤生辉，如今花时将过，零落一地碎雪，却还有许多花苞竞相绽放。

可这盛绽的花朵映入阿榆的黑眸，似叠入了重重的雪团，令这小娘子如在春意阑珊里搂了冰霜满怀，整个人清寂得出奇，有种阴恻厌世之感。

沈惟清皱眉，再猜不出这木香令阿榆想到了什么。但无疑地，蔫坏蔫坏算计人的小狐狸，看着才让人更顺眼，更放心。

他快步走过去，低问："阿榆，怎么了？哪里不对？"

阿榆鸦黑的长睫颤了下，眼睛已弯出了素日上扬的弧度，面颊盛了清浅的笑意，说道："没什么，就想起我那小院子里也有株小木香，比这个可差远了！"

鹂儿笑着解释道："这株木香是乔娘子栽的，据说搬来庄子的头一年便栽下了。春日可赏花，夏日可遮荫，到了秋冬满院枯叶，独它还是青青绿绿的。若不是年年修剪，只怕长势更旺。"

阿榆轻笑道："不该栽木香的。这花开得再繁盛，也是凄凄凉凉的颜色，看着多不吉利。"

鹂儿笑道:"细论起来,主母的喜好有点难猜,妾也不知她为何会栽这木香花。"

二人交谈间,阿榆已言笑如常。但沈惟清总觉得她的笑容很不真实,缥缈得像沾染了此处的萧瑟荒芜,竟有种看透万物凋敝般的凉薄。

他其实很想问问她,既觉这木香不吉利,为何还要栽种?为何还要簪戴?可想起秦家灭门惨祸,比之乔娘子的遭遇,真是有过之而无不及,哪里还问得出口?瞥了眼她那银簪绾起的鬓发,他开始庆幸她食店里的木香花已然凋谢,她无法再簪这不祥的花了。

鹂儿领着他们将院子各处走了一遍,细细诉说着乔娘子素日的生活细节,以及可能相助破案的琐事,最后才来到乔细雨的卧房和小佛堂。

乔细雨的卧房无可言说,跟被人洗劫过似的,简朴得令人发指,大约早就将自己当作了清修之人。

但鹂儿指着床边的几只描金箱笼道:"主母素日虽简朴,但还是颇有些珍贵衣饰的。我曾替主母收拾过这些箱笼,有好几匹极好的衣料。簪饰也有贵重的。其中两根宝钗,嵌着那么大颗的珠子;还有一对手镯,很通透,跟山间的泉水似的;另外还有枚团花佩,当时只觉温润精致,后来跟了钱郎,长了眼界,才知那是羊脂玉的。我见过的这几样都算得千金难买的好东西,寻常官宦人家多半会密密藏起,当作压箱底的传家宝物。"

钱少坤纳闷道:"乔氏父亲虽曾出仕,不过寻常参军而已,哪来的钱财置备这等贵重妆奁?乔娘子那个弟弟倒是颇有经商天分,莫非后来贴补了姐姐?"

说话间几人已将箱笼打开,里面却只散落了几件素色衣物,还有两条旧帕子。

显然,乔娘子逝去后,她的遗物已被鲍家带走。她既是鲍家妇,只要乔锦树不提出异议,鲍家先将她的财物收起,谁也无法指责。

阿榆心中愤然,俯身拾起那两条旧帕子,淡淡道:"所谓一应东西均未动过,原来就是不值钱的懒得动,值钱的全打包带走……庄子里那些妇人还夸鲍廉深情呢,这深情当真廉价得不堪。"

沈惟清沉吟着问道:"如果那个雨夜失窃的,就是这些贵重之物,乔娘子会不会急得连夜回庄?"

鹂儿仔细想了下,摇头:"沈郎君,我虽不知主母所思所想,但对她的性情还算了解一二。若遗失的是这些珠玉之物,她必定令人报官缉贼,却不至抱病而归。其实我一直没想明白,到底丢了什么,会令她这般着急。"

阿榆淡淡道:"假如这些东西里,恰好有她看重之物,恰好又是幕后那位贵人看重之物呢？"

鹂儿迟疑道："应该……不会吧？这些箱笼虽常常锁着，但每隔一年半载的，也会打开晾晒一番，彼时都是交予我们打理安排，从未藏着掖着。"

沈惟清沉吟："所以，这些陪嫁之物必定来历清白，若有遗失必会报官。如今未见官衙记档，可见丢失之物，要么见不得光，要么不值钱，报官也无济于事。但乔娘子和鲍廉背后那人，显然对此物十分看重。"

鹂儿茫然："不值钱但主母十分看重？那会是什么？"

沈惟清提醒道："比如，一些私人珍藏的舆图或违禁孤本，某些官员贪赃枉法的证词或账册……"

鹂儿顿时道："这不可能。主母怎会理会这些俗物？若说不值钱但得她看重的，大概只有经书了。"

"经书？"

"对！而且，主母平时待的时间最久的地方，不是卧房或院子，而是小佛堂。"

乔娘子清修的小佛堂就在卧房隔壁，一眼看去同样简素，但还保存着许多当年的物品。上首的墙壁悬着九天玄女绣像，下方的供桌设了若干神佛塑像，地上则置了一只半新不旧的蒲团。蒲团洗得很干净，中间有久跪出的明显凹痕，似能看到主人朝朝暮暮跪拜祝祷，心如槁木的模样。

阿榆盯了那蒲团片刻，默然转眸，看向旁边的书案。书案上果然摆放了许多经书，有刻印本，也有名家的抄本，但最多的则是乔细雨的手抄经文。

不仅案上有，案下的书箱里也积了两大箱。

鹂儿道："主母颇通文墨，写字又快又好，这些年抄的经文可多了，之前的都舍入了寺庙，赠与众人取阅。听说这抄经赠经，都是积福的大功德，但主母说，她只求修行，不求功德。我也不明她这是何意，也不好细问的。"

阿榆吹开灰尘，取了一册看，是往生咒。

她怔了下，又拿出几册看，又是往生咒。

她的手有些抖，忙捏紧袖子，嘴角掀了掀，方若无其事道："都是往生咒呢。"

沈惟清、钱少坤将剩的两箱经文都翻出看时，也全是往生咒，不由怔住。

钱少坤疑惑道："她这是为谁抄的经？"

阿榆咧了咧嘴，挤出一个像是笑的弧度，若无其事道："是为逝去的长辈所抄吧？

她只求修行，不求功德，应是希望功德归于长辈。"

"长辈？"沈惟清皱眉，"乔氏姐弟幼年丧母，其父则在卸职五年后过世，那时乔娘子已在此处抄了四年的经。她这是在为哪位长辈抄经？"

钱少坤道："鲍老似乎是鲍学士成亲不久后去世的，或许，是为她公公抄的？"

鹂儿摇头："不会。乔娘子素来不将那些生辰或忌日放在心上，每逢乔家二老或鲍老的忌日，只是命我们烧些纸钱，并不会特地去庙里。"

沈惟清沉吟："她终日抄经文，却不看重生辰或忌日？那她自己的生辰总会记得煮碗汤饼吧？"

鹂儿道："妾未曾见过主母过生辰，不过每年端午，她都会亲自下厨做一碗汤饼。"

"端午不该吃粽子和五黄吗？为何会做汤饼？"钱少坤不解地看向沈惟清，"沈兄，这是哪边的习俗？"

沈惟清摇头："莫不是有亲人恰是那日生辰？"

阿榆脸色泛白，却笑道："沈郎君说笑了。端午恶月恶日，据说这日出生的孩儿，子妨父、女害母，故而连生辰都不过的，又怎会在这日吃什么汤饼？"

沈惟清总觉得阿榆自进了乔娘子这间别院，哪哪都有些不太对，但留心细看时，又似没什么不对。或许，又是他看错了？

他的直觉向来很灵，但在阿榆这里，似乎失灵了。

阿榆却还思索着失窃之事，喃喃道："这小佛堂能有什么？那窃贼难道会跑这里偷经书？或者偷藏在经书间的秘密？"

若有秘密，乔娘子必是被这秘密夺去了性命。

因自身受到威胁，鹂儿自认不得不跟沈惟清等站在一条道上，于是对此事也极上心，凭着往年的经忆，一点点清查着小佛堂里的物品。

最后，她走到供桌前，对着墙上的九天玄女像，忽然皱眉，惊叫道："不对！这绣像不对！"

绣像不对？阿榆等抬头，看向玄女绣像。

蒙了许久灰尘的素白绢帛之上，玄女身着彩衣，翠帛飞扬，裙裾翩飘，潇洒立于祥云之上，意态疏狂。她的面容绣得精致明丽，宫髻堆鸦，五官明丽且不失英气，低垂的眉眼间无声显出<u>丝丝</u>悲悯。

阿榆看了半晌，疑惑问："哪里不对？"

沈惟清道："这幅绣像，太新了！"

他飞身上前,轻轻摘下绣像,用巾帕掸了掸灰尘,便立时就能看出,这绣像所用绢帛质地不错,洁白如雪;所用绣线也是上佳,绣工细腻,色泽鲜明。

阿榆恍然大悟,"这佛堂常年香火不断,若是挂上十年,早该发黄泛旧,色泽断然不会这般鲜明。"

鹂儿点头道:"这绣像,画的人物云彩都与原先那幅一样,又蒙了灰,乍看着并无差别,但刚我细瞧时,根本就不是原来那幅。"

众人听得精神一振,忙仔细检查起那幅绣像。

沈惟清问道:"你接触过原先那幅绣像吗?有何特异之处?"

因之前的推测,钱少坤在旁也提醒道:"鹂儿,你细想想,先前的绣像,里面可不可能有夹层?绣的衣襟或背面,会不会暗藏玄机,藏着字迹或地图之类?"

鹂儿居然很快摇头:"主母甚是爱惜那幅绣像,我曾经帮着清理过,平素也见过许多次,没觉得里面有夹层,绣像衣饰花纹什么的……和这幅绣像很像。确切地说,这幅绣像应该就是照原来那幅绣的,所以乍一看时,我竟没看出已经换了一幅。"

鹂儿将手摸向玄女的发髻,继续道:"你们看,连这玄女的发髻都和原先那幅一样,都是用真人的发丝所绣。"

阿榆胸口忽然闷了下,抬眸看向鹂儿:"你是说,乔娘子拜了十年的那幅绣像,发髻是用真人发丝所绣?"

鹂儿道:"不会错,我当年问过主母的。"

她记得她一时好奇问起乔娘子时,乔娘子那淡然的神情忽然有了波动。她眺着远方,眼神悠远悠远,似在看着空冥处某个缥缈的希望。

她以为主母不会回答她时,她听到乔娘子轻声道:"是,是发丝所绣。唯有那位娘子的发丝,才最配这幅九天玄女绣像。"

钱少坤听着鹂儿的叙说,皱眉道:"既然乔娘子礼敬那幅九天绣像十年,且那绣像保存完好,为何忽然换掉?"

沈惟清沉吟:"总不会……鲍家想要的,就是这幅绣像吧?难不成这绣像真的藏着什么秘密?"

鹂儿便不敢说话了。她在某些方面有天分,比如长袖善舞,妙解人意,比如利用自身优势谋取立足之道……但她不过粗通文墨,见识有限,又如何敢肯定,那绣像有无秘密?

阿榆垂眸,定定地看着玄女像,看着玄女像漆黑的发髻,满目落索,心神恍惚。

若是……若是原先那幅绣像,那发髻必定更加黑亮柔润,轻抚上去,或许能触摸到女子曾经鲜活的生命,听得到女子悦耳的笑声。

她眼底忽然涩得厉害,失魂落魄地退了一步,竟似被抽去筋骨般,腿软得站也站不住,差点跌跪在地。

沈惟清因未听到她接话,正抬头看向她,正见她面色发白,眼看着就要倒地,忙伸手一揽,将她扶住,低问道:"阿榆,怎么了?"

阿榆再盯了眼那绣像,垂眸看向自己的膝盖,轻声道:"膝盖疼。"

沈惟清一惊,忙扶她到一边坐了,蹲身为她揉着膝盖,已是满心懊恼。

他道:"我的错。明知你旧伤未愈,该让你多休息一两日。"

阿榆情绪彻底低落下去,耷拉着小脸看他给自己揉膝盖,一言不发。

钱少坤看看专心致志给秦小娘子揉腿的沈惟清,看看沉着脸一声不吭的秦小娘子,再看看自家柔情蜜意为自己递上水袋的美妾,顿生满怀豪情,深感自己才是人生赢家。

沈大公子虽得长辈青眼,却连个小娘子都搞不定,诸般做低伏小都换不来小娘子半点笑颜,何等失败!回头牝鸡司晨,醋娘子当家,更是笑话了。

他决意得空要跟韩平北交流交流。虽则素日交往不多,但同是京官之后,同被沈相家的好孙儿压了十几二十年,若能目睹他在娘子身上摔一大跟斗,可浮一大白,以慰平生。

沈惟清见钱少坤眼底止不住的笑意,隐约猜得到他所思所想,也不在意,只道:"钱兄,郦娘子是否还有些要紧的事没想起来?"

钱少坤、鹂儿相视愕然。

鹂儿道:"但凡我能想到的都已说了,实在记不起还有甚么要紧的事。"

沈惟清:"可今日郦娘子所叙,并不足以定罪任何人,至多让我们对鲍家态度有所怀疑。既如此,那些人为何绑架你阿娘?"

鹂儿茫然,钱少坤却已皱了眉,思索道:"我也觉得不太对劲,回头让她再细想想。"

沈惟清点头,眼见阿榆气色极差,顾不得其他,叫人封存了小佛堂和那幅绣像,匆匆安排回城事宜。

第十三章 称量公平的秤，是活着

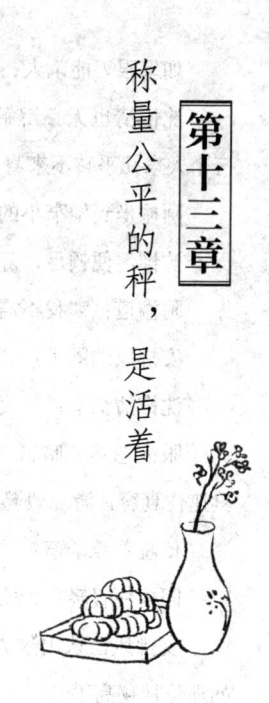

　　回到食店时天色已近傍晚，食店并无客人，安拂风正在对着账册盘账，忽见阿榆惨白着脸被扶下马车，愣了一下，忙迎上前，问道："阿榆，怎么回事？又遇到不长眼的贼子欺负你了？"

　　她想起自己费尽心思偷偷叫来花绯然支开韩平北的那番苦心，对沈惟清气不打一处来，呵斥道："沈惟清你还算是男人吗？连自家娘子都护不住，丢不丢脸？"

　　沈惟清到底顾忌着男女大防，扶阿榆时，不敢靠得太近，见安拂风来扶，立时松了口气，默不作声听她骂完了，方叹道："是我疏忽了，原该更留意些。"

　　安拂风闻言，诧异地转头看了眼，一把拉过阿榆，紧张地问道："他是不是做了对不住你的事？"

　　她跟沈惟清斗智斗勇了许久，深知这位大公子有多难缠。看着端雅有礼，实则心黑手狠，睚眦必报，不可能轻易服软。如今看他忽然如此这般示弱，立刻推测他是不是做了什么亏心之事。

　　阿榆脑中混沌一片，低低道："不是。"

　　安拂风更觉阿榆吃了亏，顿时懊恼不该让阿榆单独跟着沈惟清离开。

如果眼刀能杀人，她扶阿榆回房的这一路，沈惟清能被千刀万剐。

沈惟清也无心辩解，亦步亦趋地跟进阿榆的卧房，才觉出这屋子又窄又闷，多出两三个人来几乎转不来身，只得立于门口，轻声道："我叫人去请医官。"

阿榆坐到她窄小的床榻上，略略回过神，立时道："不用。"

沈惟清便顿足，静静看着她。

阿榆道："我不需要医官，我想见凌叔。"

安拂风纳闷了："谁是凌叔？"

沈惟清忙道："凌叔在哪里？我去找。"

眼前忽然一暗，一道沉沉黑影挡住了本就微弱的日光。凌岳身披斗篷，一副冰冷面具遮住真容，游魂般蓦地出现在门前。

他哑着嗓子道："小娘子，我在。"

阿榆便轻轻一推安拂风："七娘子，你们出去吧，我想跟凌叔说说话。"

安拂风已认出此人是初遇阿榆那日，跟踪她和沈惟清，并莫名其妙跟他们打了一架的那位神秘高手。

她一时懵住，退出小小的卧房，看凌岳进去，房门也被随手掩上，方疑惑地看向沈惟清："这人是谁？阿榆跟他是何关系？"

沈惟清已和凌岳打过交道，深知此人身手极高，医术也不凡，此时却被安拂风问住了。

他的确不知凌岳跟阿榆是何关系。

阿榆当初的意思，她无意救过这位，这位才会护着她。但他家这位小娘子最擅长一本正经地胡说八道，他也不知阿榆这话是真是假——可这也不能怪阿榆，毕竟从初次见面开始，最先表现出不信任的人，是他；在她悲惨遭遇后继续雪上加霜伤害她的，一再阻拦她查案的，还是他……

她当然很难再相信他。

但那日在山洞和竹林先后遇险，她一再冒死救他，已经表现出了足够的善意。

他终究答道："是和秦家交好的一位长辈。阿榆能从真定府逃离，一路来到京城，想来跟这位长辈的援手分不开。"

阿榆显然跟这位"凌叔"习过武，之前和沈惟清并肩而战，也看得出身手不俗。但她毕竟是极少出门的小娘子，沈惟清更愿意相信是这位凌叔在保护她。

安拂风回忆起凌岳向他们出手前发生的事，倒是深信不疑，冷笑道："怪不得那日会跟踪我们！大约早就看你不顺眼，想狠狠揍你一顿了！"

沈惟清思索片刻，认真检讨："的确是我的错。"

阿涂刚从厨房忙完出来，听见二人对话，不由眉开眼笑，说道："沈郎君果是坦诚君子，敏慧洞达！若能以心换心，必定能与小娘子摒弃旧怨，友爱和睦！"

阿榆独在他面前露过一丝口风，他也因此知晓了这小祖宗根本无意嫁入沈家，也不知会怎样收场。

但作为一名卑微的店伙计兼胆小的逃婚者，他还是希望沈惟清能将阿榆放在心上，最好爱得要死要活，日后揭穿真相也不舍追究，以免连累他这个倒霉蛋跟着受苦受难。

正说话时，房中蓦地传出阿榆一声压抑的悲呼，似幼兽落入绝境，在暗无天地的牢笼里发出凄厉无望的哀号。

沈惟清等大惊，悚然望了过去。

但也只那么短促的一声，那小小的屋子便归于沉寂。侧耳静听时，却是悄无声息，连进去的凌岳都没说过一句话。

这种沉寂比寻常的号啕大哭还让人心悸，沈惟清只觉背上一层层地浮起粟粒，又有汗意悄然渗出，一时也分不出这一刻自己是冷还是热。

安拂风同样惊悸，恼火地瞪向沈惟清，低低问："你到底对她做什么了？害人家哭得这样！"

沈惟清苦笑，"她……说是旧伤发作。"

安拂风怒道："你当我瞎？旧伤发作会是这般模样？"

沈惟清头痛，无奈道："拂风，我真对她做了什么，那位凌叔的剑能把我片成鱼脍。"

阿涂最是害怕，缩在一角瑟瑟发抖，一个字也不敢多说。

若是小娘子心情不好，一旦暴怒，不必那位凌叔动手，小娘子就能将他片成腰花，比鱼脍还要精细许多。

沈惟清看着那掩上的门，到底忍住焦灼，没有冒失地冲进去查看，只低低道："这院里屋子不少，为何住这间？"

位置偏，采光差，又窄又小。

对于刚承受灭门惨祸的小娘子来说，这屋子太阴暗，太沉重，会让本就不佳的心境雪上加霜。

安拂风悟出沈惟清之意，鄙视地盯了眼阿涂。

阿涂委屈地张张嘴，没敢辩驳。

阿榆自己看中了那间，难不成他还能跟她争？就冲着这小祖宗零碎剐人的功夫，借他一百个胆子他也不敢啊!

　　阿榆那宛若牢笼的小小屋子里,日光透过紧闭的窗扇艰难地投入,竟似被其中的黑暗吞噬,变得黯淡阴冷,模糊了屋内的桌椅陈设。

　　凌岳半跪于床榻前,微低了头,沉默地看着靠在自己肩上的小娘子。

　　她如暗夜里一道纤薄将散的剪影,如风雪间一片欲落的碎叶,又如一块布满裂痕快要粉碎的琉璃。

　　她说找凌叔说说话,但她并没有开口,甚至没有发出任何声音。但凌岳清晰地感知到,他家小娘子在哭,哭得浑身颤抖,却死死压住喉咙间的呜咽声。

　　许久,凌岳伸出手,轻轻拍了拍她的背,柔声哄道:"小娘子,难受就哭出声来。"

　　阿榆却压抑得更厉害,半晌,竟将抽噎声也压了下去,沙哑着嗓子道:"我没事了。"

　　凌岳便看着她不说话。

　　他本就不会哄人,何况受身份所限,也无法像寻常长辈那般待她。看着独面风雨挣扎长大的小娘子,他想流露关爱疼宠,却不知从何下手。

　　阿榆擦干泪水,抬起头,说道:"我躺会儿,明日便好了。"

　　凌岳道:"好,我在外面守着。沈家郎君,安七娘子和你那个小伙计也在外面,你若想跟人说说话,可以唤他们进来。"

　　阿榆垂眸,神色已淡然:"嗯,的确要聊下乔娘子那案子。"

　　凌岳欲言又止。

　　他希望阿榆能和同龄的友人说说心事,希望她能渐渐纡解胸中块垒,阿榆却想着在这副状态下查案?

　　他叹了口气,转身要离去时,阿榆又将他叫住,递过去一方半旧的丝帕。

　　阿榆道:"细雨姐的。她贴身的旧物,根本没人收拾。我想着心疼,悄悄带了这方丝帕出来。"

　　凌岳身形一僵,接过丝帕端详片刻,紧紧攥了攥,方小心藏入怀中,快步离开。

　　沈惟清等正立于木香花下等候,见凌岳出来,忙迎上前去。

　　"凌……凌叔,请问阿榆怎样了?"

　　凌岳听出他是跟着阿榆称呼自己,面具下的眼皮跳了跳,方淡淡道:"且让她缓缓,明日再说吧!"

"明日？"沈惟清看了看那扇再度掩上的门，忍不住地焦虑，"她的情况并不好，我想请医官过来看下。"

凌岳道："她不愿。"

沈惟清道："事关她的身体，她不愿，凌叔难道就依她？"

凌岳皱眉，眸子瞬间冷下去，淡漠地盯着沈惟清。

面具遮去了他损毁的容貌，但他那双眼睛久历岁月和鲜血的打磨，早已凌锐如刀，不经意间便有杀机隐隐，令人胆寒。若是寻常人被他这般逼视，早该心悸得抬不起头。但沈惟清并无惧色，平静地直视他的眼睛，并无半分退缩之意。

凌岳看了他片刻，退了一步，低声道："你跟我来。"

沈惟清迅速跟着他离开——都是仗着轻功逾墙而去，飞快消失于渐沉的暮色中。

阿涂这才松了口气，抹着额上的汗，嘀咕道："怎么回事？刚刚我居然觉得，他们很快会打起来！"

安拂风同样背脊紧绷，手足发凉。她难得赞成阿涂的意见，叹道："你感觉得没错，刚那一瞬，那个凌叔……身上有杀机。"

可沈惟清只是想为阿榆请医官，为何会引动他的杀机？

安拂风等想不通，沈惟清同样想不通。但凌岳能在阿榆陷入绝境时不离不弃守护着她，沈惟清自然不愿得罪他。

他跟随凌岳跃入附近一处荒林，看凌岳顿足，他又上前，郑重行了一礼，解释道："凌叔，我只想帮阿榆。"

凌岳淡淡道："若非如此，即便你是沈相嫡孙，秦家女婿，我也会将你片作鱼脍。"

显然，先前他们在院中的聊天声音虽不高，却瞒不过凌岳的耳朵。

沈惟清也不在意，微笑道："若我辜负阿榆，便劳烦凌叔将我片作鱼脍吧！"

凌岳便不说话了。

在他心里，他家小娘子最尊贵最要紧，沈惟清根本没资格强行迫她就医或安排其他事宜——哪怕他是为了她好。

可沈惟清跟阿榆其实并无任何关系，将二人扯到一起的唯一原因，是秦家，是沈惟清和秦藜的婚约。

他不能确定沈惟清待小娘子是否真心，但能确定小娘子待沈惟清绝对假意。沈惟清或许不会辜负阿榆，但阿榆一定会辜负他。阿榆做的一切，只是希望失去所有的秦藜能重

177

新拥有一个温暖的家园，一个疼爱她的夫婿。

沈惟清见凌岳移开目光，紧跟着劝道："想来凌叔比我更清楚，阿榆不仅身上有旧伤难愈，情绪也不太对。只是平时压抑得较深，我们注意不到罢了。若寻来大夫仔细医治，我等再时常劝慰，天长日久，应该会有好转。"

"天长日久……"

凌岳神情微动。

鉴于他家小娘子既渣且作，极不靠谱，他终于道："沈郎君，你当明白，任何一个在地狱里煎熬过，受尽苦楚才爬出来的人，心境都会出问题。相比她心底的怨恨和戾气，那身旧伤反而算不得什么。"

他对阿榆的遭遇含糊其词，但有秦家灭门惨案在，倒也无须多作解释。

沈惟清很自然地问道："凌叔，我能做什么？"

凌岳道："你可方便，将今日之事跟凌某说一说？我想知道她究竟遇到了何事。"

沈惟清也清楚，阿榆明显不对劲，必是受了某种刺激，绝不是什么旧伤发作。

密室相救，竹林相守，两度生死徘徊，他虽不能确认自己对阿榆是何等心意，但已完全认可沈秦两家的婚约，并将这孤零零的小娘子视作自己的责任。眼见阿榆陷入他所不知的病厄之中，他略一犹豫，便将今日之事——道出。

听沈惟清说着乔娘子那别院，以及清简的卧房、小佛堂，凌岳垂下了眼。

好在这些年他的性子早被磨得坚冷如铁，又戴着面具，哪怕沈惟清再敏锐，也看不出明显异样。

待提到绣像真假，凌岳忽然挥手打断，小心地跟他确认："你刚刚说，那绣像发髻，是真人发丝所绣？"

"正是。连现在悬的那幅绣像，都是用真人发丝所绣。"沈惟清眼睛一亮，盯着凌岳，"凌叔莫非想到了什么？"

他们今日所得讯息，其实甚是琐碎。虽然目前线索都指向那幅不知所终的玄女绣像，但这绣像究竟是不是失窃之物？如果是，又代表着什么？为何会给乔娘子带来灭顶之灾，又为何会让鲍廉加官晋爵？

阿榆在发现绣像异常后忽然不适，是否因为知道了什么？阿榆目前状况，他一是不便去问，二是问也不会问出什么，便只能冀望凌岳这里能给出答案了。

凌岳沉默了下，才轻声道："有一年，小娘子头上长了疥疮，为了治那病，她阿娘剪掉了她的长发。当时她阿娘哄她说，日后可以用这头发给绣个弄玉的绣像。"

"弄玉的绣像？"沈惟清意外，"为何是弄玉的绣像？"

难道还指着有个琴瑟和鸣的萧史来伴她不成？

凌岳苦笑，"她自小儿心志高远，向往外面的天高海阔。后来读了弄玉的故事，曾吵了许久，想要一头弄玉成仙而去时坐的紫凤。"

弄玉，紫凤，俱是传说中的人物。但沈惟清想了下，发觉以阿榆这等品貌，若乘紫凤踏云而去，似乎并无违和感。

凌岳继续道："后来小娘子知道紫凤不可得，但还是喜欢弄玉骑凤的画像，甚至计划过要学吹笙。"

"后来呢？秦婶婶为她绣了弄玉像？"

"没有。"凌岳好一会儿才想起秦婶婶指的是秦藜的母亲，顿了下，"后来她家出了变故，仓促离京，谁还顾得上这事？"

沈惟清忽觉出不对："凌叔，若我没记错的话，阿榆八年前离京时，已然十二岁。我似未曾听说她生疥疮。"

彼时沈秦两家的婚事成了不少人的心头刺，秦藜若是生疥疮剪了头发，岂能瞒得过沈家那些想看笑话的表姐表妹？

且他虽只在幼年见过秦藜，但对这位秦家长女的事一直有所耳闻。他这个义上的小未婚妻，虽门第不显，但精厨艺，擅女红，颇通经史，至少也是个孝顺懂事的小娘子。十二岁还要阿娘用弄玉的故事哄着，怎么听着跟记忆中的秦家长女南辕北辙？

凌岳也知自己所叙必和沈惟清所知相差甚远，当下冷笑道："你未曾听说的事多着呢。我也从未想过，小娘子会遭遇那些惨事，养成这样的性子！"

沈惟清顿时闭口，暗悔当年不该囿于偏见，对小未婚妻避而不见。

若自幼相交，彼此知心，也不至于像如今这般互生不满，彼此试探，本该稳稳当当的一桩亲事竟如秋千索般摇摆不定。

半响，沈惟清叹道："原来阿榆是因发丝绣像想到了阿娘，才会情绪有异。"

凌岳其实也有些心虚。

幼时的小娘子的确得过疥疮，主母的确讲过弄玉的故事。细雨绣工极佳，的确用小娘子剪下的头发，为小娘子绣了一幅精美绝伦的弄玉乘凤像。但那是小娘子四五岁时发生的事，跟秦藜离京的年龄如何对得上？

凌岳自不希望沈惟清纠结此事，立时转了话题，说道："沈郎君，不知你可想象得出，阿榆家中出事后，从未哭过。"

179

沈惟清不由心头一揪，立时望向阿榆房间，低低叹道："何至于斯！"

从未哭过，只因心里有更重要的东西在坚持，始终紧绷，无法松懈——如此，如一根紧绷的弦，某处稍一用力，就是全盘崩溃。

于是，仅仅是一幅关联不大的发绣，便压垮了阿榆强撑的那根神经。

沈惟清明白过来，默然走回食店，唤来阿涂，令他在院中放了张木榻，预备夜间便歇在院中，方便随时照应阿榆。

凌岳低低叹了口气，悄然隐到暗处，遥望天际。

银汉无声，凄冷星光一如主母断发的那夜。

那面色惨白却脊背挺直的主母，高傲地仰着头，神色激烈："夫婿不会谋逆，妾亦不会劝他谋逆！若妾有半句虚言，此身当如此发！"

利匕划过，一绺乌发跌落在地，柔润黑亮。

"身体发肤受之父母，竟能拿来发誓，这便是汝之家教？滚，给我滚回去闭门思过！"

殿上那位的怒斥声中，主母战栗着捏紧拳退下，随在她身后的乔细雨悄无声息地捡起那绺乌发，攥紧，匆匆跟着主母离开。

身后，有人冷笑。

"呵，四弟倒也罢了。我瞧着这四弟妹，有反骨吧！"

有反骨，所以活该沦落尘埃，满门凋零。

凌岳眸光愈冷，却起了水雾。

牢笼般的小小屋宇里，阿榆侧卧着，抱着膝，努力感受着身体的温度，感受着有节奏的心跳。

"阿榆。"

外面，沈惟清正唤着，声调低柔，似怕惊吓了她。

"我没事。"阿榆慢慢道，"放心，我不会死。人世如鬼域，从来不公平。我若死了，岂不是更不公平？我会好好活着。"

沈惟清正待敲门的手顿住。

一个人得有多绝望，才会将活着当作一杆称量公平的秤？

第二天一早，韩平北、花绯然联袂而至，沈惟清才知这小子居然在花绯然的保护下，独自去查小姜的死因了。

韩平北独立查案，且第一次找到有用线索，颇为激动，顾不得再找沈惟清或安拂风的麻烦，也顾不得追问沈惟清为何会留在食店没去查案，急匆匆地说道："小姜的兄长姜田说，小姜出事前曾回过一次家，留下了一些东西。但这人也是个犟头，说要见了主事之人才肯取出。"

他虽有些羞恼，却一脸期待地看着沈惟清："我问过了，若是沈相嫡孙前去，他也愿意献出来。"

沈惟清从藤椅中站起，抖了抖衣袍上积了一整夜的落瓣，看了眼阿榆依然紧闭的房门，苦笑道："你没说你是审刑院韩知院的公子？"

韩平北尴尬地咳了一声："说了，所以他才肯说起小姜有留下东西。"

花绯然笑着在一旁补充道："姜家母子应是见过世情冷暖之人，警惕心颇强。先前大理寺也有差役查问过，他们怕真相未明，先步了小姜后尘，竟是一个字都没吐露的。"

言外之意，小姜的阿母和兄长，从不认为小姜之死是意外。只是对手太过强大，他们无力抗衡，怕报仇不成反招祸端，才会隐忍不发。

韩平北急促地说道："惟清，这家人十分谨慎，若不是觉得我这个知院之子加上你沈相嫡孙的身份足够，不必顾忌凶手和凶手背后的势力，只怕会继续装糊涂。他们会担心被人灭口，是不是也说明，他们的确掌握了乔娘子或小姜遇害的确切证物？"

沈惟清再看了一眼阿榆的房间，说道："那还等什么？走吧！"

韩平北倒是怔了下，纳闷道："不叫上阿榆一起去吗？"

沈惟清拿起竹几上的隔夜茶，草草漱了口，说道："阿榆旧伤发作，需要休息。"

话未了，但闻"吱呀"一声，阿榆已推门出来，微哑着嗓子道："我没事，等我一起吧！"

她的脸色还是泛着白，眼睛也不如平时清澄，雾蒙蒙的，但她脊背挺直，素衣紧裹着瘦削的身形，如一竿孤生的翠竹，清冷不屈地兀立于简陋的屋宇间。

伊人美如画，却将沈惟清扎得眼睛生疼。

这小娘子如冰雪琢就，玲珑精致，眉梢眼角都蕴着难以形容的媚和灵，仿若天生便该被人捧于掌心，如珠似宝地看待着。

她与这青衣布衫，与这陋屋竹榻，与这市井间的俗世烟火气，格格不入。

他轻声道："阿榆，姜家那边，可否试着先交予我处置？"

阿榆怔了下，眉眼间阴悒的雾气散去，黑黢黢的眸子警惕地盯向沈惟清："你不让我参与，等破了案，再跟沈老说，我躲懒没参与，所以不作数，继续阻挠我看当年的案卷吗？"

181

"……"

沈惟清忽然发觉，他往日给阿榆挖的坑，还得他想办法一个个平掉。如若不然，即便他想履行婚约好好过日子，这日子怕也会鸡飞狗跳，一言难尽。

他终究轻声道："行，但也不急于这一时半刻，你先去用点早膳，我也需洗漱一下，稍作休整。"

阿榆微一颔首，信步走了出去。

韩平北看看沈惟清刚放下的茶杯，嘀咕："你刚不是洗漱过了吗？查案呢，犯得着这么讲究？还洗漱，还休整！"

沈惟清道："刚只是未睡醒，醒醒神罢了。你若不想等，先过去也使得。"

韩平北哼了一声，一拂袖坐到木香树下候着。

开什么玩笑，若姜家肯配合，他犯得着来找沈惟清，将眼看到手的功劳拱手相送？

阿榆收拾完毕，很快和沈惟清等直奔姜家。

由于韩平北身娇肉贵，阿榆又是女子，沈惟清先前带他们查案时时常乘坐马车。但阿榆自那日拒了沈家马车后，常以驴代步，这日也便骑了她那头伶俐的小母驴。沈惟清本就骑马过来，见状也就骑马同行。

于是，韩平北只能继续和花绯然共乘一车。如今他虽有了沈惟清等同行，但前一日才倚仗了花绯然的气势在姜家抖了威风，今日又请她做证以取信沈惟清，此时便不好再让她回去，只能在车中与她四目相对，心下极不自在，没话找话地说起沈惟清赖在食店之事。

韩平北道："沈惟清总是欺负阿榆，无缘无故的，怎么可能在那边守上一整夜？莫不是做了对不起阿榆的事，心虚了？"

花绯然和阿榆在一处做事，对阿榆的困境更是一清二楚，闻言踌躇道："这二人看着是不太对劲。不过阿榆家中那样的境况，又刚受了伤，惟清素来君子，应该还不至乘人之危。"

韩平北冷笑道："什么君子？伪君子吧？绯然姐，你一定没研究过面相。我前儿闲了，找来从李真人那里求来的面相图，对着他那张脸仔细研究过，分明就是十足的奸猾面相。居然还敢自诩为京中儿郎'标杆'，真是不知羞！"

花绯然正不知该不该附和，车厢外，沈惟清已凉凉地道："韩平北，了结此案后，我会推荐几名严师给韩知院，请他们好好督促你的功课。对了，我府上还有两名高手，最擅教人武艺。便是天分不足，到时让你三更睡四更起，先训上一年，即便教不出沙场大将，至少也不会是肩不能挑手不能提的废柴一根。"

韩平北吸气，撩起帘子怒骂："沈惟清，我得罪你了？"

沈惟清看了眼阿榆："的确得罪我了。李真人，州桥上那个骗子李鹊桥是吧？他献给我祖父的手相图、面相图、风水堪舆图，还有四柱八字、六亲十神种种解说，足有二十来册，回头一并送给韩知院，就说是你最爱之物，准备日夜批注，终身研习，以算命先生为一世奋斗之目标。"

韩平北从未见过沈惟清这般利落不留情地挖苦人，一时惊住："你、你……"

沈惟清却催马向前，追向前方的阿榆，懒得再跟这人说一句。

韩平北甩下帘子，气怒道："你看看他，看看他！我只想激他解释下昨晚的事，他夹枪带棒地欺负谁呢？"

花绯然看着沈惟清的背影，却有了一丝明悟，苦笑道："平北，你不该当着阿榆的面说他奸猾。"

"他本就奸猾！"

"即便他有些手腕，也不愿被人当着未婚妻的面挖苦。谁愿意被自己未来的娘子看低？何况，他待阿榆，跟之前不太一样了。"

"不太一样？"韩平北抻着脖子看着沈惟清，"原来不也这样，时时盯着阿榆。"

"原来盯着阿榆，是对她不甚满意，挑剔她的不是；如今盯着阿榆，是因为他满眼都是她。"

"就为昨日那场患难与共吗？"

韩平北嘀咕着，仔细看了半天，还是没看出沈惟清的眼神有何特别之处，纳闷道："我怎么看不出？绯然姐，你是怎么看出来的？"

说话之际，韩平北抬头看向花绯然，然后怔住。

花绯然的眼睛里，满眼都是他。

是他，韩平北。

来到姜家时，姜家母子已等候多时。姜田看着是个很敦实的汉子，眼睛里却有一闪而过的精明。姜母却双眼红肿，显然刚哭了不久。

确定沈惟清的身份后，姜田面露犹豫，看向姜母。

姜母苦笑道："还等什么？若他们也不能为乔娘子和囡儿做主，咱只能认命了！"

姜田便引沈惟清等人进屋："各位官爷，请！"

姜家竹篱茅舍，屋内桌椅陈设均是自家伐木打造，颇显粗陋，但洒扫得甚是清洁，沈惟清等入内也不觉得逼仄。姜田已备了茶水，乃是竹叶所泡，清香怡人，衬着粗陶的茶盏，甚有野趣。

沈惟清等坐下品茶，随意地问了几句家中稻蔬长势，姜田一一答着，心绪逐渐宁静下来，也不用他们催促，便说起姜家和小姜的事。

当年，姜父经商受挫，一病而逝。姜母悲痛之下扶棺回京，却在京郊淋雨重病，变卖家产所得的钱财也很快用完。小姜和兄长姜田也是病急乱投医，敲响了乔娘子那间别院的大门。乔细雨日夜诵经，本就心存善念，手边也不缺钱财，立刻为姜家人安排了住处，为姜母延医抓药，甚至还指点姜田做些小生意养活家人。姜母病愈辞别，她又赠了"十贯钱"给姜家作本钱。

于乔娘子而言，不过顺手而为；但对于姜家，当真是再造之恩。凭借乔娘子赠的十贯钱，姜田那不俗的生意头脑有了用武之地，没多久便在京师站稳了脚跟。

不久后，小姜机缘巧合进了鲍府，便希望能到庄子上伺候乔细雨，为此还借着送东西去探望过几次。乔娘子颇有主见，不愿连累小姜，反劝她留在鲍府，图个前程。小姜依了，开始留意府中动静，却是希望寻到机会，相助主母重回鲍家掌权。

或许因为小姜这种"留意"，她对鲍府上下摸得极熟，鲍廉、安四娘不明情由，只觉这侍婢胆大心细，做事认真，对她颇为倚重，竟将她调入主院侍奉，成了鲍府说得上话的管事丫头。后来乔氏回府侍疾，淋雨生病，小姜明里暗里各种帮忙，并将府中上下之事都悄悄告知，免得她吃亏。

姜田自幼随父经商，天南海北走过不少地方，父亲故去时更见识了诸多人心魍魉，为人更谨慎些，暗暗提醒妹妹，留意府中是否有人欲对乔娘子不利。

小姜的确处处上心，没多久便偷出了一包药渣，悄悄交给姜田，让他设法查验有无问题。原来乔细雨那日淋雨后高烧不退，鲍家不肯落人口实，连请了三名医官诊治。眼看乔娘子看着最好的大夫，吃着最贵的药，病势却越发沉重，小姜想起阿兄的话，便多了个心眼，趁人不备藏起了一包药渣。

姜田开始还觉得阿妹是不是多心了，毕竟乔娘子是正头娘子，明媒正娶的原配夫人，谁还敢给她下毒不成？

但小姜却告诉他，鲍家对乔娘子的病太上心了，一副不惜代价治病救人的架势。可小姜还记得乔娘子淋雨正是因为鲍太夫人的磋磨，也记得彼时鲍廉如何"装死"，更清楚鲍廉在乔娘子病重时，和安四娘你侬我侬的深情模样。

鲍家根本没人真的在意乔娘子的死活。既如此，又为何做出这等不惜代价的模样来？事出反常必有妖，小姜自然有了疑心。

姜田觉得有理，悄悄拿了药去京郊寻了一名极有经验的老大夫检查。

老大夫问了病情，一一检查药渣，开始甚是认可，认为都是疏散风热、清肺胃热的药材，适合病人病况。

直到检查其中两味药，老大夫忽然变了脸色。

"夏枯草、白鲜皮？为何会用这两样药？病人阴虚痰热，淋雨受寒后入里化热，才会潮热盗汗，五心烦热。如这等体质，岂能用这等大寒之物？怪哉怪哉，先前用了大寒的石膏，配以滋阴的炙知母同服，最是合适。加入如此多的夏枯草、白鲜皮，却能算作草菅人命了！"

姜田大惊，忙细问时，老大夫道："气虚症者，忌服夏枯草，虚寒症者，忌用白鲜皮。真加了这些药，一回两回的，未必有事。若是日日服用，以病人如今之症候，怕有性命之忧。"

姜田大惊，当下也不敢多言，索回药渣，将此事暗暗告知了小姜。

到了此时，小姜也顾不得避嫌，索性光明正大地表现出与主母投缘的模样，又借着成全鲍廉的"宽仁恩爱"，每日都去给乔娘子煎药。

她趁着煎药的工夫，将药材中的夏枯草、白鲜皮都拣了出来，丢入火炉中焚尽，将剩下的药煎了端给乔娘子。

服了小姜煎的药，乔娘子的病情终于有所好转。小姜为此庆幸不已时，姜田却想着阿妹坏了人家的大事，暗暗提醒阿妹小心自身安全。

毕竟，在某些权贵眼里，人命太不值钱。

小姜年少，也有些惧意，但凡府中有些异样动静，便会悄悄递来字条，跟兄长讨主意。

姜田说到这里，姜母已从一个陶罐里摸出一册书，抖索索地取出两张字条，递给沈惟清。

小姜只是粗通文墨，纸墨笔砚也非寻常小婢可以随意取用的，故而她用的纸张，是以账房里写废的纸所裁；她用的笔，则是柳枝烧成的炭笔。但那半清不清的粗陋文字，却将彼时她所面临的危机表述得很清楚。

第一张，说她煎药时不时有婢仆前来察看，怀疑下手之人已发现药材被她动过。

第二张，说庄子里的下人传来消息，乔娘子卧房被人撬开，但没发现少了东西。乔娘子让她找人回庄查看，箱子里的绣像还在不在。

"绣像!"

阿榆原有些神思不属,一看到字条上所写的绣像两字,顿时直起了身,目光灼然地看向姜田。

"这张字条,是什么时候送来的?"

姜田也知这字条何等要紧,立马答道:"是她出事的前一天!第二天夜间,她出了事,乔娘子也回庄子里去了。"

沈惟清也眸光闪动,低叹:"看来,一切因由,都在那幅九天玄女绣像上。"

本来散乱的线索,至此已如珠子般串了起来。

那幅跟了乔娘子十年的九天玄女绣像,应是藏了某种不为人知的秘密,在一年前被鲍家知晓,鲍家母子动了念头,太夫人才会屡次光顾别院,又设法将乔娘子逼回鲍府侍疾。乔娘子也清楚是绣像惹的事,早就准备了一幅赝品,将原先的绣像替换。她回到鲍府后,这幅绣像还是被人盗走,小姜为她通传消息后,"意外"失足而死,而她因此连夜回庄,也病势转沉而逝。

但绣像中究竟藏了何等秘密?在乔娘子汤药中加忌用药材的,又是何人?谁害了小姜?小姜死后,她病势转沉,是否因为继续服用了那些加料的汤药?

韩平北不知绣像之事,见沈惟清、阿榆一副了然的模样,差点跳脚,急着问道:"那绣像怎么回事?"

阿榆因如今的指向已十分明显,急着去鲍家,只道:"我先去鲍家。"

她竟不顾其他人,快步出了屋子。其他人忙追出去时,正见她骑着驴,嘚儿嘚儿地奔远了。

韩平北愕然,叫道:"喂,喂,你不等我们吗?鲍家……鲍家也未必会放你进去啊!"

因先前开棺无果之事,鲍家上下对审刑院的抗拒已变得理所当然,若沈惟清、韩平北带着最新证据前往,鲍家人再无礼也不敢过分,鲍廉也不敢不接见。但阿榆这个挂名的闲散文吏前去,别说见鲍廉,不被鲍家下人羞辱都算好的了。

韩平北见阿榆不顾而去,摸头纳闷道:"阿榆怎么了?看着忒不对劲!"

沈惟清心下也有些着忙,匆匆将绣像的事略作交代,说道:"绣像的事,我会跟阿榆到鲍家查问。但目前最要紧的是查清乔娘子和小姜的死因。平北,麻烦你和绯然跟着姜田前去那位老大夫家,拿下证词,再回去调出案卷,找当年给乔娘子开药的三名医官核对,确定乔娘子之死,是否有人刻意谋害。"

花绯然道:"好。惟清,你赶紧去追阿榆,这事就交给我和平北。"

韩平北嘀咕道:"又、又交给我吗?"

沈惟清见阿榆的驴子已走得不见影,暗恨阿榆这性子犟起来也跟驴似的不留余地,边和花绯然、韩平北等说话,边已解了缰绳,策马飞奔而去。

韩平北想起必须继续跟花绯然同行一整日,俊美的五官便有些扭曲,却还得挤出一丝笑,瞅向花绯然。

花绯然坦然地走向马车,笑道:"平北,乔娘子这个案子能否有眉目,就看我们这两日查得怎样了!"

韩平北顿时精神一振,颇有急智地向姜田招了招手,说道:"姜郎君,尚请上车,带我等去一次京郊。"

姜田看众人雷厉风行,终于相信妹妹的冤恨真的有了昭雪的机会,当下抹了把泪,辞了阿母,自然而然地上了韩平北的马车。

然后,他看着金雕玉饰花团锦簇的车厢,再看看自己的粗布短衣,惊呆了。

韩平北跟着进了车厢,丝毫未觉有何不妥。他甚至觉得如今三人行的状态甚是和谐,可以一路继续深挖小姜那边的线索,讨论怎样面对那些见风使舵的医官们。

姜田原是四处闯荡过的人精,没到半路便看出花绯然和韩平北之间的猫腻。他看着高谈阔论的韩大公子,像看着脑残智障的韩大傻子。

花绯然这么个能文能武又能干的大美人,看上他什么了?

生得貌美如花,擅长夸夸其谈吗?

第十四章 一饮一啄，终当不昧因果

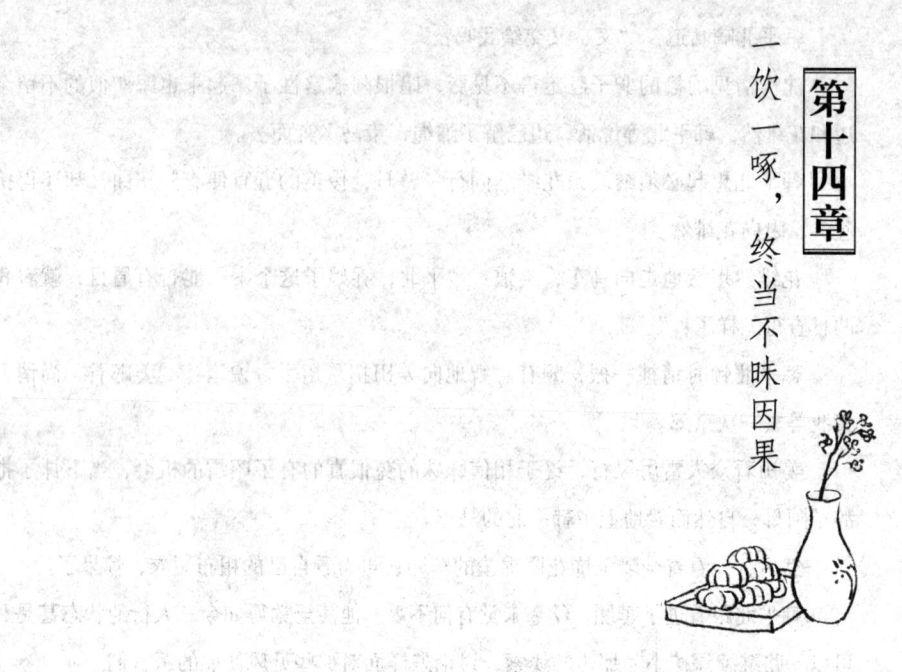

沈惟清的马名唤踏雪，周身乌黑，独四蹄洁白，算是难得一见的骏马，沿着阿榆的去路紧追了一程，终于看到了阿榆。

他驱马上前，看着那眉眼耷拉的小娘子，柔声道："我知你急着查明此案，才好翻阅旧年案卷。但你也不必太过紧张，离约定时限还有四五天，应该足够了。"

阿榆听出沈惟清在劝慰她，方看了他一眼，慢慢道："我相信。"

沈惟清以为她听劝，正要松一口气时，只听阿榆道："我相信，害死乔娘子的人，害死小姜的人，还有害了秦家的人，都会得到报应。如果这报应始终不到，我来送那些人果报。"

沈惟清微微皱眉。

他已知阿榆身后有个身手莫测的绝世高手，阿榆本身也在那高手的调教下迥异于寻常闺阁娘子。而且凌岳既能解蝮蛇之毒，必能取蝮蛇之毒。若触类旁通起来，见不得光的手段绝不只这种。真若无视律法出手时，鲍家能让乔娘子死得无声无息，他们也能让鲍家人死得无声无息。

但这终非正道。

沈惟清叹道："阿榆，你莫忘了，你与我，是审刑院之人。审刑院，审刑律之判罚，正是果报之手。若你信我，何妨与我一起，以律法为准绳，还是非以果报？也教世人知晓，一饮一啄，终当不昧因果。诸恶莫作，诸善奉行，方为正道。"

阿榆眸光微转："你要与我一起，给他们以果报？"

沈惟清微笑："自是一起。"

他的声音不高，却切切实实地让人觉出了共同分担的意志。

阿榆眉眼便松散下来，默然不语。

沈惟清看出她似有释怀，松了口气。

按凌岳所说，秦家出事后，阿榆不愿沉溺伤痛，连眼泪都不肯流一滴，却被发丝绣像勾起往事，瞬间崩溃，可见她对查秦家灭门案的执念有多深。他曾觉得不让阿榆查这些是为她好，但他显然低估了这女孩的伤痛之深和性情之烈。

可他绝不能让阿榆承担所有。

她出事后太过紧绷，宜疏不宜堵。因之前的拦阻，阿榆对他已有怨念。再不帮她，结不成亲，却要结仇了。

二人赶到鲍府时，不出意外地，管事声称主人去墓地怀悼主母，没在府上。

就差明晃晃一巴掌打在二人脸上，骂二人不敬逝者，不知礼仪了。

沈惟清也不在意，笑得沉静温文，气度端雅："听闻乔娘子幽居别院十年，原以为他们夫妻不睦，不料鲍学士这般深情！倒是沈某失敬了！为表敬意，阿榆，你先在府上等着，我去墓地瞧瞧。"

管事愕然，"啊，这……"

做了错事，难道不该羞愧致歉而去嘛？去墓地看人家哀悼被拆散蒸煮的亡妻尸骨？沈大公子怎就不按常理出牌？

那厢阿榆听了，轻飘飘地来了句："哎，听闻那墓地闹鬼，鲍学士真的敢去吗？"

沈惟清肃然道："胡说，鲍学士没做亏心事，怎会不敢去？"

说毕，他向阿榆使了个眼色，径自离去。

那厢管事着了忙，边安排人给阿榆看茶，边盯着沈惟清动向，还得赶紧派人通知鲍廉。

毕竟，他只是拿亡者去噎人，鲍廉并未真的去墓地。若叫审刑院的官员奔墓地扑了个空，怎么着也得给人家一个解释的。

阿榆噙一丝笑，冷冷地扫了眼管事，泰然接过侍婢端来的茶喝着，推测着沈惟清真正的去向。

既然猜到怀悼亡妻什么的只是托词，沈大公子当然不会那么闲，跑墓地扑个空。

鲍廉也不可能干等着给拆穿谎言，只怕得报后很快就会出来。

果然，没过多久，外面传来鲍廉颇为诚挚的致歉声。

"抱歉抱歉，刚好去了夫人墓地，差点错过了审刑院的贵人。哎，沈郎君何在？"鲍廉快步走了进来，惊讶四顾，"鲍某途中得知消息，紧赶慢赶地回来，还是错过了吗？"

阿榆擎着茶盏，看着这个一脸斯文恳切的男子，又想起雪地里眉眼含笑温柔递来手炉的细雨姐姐。

那样玲珑又伶俐的女孩，有着清澈的眸子，皎洁的面颊，不论是阿爹阿娘，还是凌岳等人，都为她的终身细细打算过吧？

初登金榜，相貌堂堂却温良恭顺，谦卑自抑，一脸爱慕和恳切地求娶细雨……

鲍家又是平民出身，人口简单，即便细雨没有阿爹阿娘撑腰，凭她自身家世，配他也绰绰有余，只要夫婿人品好，不必担心她日后受委屈。

谁知出问题的偏偏是人品呢？

易涨易退山溪水，易反易覆小人心。

阿榆长睫眨了眨，压下满怀的讥讽，弯出比鲍廉更温良讨喜的笑容，轻言细语地说道："这怎能怪鲍学士呢？是我等没有事先通传，来得冒昧了！"

鲍廉虽看不上眼前这位低贱的小娘子，却也知晓她是从举门被灭的尸山火海中爬出来的，眼见她笑语晏晏的模样，只觉脸上肌肉发紧，笑容便显得勉强。

他尽量谦和地说道："沈郎君与娘子也是公事公办，我身为朝廷命官，自当竭力配合。却不知二位去而复返，有何见教？如需鲍某相助，小娘子尽管直言，我必竭我所能，相助小娘子。"

如今不再是亡妻被拆骨熏蒸的时节，他也不能再仗着受害人家属的身份义愤填膺，言辞间明显柔缓许多，目光却时刻留意着阿榆，却是欺她孤身一人，想在沈惟清归来前，诱她说出来意。

阿榆嘴角弯弯，笑容愈发纯稚，说道："沈郎君是何打算，小女子岂能知晓？不过听闻你家老管事曾言，当年鲍学士纳安氏为妾时，乔娘子曾赠折扇一柄相贺，被鲍学士当场撕碎。却不知那折扇有何缘故，竟令鲍学士如此失态？"

鲍廉面色微变，呵呵两声，方道："还能是何缘故？无非是妇人家争风吃醋这点小事，倒让小娘子见笑了！"

阿榆嫣然笑道:"原来是因为爱妾,才对结发妻子大动肝火呀!"

鲍廉便连勉强的笑容也维持不住了,只故作无奈地叹息道:"小娘子年少,不懂这夫妻间的种种关窍。内人性情偏执,偶尔是有些争执。但这年少夫妻的情感,岂是区区妾室所能比拟的?"

这次便轮到阿榆笑不出来。

她淡淡看他,很想一拳打爆这张虚伪的脸。

鲍廉虽不解阿榆所想,却敏感地觉出阿榆隐隐的恶意,不由心里发毛。正待先发制人教训她几句时,堂外传来了沈惟清的声音。

"深情如斯,为何鲍学士会不惜代价,谋夺乔娘子那幅玄女绣像?乔娘子又为何对你这位夫婿诸多防范,不惜绣出仿品掩你耳目?"沈惟清不急不缓踏入,一贯的端稳从容模样,慢悠悠继续道,"既与乔娘子少年夫妻,情感不俗,鲍学士必能为沈某解此困惑。"

鲍廉眼皮一跳,慢慢抬头看向沈惟清,拱手一礼,带了恰到好处的不解,微微皱了眉,问道:"谋夺我夫人的绣像?沈郎君,其中怕是有些误会。不论是鲍某,还是鲍某家人,断不可能生出这等心思。"

沈惟清轻笑:"鲍学士,'令堂'三顾别院、索要无果后,乔娘子赶制出一幅相似绣像,替换了原先的玄女绣像,此事有乔娘子侍婢为证,能出入那间小佛堂的其他婢仆也能为证。"

鲍廉平淡而笑:"沈郎君,夫人出于虔敬之心,替换掉一幅悬了十年之久的陈旧绣像,只是极寻常的一件小事吧?何惑之有?至于谋夺绣像,更是无稽之谈。一幅旧像,我要来何用?"

他能在京中稳居翰林这许久,自然有其耳目,早知鹏儿倒戈之事。但他的笑意下藏着轻蔑,显然不认为绣像之事能掀出多大的风浪。

若是没有证据,他说夫妻恩爱,那就是夫妻恩爱;他说绣像寻常,那就是绣像寻常。死了的乔细雨能化作保护他的盾,刺向敌人的剑。

阿榆长睫低垂,掩饰住眸底浓烈的杀机,手指却已不自知地摸向藏在袖中的剔骨刀。

若她还是那个肆意妄为无法无天的平山小女匪,该多好!

你来我往,钩心斗角,还需与这样的小人虚与委蛇,何等憋屈?什么恩怨是非,怎敌得过手起刀落,快意恩仇!

沈惟清敏锐地觉出阿榆有些不对。余光瞥过,分明还是笑意微微温软无邪的小娘子,一切听任他安排的模样。可他偏偏知晓,这小娘子的笑容从来作不得数,柔软长睫下掩饰的情绪才是真实的——既冷且烈，一不小心就会死人的那种。

或许凌岳说的没错。阿榆根本走不出那些悲惨往事，她需要他或其他人的救赎。

道路阻且长。

好在他们的未来也足够长，可以长到以一生一世数十载的光阴去计量。

沈惟清收敛心神，静静地看向鲍廉。

"鲍学士是否忘了，乔娘子那幅绣像失窃后，曾有人到鲍府报过讯？那人报讯之后，乔娘子才会不顾病体，连夜回庄。"

"真的丢了东西？丢的还是那幅绣像？"鲍廉一脸诧异，"鲍某不得不正告沈郎君，此事鲍家上下全不知情，都认为失窃不过是乔娘子病中呓语。沈郎君若是不信，大可找出当初报讯之人，相信他们同样一无所知。不过我倒是好奇，沈郎君从何处得知，失窃的是一幅破旧绣像？莫不是有人刻意误导，不希望审刑院查出真相？"

沈惟清轻笑："鲍学士尽可否认。但我有确切证据，丢失的正是那幅绣像。且彼时乔娘子曾让人先回庄子核实过，确定后才决定回庄。鲍学士，不知乔娘子安排的那人，你能不能找得出来？"

鲍廉眯了眯眼睛，不辨喜怒地盯着沈惟清："沈郎君又想靠故布疑云来诓我，想诓出一个自以为是的真相吗？"

沈惟清摇了摇头："我会给你证据，叫你心服口服！"

他转头看向阿榆："走吧，你旧伤未愈，我先送你回去休息。"

"哦！"

阿榆乖顺地站起了身，顶着鲍廉惊疑的目光，径直随沈惟清出了鲍府，各自上了坐骑，方皱眉看向他。

"我们就这么算了？"

"自然不是。"

"证据不够？"

"不够，但等平北那边拿到证词，药铺那边查出结果，应该差得也不远了。"

"药铺那边？"阿榆略略一想，明白过来，"你先前借口去找鲍廉，其实是出去安排人手去了药铺？你想调查乔娘子去世前的那段日子，什么人单单买走了大量的夏枯草和白鲜皮。"

沈惟清点头："不错。这两样药甚是寻常，常配伍使用，单买的必定极少。加上它们本身无毒，想用它们置人死地，需要的量必定不少。"

但阿榆还是郁闷，皱眉道："但鲍廉矢口否认，我们这一次，岂不是白来了？他知道我们有绣像的线索，有了提防，会不会更难对付？"

沈惟清微笑："不会。他很快会因此推断，我们手边有更多线索，隐瞒下去对他更不利。他夺走乔娘子一幅绣像，就跟寻常人家夫婿拿走妻子一条汗巾一件旧衣没什么分别，谁都没法因此定他的罪。"

阿榆细细品度，忽然悟了过来："你、你是不是又将他绕进去了？"

沈惟清坦然道："我只是陈述些事实而已，论心智，我未必比得上那只老狐狸。"

阿榆瞅他一眼，拍着驴走开。

她不再如之前那般，暗骂他奸诈，而是盼他能更奸诈些，能远远胜过鲍廉的奸诈和无耻。

她和凌岳，甚至当年她的阿爹阿娘，到底都太耿直了些。

鲍府正堂内，鲍廉沉着脸，挥手示意呈上参汤的侍婢退开，皱着眉来回踱着，苦思沈惟清来意。

安四娘和侍婢对了下眼色，她接过侍婢手中的参汤，不急不缓地走过去，轻柔道："郎君，越是劳碌费心，越当多加保重。先将这参汤喝了，养好了身体，才能更好应对不测之变。"

鲍廉眉眼便舒缓下来，接过她手中的参汤，叹道："四娘，这些年，也辛苦你了！"

安四娘一笑："能得郎君青眼，能为郎君分忧，是四娘之幸，何来辛苦？"

鲍廉看其端凝仪态，心头阴霾略略散开，喝起了参汤。

他中意的安四娘虽非绝色，但眉眼温婉，有种出身大家的雍容端庄和落落大方。哪怕她父母那一支后来困窘到只剩空架子，这种出身世家的端雅气度都不曾丢过。这种气度，正是乡野出身的鲍廉一直以来最向往、最倾慕的。

可惜，未及第前，尚有族人支撑的安家不是他所能企及的；及第之后，他又娶了乔细雨。

乔细雨啊，谁能想，他舍弃心仪女子，赌上全部身家和未来，好容易娶回的筹码，竟毁败得如此之快！

每每思及此事，他当真又痛又恨，看着乔细雨那张昳丽明净的容颜，如看着从黄泉路上爬回的妖艳女鬼，不甘认命，又不敢招惹。

所幸乔细雨还算知趣，他日益冷淡，她安之若素，甚至主动避居乡野。

他终于如愿纳了安四娘，如愿让安四娘成为事实上的鲍家主母。看着身侧仪态万方的四娘子，享受着四娘子最低眉顺眼最合乎礼仪的服侍，他终于有了自己金榜高中、一步登天的快感，从此告别泥腿子的记忆，真正成为人上之人。

他不必再见乔细雨，甚至可以当她不存在，忘却他当年曾卑贱地低下头，苦苦求娶乔细雨这个家世寻常却有高枝可倚的女子。

谁知道十年后会冒出那幅绣像呢？

谁知道乔细雨明知那绣像可以助力他平步青云，却一口回绝呢？

他的青云路，是当年娶乔细雨的原因，难道她不清楚？占据主母之位多年，竟敢将他的青云路视同敝屣！

鲍廉叹息着，将空了的汤盅交给侍婢，看下人退开，方道："真没想到，时隔一年之久，还有人记得她那幅绣像。"

安四娘面色一紧："郎君不是说，这可能又是沈惟清的计谋，想诱您出手寻出破绽？"

鲍廉摇头："可一不可再，他不会蠢到连续用同样的手法来试探我。"

"那……"

"他这两日前往那女人别院，怕是真的查出点什么了。"鲍廉思索着，忽吐了口气，淡声道，"那就告诉他，咱们拿了那幅绣像，看他能怎样！难不成我拿妻子一幅不值钱的绣像，还能判我偷盗不成？"

安四娘一惊："说咱们拿了绣像？那怎么行！郎君的声名……"

"我的声名，在于我们怎么说！你可记得当初纳你时，她送来的那把折扇？"

"折扇？"安四娘自然记得，当年见鲍廉当众撕毁，甚至有过些小得意，"她当是心怀怨念，诉说秋扇见捐之意。"

鲍廉顿时冷笑，面部有些扭曲："重点不是折扇，是扇子上的图！她竟然……竟然画了水蛭！"

他每每梦到那把扇子，都会在屈辱中惊醒，醒来还似能看到折扇上那个老农，在一片稻田间荷锄而立，淡漠地看着禾苗下数条水蛭，神色既悲悯，又不屑——像极了乔细雨不经意间的轻慢眼神，仿佛他不是她的夫婿，而是她脚底的尘埃。

鲍廉有些喘不过气，眼睛里有难掩的怨恨："水蛭……她以为她是谁！我能走到今日，何曾得过她半点助益！她虽有些妆奁，可不是都带去庄子上了吗？后来她死了，才带回府中，封存在库房里。乔锦树若是想要，拿回去也不妨，犯得着咬死我不放？"

安四娘垂眸，掩住深藏的妒意，柔声道："郎君说得是。"

她当然不会提醒鲍廉，当年乔细雨搬去庄子时，随嫁的奁产大多留在了鲍府。安四娘接手后，最初只动了些银钱，后来看她并无回府之意，只作太夫人授意，竟将那些贵重衣饰先后都变卖了。

不是她要占乔细雨便宜，可鲍廉有上司同僚要打点，鲍府有偌大家业要支撑，靠翰林院那点清汤寡水的俸禄，早该穷死了。

想来乔细雨嫁入鲍府前后，也应该贴补了不少。她还记得鲍廉未第时的窘迫，也记得他高中后很快置了房屋田地，将家人迁来京师。这钱总不会是天上掉下来的。

而安家早就穷了，也就靠安副指挥使那一支帮着，维持些许体面罢了。嫁给鲍家那是要帮衬娘家的，怎么可能再贴补鲍家？

后来乔细雨病逝，她领人前去别院，要将乔细雨的财物打包带回时，才真正吓了一跳。

她竟还有那许多值钱的簪饰宝物！

有些宝物，即便是她族叔安副指挥使家都未必拿得出。

鲍廉想维持他读书人的清高，并未细看过那些财物，否则断然说不出还给乔锦树之语。

但乔细雨虽是仕宦之家，乔父最高不过六七品的寻常朝官，哪来这许多的钱财，许多的珍稀饰物？

联想到当年鲍廉不惜放弃她，执意娶了乔细雨，安四娘隐约有所猜测。但她深知，那必是她的清贵夫君最见不得人的一处脓包，碰不得，更挑不得。

她终究只是温温雅雅地说道："郎君若打算担下取走绣像之事，这前后因由，都需细细筹谋。如有不便之处，郎君不妨都推到四娘身上。四娘是女流之辈，又只是妾室，便是有行差踏错之处，也不至累及郎君仕途。"

鲍廉听得通体舒泰，只觉娶妻就当如是。他柔声道："放心，些许小事，动不了咱们。"

彼时鲍廉并不知道，绣像的背后，牵涉的是他未曾留意过的小姜的命案。只要承认拿走绣像，就逃不脱谋害小姜的嫌疑；而小姜之死，直接指向乔细雨的最终死因。

阿榆猜出沈惟清打算，心境总算平顺了些，便急着想回审刑院，看韩平北那边查得怎样。

"他们要跑的地方可不少，便是有院内同僚帮忙，今天都未必能查问完毕。"

三名医官各司其职，即便审刑院能在第一时间摸清他们根底，他们也不会在家等着审刑院上门，哪有那么巧立刻都能找到？至于姜田陪同去见的那名老大夫，或许容易找，却住在京郊，一往一返便要大半日了。

阿榆此时细细一想，也明白过来，皱眉道："看来沈郎君也有计算错误的时候。既然只打算试探鲍廉，应知用不了这许多时间，该和韩平北他们分头去查问那些医官才是。"

沈惟清微笑道："阿榆，我们需细查的，可不只这一桩。我如今更好奇乔娘子身上的秘密。"

阿榆心头咯噔了下："乔娘子？"

沈惟清道："她和鲍廉的相处模式，不像寻常夫妻。而她甚至不像根基浅薄的寻常官吏之女。"

阿榆一时怔忡。

沈惟清瞅她一眼，悄悄一捏踏雪的背。踏雪一惊，连着打了几个响鼻。他趁机一勒马，轻笑道："阿榆，踏雪好像渴了，不如我们找地方用些膳食？"

阿榆略一犹豫，便道："也好。"

沈惟清立时驱马在前方带路，却是去了附近最大的落霞楼，美其名曰让她品评下京师名厨的手艺。阿榆果然精神一振，眉眼扬起，有了跃跃欲试的斗志。

沈惟清不觉蕴了笑意。

凌岳都说了，多陪她说说话，或可解她心结。若行程安排得太满，他哪来的机会陪她说话？

而世间最能疗愈人心的，无疑是美食。

一顿不行，便多来几顿；一次不行，便多来几次。他便不信，他解不了她的心结。

落霞楼是一家正店，位于京师最繁华的街道，处于青楼画阁之间，柳陌花衢之内，门前搭了华美的彩楼欢门，缀以栩栩如生的花鸟木雕，结以鲜艳招摇的五彩帛带，宏丽高大，其内数十厅馆相连，隐隐闻得笙箫笑语之声。跑堂的伙计一脸肃穆，托着碗盘行走如飞，却异常稳当。

跟阿榆那个名字都没取齐全的小食店比，当真是天上地下，无从比拟。

当然，此处也不是寻常客人花费得起的。寻常碗盏酒盅无不是纯银所制，哪怕只是两人对坐，要上一壶美酒，三五碟鲜果和菜蔬，都能收上十数贯钱。

阿榆虽然缺钱，倒不至被那价格惊住，只盘算道："唔，若这边厨艺不如秦家，待我有了本钱，或许也可以开个什么酒楼？瞧着这满京师的人，最不缺的便是钱，只要厨艺好，不怕无法立足。"

秦藜性情绵软些也不怕，横竖安七娘挥起剑来手稳得很，还有个上达天听的阿爹，再不怕被人欺负的。

若秦藜站稳了脚跟，嫁不嫁给沈惟清都无甚关系了，她也就放心了。

彼时，她应该回临山寨了吧？跋扈任性的小女匪，明显比京中的受气包小厨娘自在多了。

只是那时她再看不到眼前的这些人了。

沈惟清，沈老，安拂风，阿涂，花绯然……

阿榆默然饮酒，然后夹了一块刚端上来的鸡肉，微阖目细细品尝了，然后摇了摇头。

沈惟清也已尝了一块，皮松脆而不涩滞，肉滑嫩而不油腻，脆和滑两种不同的口感和谐地交错于齿舌间，的确不负它高昂的价格。

他半晌才问："你觉得有不妥？"

阿榆道："我那日没骗你们，我真的没有味觉，尝不出味道。"

沈惟清怔住，紧紧盯住她："没有……味觉？"

一个厨娘，将百般菜肴做出千般滋味，自己却尝不出一丝味道？

"但我嗅觉没问题，看得出菜式好坏。"阿榆无可无不可地又夹了一筷，细细嗅了嗅，点评道，"这生炮鸡，是取小雏鸡斩块，以秋油、黄酒腌制入味，再用滚油不断淋浇，将其浇灼至皮脆肉熟。方法未错，但许是生意太好，这等招牌菜备得太多，腌制的时间过久，秋油的咸香盖过了雏鸡的鲜香，就缺了些回甘的韵味。"

伙计又接二连三端上几盘招牌菜，沈惟清早已无心品评，将凌乱心绪压了又压，若无其事地和声问道："你为何会失去味觉？秦叔叔还有你凌叔，必定为你找过大夫吧？大夫怎么说？"

阿榆淡淡道："看了几个，没找到病因。确切地说，他们觉得我没病。如果厨子手艺实在好，我有时也能尝出味道来。比如这个鸡……"

阿榆点了点那个生炮鸡："我藜……我阿爹曾做过这道菜，是用腌好的整鸡以滚油淋灼，我就尝出了香味。是真的很香，天然的雏鸡鲜香，还有点点甜。"

她有些失神，似在回味那暌违已久的舌尖的触感。

沈惟清看着满桌的菜，忽然觉得自己味觉也出问题了，任它鲥鱼螃蟹燕窝海参都尝不出滋味了。

原来尝不出味道，未必是因为有病。

凌岳说的没错，阿榆心境有问题，且有大问题。

沈惟清看着阿榆若无其事地尝着菜点，顿了许久，方道："阿榆，若是有心事，不妨跟我说说。力我所能，必尽量为你分忧。"

"分忧啊！"阿榆目光飘忽着，随口道，"你若是秦家女婿，或许能为我分忧。不过，你若想置身事外，也没什么不好。"

沈惟清能帮她照顾好秦藜，的确是帮她大忙了。至于她这个劫匪小祖宗，所牵涉的事可不小，她并不想沈家卷进来。

沈惟清如何猜得出阿榆种种诡异的念头？此时听人耳中，字字句句都似在责备其有心毁婚之意，且有些负气之意……

凭他沈大公子八风不动的性子，此时也忐忑了，只轻声道："阿榆，我已说过，沈家会预备婚书，与你真正订下婚约。不管秦叔叔当年遭遇了何事，秦家面对的是怎样的对手，我，以及沈家，都会跟你站在一起。"

阿榆怔了怔，收回邈远的心思，转头看向沈惟清。

沈惟清眉眼坚定，眸子又清又亮，深深地凝视着她。阿榆心口莫名地烫了下，有片刻的失神。

眼前这个多少贵女景慕的沈家郎君，终于认真考虑起和她的亲事了？

不对，是跟秦藜的亲事。

而且，会和沈家一起，做秦藜的后盾，让秦藜再不用担心仇人暗算，再不用朝不保夕，东奔西逃。

想起秦藜醒来后很快可以恢复明亮温暖的笑容，阿榆刚入口的鲫鱼忽然尝出了清鲜的鱼香，且品得出这鱼入锅蒸之前，是用蜜酒酿和清酱腌过的，唇舌间有微甘的醺意。她也不知这唇舌间的芳香是不是一时的错觉，但她无疑因此愉悦起来。

她抬眸，冲沈惟清璀璨一笑，说道："你若真心这般说，这般做，我……很开心！"

沈惟清却被阿榆那一笑炫了眼目，似搂了满怀春光，见了满眼花开，细碎的欢喜如春草般疯了般往外冒着。

二人于喧嚣酒楼间饮酒对谈，虽非海誓山盟，但在沈惟清看来，二人无疑都对彼此的未来有了承诺，甚至事关婚约，是一生一世无可更改的承诺。此时他再看着阿榆似有娇羞之意的微红面颊，似有猫爪轻轻在心口挠了一挠，暖融融的，微微地痒，却又说不出的舒适。

阿榆味觉已失，美酒嗅着清香，入口都与白水无异，不知不觉间已喝了两杯，自然酒意上脸，双颊泛红，却未想到对面那个温润含笑看着她的郎君，会将她与"娇羞"二字联系在一起。

但他肯认了婚约，还肯承诺不惜代价助她查秦家之案，阿榆看他便顺眼许多。

嗯，毕竟是未来的黎姐夫，还是有必要处好关系，免得秦藜日后难做啊！

于是，两厢俱是求全之心，哪怕尝不出美食的味道，二人还是吃得尽兴而去。

二人各自牵了坐骑离开时，阿榆心情颇好，趁着醉意用力拍了拍她那头犟驴，吃痛的驴子却以为又得罪了主人，"啾"地叫了一声，连忙迈开步伐，"嘚儿嘚儿"跑得飞快。

沈惟清看着阿榆在驴背上东倒西歪的模样，不觉莞尔，忙拍马追着，唤道："阿榆，等等我！"

待与那头驴并辔而行，他定睛看向那头跑得飞快的小黑驴，笑问："看不出这驴的脚程竟相当不错。它有名字吗？"

阿榆眉眼弯弯，摸了摸驴脑袋，答道："叫阿犟。我去集市买驴代步时，一眼看到它被原主人骂，说它不打不走，一打倒退，够犟。恰好我最不怕这种犟驴，很便宜就买下来了。看它还敢犟头犟脑，便给它取名阿犟了。"

沈惟清不觉微笑："这名字，倒也随性可爱。"

或许这名字取得十分随意，但如此随意的小娘子，却比那些循规蹈矩的闺阁千金多出几分从容和随性。他偶尔也会做些出格的事，可到底出身名门，自幼教导他的父亲是个十足十的端方君子，全然不同于祖父的刁钻机敏，故而他向来也以循规蹈矩、处世周全闻名京师。

阿榆遭遇灭门之祸，多半还遭遇过其他不幸，就该由着她随性些，骄纵些，恣意张扬些。

至于循规蹈矩什么的，有他就够了。

阿榆猜不出沈惟清所思所想，但见他眼神温软得让她不敢直视，便有些心虚。她强笑道："我取名向来随意。我小时候还养过一条狗，叫阿丑。阿涂是我捡来的，看他挺糊涂的，就给他取名阿涂。"

沈惟清微笑："你别告诉我，阿榆这名字，也是随意取的。"

阿榆的真名，明明叫秦藜。从来没人跟他说过，秦家长女有这么个小名。

阿榆，怕是为了提醒祖父榆钱羹的救命之恩，才信口诌来的。

果然，阿榆想了下，坦承道："的确是我随意取的。"

阿犟，阿丑，阿涂，阿榆……

沈惟清略有点闹心，眼前这样的小娘子，就该如珠似宝看待着，岂能用随意诌来的名字随口叫着？

他轻声道："不然，我叫你藜儿？或藜娘？"

如她亲人，如她挚友，如她夫婿，唤她父母郑重取的闺名。

阿榆却听得呆住，转头看着沈惟清，半响方道："还是……不要了。我听阿榆听习惯了，被人叫藜儿藜娘总像在叫别的小娘子。"

"……"

沈惟清自然不想被她认为在叫别的小娘子，只能道："那就先叫阿榆吧……"

等成亲后，直接改口唤声"娘子"，也挺顺溜，且顺耳。

二人回到审刑院，问起韩平北、花绯然，果然还没回来。不但没回来，他们还另外调了十余名差役前去帮忙。难得有机会一展身手，韩平北自然会将能用的资源都用上——包括借他父亲的权势使唤人。

在沈惟清的带领下，原来很难一见的韩知院，阿榆立刻就见上了。

这是个眉眼自带笑意的微胖中年人，看着一团和气，不像掌人生死的院判，倒像和气生财的富家翁，要不是面颊眉眼一看就酷肖发了福的韩平北，完全认不出他们居然是一对父子。阿榆怀疑韩知院这笑里藏刀的特质，是传自他的座师沈相。

不论是本朝宰相，还是审刑院知院，都不是那么好当的，对手把他们一脸和气的笑容当了真，死都不知道怎么死的。

韩知院显然很看重沈惟清，见他和阿榆前来行礼，立时笑道："绯然已跟我说过案情进展。若真能查出冤情，对李参政、对亡者都是极好的交代。此次也亏了你带着，平北看着颇有进益。"

韩平北这个浪荡子也算是出了名，只要不去勾栏瓦舍找美人，于他便是有进益了。

沈惟清心知肚明，又要求调出乔父的资料，想借此解开乔娘子身上的谜团。韩知院立刻叫人行文吏部，将乔父的家世背景、任职履历等卷宗调来。

两处府衙相距不远，韩知院亲自发话，故而卷宗很快便送到他们手上。

韩知院略略一翻，便已皱眉："这个，怕是无甚用处。"

沈惟清、阿榆接过看时，里面的记载极简单，只记了人物籍贯年龄，历任哪些衙门哪些职务，又于何年离职。

与他们早先知道的并无区别，甚至还要更简洁些。

沈惟清皱眉，将卷宗左右前后又仔细看了看，方道："这卷宗不是原始记载！这些记录格式，是十年前才规定下来的，而乔主事在二十余年前便有了品秩，至少在二十年前，就应该有卷宗记录整理他的资料。"

本朝立国未久，许多律令制度都是慢慢完善建立的，这些官员的卷宗自然也会越做越翔实易懂。但乱世初定，纸墨宝贵，早先的履历必定会留存，继续增补，绝不会就此舍弃。

韩知院显然早已发现，意味深长地看沈惟清一眼："敢这般光明正大地更改，必是奉命行事。看来他身上有些不宜为人所知的秘密。"

和乔娘子异常丰厚的妆奁有关吗？和鲍廉娶乔娘子有关吗？从乔父丢官而逝，到乔锦树背井离乡经商为生，这对父子并无特别之处。

难道还是和乔娘子有关，或和乔娘子那幅绣像有关？

他苦思之际，并未留意到阿榆的眼神。她的眼底有巨大的悲痛和怨恨一闪而过，但很快用低垂的长睫迅速掩盖残留的情绪。而藏在袖中的手，不觉握紧了拳。

沈惟清思忖片刻，说道："官方没有记载，我们可以寻找当年乔家的亲友或同僚，向他们查证乔家人当年的状况。"

阿榆抿了抿唇，忽冷笑道："沈郎君，若是官家不想让人知晓的秘密，你也要去查吗？"

沈惟清听她言语尖锐，不由讶异。

韩知院盯着那卷宗半日，忽想起什么似的皱了皱眉，摆手道："惟清，秦小娘子说的有理。那些事被抹去，一定有被抹去的理由，贸然揭开，未必与真相有关，却可能与你仕途相关。若真与天家有关，知情者是祸非福！"

他显然有所猜测，才会对恩师的爱孙出言点拨。

沈惟清一凛，向韩知院一揖："惟清受教了！我会先厘清鲍府命案，将凶手绳之以法！"

韩知院满意点头："除了那些犯忌讳的，我们审刑院也不用顾忌谁，你……带着平北，只管放手去做！"

言外之意，便是扯出大鱼来，审刑院也会帮担着。

——毕竟嘛，案子越大，功绩越大，查案的不仅有恩师之孙，还有他的宝贝儿子呢。韩平北虽然无职无衔记不了功，但能在朝堂刷一波好感，在京中给他谋个职位可就容易多了。

阿榆听闻二人对话，无声地松了口气。

第十五章 管你颠倒是非，还他青红皂白

韩平北、花绯然这日至夜间都没能回来。

据说他们找到第三名李姓医官时，那医官听说是审刑院的，借尿遁转头就逃。韩平北都懵了，却只能迈着他漂亮却娇贵的大长腿气喘吁吁地狂追。

最后，他终于成功地……摔瘸了！

幸亏花绯然再度拿出数度攻破敌巢的凶猛气势，将那李医官按倒，揪着头发拎了回去。

待韩平北一瘸一拐赶过去，扇了那医官几个大嘴巴子，问出缘由，差点气炸，恼火地一脚踹过去，差点把另一条腿也摔折了。

原来这李医官奉了昌平侯夫人之命，刚刚借着安胎之名，打掉了昌平侯外室怀的六个月大的孩子，还不小心搞出了一尸两命。心虚之际见审刑院的人找来，还以为东窗事发，自然拔腿就逃。

韩平北没想到竟会遇到这等见不得人的腌臜事，连呸了好几口，恨不得掩住自己耳朵，假装没有听到。

这种牵涉高门阴私的破事，听到了不仅晦气，而且麻烦啊！让他阿爹知道，指不定还会因他多事，打他几十板子！

韩平北真是越想越冤，他真的只想找李医官录份证词而已！

更头疼的，是沈惟清先前安排的事。

前去鲍家附近药房探听夏枯草、白鲜皮之事的差役们回衙交差，却一无所得。

阿榆疑惑道："难道是从别处药房所买？这可麻烦了！"

这两样药关系乔娘子的死因，一旦找出购买之人，确定其身份，就能和小姜留下的证物、老大夫那边的证词构成完整的证据链，很可能就此抓出凶手——不论是鲍廉或其他什么人，都将难逃法网。

沈惟清想了想，忽看向阿榆："安拂风这会儿还在食店吧？"

安拂风早和沈惟清有了约定，后面只受命于秦小娘子。但她一听说是为秦小娘子寻找嫌犯，丢下她正精心研究的菜式，抓起剑便跑了。

秦小娘子多可怜，许给沈家，就是许了个寂寞。看前晚回来半死不活的模样，她寄予厚望的沈惟清应该没能照顾好她。

既然这些男子那般没用，说不得她得站出来顶在前面了。不就是去安家附近药铺，找找是否有人单买了那两样药材嘛！不就是看看能不能逮出嫌疑人嘛！一剑在手，不难。

阿涂瞧见她走了，长长松了口气。

这几日安七娘子天天骂他，说百无一用是书生，说他无能无知护不住秦小娘子，他只作耳旁风，吹过便散了。

与其担心劫匪小祖宗遭遇什么不幸，还不如担心被安拂风毁坏的菜，以及……铲子和铁锅。

当他闻着焦臭味赶到厨房，看到铲和锅时，才知他绝不是多虑。

锅里不知煮的什么，焦糊糊一团，正呼呼地冒着白烟。若不是灶下的柴火快燃尽了，估计这锅都能给烧化了。一把焦黑的铲子没了柄，只剩上方孤零零一截铁棒泡在旁边的水桶里，眼见已经没法用了！

她这是将铲子丢灶膛里当作柴火了吗？

阿涂目光再转，发现他狠狠心买回来的半片羊肉没了，再看至少得清理半个时辰的厨房、灶以及锅铲，忍不住悲愤哀号："安拂风！"

阿榆赶回食店里，正听见阿涂的哀号声。

她纳闷道："难道七娘出什么事了？不至于吧，她的身手不弱。"

沈惟清道："她身手不弱，不过厨艺不强。还有……她出门查那两样药去了，不在这里。"

阿榆明悟了："莫非……她炸了厨房？"

沈惟清便一笑："你早些休息，让阿涂他们收拾，别累着。"

阿榆前后一瞧，无奈道："我跳窗直接回房吧！若是被阿涂看到，唠叨得头疼。"

沈惟清已能很好地适应她的出格之举，淡笑着告辞而去，说道："跳窗便跳窗吧，照顾好自己最要紧。"

二人分开之际，阿涂尚在厨房忙得焦头烂额，还不时向门口张望，指望他家小祖宗能回来搭把手。

待他忙到半夜，终于收拾得差不多，拖着软绵绵的腿踏出厨房，一眼看到阿榆房中的灯烛心虚般迅速归于熄灭，不由悲从中来。

终究还是他，承担了所有。

第二日阿榆用过早膳，阿涂还没醒。阿榆为她家可怜的小伙计默哀片刻，吩咐了厨娘几句，便骑着她的小犟驴去审刑院。

沈惟清、阿榆、瘸了的韩平北、照顾瘸子的花绯然难得凑在一处，研究昨天拿回的老大夫和医官的证词。

其中第二个被唤到鲍府为乔娘子诊治的医官姓宁，认领了药物残渣的那张药方是他开的，且十分确定，他的原药方里并无夏枯草和白鲜皮。老大夫也做证，他曾为姜家辨认过那些药渣，且彼时小姜还活着。

目前的证据链中，缺少的一环便是买药方、改药方的人究竟是谁。

少了这一环，鲍府想置身事外真是太容易了，随便推出一个人顶缸，很快就能脱罪。

可前去调查药房的差役，还有安拂风那边，依然没有消息传回。

沈惟清沉吟着劝慰众人道："莫急，应该很快有人过来用着咱们一起破案。"

韩平北懵了下："你还找了谁帮忙？"

话未了，外边差役通传，鲍廉来了。

阿榆便轻笑起来："我猜猜。他是不是送证据来了？"

韩平北呆住："他？"

沈惟清等很快前往一间会客的小厅，与鲍廉见面。

鲍廉并不是一个人人内，身边还跟着个长脸细目的侍婢。他的神情比前一天更谦和，见到沈惟清时，脸上多了些恰到好处的为难和无奈。

见过礼，沈惟清开门见山地问道："鲍学士是不是想起些什么了？"

鲍廉面露羞愧，叹道："鲍某惭愧，确实有些事难以启齿，只因与案情并不相关，所以一直未曾提及。昨日沈郎君离开后，家母得知此事，将我好生训斥了一回。君子平生所为，岂有不可对人言者？鲍某想了一夜，还是决定前来跟诸位分说清楚。"

又是委屈不甘，又是克制守礼，深明大义。

阿榆喝了口茶，觉得还可以拎个板凳，带包果脯或甜瓜子，说书听戏的氛围就齐全了。

沈惟清却神色不变，依然温雅礼貌地说道："愿闻其详。"

鲍廉面露纠结，长吁短叹着说道："那幅绣像，的确是我命人悄悄拿走的。说来，真是家丑。那东西，其实是乔氏用来诅咒家母的。"

举座皆惊。

阿榆呛咳了下，若手中真有瓜子或板凳，只怕已经砸在这不要脸的男人头上了。

她冷冷淡淡地说道："鲍学士这是欺负乔娘子化作白骨，无法为自己分辩吗？"

"当日审刑院诸君不是安排人去蒸验过白骨吗？若白骨能说话，也只会告诉诸君，她是病重而亡。"鲍廉长长一叹，一副欲说还休的痛苦模样，"千真万确，是她心里怀了歹意，被识破后自己心里又过不去，才会一病而逝！"

他一指身后长脸侍婢，说道："这是家母的侍婢红叶，前后因由，她再清楚不过。"

那侍婢红叶立时出列，落落大方地向众人恭谨行了一礼，方道："小婢红叶，见过诸君，见过诸位娘子。论起此事，既惊动朝中贵人，又干系鲍家声誉，太夫人本该亲自前来解释，只是老人家本就体弱，因前儿乔娘子之事，一伤心又病了，只能婢子前来分说一二。"

阿榆听得这侍婢口齿爽利，便记起鹂儿提过，巫蛊之事正是她听太夫人两名侍婢提起，转头告知了乔细雨。而乔细雨也是因此心生疑虑，最后落入圈套，化作黄土垄中一抔白骨。

她抿出笑意，柔声问道："红叶，看来你家太夫人所思所想所言所行，你都一清二楚，才能代她出面，细细分说？"

红叶本来没在意这位无关紧要的小娘子，被她一打岔，抬头看了眼，只觉这笑盈盈的小娘子一副温良模样，但眼睛极黑，里面有钉子似的，看得她脸上刺扎扎地疼。她忙定了定神，直视阿榆，掷地有声地说道："我家两辈侍奉太夫人，不敢说其他，至少太夫人所思所想，还是能猜出七八分的。"

"原来是心腹啊……那就行。"

心腹，就是主子的一把刀，不是受命行事那么简单了——日后主子该承担的果报，也该领受一份吧？

阿榆轻轻地笑："你继续说。"

红叶见阿榆垂眸，那种被钉子扎到般的不适感才缓解许多，开始有条不紊地说起绣像之事的前后因由。

依红叶所说，自从乔娘子进门，本来在乡下壮得跟头牛似的太夫人便不时地头疼脑热，有时还会做噩梦。每每请大夫调理，效果却不甚明显。本以为这是水土不服，后来长久如是，便自叹福薄，享不了好大儿带来的富贵。

后来偶遇游方道士，让太夫人留意身边有无小人作祟。但太夫人让红叶等留意许久，并未发现有何不妥。

一年多前，太夫人出门访友，偶遇鹊桥真人，因久闻其名，便请他再为自己算上一算，到底因何身体欠妥？鹊桥真人尽心尽职地替她卜算一回，断定有人以巫蛊之术诅咒太夫人，才令太夫人久病不愈。他还告诉太夫人，这种巫蛊之术应该不算厉害，多半是以真人的头发、指甲、鲜血之类作为媒介。

这时红叶忽然想起，她因代表太夫人前往乔娘子别院送东西，进过几次小佛堂，近距离看过那幅绣像，并分辨出那绣像的发髻是用真人发丝所绣。

太夫人心存仁善，认为乔娘子性子别扭了些，但断不会用这等阴毒手段谋害君姑。也是红叶忠心，便悄悄禀了鲍廉，寻借口支开乔娘子，带鹊桥真人入内甄别。

鹊桥真人一见那绣像就呆了，说那绣像不仅以真人发丝所绣，衣衫上的绣花更是以鲜血染了丝线所绣，绝对是大凶之物。若供奉此凶像，辅以日夜诅咒，绝对于太夫人身体有碍。也亏得乔娘子住得远，加上太夫人积德行善，又有家主官威护体，方能暂时无恙。

阿榆忽然像被茶呛了下，咳得几乎眼泪都要出来。

众人不由得都看了过去。

韩平北边递块帕子过去，边大笑道："阿榆你今儿怎么了？喝口茶还老是呛着！"

沈惟清盯了眼那帕子，只觉韩平北痴得还不够厉害，只低声道："阿榆，若不舒服，先送你回去休息？"

阿榆摆摆手，笑着取自己的帕子擦眼泪，说道："没有没有，大概这里官儿太多，给官威吓得呛着了！"

鲍廉不由沉了沉脸，咳了一声，待要摆出清流文士架势阴阳怪气几句，那厢沈惟清已道："官威能护体，自然也能吓人，说来还是阿榆可怜，历了那些事，经不得吓。"

韩平北惊得眼珠子差点瞪出来，忙用手中的帕子揉了揉眼睛，定睛看时，沈惟清依然云淡风轻形端韵雅的温文模样。

他也早习惯这人一本正经地胡说八道，连师长都能骗过去。但这次的假正经，怎么透着一股酸腐味呢？

偏偏这酸腐味还能堵人嘴。

他虚伪地抢占了道德高地，暗示阿榆身世凄惨，鲍廉再想教训这个失礼的小娘子，那高高在上的姿态便摆不出来了。

阿榆终于止住了咳嗽，揉着红红的眼睛，笑道："对不住，是我失礼了！红叶，请继续吧！"

红叶给她这么一扰，原来酝酿的悲愤又忠诚的情绪，便有些拢不上来。好在她口齿尚利落，便继续说道："太夫人虽不愿相信这些，但听鹊桥真人说，这种咒人的法子，若咒人不成，也会反噬自身，牵累家人。太夫人怕乔娘子害人不成反害己，也怕学士被连累，这才亲身前往别院，劝乔娘子迷途知返，毁去画像。乔娘子不仅抵赖，甚至连毁去绣像自证清白都不肯，十分忤逆。"

似在印证她的言语，鲍廉蹙眉摇头，叹息不已，似在哀叹家门不幸。

阿榆僵着笑脸，静静地看着这对主仆表演，终于不说话了。

她怕她再说话，会控制不住自己那把能劈开人脸皮的剔骨刀。

乔细雨会诅咒一个从乡下来的狭隘婆子？那婆子……配吗？

沈惟清却已问道："红叶，为了劝乔娘子毁去画像，鲍太夫人去过几次？"

红叶道："三次！"

沈惟清又问："这三次，鲍太夫人与乔娘子相见之际，你是否都在旁伺候？是否亲耳听到太夫人指责乔娘子咒她？又是否亲耳听闻乔娘子忤逆太夫人？"

红叶怔了怔，一时不解其意。

沈惟清微倾了身，笑容淡淡："红叶，此处虽非公堂，但你所说的每个字都有专人记录，待你说完也需按手印画押，作为呈堂证词。若有胡诌伪饰之词，耽误官府办案，一样法网难逃。"

红叶怔了怔，不由看向鲍廉。

鲍廉和声道："红叶，你只消实话实说，沈郎君何等人物，自然秉公处理，不会刻意为难你一介小婢。"

红叶便犹豫了下，方道："我并未在旁伺候，但里面的声音还是听到一些的，何况太夫人后来也跟我说了这些情形，再不会错的。"

"后来呢？"

"后来……"红叶扭捏了下，到底道，"后来我便故意让鹛儿听到了巫蛊之事，的确有心让这事传到乔娘子耳朵里，拿孝道逼她清醒些。"

她跪下身来，红着眼圈哽咽道："此事家主与太夫人全不知晓，都是小婢自作主张。小婢……小婢实在不想看着乔娘子如此忤逆，害人害己。小婢错了，但小婢不悔！"

她错了。

但一个忠于主人的侍婢，随便传几句似真似假的闲话，官府管得着吗？

主人嘴上不说，心下怕是正欣赏着，往后那些提拔和赏赐，还不是头一份的？

她自然是不用悔的。

那厢鲍廉已带着三分无奈三分愧意说道："我也是后来才知晓，母亲大人在内人回府后，悄悄派人去取下了绣像，发现内人已换掉了原来那幅不祥绣像。开始以为她知错了，才自己将其毁去，后来旁敲侧击打听，才知她只是将先前那幅藏起，依然包藏祸心！我也是这时候才得到消息，眼见母亲大人久病未愈，家宅不安，不得已才叫人暗暗前去别院，找出那幅绣像，将其毁去。"

阿榆至此方抬了抬眸，不明意味地低声道："毁去了？"

"那等不祥之物，留着做甚？只是我等都未想到，内人知晓后会如此焦灼，竟不顾一切冒雨回去，乃至病重而亡……"鲍廉黯然神伤，"说来都是家门丑事，鲍某倒不在乎声誉，但逝者已矣，我等自然需为亡者讳，故而绣像之事，后来竭力淡化，连巫蛊之事，也禁知情者提起。"

他长长一叹："谁知我苦心隐瞒种种，反让诸君生了猜忌，疑心到鲍某家人。鲍某如今道明一切，不知诸位可还满意？"

堂上韩平北等人默然对视。

在鲍廉口中，一切都是因乔娘子忤逆君姑，心生恶念，鲍家作为受害者，被逼无奈，才有了自保之举。乔娘子恶有恶报，自己想不开，一病而逝，夫家重情重义，为了维护亡者声誉，对乔娘子的"恶行"诸多隐瞒，真是书香流传，堪称积德之家。

听听，因果齐全，逻辑完整。

如果不是已确定乔娘子曾在鲍府内被人替换药材，如果不是知情的小姜疑似被灭口，指不定他们真信了。

阿榆忽向韩平北道:"韩郎君,下回你去勾栏瓦舍,把我带上吧!"

韩平北差点没从椅子上摔下去:"啊?"

阿榆道:"我想看看那些滑稽戏都是怎么演的,总觉得不难。"

韩平北一时未解其意,只觉有点不太敢看沈惟清的眼神。平时蹭蹭饭开开玩笑也就罢了,带沈大郎君的未婚妻去勾栏什么的……

这画面太美,他想想都觉得双腿疼……真有那么一天,他老子一定会把他瘸了的双腿打烂。

沈惟清却已轻笑起来:"阿榆,会者不难,难者不会。有的人有天分,都不需要学的。"

韩平北蓦地悟过来,笑道:"这个倒也是,我近来的确见识了不少有天分的,可比勾栏那些戏子会演会唱多了!"

鲍廉黑了脸:"二位,这是何意?"

沈惟清淡淡一笑:"鲍学士,我只需知晓,鲍家对乔娘子、对绣像的确有所图谋,就够了!"

鲍廉环顾几人,终于察觉不对,正待试探时,那边已有差役来报道:"沈郎君,安七娘子和昨天出去的那些兄弟,把嫌犯带回来了!"

"都带过来!"

鲍廉皱眉,却维持着文人的清高,哼了一声,拉着红叶稍稍退后,低声道:"却不知我鲍廉怎么得罪了你们!我倒要看看,你们打算怎样攀扯我鲍家!"

说话间,安拂风行走如风,按着佩剑当先走来。她身后,十余名衙役鱼贯而入,押着一名掌柜及数名伙计或药童模样的人。

鲍廉看着被押来之人都很面生,暗自松了口气。

他身后的红叶也是茫然,直到闻到那些人身上传出的淡淡药味,猛地想到了什么,脸色唰地一下惨白。她想出言提示鲍廉,忽觉背上一冷,一抬头,正对上阿榆的目光。

她依然带着清清淡淡的笑意,明媚讨喜,宛若天真无害的邻家女孩。但一旦被她黑若深井的眸子盯住,便似被黑夜里的饿狼盯住般,怵得浑身汗毛倒竖……

红叶冷汗涔涔,待看到沈惟清也有意无意地瞥向她,她不由抿紧唇,连想去拉鲍廉衣袖的手都缩了回去。她的手指一根一根蜷起,面颊也越来越白。

安拂风虽不喜沈惟清,但无疑沈惟清是最了解她的一个。一见安拂风冷傲睥睨的眼神,他便知有戏了。

果然安拂风上前,却是向阿榆道:"小娘子,你要的人,我找到了!"

她掏出一本账册，摊开，寻到其中一页，指向其中一行字。

夏枯草、白鲜皮，各半斤，也就是各八两。

而正常用药，多以帖计，每帖某样药用量常常只需数钱。

阿榆倒有些惊异，笑道："原以为人心难测，又隔了一年，不好查，不想竟查出来了！"

安拂风迟疑了一下，虽是不愿，还是说道："此事也算沈郎君安排妥当，他猜到卖药之人可能与买药之人熟识，或收受了重金，会心生包庇，故而让我等在询问后便在附近安排人手，监视掌柜或伙计有无异常动静。果然，这家药房的人在我们查问时矢口否认，却在我们离开后立刻派人前往鲍府。"

她指了指其中一名伙计，嘲笑道："这位伙计，正是在鲍府门口逮到的呢。当时他求见的，是一位高大娘。若不是怕他进了鲍府，高门大户的，把人给弄没了，我当时便能连那个高大娘一起抓了，那可真叫抓贼抓赃了！"

鲍廉只听了一半，也猜到发生了何事，也微微变色，只背着手故作镇定，研判着事态发展与脱身之策。

阿榆心里暗惊，想要监视这么多药房这么多人的异常举动，对于眼前这十余名差役，绝对是一件不可能的任务。如眼前这家店铺连掌柜在内就有五人，两人一组盯梢，那需要十人了。若查问了五六个房药，岂不是需要五六十人跟着行动？

然后，她想到了王四，立刻释然了。

这样的地头蛇，最不缺的就是人手吧？

阿榆心念转动，已看向鲍廉，轻笑道："还未请教鲍学士，高大娘是哪位？"

鲍廉负了手，皱眉道："小娘子说笑了，鲍府虽非大户，但仆役人口也不少。我寻常事多，岂会留意这些寻常婢仆的姓名模样？"

阿榆看向红叶："你呢，同样是侍仆，同样地位不低，你总该知道这高大娘是哪位吧？"

红叶汗如雨下，低声道："娘子恕罪，我只管服侍太夫人，其他一概不知，一概不管。"

一概不知，一概不管，却挑拨离间，算计乔娘子吗？

安拂风最瞧不上这种装模作样的做派，翻了个白眼，抬手将那掌柜一揪，已提溜到众人面前，喝道："你说，那个高大娘是谁？"

掌柜的看了眼鲍廉，吃吃道："这个，她……好像是……这个……"

安拂风抬手一巴掌甩了过去："脑子里进了五谷虫，话都说不清楚了吗？要不要我给你洗洗脑子？"

她抬手又是一个巴掌扇过去，几乎将掌柜扇得原地转了个圈，又被安拂风拎着衣领提着面对众人："记起来了没？"

掌柜惨叫，哭道："记起来了，记起来了！高大娘是鲍家主母安四娘子的陪房娘子！是安四娘子的人！"

众人齐刷刷看向鲍廉。

鲍廉正阴着脸看向安拂风："这位娘子要在审刑院将人屈打成招吗？"

沈惟清微微一笑："鲍学士，她是安家七娘子，代安家清肃门户，与我审刑院何干？"

鲍廉怔住，细看安拂风，才隐约认出这位竟是安家那位顶梁柱的宝贝女儿。

安四娘那支隔得远，自愿成了鲍廉之妾后，安副指挥使嘴里不说，心底难免硌硬。鲍廉与他同朝为官，自诩清流，这叫人如何看待安家，如何看待安家其他小娘子？故而鲍廉逢年过节往安家去得勤，安副指挥使常常避而不见，更别说他宠爱的宝贝女儿了。

安拂风这时才知沈惟清特地找自己去抓人，竟有这么层意思。

想想也是，如果在安家附近药房买的药，此事就很可能跟鲍家那位安四娘有关了。

阴险，一如既往的阴险！

安拂风暗暗忖度时，阿榆忽走了过来，抬手便是一巴掌，也打在了掌柜脸上。

众人怔住。

阿榆笑眼弯弯，轻言细语地说道："安四娘不过是鲍家小妾，你却说她是鲍家主母，莫不是在说鲍家宠妾灭妻？我这巴掌呀，是代鲍学士赏你的。"

阿榆甚至温温和和地看了眼鲍廉："鲍学士，我说的对不对？"

鲍廉额上无声地滴落汗水，却真的不敢说阿榆不对。

婢妾和主母是两个不同的概念。主母犯错会牵累家族，婢妾犯错或打死或发卖，甚少会牵涉主家。而今他听药房掌柜提起药材，隐约猜到安四娘已被卷进去，至少有了嫌疑。此时他若维护安四娘，或承认安四娘是鲍家主母，即便不被认作同谋，至少逃不脱一个治家不严的罪名。这对以清流自居的翰林学士来说，前程差不多也可以终结了。

安拂风虽不解阿榆为何忽然发作，但想想阿榆经历的那些事，倒也不奇怪，只看了眼阿榆的手，体贴地问："疼不疼？"

药房掌柜捂着脸差点哭出声。疼的明明是他好不好？这小娘子的手劲可比安家七娘子凶残多了，他的下颌骨快被打裂了！

沈惟清目光闪了闪，虽不觉得阿榆会手疼，还是看了看她那双洁白幼嫩的手，再看了看那明媚无辜的脸庞，默然垂眸，接过账册看了，又扫了眼下方众人，缓缓道："鲍学士，今日还请暂留此地。我会去鲍家一次，将高大娘及相关人等带来，将此案查个明白。"

鲍廉惊怒："沈惟清，就凭药房中人一面之词，你就要羁押本官，抓捕本官家人吗？"

沈惟清道："羁押谈不上，韩知院看过案卷，必会亲自过来跟鲍学士聊聊。"

他收起案上卷宗，站起身，又淡淡补了一句："还有，安四娘是婢妾，不是家人。"

安拂风不由怒视沈惟清。

他有必要再次提醒众人，她那族姐是个婢妾吗？

沈惟清携案宗和证物去见了韩知院，很快拿到盖了审刑院印章的文书，率差役前往鲍家拿人；他的同僚高胖子则受命前去搜拿鹊桥真人。

鲍廉说得清楚，是鹊桥真人判断那幅绣像是诅咒人的不祥之物。究竟是真是假，是有心还是无意，自然要拿他来问个清楚的。

阿榆却是稍后才赶往鲍家的。她又去了一次钱府，跟鹏儿要了一份鲍家人最信任最重用的婢仆们的名单。有了那份名单，按图索骥，捕人之际自是爽利多了。

太夫人、安四娘等人都知鲍廉此去审刑院，乃是以退为进，必定会将污水泼给故去的乔娘子，料得自家必能顺利脱身，根本未想过他们会来拿人。

只是想着乔娘子逝者已矣，还为她安个恶名，太夫人有些不安。安四娘既以端慧闻名，自然在旁温声劝慰。几句之后，太夫人便真心真意地觉得，乔娘子能在死后为鲍家做点事，是在赎她不孝之罪。他们利用乔娘子，是在助她早登极乐，早日超生。

待沈惟清循礼通报入内，太夫人见到他身后那队甲胄鲜明的衙差，不由揉揉眼睛，几疑梦中。

"青天白日的，你们、你们想打劫吗？这么多人明火执仗的，敢往学士府里闯！"

沈惟清彬彬有礼地一揖，说道："太夫人见谅，在下并无得罪之意，但鲍学士有些证词，尚须府中各位前去佐证。"

他说得尔雅客套，但挥手之下，随来的衙差已如恶虎般往各院冲了过去。

安四娘听得那边一迭声地在催问"谁是高大娘"，已然变了脸色。

太夫人不知，她却清楚，晨间曾有人自称安家客人，求见高大娘。但高大娘赶到门口时，并未见到那人。

据说，那人正在门口等着，被两名游侠儿掳走了。

安四娘小心翼翼地探问沈惟清口风："沈郎君，请问，高大娘犯了何事？"

沈惟清居中而立，负手看着衙差抓人，似没听到安四娘说话，连个余光都没给。

安四娘登时涨红了脸。

细论起来，沈惟清之父沈世卿与殿前司副指挥使安泰少年相识，颇有些交情。只是沈惟清明显只将七娘子安拂风当作了正经的安家人，而她安四娘子……一个不值一道的破落户娘子，一个不入流的婢妾，根本没资格跟他说话。

阿榆目光有些散乱，忽迈腿向旁边走去。

沈惟清忙问："阿榆，你去哪里？"

阿榆慢慢道："去看看乔娘子住过的地方，也算是……案发现场吧。"

毕竟乔娘子最初被谋害的地方，正是鲍府，鲍府的主院——也是她嫁入鲍家后，曾经住过一年多的地方。

沈惟清怔了下："我陪你去。"

阿榆摇头："事隔年余，怕是线索有限。我去瞧一眼，沈郎君留在这边就好。"

沈惟清也知此理，听阿榆这么说，再看眼前众人忙乱，只得点头道："那你速去速回。若有发现，立刻着人唤我。"

阿榆应一声，很快走得没了踪影。

安四娘端着稳而优雅的身姿，神情不动，眼底却暗藏羞恼和不屑。因审刑院接手乔娘子一案，鲍家也曾打听过沈惟清身边忽然多出的这个小娘子的来历。一个举家被屠身若浮萍的女子，沦落为市井间最低贱的小厨娘，甚至远远不如她安四娘的家世教养，却得沈惟清如此维护……

呵，男人！她自以为掩饰得好，沈惟清却极敏锐，忽转头看她一眼，便吩咐道："来人，把她捆了。"

"……"

安四娘一惊，见两名衙差如狼似虎地过来，惊怒道："住手，我是鲍家的……"

她忽然顿住。

虽说主母也可称为娘子，鲍家人也喊了她无数遍的娘子。可当着外人，谁敢唤她一声主母？她算是鲍家的什么人？

"婢妾，我听说过。"

沈惟清尔雅微笑，毫不客气地接过话头，利刃般戳开她努力想掩饰的尴尬。

安四娘僵住，任由衙差将她捆了，却努力保持镇定，维持着自幼被灌输的优雅风度，以免被人小瞧了去。

太夫人得她奉承十年，倒是真心将她当作儿媳，抬手要阻拦，却被身畔的侍婢轻轻

213

扯了扯袖子。她回过神，看看给衙差们冲得鸡飞狗跳的府第，颤巍巍退了两步，跌坐回她的红木圈椅中。

沈惟清却已看向了太夫人身边的侍婢："你是青叶？"

青叶紧张地行了一礼："小婢青叶。"

沈惟清道："乔娘子之死疑点颇多，本待请太夫人亲身前往审刑院。韩知院顾念太夫人年迈体弱，特地吩咐，可以命她贴身侍女代她走一遭。"

青叶顿时白了脸，忽抬头问道："红叶是不是也在那里？"

沈惟清道："在。"

青叶便低了头，道："既如此，小婢愿代太夫人一行。"

太夫人便松了口气。不用跟着去官府便好，她的好大儿和安家好儿媳，必能摆平这件事吧？

沈惟清瞥过她神情，便眺向主院方向。

阿榆走到主院时，高大娘已捆了双手，正被两名衙差从屋中推出，兀自在挣扎喝骂不休。

阿榆随口问："当年乔娘子便是在这屋里养病吃药？"

高大娘张口便骂："哪来的臭丫头？这与你何干？"

衙差举起刀背拍了她一下，喝道："瞎了你这老虔婆的狗眼！她是咱们衙里新来的秦娘子！"

高大娘顿时闭口，盯她一眼，不敢多言。

阿榆顾自道："奇了，奇了，你们曾在这里加药害她，怎还敢继续住在此处？哦，是欺她冤死在庄子上，没法回这里找你们报仇吗？"

她的声音轻飘飘的，甚至带着些轻佻，却绵冷得如自九幽黄泉间滑来。

高大娘只觉汗毛竖起，再看这小娘子眼珠也忽然变得幽黑可怖，深渊似的要吞噬她一般，便似有什么堵了嗓子，竟不敢再跟她对视，也不再吵闹，闷了头跟着衙差离去。

衙差并未觉出异常，一边出门，一边骂骂咧咧，斥这死婆子敬酒不吃吃罚酒。

阿榆转头进了屋子，只看了一眼，立刻退了出来。

屋内富丽堂皇，家具厚重板正，陈设或金或银或珍奇之物，收拾得一丝不苟，务要人感觉出其中的富贵气势和优雅底蕴——可惜太刻意了，刻意得仿佛不是燕居之所，而是一间摆出来让人参观景仰的藏宝室。

当年细雨跟在阿爹阿娘身边，收拾整理房间都只求简洁舒适，能令人心怡气畅，何尝受得了这种雕饰繁复的荣华风光？

"小姜……"

阿榆看向不远处的假山、流水和石桥。

石桥两侧砌了台阶，不算高，但人若从石阶上滚下，这边主院多半是看不到的，何况那日暴雨如倾，视线模糊，谁又会顾着往桥上看？以这高度，摔下去或许会磕伤碰伤，像小姜这种头部撞到假山上的石块，当场身亡的概率，实在是不高。

但吃亏也吃亏在她只是小小侍婢，事件又发生在鲍家，又遇大雨天冲刷掉线索，竟让一条鲜活的性命，被如此轻易地揭过。可不声不响悄然消逝的生命，何止小姜，何止乔细雨……阿榆慢慢摸着那些曾被鲜血浸染的石阶，默然。

鲍家府门前，沈惟清核对了鹂儿给的名单，确定可能参与或知晓案情的鲍家婢仆都已寻找齐全时，阿榆还没回来。

一名衙差道："沈郎君，我瞧见秦小娘子坐在那边石桥上，不说不动的，不太对劲。"

沈惟清心中一沉，正要过去寻找时，却见阿榆慢吞吞地走了过来。

诚如先前衙差所说，阿榆不太对劲，脸色极白，泛着淡淡的青，似一方半透明的玉琢成，有种琉璃般一摔就碎的脆弱感。她走到沈惟清跟前，目光飘忽了一会儿，才冲他勉强一笑，"可以回去了？"

沈惟清点头，顿了下，方道："下面审问这些婢仆的事，院里自有专人负责，大约明日才会有结果。这会儿已经不早了，你伤势未愈，又连着操劳，不如先回食店休息？"

阿榆也知自己心绪不佳，点头道："也好。若有了进展，你务必遣人相告。"

沈惟清道："放心。"

阿榆遂上了她的犟驴，有气无力地拍了拍驴背，径自离开。众衙差也带上安四娘及一众鲍府婢仆，向审刑院行去。沈惟清落在最后，忽以口为哨，吹了一声。王四立时不知从哪里钻出来，上前行礼。

"少主人！"

"你去找安七娘子，拜托她照应下秦小娘子，尽量带她出门走走，散散心。"

"散散心？"王四对安拂风还是颇为了解的，"少主人能不能说得具体些，希望她做什么？我瞧着……七娘子不像会带人散心的人啊。"

沈惟清便无奈了："就说……让她带秦小娘子坐游船，逛街，买东西。只要能让秦小娘子开心，怎样都行。"

　　只要秦小娘子开心，怎样都行？这是何等看重秦小娘子！

　　王四一凛，立刻道："是。"

第十六章

州桥下,岁月长青,
瑾瑜无恙

    沈惟清刚回到审刑院,高胖子带着搜拿鹊桥真人的衙差也回来了,却是空手而返。

    "鹊桥真人并未在家,素日常去的几处地方也找过了,都不见踪影。"高胖子甚是恼火,"这妖道真是滑得跟泥鳅似的。他邻居说,已经七八天没回家了。我一算,那岂不正是咱们审刑院接下这案子的时候?"

    沈惟清想了想,命卢笋也跑一次小食店,看看阿榆状况,若阿榆还在店中,便告诉阿榆,鹊桥真人没有抓到,可以让她家小钱儿想想办法。

    他年纪虽轻,但自小跟着祖父应对各色人等,又在审刑院历练这许久,颇能洞察人心。既知阿榆心境不对,一方面让安拂风陪她散心开解,另一方面也想着需给她寻些感兴趣的事做,转移注意力。

    鹊桥真人混迹京师已久,三教九流相熟的极多,滑不溜手,官府想找他并不容易,但如王四、钱界这等同类,想挖出他的线索就容易多了。

    何况,他对那个绑架阿榆却反被阿榆收服的大胖子,也十分好奇。

    真的只是在市井间接些活儿讨口饭吃的游侠儿吗?

    院中诸人早知沈惟清去带人,早就做好准备。鲍廉那边韩知院亲自"作陪",邀在厅中喝茶，不让走动；安四娘、高大娘、青叶等人却被分开审讯，然后互相核对供词，理清头绪，找出有用的线索。

论起刑审，审刑院自然有专业人手。所谓"人情似铁，官法如炉"，重拳与诱饵齐出，绝望和希望交织，只要不与自身性命相关，还有多少秘密捂得住的？

当鲍家那些竭力被掩藏的秘密，被婢仆们或惊或惧或有心或无意的供述，渐渐拼凑成型时，卢笋回来了。

他道："我去时，秦小娘子正准备跟着安拂风出门呢，听我传了话，说知道了，她游汴河前，会先去找下小钱儿。"

沈惟清微微松了口气，却有些困惑："她游汴河去了？"

对于初来京师之人，借汴河一路游赏，能最快地领略东京风光的秀致，街市的繁华，屋宇的宏美。但秦家娘子出身京师，十二岁才离京，回来后开的食店又在汴河大街附近，为何还会想着游汴河？

卢笋虽愣头愣脑，但知晓阿榆在沈家的分量，特地留意过阿榆神色，闻言说道："秦小娘子虽然笑着，看起来并不高兴。她说，当年她跟着阿爹阿娘游汴河，倒是挺开心的。如果今天去游着不开心，回来就去把那小钱儿打一顿出气。"

他也无法理解，阿榆不高兴为何要想着打小钱儿，但显然不以为意，甚至笑道："可小娘子也不想想，就她那小胳膊小腿的，还打人呢，岂不是给人挠痒痒。"

沈惟清想起当日那间四处滴落血迹的小院，心里默默为钱界点了根蜡。

——不过阿榆若能开怀些，打就打吧，谁让小钱儿当初绑人时瞎了眼，蒙了心呢？

安拂风听王四传了口讯，果然不放心，跑来拉着阿榆，一心要拉她出去走动走动，消解消解心头郁气。

阿榆其实本来并未想过游汴河什么的，只是恍惚间记起，那久远到蒙着尘灰的岁月里，曾有人抱着她站在船头，看着人头攒动、热闹非凡的州桥，然后在州桥底下随船漂过。头顶的州桥给她的感觉像一座宏伟空旷的殿宇，宏伟到让她幼小的心灵兴奋得战栗。

她忽然就想看看，十一二年过去，再经过那里时，会不会还有那样的感觉。

于是，阿榆先找到在大街上勾搭小寡妇的钱界，拍了拍他刚结痂的胳膊，赞了赞他强悍的恢复力，吩咐了他鹊桥真人的事，便在钱界龇牙咧嘴的痛呼声中，逍逍遥遥跟着安拂风游汴河去了。

细论起来，安拂风绝不是个好的导游者，但她的确努力地想让阿榆散散心。——虽没找到漂亮的游船,但她找到了一条小渔舟,据说老渔夫的水性还很好。虽不懂两岸那些建筑那些景致有什么好看的,但也能搜肚刮肠地指点她看些好"风光"。

"阿榆,你看那男子抱着个箱子那般吃力,怕是个钱箱,必是个死抠的富家翁,居然穿那么旧的鞋。"

阿榆打量了一眼:"七娘,他鞋面沾的是陶土,箱子里装的应该是刚烧好的陶碗。是个开茶寮或寻常吃食摊的吧?"

话未了,便见不远处的馄饨摊迎出一妇人,关切地去接箱子:"不是说了碗烧好了一起去抬吗?沉不沉?小郎,快倒碗水给阿爹。"

旁边便有一个六七岁的小童利索地倒了一碗水,颠颠儿地递给那男子。

安拂风呆住,阿榆却看着一家三口其乐融融的模样,羡慕地叹道:"果然是,好风光!"

她叹得真切,安拂风却恨不得甩自己一耳光,看脚下小船飞快推行,忙又道:"看前边那娘子身段真窈窕,穿得也时兴,怕是哪家闺秀正要回娘家探亲吧?"

阿榆怪异地看她一眼:"你没看那娘子眼神?"

"眼神?"

安拂风还没来得及细看,便见那娘子迎上一名大腹便便的客商,媚笑道:"客官,您可来了!快去奴家屋里坐坐!"

安拂风的俊俏面庞便不由红一阵,白一阵,喃喃道:"怪不得沈狐狸不愿让我去审刑院。原来,原来……"

她懊恼片刻,忽见阿榆怔怔地看着前方一座如长虹般兀立汴河之上的大桥,忙道:"那是州桥,京师最大最繁华的桥……"

说了一半,安拂风又闭口。

且不说秦家离京时,秦家女儿早已记事,就说如今,阿榆前往沈府,或前往审刑院,来来回回,哪天不经过这座桥?她犯得着解释这个?

但阿榆怔怔地看着慢慢靠近的州桥,却似出了神,感慨道:"真是……好风光啊!"

她甚至向老渔夫道:"老人家,撑慢些。我想看看桥下的风光。"

说话时已经行到了桥底。老渔夫看看光秃秃的拱桥,再看看幽泠泠的水,哪有什么好风光?这小娘子生得极好,可惜脑子坏了……

阿榆却已站起身来,仰起头,看着上方的桥。

或许是她长高长大了,如今并不觉得这桥如何地高不可攀。桥面下方和桥墩的位置,

219

甚至爬满了青苔，比幼年时见到的要沧桑几分。

小舟虽然行得不快，但顺水而行时，想穿过桥洞自是很快的。阿榆无声一叹，正要低下头去，夕阳斜斜照来，将桥下方的某处也照出几分灿黄。那一处的石块明显要新些，四处蔓延的暗色青苔竟未曾沾染。

安拂风顺着阿榆的目光看过去，只看到了寻常青石铺就的桥面，生有斑驳的苔痕。

阿榆这么盯着，究竟在看什么？甚至眼睛都盯得花了，水淋淋的，似乎眼看就要有泪水滚落一般。

安拂风忙推了推她，不放心地问道："阿榆，阿榆，你怎么了？"

阿榆回过神，睁大水亮的眸子看向她："我？我很好啊。我看到了……汴京城最好的风光，开心得很。"

安拂风懵了下，但立刻高兴起来，笑道："哦，哦，你很开心？那就好。"

老渔夫直了眼："原来两个小娘子脑子都坏了，晦气！"

夜间，阿榆早已回了食店，又躺回了她那张窄小的床上。

灯烛已灭，窗外正不断凋落的木香似比盛放时更馥郁，冷冽沁骨却叫人贪恋不舍的花香，阵阵地飘入房中。

阿榆并未睡着，眼睛在月色带来的稀薄光线里熠熠生辉，竟如明珠般闪亮。

辗转反侧许久，她抱着被子坐起身，试探着向窗外唤道："凌叔。"

窗外风声萧萧，落花寂寂。更远处，有蚕鸣啾啾，还有汴河附近的蛙声起伏。

独没有凌岳的回应。

乔细雨之事，令这个本已看淡世情的男子凌岳甚是神伤，常去旧地缅怀故人，有时阿榆甚至闻得他身上有酒气。这会儿，他是去了当年故地，还是去了乔细雨住过的别院？

阿榆也不需要凌岳的回应，只喃喃道："凌叔，我今天去州桥了。"

"岁月长青，瑾瑜无瑕。凌叔，原来你没撒谎，原来他们当年真的疼惜我。他们不是故意丢弃我。"

阿榆说着，欢喜地微笑。

笑着笑着，她的头渐渐低了下去，埋到了屈起的双膝上。

飞花落索中，便传出少女隐约的呜咽声。

这夜沈惟清便宿在审刑院中，第二日一早看着几处送来的供词，仔细印证核对后，轻轻舒了口气。

韩平北伸着懒腰道："惟清，鲍家这个案子，看来快结了。"

沈惟清整理着案宗，淡然笑了笑："恐怕没那么简单。鲍家……应该还藏着秘密。"

韩平北向外一努嘴："没事，我爹不是在嘛！那位鲍学士昨晚不断找人求情，还不是给扣在咱院里！"

沈惟清不由笑了笑。

韩知院是他祖父沈纶的得意弟子，能蹚过几次朝堂风雨，甚至在恩师致仕后继续稳稳立足，执掌天子倚重的审刑院，其才智手段自然不俗。沈惟清并不觉得鲍廉能在韩知院那里讨着好处。

他起身，正准备将整理好的案卷送往韩知院的宏畅堂时，却见卢笋一溜烟地跑过来，禀道："郎君，秦小娘子让人传了口讯来，说要迟来片刻。"

沈惟清讶然："她有说因何事迟来吗？"

"说是想让安七娘陪着去买些东西。"

韩平北疑惑道："没道理呀，她对鲍家这桩案子最上心了。难道买的是甚么要紧的物事？或与案件相关？"

沈惟清便道："不妨，等正式开堂时，她差不多也该到了。"

果然，韩知院捋过案卷和诸多供词后，看出真相已近在咫尺，正需他这位知院一言定鼎，便立时安排升堂，然后派人去请鲍廉。

鲍廉再好的涵养，被留在审刑院"做客"一夜，也难免又是羞恼，又是忐忑，只不想丢了风度，还有些清高的架势。但看到被讯问一夜的安四娘被带上来，见她鬓发微乱，神情憔悴，不由变了脸色，怒视韩知院。

韩知院笑道："鲍兄无须多虑。不论是鲍兄，还是安四娘子，甚至你鲍家这些婢仆，只要不曾犯事，本官必定保你们无恙。"

安四娘忙给鲍廉使了个眼色。鲍廉见她依然落落大方，世家大族的雍容风仪不改，料得她并未招认某些不该认的，这才略略放下心来。

看其身后跟的，除了药房的掌柜和伙计，便只有主院伺候他的红叶，安四娘的乳母高大娘，以及太夫人身边的青叶。

红叶跟在鲍廉身后，看到青叶，先就一眼瞪了过去，要撕她耳朵责问一番的模样。

审刑院从鲍家带走的人当然不只这么多，她们三个会被带来，显然因为她们的供述或证词才是真正有价值的。

虽说只是讯问证词，但这些人至少都有帮凶的嫌疑，若不配合，或给出的证词和别的印证下来有参差，吃些苦头也是难免的。红叶自己吃了不少苦头，咬紧牙关自认并未吐露任何要紧之事。

而她这个妹妹，在主人面前并不得宠，所知之事有限，为何也被带了过来？

沈惟清将鲍家主仆们的神情看在眼里，淡淡一笑，也不在意。作为负责本案的详议官，他和高胖子在堂内设有自己的案几，协理韩知院审判，待结案后是要条陈奏章呈入宫中，交官家阅览的。韩平北记挂着自己的战果，也不用父亲召唤，此时也不顾腿还瘸着，坐到沈惟清身侧旁听。

再隔片刻，姜田、给乔氏诊病的医官和京郊那位老大夫都已赶到，堂审即将开始，沈惟清却有些心不在焉，不时往外看去。

韩平北悄声笑道："阿榆许久未回京城，难得有兴致逛街，七娘必定不着调地勾着带着，多半玩得上头，都不记得上衙了！"

说话间，侧门已悄悄趸进阿榆的身影。

韩平北笑得见牙不见眼，忙向她招了招手。阿榆忙弯了腰，从差役们后方绕过，一溜烟地钻到他们身畔坐了。

沈惟清定睛看了她一眼，轻声道："如果累就去歇着，这里我会盯住。"

因为跑得急，阿榆面庞染上了淡淡的红晕，鼻尖有细细的汗珠。听沈惟清之言，她仰头看他。

"我不累。你想要赖，不让我管乔娘子的案子？"

她的眼睛不似往日的漆黑沉凝，亮晶晶的，蕴了火焰，热烈明亮，炫人眼目，却有明显的质疑。

沈惟清哭笑不得，悄声道："怎么？都这份上了，还不能信我？既然一路同行，破案之功自然算你一份。"

阿榆道："你不要赖就行。不过我并不累，借此再看一番人心险恶，多警醒几次，日后指不定能活得更好些。"

沈惟清看着她若无其事挂在唇边的一抹微笑，心头一痛，又一酸，低声道："无论你想怎样，都由得你。"

韩平北抱着伤腿纳闷地看着这二人，有瞬间怀疑自己是不是听错了。

沈惟清这个虚伪无耻的家伙，跟阿榆说话的口吻，怎么带着种……宠溺？

这两日他和花绯然忙着查案，难道不小心错过了什么？

韩知院不急不缓地，已经开始了案件的审理。

虽然一切皆因绣像而起，但他并未纠结绣像的用途，而是致力于查问鲍家上下为取到绣像而采取的种种行动。

因先前的诱导，鲍廉其实已经自曝了夺取绣像的大部分行动。高大娘、红叶等是具体执行者，因此不得不承认了她们暗算过乔娘子。

随后，药房掌柜和伙计，以及药房的账册，证实了高娘子买了那两样药；姜田和小姜留下的字条，证实这两样药被放入了乔娘子汤药中；医官和老大夫证明，这药是被人刻意加入乔娘子汤药中，加重其病势。

辅以其他婢仆的证词，前期案情已经明了。

乔娘子被逼回了鲍府后，故意磋磨，致其淋雨生病。高娘子粗通医术，知晓药物配伍失调可能引发的后果，买来夏枯草、白鲜皮，加入乔娘子汤药中，及至乔娘子病势加重。此间，他们盗了悬在小佛堂的那幅绣像，小姜也察觉乔娘子的药被动了手脚，悄悄剔去有害药材，亲自守着煎药，乔娘子的病势终于好转。

若一切到此为止，乔娘子虽丢了绣像，至少病势减轻，保住了性命。

可惜，不久后他们便发现，盗出的绣像，并非他们想要的那幅。同时，他们发现本来卧床不起的乔娘子病势渐复，便盯上了摒开众人独自煎药的小姜。

主院好几名婢仆都得到高大娘和红叶的嘱咐，让他们留意小姜的动静，并发现了小姜在清理那两样药。

第二天，鲍廉终于出面，派了两名懂些武艺的手下，潜到乔娘子别院，盗出了那张真正的绣像。

庄上婢仆尚算细心，发现乔娘子房间被人动过，箱笼也打开过，但看不出缺了何物，便前来鲍府，将此事报到鲍廉和安四娘跟前。

说到这里，韩知院笑眯眯地看向鲍廉："鲍学士明知发生了什么，必定只是吩咐几句谨守门户之类，随口敷衍过去吧？下人并未发现遗失何物，主人家不放在心上，也不作追究，正好可以淡化此事。天长日久，便无人记得那间别院曾失窃过。"

这也是为何大理寺和审刑院最初追查之际，根本无人提起失窃之事，偶有提及，还被当作乔娘子的病中呓语。

鲍廉明知先前推断证据环环相套，无可辩驳，此时避而不谈换药之事，只拿绣像的危害说事，阴沉着脸道："那绣像关系家母健康，我派人将其拿走又如何？别的财物，他们一毫未取，为何要追究？"

韩知院随手翻着婢仆们大叠的证词："甚至不需要告诉乔娘子？"

鲍廉目光闪了闪："她有病在身，自然应少思少虑才是。"

沈惟清已在旁轻笑起来："鲍学士也想借此事，再探一探小姜的立场吧？"

鲍廉立时警觉，皱眉道："鲍某并不知沈郎君在说什么。"

韩知院意味深长地瞥了他一眼，笑容满面道："惟清，你有何看法，尽管道来。"

沈惟清遥施一礼，缓缓道："从婢仆们的证词可知，彼时小姜因换药之事已被盯上。她平时在鲍学士那边侍奉，发现主人未将别院失窃之事告知乔娘子，疑虑之下，自然会告诉乔娘子。"

"小姜不知绣像之事，乔娘子却清楚，对方冲的正是那幅看似不值钱的绣像。故而她立刻让小姜设法找人前去别院，想弄清藏起的绣像还在不在。"沈惟清翻着文吏们整理的讯问记录，叹息，"可怜乔娘子身为鲍家主母，身在鲍府，却连一个能用的心腹都找不出来，最终还是小姜找了一名叫小八的二门仆役，请他去了一次别院。"

"可等小八回来时，小姜已经死了。这前后之事，主院婢仆供述得很清楚。"

小姜忙完后才回到主院，便听闻太夫人传召，要询问乔娘子病情。彼时小姜自己应该也觉出了危机，不但提前将可疑的失窃之事告知兄长姜田，还故意跟主院其他婢仆说起太夫人传召之事，希望众人知晓自己行踪，能让太夫人及鲍家人有所顾忌，不至于向她下手。

可她根本没来得及走到太夫人院子，冒着大雨经过一处石桥时滑倒，从石阶跌落时头部磕到了山石，当即身亡。鲍家人检查后，断定是意外失足而死，鲍廉等为此嗟叹一番，命人将其好好安葬，并赏了姜家十贯钱。

小八归来，发现小姜出了事，悄悄向其他婢仆问明情况，第二天便说家人病重，告假回乡，从此没了踪影。

沈惟清环视鲍家众人，缓缓道："但我细问过，小八和小姜很要好，甚至有人提过为二人做媒。若他一无所知，一无所得，不可能第二天忽然离开，再无踪影。那晚乔娘子不顾暴雨如倾，执意离开鲍府前，曾提过一句庄中失窃，人都道她是病糊涂了，但有没有一种可能，小八曾悄悄见过乔娘子，告知绣像遗失，完成了小姜的嘱托？因为小姜离奇死亡，又或许因为许乔娘子也说过了什么，让他察觉了危险，才会离开鲍府？那小姜的死，还会是一桩意外吗？失去了小姜的帮助，乔娘子只能服用被动过手脚的汤药，很快病势转重，含冤而逝。"

堂上人虽多，此时却鸦雀无声。

鲍廉、安四娘面色发白，但神情尚算镇定，他们身后的管事和婢仆却已面露疑惧，面面相觑。尤其高大娘、红叶，已经跪不住。想抬眼看向主人眼色，却怕被人瞧破行迹，又急急低下头去，只是紧张地搓揉着衣袖。

半响，鲍廉一声冷笑，说道："小姜之死不是意外？乔氏是被替换的汤药所害？谁看到了？沈郎君，当着韩知院，你不会告诉我，你们审刑院打算靠臆测断案吧？"

"安四娘陪房高氏，谋害主母，证据确凿，鲍学士居然认为只是臆测？"韩知院慢悠悠地抽出一张供词，看了一眼，唤道，"霜花何在？"

婢仆中的一名侍婢忙爬出列："小婢在。"

韩知院道："你是服侍安四娘的婢子？"

霜花道："小婢、小婢是在主院的，四娘子在主院时，我的确服侍过。"

"乔娘子回庄时，是你跟回去服侍的？"

"是。因鹂儿离府、小姜逝去，太夫人和四娘说乔娘子身边没有贴身之人，便让我跟过去了。"

"乔娘子服的药，是谁交给你的？"

"是、是高大娘和红叶姐姐。"

高大娘倒还罢了，红叶已猜到其中利害，立刻尖声道："你胡说，你闭嘴！我几时把药交给你了？"

霜花给吓得不轻，抽泣道："对，不是红叶姐姐……"

红叶尚未松口气，霜花已继续道："我离府之前，高大娘将药交给我，红叶姐姐厉声吩咐我，要亲自守着药炉，将药完完整整地煎成药汤……"

红叶头皮一炸："我……只是好意。"

霜花又道："红叶姐姐很尽责，还曾亲自来过，取走刚倒出的药渣，说是高大娘让拿的。"

这下高大娘不但跪不住，整个人都软得扑在地上，只颤声道："你胡说！胡说！"

下方差役一敲杀威棒，喝道："休得喧哗！"

霜花眼泪汪汪，正低声辩解道："我、我只是实话实说。"

同为主院侍婢，她和小姜走得颇近，并不认为素日细致灵巧的小姜竟会失足摔死。且她能看到的蛛丝马迹更多，有些事早有察觉，只是不敢多猜，更不敢多言。等到了审刑院，些微露出马脚，再被衙差恐吓几回，立时将她所知事无巨细说了出来。

看着是些不经意的琐碎言语，却拼凑出了小姜死后的案情。

虽已夺走绣像，太夫人和安四娘的心腹之人并未就此放过乔娘子，继续给她服食动过手脚的汤药。

数日后，乔娘子终于如她们所愿，"病逝"。

高大娘无法辩驳，便伏在地上不敢说话，却求助地看向安四娘。

安四娘满眼泪光，侧头低唤道："郎君！"

但鲍廉这时哪顾得上她，只紧紧盯着韩知院抽出的另一张供词。

韩知院气定神闲地往下扫了眼："青叶，是哪位？"

青叶慌忙上前跪倒，小心回道："小婢名唤青叶。"

红叶顿觉不对，喝道："青叶，你做什么？"

青叶明显极惧她，闻言吓得一哆嗦，白了脸颤着唇不敢说话，一双眼睛如受惊的小鹿，满是惶恐惊惧。

比起官府，这侍婢似乎更怕红叶？这还怎么问话？

韩知院微一皱眉，那厢已有从吏心领神会，叱喝道："咆哮公堂，掌嘴！"

立时便有差役上前，扯过红叶，几巴掌扇过去，打得她脸颊迅速红肿起来，然后用破布塞了她的嘴，锁到一边。

青叶惊得哆嗦成一团，但瞥向红叶的眼神，却有着明显的快意。

韩知院便和声道："青叶，小姜出事那日，是你奉了太夫人之命，前去传的话？"

青叶战战兢兢道："是。红叶姐姐出来让我去传话，说是太夫人的命令。"

"你传完话后，没跟着小姜一起回太夫人院子？"

"当时雨正大，小姜不知从哪边刚回来，衣衫头发都是湿的，说要稍稍收拾下，我便先回去了。"

她说到这里，忍不住又看了眼红叶。

如果当时她与小姜同行，会发生什么？小姜遭遇"意外"时，她也会遭遇意外吗？又或者，小姜的"意外"会变成谋害，凶手是她？

就那么巧，小姜看不上她对姐姐唯唯诺诺的模样，曾出言数落，因此有过争执……

阿榆觉出青叶和红叶间关系非同寻常，看向沈惟清。

沈惟清尚未及解释，韩平北忙凑过去殷勤解释道："这两位是异母姐妹，青叶似乎是外面女人所生，一直被姐姐压着，据说给欺负得挺惨，活得挺狼狈。"

阿榆便摇摇头，低声嘀咕："都穷得卖女为婢了，还在外面找女人？这臭男人，就该骗……就该骗宫里去当一辈子的内监。"

她差点就说出臭男人就该骗了云云，幸好瞥见沈惟清、韩平北面色似都有些变化，才换了文雅些的措辞。

那边韩知院正继续追问："你供述说，你回去后不久，红叶也回来了，且衣衫湿透，衣摆处有血渍？"

红叶虽被堵着嘴，闻言眼睛都红了，挣扎着又想叫骂，却被差役强硬地压在地上。

青叶惊惧，不敢再看红叶，却毫不犹豫地说道："贵人容禀，当时婢子的确看到她衣摆上有些污点像是血渍。但因为她衣衫湿了，又溅了不少泥水，并不敢肯定。但不久听说小姜失足摔死，联想到一处，这才有了猜疑，越来越害怕。红叶姐姐本是太夫人跟前第一得用的，寻常脏活累活再派不到她的头上。若非极要紧的事，她怎会在那样的暴雨天出去，弄得这么狼狈回来？"

韩知院便看向红叶："你怎么解释？"

差役见状，取下红叶口中的破布。红叶瞪向青叶，又是怨毒，又是悲怆，尖叫道："我后来才发现外面是暴雨，不想你这没良心的给淋着，所以才出去找你！你就这么报答我？"

青叶愕然，随即笑了起来："只要熟识我们姐妹的人里，有一个相信你，相信你会为了我这个贱种妹妹这么做，我就信你！"

红叶一呆，不由得面露绝望，慢慢道："你不信？罢了，连我自己都不信。可我当时真的只是去找你，然后看到了小姜的尸体。我以为你也在那附近，忙四处寻找，不小心就沾了血污。"

青叶已说不上信或不信，困惑地盯着红叶："你……为什么找我？"

红叶道："我、我怕你会死！打你骂你折腾你，这都是你和我的事，我不想你死……你死在别人手里。"

韩知院微眯了眼睛："红叶，青叶只是奉你之命去传个话，你为何担心青叶会死？是因为……你知道了小姜会在那时候出事，担心青叶受连累？"

鲍廉不禁看了一眼安四娘，安四娘眼皮直跳，握着拳不去看红叶。

青叶却似完全不敢相信红叶的话，紧紧盯着红叶，似要在这个狠毒姐姐的脸上盯出一朵花来。

红叶紧张地眨着眼，拳捏紧又松开，松开又捏紧。

那厢韩知院已沉下脸去，惊堂木一拍，喝道："还不从实招来？"

红叶一个哆嗦，终于道："我的确猜到了小姜可能会出事！我派青叶去传话后，想着青叶得在暴雨里行走，很是解气，却又不解，为何在这种天气传召小姜。小婢往细里一想，开始不安。乔娘子想害太夫人，小姜不顾劝阻，一直帮着乔娘子，那两日为她奔走得尤其勤快，又岂会有好果子吃？我不敢拿自己亲妹妹的性命去赌，这才赶了过去。其实我只是胡乱猜测而已，根本不知小姜究竟是自己摔死的，还是遇了什么事。"

本来依据青叶的证词，红叶的行踪，以及衣摆上的血迹，都将杀害小姜的凶手指向了红叶。但红叶偏给出了意料之外的解释，一口咬定这些只是出于猜测，根本无法作为证据……

韩知院便冷笑道："如今本院也不解，你们太夫人，为何在那种天气传召小姜？"

红叶顿时脸色煞白。

这是她疑惑之处。

但她说出这处疑惑之后，无疑向众人说明，将小姜引出来的，不是她，而是她背后的人。因她是太夫人的人，太夫人便有了谋害小姜的嫌疑。

沈惟清站起身来，向韩知院一礼："知院，下官愿领人再去鲍府一次，请太夫人公堂一见。"

鲍廉大惊，喝道："不可！家母年迈体弱，岂能受此惊吓？"

韩知院遗憾一叹，和声道："鲍学士，此事既已牵扯到令堂，若不辩说分明，本院不好交差，学士也不好在朝中立足吧？"

鲍廉面色发白。

审刑院给出的人证物证已足够多，若非他鲍廉位列翰林，一个不慎可能引来众多能言善辩的清流文臣上书弹劾，高大娘和红叶早就可以定罪。

若施以大刑，官法似炉，怕是她们身后的安四娘、鲍太夫人，甚至他鲍廉，一个都逃不了。

安四娘无言地给红叶递了眼色，手指轻轻地叩了两下，却是一个暗示其屈服的小动作。

红叶汗出如浆，忽一躬身，重重叩下头去。

"回贵人，不关、不关太夫人的事……是我，是我杀了小姜，又想隐瞒杀了小姜之事，一心推脱罪责，才会胡乱推断，连累了他人。"

"你杀了小姜？"

韩知院的脸瞬间阴沉下去。

这态度瞬间翻覆，甚至拱手将她自己供出，给了审刑院顺水推舟破案结案的机会。

可真当审刑院的人是傻子，独他鲍家的人神机妙算，随时可以颠倒黑白、扭转乾坤吗？

审刑院诸人冷冷看着红叶等人，还未说话，青叶先叫起来："不，不对，你撒谎！你先前明明说的是真话！"

红叶面无表情地看了她一眼："熟识我们姐妹的人，没一个会相信，我会为了你这个贱种妹妹，陷自己于险境。"

这正是先前青叶说过的话。

青叶张口结舌，却飞快摇头："不，不对。你要认罪早就认了，为何绕了这么一大圈？红叶，是你做的你就认，不是你做的，天王老子也不可以让你顶罪！"

红叶看着这个素日笨嘴拙舌由她拿捏的贱种妹妹，看着她拼命想把自己捞出去的架势，再回思她之前那些把自己拖入命案嫌疑的证词，笑了起来。

彼此恨入骨髓，彼此羁绊难舍，天底下竟有她们这般滑稽的姐妹吗？

红叶抬起头，直挺挺地跪于堂下，一字一字说道："因乔娘子谋害太夫人在先，婢子早有心除掉她，才坐视高大娘改了乔娘子的汤药。但小姜总是助着乔娘子，为太夫人计，我决定除掉她。果然，她死后，乔娘子只能继续服用动过手脚的汤药，很快丧命。"

韩知院淡淡问："你是如何除她的？"

红叶道："我趁着雨天路滑，将其自台阶推落，然后用事先藏在附近的石头砸死了她，伪装成她摔破头颅、流血而死的假象。石头被我扔在了旁边的河里，若仔细打捞，应该能寻到。"

倒是能自圆其说。

尤其在一段靠近石桥和假山的河水里找一块石头，简直绝了。

找一百块都能找得到，指着任意一块说是凶器都使得。流水冲刷了一年，还能指望留有血迹之类的线索？

韩知院懒洋洋问向高大娘："高氏，红叶指证你一直替换乔娘子的汤药，导致乔娘子很快病死。你可有辩驳？"

高大娘抖如筛糠，看了看鲍廉、安四娘，哭叫道："老婢也是一片忠心，怕乔娘子害了太夫人啊！"

至此，乔娘子与小姜之死，都被归于命案，且凶手都已就擒认罪。

以下犯上，按律死罪难免，但其一心护主，其情可敬，其心可嘉，若能确定遇害者居心不良,判官高抬贵手,不仅不会连累主人,指不定连死罪都给免了。"

韩知院对高大娘的态度并不意外,一叩惊堂木,说道:"既如此,先将人犯收监,人证羁押待审,鲍学士,安四娘子,也请继续在审刑院暂住,待本官核证案情后再行回府吧。"

鲍廉倒还稳得住,安四娘已然变色。她上前一步,喝问:"韩知院,凶手既已找出,还扣留我等做甚?"

韩知院已站起了身,袖着手微笑道:"本院方才不是说了?核证案情!譬如,乔娘子要害太夫人,太夫人的侍婢一片忠心,为了太夫人谋害主母,倒还能理解。高氏是你安家带来的人,怎么也为了太夫人谋害主母?若说忠心,也只能对你忠心,莫不是为了四娘子你出手?四娘子掌管中馈近十年,耳目众多,身边人谋害主母,你究竟是无能不知呢,还是知情不报?抑或……是纵仆杀人?"

他依然和和气气,但言语间的指斥已然十分犀利。

安四娘面色骤变。

鲍廉皱眉道:"四娘,韩知院先前已经说了,一切秉公办理。你与此事无关,不用为此烦忧。"

韩知院哈哈一笑:"鲍学士果然通情达理!放心,既在审刑院做客,缺什么少什么,尽管吩咐那些孩子便是。"

鲍廉勉强客套两句,看韩知院迤迤然离去,也不便和高大娘等说话,带了安四娘,径自跟着差役离去。

第十七章 怜卿半世坎坷，愿许白首相护

鲍家主仆和证人们被带下去后，沈惟清立刻收拾案卷，前去找韩知院计议后续之事。而韩平北则拄着拐跟在阿榆身后，一路痛骂鲍家老狐狸小狐狸一窝的臭狐狸，个个满嘴跑马没一句真话，还不如沈惟清，多少还有点人味。

待他骂完，才发现不知不觉跟着阿榆来到她和花绯然的屋子了。

花绯然正倒着茶饮，自然而然地说道："可来得巧了，上回做了扶芳饮，你们急着查案没吃上，这回可以尝尝我手艺了！"

"哦，哦，那多谢绯然姐了！"

想起这两日花绯然丢开手边的事，对自己诸多照顾，韩平北再想躲开，自己都觉得面子上过不去，只得讪讪地搓搓手，接过花绯然递来的茶，悄然缩到阿榆身畔，笑问："阿榆，还有没有不解的案例或敕文，我一并给你解答了便是。"

阿榆笑了笑："韩大哥，我这会儿不想看什么案例或敕文，只想听你骂鲍家那些贱狐狸。"

她甚至拿出半盒春饼来，说道："我出门时阿涂怕我饿着，让厨娘给我炸了一盒春饼，里面放了生蔬菜丝、笋尖和鸡肉碎丁，我和绯然姐尝着，味儿还算好。你若是骂得渴了饿了，便吃些喝些，继续骂！"

韩平北失笑，原来憋着的那股子气便散了不少，随手拿了春饼来吃。此时放得久了，其实并不如刚出锅时新鲜香脆，但此时甚是饥馁，尝来咸香绵软，倒也别有一番口味。

花绯然也一直留意案情进展，此时也道："鲍家显然要推出高氏和红叶这两名下人来担了罪名。只是他们也忒小瞧了审刑院。我审刑院虽立院未久，却也受命于天子，岂会受这些人仗着几分清流虚名来糊弄？"

阿榆沉吟道："沈郎君去见韩知院，想来很快会有所决定。"

韩平北忽然想起一事："哎，阿榆，你不是盼着赶紧破了乔娘子这案子，好去查饮福宴那桩案子的旧档吗？"

阿榆眸光一幽，轻描淡写道："可如今，我更盼着害死乔娘子的凶手下去陪她呢！乔娘子付出那么多，却含冤而死，死后骨骸也因他鲍家被拆了蒸了，她应该委屈得很。"

对于蒸骨验尸之事，本是缉凶流程中的一环。若遇害者是陌生人，只会同情苦主家又多受了一轮煎熬。

而如今，遇害的是乔细雨。

小时候宠她疼她对她忠心耿耿的细雨，化作了一堆冰冷的白骨。

韩平北不太能理解阿榆的感情，却也点头道："是得查个水落石出。昨晚讯问下来，乔家当年对这女儿宝贝得很，陪嫁十分丰厚。鲍家当初却连丫鬟都用不起，安四娘家破落成那样都瞧不上他家。便是中了进士，未得实缺，该穷的还是穷。不仗着乔娘子，他们哪来的婢仆地产？哪来的钱四处打点，早早进了学士院？"

阿榆喃喃道："是啊，靠乔娘子发了家，却将乔娘子丢到庄子里。害死她还能夺其剩下的奁产，顺带加官晋爵，多好的事儿！"

韩平北一顿，"加官晋爵？你有听说这样的事？"

阿榆垂眸，掩去眼底的痛和恨，轻轻道："或许只是巧合吧，先前看鲍廉的履历，乔娘子逝后不久，他谋了个颇有油水的实缺。"

于是，沈惟清找过来时，正见韩平北紧靠阿榆坐着，抓着最后一块春饼，咔嚓咬了一口，眼睛长在阿榆玉白的面颊上，毫无原则地连声附和道："那是得查查，好好查查。"

阿榆是他沈惟清的未婚妻，旁边那花绯然则是他韩平北的爱慕者……睿智机敏的韩知院，为何生了这么个弱智迟钝的绣花枕头？

好在阿榆正记挂着案子，不时瞄向门外，一眼便看到了沈惟清，立时笑靥如花，向他招了招手。

"沈郎君，韩知院如何说？"

沈惟清见她此时双眸澄亮，似映入心底，那点不适顿时烟消云散。

嗯，都是韩平北那小子，毫无界限感地往他家小娘子身边凑，真不是好东西。

他腹诽着，却闲适地走上前，云淡风轻地说道："能如何说，自然一查到底。"

他随手一拉阿榆，将阿榆从韩平北身边扯开，含笑道："王四他们发现了李鹊桥的行踪，你要不要跟过去瞧瞧？"

阿榆正因这事梗在心间，闻言正中下怀，不知不觉间已跟着其迈动脚步，欣然道："好呀。"

韩平北忙拄着拐站起，叫道："等等我啊！"

沈惟清和声道："平北，韩知院特地跟我说，近来你做得够多够好，如今最要紧之事，是赶紧养好伤。"

韩平北自小被阿爹拿来跟沈惟清对比，然后次次被秒成渣，甚少听到父亲褒奖之语。如今骤然听闻，倒是一喜，忙问道："父亲真这样说？"

沈惟清道："你若不信，只作脚伤不轻的模样，让绯然姐扶着你前去见他，看他怎么说。听闻他刚得了一只琉璃鱼缸，本待给你的，又怕你玩物丧志。若这时候去求一求……"

话未了，韩平北便兴冲冲道："绯然姐，不然你扶我去见阿爹？上回他给我的策文，我正有些不通之处想跟他请教。"

不仅立了功，还如此勤奋努力，那鱼缸一定是他的了……

花绯然自然一口应允，扶了他离去。临出门之际，她忽回过头来，深深地看了沈惟清一眼。

阿榆看二人离去，不由得感慨："沈郎君，韩大哥怎么被你玩得跟个大傻子似的？"

沈惟清温雅而笑："有吗？"

阿榆道："可惜绯然姐心如明镜。待她和平北兄成了亲，断然容不得你这般作弄他。"

沈惟清笑道："我没想着作弄平北。等他娶了绯然姐，有绯然姐管着教着，必定不会做傻事，我也不必再用这些小手段。"

阿榆便叹道："韩知院之所以乐见其成，很大原因就是这个吧？"

在父亲殉职后，花绯然失去了女儿家最大的依仗，家中纵有叔父母，一则隔了一层，二则并未入仕。真到说亲的时候，仕宦之家嫌弃她娘家根基浅薄，无人扶持；而花家和花父的故旧们疼惜故人之女，也不愿这个有才有识能文能武的娘子委身寻常男子。故而花绯然的亲事，不上不下，颇是尴尬。

韩家则不一样，本是前朝世家，先前遭逢乱世，曾一度式微，至韩知院又凭科举入仕，再度为世人瞩目。既有早前的根底在，又有沈相青眼，随后又有官家看重，族中子侄还颇有几个能耐的，便不必打着跟人联姻稳固地位的主意。

对韩知院来说，花绯然是得意属官的孤女，他本就愿意多看顾些，再看花绯然稳重有才，正能弥补韩平北的短处，故而明知小儿女的心思，竟从未阻拦过半分。

沈惟清从未解释过其中的弯弯绕，阿榆一个刚来的未婚小娘子，其他人显然也不会向她提及，但阿榆竟然自己猜到了。

他家小娘子真是聪明人，水晶心肝，一点就透，完全不用他费心。

沈惟清带着阿榆，一个骑马一个骑驴，沿着汴河大街一路往东而去，经过阿榆的食店，继续行往外城。

外城人口也不少，沿路也有许多店铺摊贩，但到底不如内城热闹，二人的骑行速度也快了不少。

一路之上，沈惟清又将鹊桥真人的事跟她大致说了下。

这鹊桥真人姓李，也算是个奇人。说他是骗子，当年他酒后半疯半癫，偏预言准了几件天大的事；说他不是骗子，见风使舵、溜须拍马的本事也没人比他强。沈纶为相时一度就想拿下这妖言惑众的妖道，但这位"真人"当真拿得下身段，跑到沈府各种认错，赌咒发誓绝不再犯。也便是在那时，他将那些风水相术的书籍献给了沈相。沈纶虽觉怪力乱神不可信，但细想这人也未有大恶，也便高高拿起，轻轻放下，由得他在市井间继续混口饭吃。

沈惟清道："这人滑溜，有点风声便逃得无影无踪。但市井间细细查探，也不难找出线索。"

他向前方一指："他如今藏身之处，就是前面那座下土桥附近。之前去过的那座，是上土桥。"

阿榆心情甚好，居然有兴致四处观望着，然后评价道："这些桥都远远不如州桥。"

沈惟清失笑道："州桥横跨汴水，直贯天街，纵然低平了些，却是车驾御路，论起气势，这些外城的桥如何比得。"

说话间，他眺向前方的下土桥，怔住了。

下土桥的桥上桥下，居然挤满了人，岸边还有人指挥着什么。

待走得更近些,他们甚至认出那个在岸上指挥的人,是王四;桥上有个胖子横刀而立,一脸严肃地盯着河面,正是钱界;而下方河面上,正有人划着小舟来来回回搜寻着什么。

二人顿有不妙之感,对视一眼,连忙赶过去时,王四已发现了他们,匆匆迎上前见礼:"少主人!"

桥上,钱界瞧见阿榆,跟见了活阎王似的,立刻敛了气势,飞快地从桥上挤下来,胖猫咪般敛息见礼:"小娘子!"

沈惟清问:"李鹊桥呢?"

王四指向对岸的一间果子铺,说道:"我们先前发现鹊桥真人藏在那间铺子里,立刻派人通知少主人,然后就小心盯着。可不知为何,一刻钟前,他好像察觉了什么,忽然跳上一条小舟想逃,却不会划水,刚离岸就自己掉落水里,挣扎两下就……就沉下去了!"

看眼前这架势,怕是还没打捞到。

难道这位真人就这么淹死了?

阿榆瞪向钱界,"李鹊桥掉下水时,你在哪里?"

钱界慌忙道:"我也远远盯着,想着等小娘子这边的人动手就去帮忙。谁知他就掉水里了呢。"

阿榆道:"掉水里你就不管吗?"

钱界苦着脸道:"我不会水。"

阿榆怒道:"你们这些拿钱接活的家伙,不是号称游侠儿吗?为何不会游水?"

她抬脚一踹,钱界高高胖胖的身体"砰"地飞起,"扑通"一声掉进河水里,惊掉了一堆人的下巴。

好在这时岸边河面都有人,且钱界跌落在近岸浅水处,很快便有人靠过去,倒也无虞,不用担心像鹊桥真人就此消失无踪。

但旁人再细看这娇娇小小天真明媚的小娘子,无不骇然,一时闹不清是这小娘子力气大得变态,还是这胖子太虚——但即便再虚,这么大的块头在这里,寻常小娘子想推他退上一步都够呛,更别说一脚踹飞了。

阿榆倒不在意其他人怎么看,只是想起秦沈两家的婚约至今未正式确定,不由心虚地看向沈惟清。

沈惟清果然正歪着头看她的腿。

半晌,他迎向阿榆的目光,的确带了一些烦恼和忧心:"你的旧伤,不要紧吧?"

阿榆一呆，这才记得她刚才用的是右脚，膝盖难免受力，略一活动，果然又是阵阵疼痛。

这两天才略有好转，难道又要回食店养着了？

沈惟清看着她脸色发白，已知她必不好受，只是忍着不说，不觉抚额。他心下大抵也明白，这女孩儿的伤究竟从何而来。

刚硬易怒，且手段激烈，难怪伤人伤己。

他冷冷地瞥了眼湿淋淋爬回岸的钱界。

钱界只觉刚结疤的伤处被水一泡，虫子蠕动般奇痒无比。他才想着要赶紧找地方换掉湿衣，被沈惟清这般一瞪，顿时站在那边一动也不敢动，心底却更委屈了。

他虽不是阿榆对手，但也不至于被她一脚踹飞。都顺势摔河里给小娘子出气了，还要怎样？

沈惟清淡淡道："水里的人跟丢，怪不得你；但如果李鹊桥上了岸，你还是找不到或跟丢人，自己找盆水淹死吧，别说是什么游侠儿。游侠儿的脸都给你丢光了！"

钱界听得无地自容。

阿榆刮他胳膊上的肉，沈惟清却是刮他脸上的皮啊！

王四却听出别的意思来，惊讶道："少主人的意思，难道鹊桥真人没死？"

沈惟清道："这老骗子，从之前的大周朝骗到如今，多少人想将他乱棒打死，他都活得好好的，又岂会自己淹死？比那小姜失足摔死还离谱。且等着，看这两日有无浮尸漂起。若无，就是他已金蝉脱壳在暗处逍遥着了；若有……"

他顿了下，看向阿榆。

阿榆眼珠一转："若有浮尸，多半在五六天之后才出现。那时尸身腐败，叫人辨别不出面目，却能凭借一二特征或遗物，让人推测死者是他。故而你们等个两三天没捞着尸体，就可以继续找人了！他这事儿也不算特别大，京师繁华，有钱的傻子也多，钱财好骗，故而他应该不会离京。你们继续在京城或京郊找人就行。"

钱界、王四见沈惟清完全没有反驳之意，都垂头恭敬应道："是！"

待他们离开，沈惟清微微一笑："阿榆，你看，你聪慧灵秀，思路清晰，头脑好使得很，为何要打打杀杀，伤了自己呢？"

阿榆垂头看看自己的脚，也有些懊恼。

沈郎君说得有理。

多大点事，为何要为难自己的脚呢？下回小钱儿不尽心时，就拿钢针扎他几下吧。

已经走远了的钱界头皮无端地麻了下，猜着小娘子多半又在打他主意，便有些欲哭无泪。他怕小娘子的剔骨刀，可也怕那个温温柔柔的清秀文士啊……

他觉得自己早晚会被玩死。

沈惟清找到附近官差，命他们盯住汴河两岸，又吩咐了王四几句，将马交给他送去沈府，这才扶阿榆坐上她那头犟驴，自己在前面牵着，带她回内城。

阿榆怕再不保养下半辈子得靠拐棍过日子，也怕凌岳得知又要忧急，便乖乖地由他牵着驴慢慢走。

阿犟虽犟，却也看人下菜碟的。寻常人看着沈惟清是个温文谦逊的好儿郎，阿犟却在想炝蹄子时被他含笑勒了下，差点将它的脑袋勒成两半，哪还敢作妖？一路乖顺得跟绵羊似的，唯恐颠着碰着背上的小祖宗。

阿榆无端便想起在石邑镇时住的情形，笑道："我先前住的那镇子，不像京师热闹，但小康之家骑牛骑驴的不少。娘子回家省亲，夫婿就会这样牵着驴在前走着。"

沈惟清脚下不由得缓了缓，转头看向她，神情虽镇静如常，清亮的眸子里却蕴了藏都藏不住的笑意。

阿榆被他那隐晦的欢喜笑意晃了下神，才悟出这人怕是会错意了。

又或者，刚才自己的话似乎容易让人想歪？

这是秦藜的未婚夫啊……

阿榆定定神，试图换个角度来解释："唔，阿娘出门时也常骑着驴，但阿爹不爱，常在一旁走着。"

唔，好像这话也不太对劲。能收回来吗？

希望沈惟清正走神，没听到她的话……

但阿榆看过去时，正撞到沈惟清含笑的眼神。

这一回，他连唇角都克制不住那隐晦而欢喜的笑意。他的面庞迎着夕阳，染了些可疑的红，更显清秀俊逸。

他轻笑道："我知道了。"

阿榆尴尬了。

他知道什么了？她也没说什么吧？

殊不知，于沈惟清而言，这已足够了。

毕竟还未成亲，只有个半成品的婚约，还要人家小娘子给多少暗示？

为着小娘子的脸面，他当然也不能多说什么，牵着驴沿汴河大道一路往回走时，他开始指点着路过的店铺或景致，一一讲述其来历或趣事。

和安拂风的放旷淡漠不同，沈惟清从小在外行走，京师的巷道街衢没有不熟悉的。待入了审刑院，更是仔细了解过京师内外的掌故或秘事。如今他只拣那有趣味有韵致的悠悠述来，阿榆却也听得新奇，一路踩着落日余晖缓缓而行，竟不觉得路途漫长。

经过食店附近的巷道时，沈惟清并未拐进去，径直将她拉向州桥方向，笑道："我让王四送我的马回去时，传话给府中厨娘多做几个菜，回头请你指点指点。卢笋也已拿我帖子去请了医官，待会儿给你检查下伤势。"

阿榆怔了下："我不碍事。"

沈惟清道："请医官看下也不妨。若开出的药方你不喜欢，给凌叔参考参考也好。"

阿榆笑道："凌叔不是大夫，他只是对外伤和毒伤之类有些研究。"

沈惟清道："那就巧了，你这可不就是外伤？但你有伤在身别跟祖父提。当初他没能护住秦家，一直心怀内疚，听说后必定更加难受。咱们可以跟他请教，请谁保媒，怎样写婚书，何时为黄道吉日……这些话他爱听。"

这些话阿榆也爱听。

等婚约定下来，秦藜也该醒了吧？

但愿她未来的新家，能让她稍稍缓解灭门的惨痛。

于是，去就去吧，还可以顺道再给沈老做两道补益身体的羹汤。

因不想惊动他人，医官被请到了沈惟清的屋子里等着。

阿榆瞧见院中只剩了绿油油叶子的几丛牡丹，忍不住偷笑了两声。

沈惟清若无其事道："我祖父喜欢养菊，等你离开时，我挖些菊苗给你带回去做菊苗煎可好？"

阿榆摇头，笑道："那玩意儿就图个名，其实味道涩涩的，并不好吃。你若真想吃，回头我用江南的那种菊花菜给你做，一样叫菊苗煎，味道就好多了！"

沈惟清也不客气，笑道："好，那我就等着你的菊苗煎了！"

阿榆懵了下。

这还真记挂上了？但京师这里的菊花菜可不好找。或许，回头她可以让秦藜为他做几回，那厨艺可比她强多了……

医官姓林，常在御前行走，加有尚药奉御的官衔，地位比寻常医官高出不少。他显然跟沈家相熟，见了阿榆，也不问其身份，先夸了一通身段气度，才坐下为其诊脉。

他原本笑容可掬，料着是沈郎君难得有了中意的小娘子，少年人的心性，患得患失，才如此上心。指不定小娘子就是有些悲春伤秋的感慨，郎君跟着提心吊胆，才将他请过来求个安慰呢！

但甫一诊脉，他便觉得似乎有些不对，笑容瞬间敛去，且神色越来越慎重。

沈惟清皱眉："林奉御，有问题吗？"

林奉御看向阿榆的膝盖："右腿明显行血不畅，先前是说右膝有旧伤吗？我可否检查一下？"

彼时男女大防远不如后世严厉，但触碰女子身体，到底有些忌讳。

沈惟清正想问向阿榆，阿榆已自然地伸出腿。

林奉御隔着衣物检查一番，忽按住她膝下某处穴位。

阿榆吸气，瞬间白了脸。

林奉御问："小娘子，疼得厉害？"

阿榆道："还好，能撑得住。"

林奉御看了眼阿榆额上冒出的冷汗，又看了眼沈惟清。

沈惟清惊疑地盯着面白如纸的小娘子，脸色早就不好看，却只轻声道："继续检查。"

林奉御便继续检查她的脚踝，然后是另一条膝盖，以及双臂。他依然如前那般，寻着各处穴位按着，问阿榆痛感。阿榆有的剧痛，有的稍有痛楚，只有一两处并无感觉。

林奉御检查完，又细细诊了一回脉，已然眉头紧锁。

阿榆略有些不耐烦，问道："查得怎样？难道我得了不治之症？"

沈惟清脸都黑了，很想塞住她的嘴。

"也不能说是不治之症。"林奉御已诊完脉，勉强笑了笑，为难地看向沈惟清，"我第一次诊脉时，几乎怀疑我诊错了。小娘子的脉象很奇怪，明明劲健有力，却不时有些虚浮薄弱，如一盆上好的牡丹，却生于荒漠沙砾之间，根须不稳。即便浇再多水，施再多肥，也难以茁壮成长，甚至可能枯萎凋零。"

阿榆听得抓狂，恼道："说人话。"

林奉御给她堵得噎了一下，却还是犹豫，转头看向沈惟清。

沈惟清明知阿榆主意大，断不可能相瞒，只是叹道："林奉御，你实话实说即可。"

林奉御便道："小娘子幼年或少年时期，应该受过非人折磨，留下多处旧伤。胸背我不便细查，但从脉象看，应该和手臂腿脚一样，发生过多处骨折。内腑也有陈年暗伤，但调理得当,已恢复大半。但这些旧伤已毁了小娘子部分根基,若不着意调养,即便年轻时没事,早晚也会……"

阿榆盯着他:"早晚怎样?这点旧伤难不成还能要我小命?"

林奉御苦笑:"小娘子,你若总是这般不放心上,真可能天不假年。"

阿榆面有愠意,还要说话,沈惟清压住心头惊痛,轻笑着拍了拍她的手臂,向林奉御一揖,说道:"林奉御既如此说,必定有调养之法,还请奉御去我书房开药。"

林奉御也有满腹疑窦,只不便当着阿榆的面问出,闻言连忙应下。

待二人离开,阿榆默默捏着先前剧痛过的穴位,眼中才露出一丝茫然。

"天不假年?"

沈惟清再回来时,便见阿榆端了张椅子,正对窗口坐着,支颐眺向窗外。

这院里原本栽了各色牡丹,此时更该盛绽争艳。可惜今年的牡丹生不逢时,落入阿榆算计,院中便只剩了一片葱翠的绿。如今暮色渐沉,这片绿染了微微的落日余晖,倒也养眼怡情。

觉出沈惟清归来,阿榆无意地用手指抠了抠窗棂:"药方开了?先说好了,太贵的我可吃不起。没钱!"

沈惟清淡淡道:"我出钱。你肯好好吃药,好好调理吗?"

阿榆转头看他。

沈惟清走到她身畔,也往窗外看了眼。除了那被摘得不忍直视的牡丹,满院子不是青就是绿,不堪一观。唯一能让这院子生动绚丽起来的,竟是眼前这个一身素衣的小娘子。

他垂眸,轻声问:"我没见过秦世叔几次,但从小到大,自认看人还算准,何况又是祖父险些认来当女婿的,岂会是庸常男子?又岂会放任家中长女受人欺凌,重创如斯?"

阿榆也知他必有疑虑,转头审视着他:"你有没有见过小时候的我?六七岁、七八岁那时候?"

沈惟清仔细想了下,摇头:"没有。那时候秦世叔在光禄寺任职,我倒是跟着祖父去拜见过几回。"

他和秦家这桩婚约,在他爹都没出世时便订下了。他虽不是小气人,但这事着实让他腻味,即便去秦家也懒得特地去见秦家两个女儿。秦池也有几分傲气,不愿挟恩攀附,当着沈惟清,竟从未将姐妹俩叫出来过。沈惟清的印象里,只跟秦家女儿偶遇过两回,一次远远看了个身段,另一次则是看了个背影,彼时只觉是个还算清俊的小丫头,其他便没印象了。

如今……他真的有些懊恼了。

眼前这女子,虽然虚伪了些、势利了些、狡猾了些、凶悍了些、谎话多了些,人太精怪了些……也没什么不好的。

他不该对那桩亲事始终抱持刻板印象,不愿在她的身上停留眼神。

不然的话,或许他已如别的京城贵家子那般,早早娶了亲,指不定孩子都能打酱油了……

沈惟清低下头,柔和地看向阿榆:"是不是那段时间出了什么事?"

阿榆沉默了片刻,声音沉闷了下去:"那时候你想见我也是见不着的,多半见的是我妹妹,或是我侍儿假扮。因为我被人贩子拐走了。"

沈惟清骇然:"你、你说什么?"

自从在竹林内发现她身上有旧伤,他有过无数猜疑,独不曾想过,会有这么一个答案。

阿榆眼底有自嘲,慢慢道:"从六岁被拐走,到九岁被找回,我已经记不得那中间发生过什么事了。或许人有一种本能,要忘却这世间最残忍最痛苦的事,方便他们能有勇气继续活下去。我曾说过跟蛇抢老鼠吃,后来还吃了蛇,因此失去了味觉。你们当时听得笑了,以为我又在撒谎,其实我没有。"

阿榆的眼神黝黑可怕,呼吸急促,抠窗棂的动作越来越快。显然,将那些碎片化的往事勾出,于她也是沉重的负担。

在沈惟清震惊的眼神里,她继续道:"九岁时,凌叔在阿爹阿娘的拜托下,终于找到了我。当时我应该受了很大刺激,已经不会说话了,但还知道拿剔骨刀自卫。后来又隔了好久,我才慢慢恢复过来,并开始跟凌叔学武。我不想再被人欺负。"

沈惟清嗓子又干又直,死死盯着眼前的少女,哑声道:"阿榆,我、我从未听说过这些。"

阿榆以为他不信,苦笑道:"一个小娘子失踪,是什么好名声?自然能瞒就瞒。何况,谁会在意一个六七岁小女孩的行踪呢?"

她说着说着,眼底酸得很。但吸了吸鼻子,竟没有落下泪来。这时候若能落下泪来,不知能不能让他更生出几分怜惜?如此狼狈如此凄惨,沈惟清必会怜惜,但也可能会嫌弃。若真的被嫌弃了,只能自曝身份,把真正的秦家女儿秦藜推出来了。

她保护的秦藜,总算还美好着,不用受她当年受的那些苦。

她甚至抬起头,看向沈惟清,慢慢道:"凌叔说,他找到我时,我正将剔骨刀扎向一个想欺负我的禽兽心口。他想告诉我,我很勇敢。但我甚至记不起我之前有没有遭遇过更可怕的事。九岁,我应该有些自保之力了。那七八岁那时候呢?我是怎么过来的?"

她的眼睛本来是清澄的,笑的时候能映出周围的多姿多彩。但此时她的眼睛黑得出奇。仿佛一种自内而外泛出的幽冷死寂,吞噬了她眼底所有的光彩。

但她唇边竟然有笑。

她笑着问沈惟清:"沈惟清,这样的小娘子,你可还敢娶?"

沈惟清沉默地看着她,看着她唇角自然掠起的笑意,也看着她眼眸里无悲无喜的死寂。

他忽张开双臂,将阿榆拥在怀中,拥得紧紧的。

阿榆顿时僵住。

她试图转头看向他,黑冷的眼神里多出了丝困惑。

但沈惟清搂得如此紧,她竟动弹不得。

沈惟清的手掌下,是阿榆的脊背,如此纤弱嶙峋,细细的骨骼根根分明。

他默默想,这是长大后的她。

有足以自保的武艺,有狡黠如狐的聪慧,却还是这般地脆弱易折。

那么,当她还是七八岁的小女童,又会是何等的幼小无助?

这么多的伤,她又是怎么熬过来的?

凌岳说她心境有问题,凭谁遭遇那样的三年,心境会不出问题?

他最终哑着嗓子道:"阿榆,未来,有我。"

他会娶她,他会护她,不会让她坎坷半生,还遭遇狼藉不堪的未来。

阿榆有些迟钝,一时不记得推开他,也不记得回复他。

这是承诺?

她的未来,会有他?

可惜,不会有。

沈惟清是秦藜的未婚夫,秦藜的未来会有他。

至于她的未来,有她自己就够了。她还能保护秦藜,不让沈惟清欺负她。

想起秦藜,阿榆嘴角的笑意真切了起来。她推开沈惟清,笑着看向他。

"沈惟清,谢谢你。我今天本来心情很好,后来提到……提到那些事,真不痛快。这会儿,我又好多了。"

沈惟清抚额。

她好多了,他不怎么好。

因她而生的阴翳，何时才能退却？

或许，先要调理好她的身体？

他从袖中取出药方，"我会抓好药，回头交到安拂风手里，让她按时给你煎服。不过……"

他看着她已经恢复神采的眼睛："你会好好养着吗？"

阿榆怔了下："我当然会好好养着。我好容易活下来，若是死得早了，岂不是让那些盼我活不好的人得意？"

连想活下来的理由都如此奇葩……

沈惟清叹气："可我觉得你不会。所以我还是把你娶回来，看着你好好调养吧。年纪轻轻的，养成这刁钻古怪的脾气，指不定就是这些旧伤闹的。"

阿榆便眼眸亮晶晶地看着他："娶？"

沈惟清咳了一声，轻声道："你尚在孝中，但情形特殊，可以先行成礼。只是婚事需从简，不宜大肆操办。"

若循古礼，婚期需待三年孝期之后。

但凡事总有特例。当年乱世初定，百姓人口锐减，朝廷推出了许多鼓励婚嫁生育之举措，并不希望寡妇守节，也不希望在室女为守孝误了花期，因此民间提前脱孝成亲也是常见之事。

这二三十年虽然天下太平，先前的规矩却延续下来，如秦家女这般已过适婚之龄的小娘子，又遭逢家中大变，成婚并不会遭人非议。沈家信守承诺，以高门迎娶无依无靠的寒门孤女，怕是还能博得士人几句赞誉。

阿榆却听得有些犯愁。

秦藜虽说一日好似一日，但至今未曾苏醒，若到了成亲之日还未复原，那该如何是好？

沈惟清见她眉目微凝，以为她因婚事从简伤心，劝慰道："大婚虽不宜热闹，但等你我诞下麟儿，即便我们不提，祖父、父亲他们也一定会好好热闹几日。"

阿榆傻眼，"诞……诞下麟儿？"

沈惟清认真道："你我已过适婚之龄，待得成亲一两年，诞下麟儿岂非顺理成章之事？"

阿榆一想，的确有点道理。

只是沈惟清这人，平时看着沉静温雅，也忒不知羞，怎么就扯得那么远？

不过……如果沈惟清和秦藜生下小娃娃，或许她可以当小娃娃的干娘。

沈惟清瞧着她神色不定，忽惊忽愁忽喜，倒有了一丝安慰。

从见第一面起，他就看出这小娘子不是实诚人，也能看出她那些明媚或哀愁都是装出来的。但从给她检查伤势后，她的喜怒哀乐不再是面具，而是她最真实的情绪流露。

　　她不会是个省心的娘子，跟他曾期许的妻子模样也截然不同。但既是四十年前便定下的缘分，他总有责任将她担起，领她从幼年的阴影里彻底走出，让她的眼睛恢复清亮，不再暗黑如永夜。

　　他一伸手，牵她向外走去："走，晚膳应该差不多了，我们先去见祖父。"

　　阿榆自然没有意见，只是觉得手被他牵过的地方怪怪的，有点毛毛的，又有点麻麻的，说不出的诡异感。

　　她本能地抽出手，说道："你在前面走就行，我认得路。"

　　沈惟清又有了种这小娘子很不实诚的感觉。

　　他顿足，定定地看她："你方才所说的一切，都是实话，不曾撒谎，对不对？"

　　阿榆诧异。

　　说了这么多，一副海誓山盟的架势了，怎么他还是将她当成撒谎精？

　　她眼神暗沉了下，看着沈惟清的眼睛，说道："我方才所说，俱是我亲身经历之事。若有半字虚言，教我夜夜梦回那三年吧！"

　　沈惟清听得瞬间脸色发黑，低喝道："闭嘴！"

　　他一把抓起阿榆，快步离开。

　　阿榆再不料他是这个态度，想再甩开他的手，却觉这次他捏得死紧，几乎捏得她骨头生疼，哪里甩得开。

　　竟然如此霸道！

　　阿榆一时风中凌乱，却没敢太过计较。

　　她真的不怕立这个誓言，毕竟她今日所说，的确是她亲身经历。

　　从始至终，她只撒了一个谎。

　　她不是秦蘩，而是秦蘩无意间认下的妹妹，"罗家"妹妹。